长篇报告文学

奔腾的深圳河

杨黎光 —— 著

深圳出版社　　大同出版传媒有限公司

图书在版编目（CIP）数据

奔腾的深圳河 / 杨黎光著. -- 深圳 : 深圳出版社 :
大同出版传媒有限公司, 2024.3
ISBN 978-7-5507-3988-8

Ⅰ.①奔… Ⅱ.①杨… Ⅲ.①报告文学—中国—当代
Ⅳ.①I25

中国国家版本馆CIP数据核字(2024)第000795号

奔腾的深圳河
BENTENG DE SHENZHEN HE

总 策 划　唐汉隆
出 品 人　聂雄前　应中伟
责任编辑　韩海彬　林孝杰　敖泽晨　刘　婷
责任技编　郑　欢
版式设计　霍明志
图片摄影　唐桂生
封面设计　日新无已设计工作室

出版发行　深圳出版社
地　　址　深圳市彩田南路海天综合大厦（518033）
网　　址　www.htph.com.cn
订购电话　0755-83460239（邮购、团购）
设计制作　深圳市龙瀚文化传播有限公司　0755-33133493
印　　刷　中华商务联合印刷（广东）有限公司
开　　本　787mm×1092mm　1/16
印　　张　27
字　　数　330千
版　　次　2024年3月第1版
印　　次　2024年3月第1次
定　　价　78.00元

目 录

第一章

似水流年

深港之根三万年

2003 年春，一位毕业于台湾大学人类学系考古学专业，却没有考过一天古的香港商人黄虎，在海边垂钓时，意外地钓到了深圳香港地区人类活动史的"根"。

那一天，酷爱野钓的黄虎翻山越岭来到深圳东部大鹏湾西岸、香港西贡企岭下海的一个无名海滩钓鱼。钓鱼的过程，就是等待的过程。就在等待鱼儿上钩之时，黄虎偶然抬头，看到不远处沙滩上的几块石头有点奇特。好奇的黄虎放下鱼竿，走近细看：这些石头既不像被海水冲刷得光滑溜圆的卵石，也不像形态各异的山崖滚石。

黄虎毕竟是考古学专业毕业的，凭着他的敏感，立即拍了几张石头照片发给他的大学学弟、香港考古学会副主席吴伟鸿鉴别。

第二天，吴伟鸿就跟着黄虎重返现场，稍作观察，就知道黄虎发现宝了。"我和黄虎回到这个小海滩，正是退潮的时候。一看，整个海滩上布满相似的、'有规律'的石头。"多年之后在媒体镜头前回忆当时的场景时，吴伟鸿兴奋之情丝毫不减当年。

细细搜索一番后，在海滩旁山崖土层断面上，吴伟鸿又发现了与海滩上石头形制差不多的"锛形器"。

吴伟鸿立即带着这些奇怪的石头赶赴广州，向他研究生时期的老师、中山大学岭南考古研究中心主任张镇洪教授求证。

仔细观察样本后，张镇洪大喜过望，抓着吴伟鸿的手说，这应该是香港乃至整个珠江三角洲地区都从没发现过的原始打击石器。

很快，香港考古学会与中山大学岭南考古研究中心组成了联合考古队，在获得香港特区政府部门批准和资助后，于2004年底对无名海滩上的叫黄地峒的缓坡进行试掘。这一试就掘出了大新闻。考古队才试掘10平方米，就出土了3000多件石器。现场考古人员凭经验判断，这些石器应该是超过1万年的遗存。

听闻消息，从事文物考古工作已经半个世纪的中国国家文物局考古专家组成员、中国科学院古脊椎动物与古人类研究所研究员张森水教授急忙奔赴香港。在仔细观察了发掘现场和出土石器后，他初步判断，这个黄地峒缓坡是一个旧石器时代中晚期的石器制造场。"旧石器时代"是考古学家提出来的一个时间区段概念，从距今约300万年前开始，延续到距今1万年左右止。

2005年3月，中山大学岭南考古研究中心通过光释光测年技术测定，依据地层堆积的岩性分析，得出的结论是：黄地峒遗址出土的地层分为两层，下层是更新世晚期的最后阶段，距今3.9万至3.5万年，上层距今7000至6000年。

拿到科学测定结果后，张镇洪欣喜若狂，立即给吴伟鸿打电话说，我们的先人在距今3万多年前就已经在香港这片土地上活动了。

2005年底至2006年初，考古人员对黄地峒遗址进行了第二次发掘。两次发掘现场一共清理出了6000多件石器。

张森水提出，黄地峒石器在加工工艺和石器组合上都有自己的特色，"这是一个全新的组合，不仅在香港首次发现，在珠江三角洲甚至东南沿海都是没有的"。

旧石器时代晚期石器制造场黄地峒遗址的重见天日，一举把深港地区乃至珠江三角洲的人类活动史向前推进了3万多年。它的重要性还在于为珠江三角洲地区乃至东南沿海地区旧石器时代的考古学文化研究提供了新的研究课题。

张森水认为，这样的石器和加工工艺组合不可能仅在香港地区孤立存在，在周边地区寻找它们的"前辈"或"兄弟""堂兄弟"，将是考古工作者的长期任务。

遗憾的是，迄今为止，黄地峒遗址下层石器和加工工艺组合的考古"寻亲"工作没有任何进展。不但"前辈""兄弟""堂兄弟"遍寻不见，就连它们的直系"后辈"也留下了巨大的断层。

黄地峒遗址的下层是距今3.9万至3.5万年的旧石器时代晚期；上层则直接跳升至距今7000至6000年的新石器时代中期；中间断层的长达3万年左右的时间黑洞，吞噬了所有的历史线索。

"人猿相揖别。只几个石头磨过，小儿时节。"小儿时节的古人类，在这片海湾里跣足奔走了莽莽苍苍数千年，却突然"消失"了3万年。黄地峒遗址的地层信息，就像一道来自远古先民的"香港密电"，中间长长一段却已缺失。

"衰兰送客咸阳道，天若有情天亦老。"此情此景，不免让此时此地上的后人们浮想联翩、唏嘘万千：在史前的漫漫长夜里，这群远古先民究竟在深港地区经历了怎样漫长而剧烈的沧桑变迁？

距今7000至6000年的黄地峒遗址上层、新石器时代中期遗存则"兄弟""堂兄弟"众多。迄今为止，考古工作者已在环珠江口地区发现了20多处距今7000至6000年的同时期遗址。新石器时代中期遗存分布最密集的地带是深港两地合围的大鹏湾沿岸。

大鹏湾是个典型的U形海湾，东岸的大鹏半岛和西岸的九龙半岛丘陵起伏，就像一双大手把海湾紧紧地拥在怀里。在台风、海啸频繁造访的南海之畔，这类一年中大部分时间风平浪静的亚热带浅海湾，无疑是人类生存的风水宝地。大鹏湾内的东、北、西沿岸又散布着众多小 U 形湾。这些小 U 形湾的尽头都是背靠山岭、有溪流下切的台地或斜坡。这样的地形条件，既解决了水源问题，又便于日常的渔猎，也利于躲避恶劣天气、台风海浪的侵袭，自然成了与大自然对抗时，手无寸铁的远古先民的伊甸园。

深港两地在大鹏湾沿岸发现的新石器时代中期聚落遗址，无一不在小 U 形湾之内。

早在 1933 年，在香港大学地理系任教的芬戴礼神父等考古爱好者就在港英政府的资助下，对南丫岛大湾遗址进行了香港史上第一次大规模考古发掘。在其试掘调查报告里，罗列了一批新石器时代中期的出土陶器。

1997 年，香港古物古迹办事处联合中国社会科学院考古研究所启动东湾仔北遗址考古发掘。这是香港回归祖国后的第一个考古发掘项目，也是香港古物古迹办事处与中国社会科学院考古研究所的首次合作。

经专家确认，东湾仔北遗址是一个新石器时代晚期的墓葬区，呈现出中国南方百越族的墓葬特点。出土的 20 座古墓葬中，有 15 座保存了古代人体遗骸。在湿热多雨的酸性土壤中，这些距今约 4000 年前的人骨何以保存至今，仍是一个未解之谜。

中国社会科学院考古研究所研究员、著名人类学家韩康信教授根据解剖学原理，对照人骨比例，将一男一女的头骨进行了复原，让外界首次看到了 4000 年前香港先民的"真容"：这些人骨属亚洲蒙古人种，同时呈现热带人种特征，昭示了香港和内地文化交流的悠久渊源。

深圳地区则于 1980—1981 年间在大鹏湾东岸和北岸先后发现了咸头岭、大梅沙、小梅沙、大黄沙等新石器时代中期遗址。

其中，最引人注目的就是在大鹏湾东岸发现的咸头岭遗址。1992 年，北京大学古代文明研究中心主任李伯谦教授在系统考察、研究了咸头岭遗址、出土文物后撰文提出，"咸头岭这类遗存有自己的存在时限，有自己的分布地域，有自己不同于其他文化的鲜明特征"。

他开拓性地提出，应以咸头岭遗址的文化遗存为代表，将此前已发掘、研究的环珠江口 20 多处同时期古文明遗存，包括深圳地区的大梅沙、小梅沙、大黄沙遗址，香港地区的春坎湾、大湾、蟹地湾，珠海的后沙湾等遗址，命名为"咸头岭文化"。

咸头岭遗址

咸头岭遗址距深圳福田区约 50 公里，位于距大鹏湾东岸约 350 米处的迭福山山脚，坐落于背倚泻湖平原的海湾第二、三级沙丘上。东南曾有几条东西流向的淡水小溪，是古船只系缆停泊之处。

咸头岭遗址体量庞大，初步估算遗址范围自东南至西北长 200 米，西南至东北长 150 米，面积约 30000 平方米；埋藏深、构造复杂；地处偏远，暂时没有大规模城市建设的威胁。这些客观因素结合在一起，导致遗址的出土过程长达 25 年，前前后后经历了五次发掘。

1985 年、1989 年，深圳博物馆考古队对咸头岭遗址进行了两次正式发掘，出土了一批石器和白、彩陶器。随后发表《深圳市大鹏咸头岭沙丘遗址发掘简报》，认为这是一处距今大约 6000 年的新石器时代遗存。

1997 年、2004 年，深圳博物馆文物考古鉴定所对咸头岭遗址又进行了两次发掘。在对近 20 年来四次发掘的文化遗存进行系统分析后，李伯谦在 2005 年召开的一次学术会议上，对咸头岭遗址的年代、分期和文化源流等发表了自己的结论，断定咸头岭遗址距今约 7000 年。

李伯谦的观点并没有在第一时间得到业界的一致认可。原因在于，年代久远、叠压极深的咸头岭遗址的考古"取证"过程，有一道难以克服的硬伤：咸头岭遗址属于典型的沙丘遗址，地下沙层极富流动性，发掘时经常发生探方的坍塌，难以保证遗物出土层的准确性，扰乱地层断代。

2006 年，咸头岭遗址迎来了备受中外考古界瞩目的第五次发掘。这一次，于 2004 年 5 月成立的深圳市文物考古鉴定所，开创性地使用了一套针对沙丘地层的发掘流程：首先将探方挖成下窄上宽的斗形，以增加地层的稳固性；然后在沙土上喷水增强沙子的凝聚力，在所有要踩踏的地方铺上木板分散单点承受的压力；再在剖面上喷洒建筑喷胶加固表面。

这套"固沙发掘法"，完整、精确地提取了咸头岭遗址层位清晰的遗物和地层信息。后来，广东深圳咸头岭遗址荣获"2006—2007 年度国家文物局田野考古奖"二等奖。北京大学考古年代学实验室加速器质谱碳 14 测定，遗址最早期的下层数据为 5965 ± 40BP，树轮校正后为公元前 4940 年；新西兰怀卡托大学放射性碳测年实验室测定为 5973 ± 47BP，树轮校正后为公元前 4990 年。

中外两大权威测年机构证明了李伯谦此前的"目测"论断：咸头岭遗址的地层深处，果然沉睡着与伟大的仰韶文化同龄，距今7000年左右的深港地区史前文明。

专家鉴定认为，在环珠江口地区发现的20多处新石器时代中期同类型遗存中，咸头岭遗址年代最早、发掘面积最大，也最具典型性和代表性。前后五次发掘出土的200多件石器、100多件可修复的陶器等新石器中期遗物，时间跨度近千年，可划分为三期五段。每一阶段器物丰富、特点鲜明，是珠江三角洲地区目前唯一一处可以比较全面反映新石器时代中期考古学文化面貌的中心聚落遗址。其为本地区距今7000至6000年考古学文化的分期和断代树立了标尺，为探索本地区古文明的起源，提供了宝贵的线索。

咸头岭遗址被评选为"2006年度中国十大考古新发现"之一。

深圳博物馆馆藏着一件大鹏湾北岸小梅沙遗址出土、距今6000多年的浪花纹彩陶盘，是咸头岭文化的代表作之一。这件藏品口径23.7厘米、底径20.2厘米、高8.3厘米，被权威文物专家鉴定为"广东首次发现的新石器时代彩陶的精品"。直口、圜底，下附宽大的圈足，里表均经打磨，涂暗红色陶衣后，再用赭红色颜料彩绘，腹表、足表和足里处各饰有一组两周方向相反的浪花纹，每组花纹上下均施条彩。足表两周浪花纹之间，还用一周海浪相隔，每个浪峰上下各穿一个圆孔。

它既是一件实用的生活用品，也是一件原始艺术品。凝望着它，让人油然生出"逝者如斯夫"的喟叹，眼前莫名地浮现出一幕幕漫长历史深处的人类光影。

深圳地区目前已发现的咸头岭文化遗址共有六处。大鹏湾沿岸有五处，自东向西分别是咸头岭遗址、大黄沙遗址、下洞遗址、小梅沙遗址、大梅沙遗址，均属于典型的沙丘遗址。另一处是位于南山区月亮湾荔枝园内的月亮湾遗址，这是一处同时期遗址中仅见的山冈遗址，证明了在距今 7000 至 6000 年前的新石器时代中期，先民们已经开始沿着深圳北部梧桐山—银湖山—塘朗山一线，从易于原始渔猎的大鹏湾沿岸，迁居至便于原始农耕的珠江口东岸、深圳湾畔一带的山地上，开始了刀耕火种的拓荒生涯。

令人惊讶的是，在新石器时代晚期，深圳地区先民的"西进运动"，与改革开放后深圳城市建设沿着深圳河、深圳湾一路向西，直抵珠江口东岸的轨迹不谋而合。

深圳地区目前已发现的 57 个新石器时代晚期遗址中，山冈遗址占了绝大多数，且集中分布在今天深圳西部的南山、宝安、龙华、光明等区的大陂河、铁岗河、西乡河、观澜河和大沙河两岸。东部的盐田、坪山、大鹏等区（新区）仅有 10 处同类遗址，也多为山冈遗址。

青铜器时代的遗址、遗存同样集中在珠江口和深圳南山、宝安一带。

2001 年 4 月至 2002 年 3 月期间发掘的深圳市南山区西丽福光村屋背岭遗址，在 1400 平方米的面积内共清理出商时期墓葬 94 座，是当时广东地区发现、发掘规模最大的青铜时代早期墓葬群。根据调查和勘探的情况推断，这个遗址的墓葬总数应当在 200—300 座之间。出土的 300 多件文物多为商时期遗物，有石锛、石斧、陶豆、陶罐、玉矛、水晶。有的灰坑还出土了米字纹陶片、方格纹陶片等。另有东周墓葬两座，出土了铜矛、铜斧、铜剑等多件青铜器物。

与黄地峒遗址、咸头岭遗址如出一辙，屋背岭遗址的发掘成果惊动了中国殷商文化学会副会长、中国考古学会常务理事、北京大学考古学系邹衡教授。他一开始深表怀疑，因为在此之前整个广东地区只挖出过零星的殷商时期陶器碎片，如此大规模的出土闻所未闻。为此，他专门飞赴深圳，实地考察屋背岭遗址发掘工地。在仔细看过发掘现场和出土文物后，"石破天惊，感受震撼"。他十分肯定地判断，"屋背岭遗址是商时期偏早的墓葬群，这在广东、在南方实为可喜的发现"。

屋背岭商代古墓群的重见天日，填补了珠江三角洲及港澳地区陶器编年的一段空白。《深圳博物馆基本陈列·古代深圳》一书提出，屋背岭遗址"对岭南地区先秦时期考古学文化的编年、岭南古代文明的进程、珠江三角洲地区与其他地区文化的交流、沿海小地理单元考古学文化乃至中国边疆考古学文化的研究都具有很重要的意义"。

屋背岭遗址众望所归地被评为"2001年度中国十大考古新发现"之一，随后又被评为"'十五'期间全国夏商周考古的重大发现"之一。

屋背岭遗址的考古发现，以丰富多彩的出土文物，补足、补强了深港地区距今4000至3000年来，在远离中原文化的岭南以南，生生不息、丰满立体的史前文明史。

南头千年筑城史

公元前214年，秦朝统一岭南，设置桂林郡、象郡、南海郡三郡。这是岭南地区历史上第一次正式设立行政区划。今天的深港地区属南海郡番禺县，首次进入了中华民族大一统的版图。

日后长期作为深港地区政治、经济、军事中心的南头（今深圳市南山区南头古城一带）在汉武帝元封元年（前 110 年）首次出现。清阮元等学者修纂的《广东通志》记载，这一年，汉武帝在 28 郡分别设置盐官，岭南的"南海番禺，苍梧高要"名列其中，番禺盐官的驻地就设在南头。

　　三国吴甘露元年（265 年），吴国继在吴郡设立司盐校尉之后，又在南海郡设置司盐都尉，统辖一郡食盐生产、运销。并在南头设立司盐都尉官署，修筑城池，称"司盐都尉垒"，后城池荒芜，故又被记为"芜城"。北宋《太平寰宇记》有记"《郡国志》云：东官郡有芜城，即吴时司盐都尉垒"。这是现存文献资料中关于深港地区建城的最早记录。

　　东晋十六国期间，中原鼎沸，士族蜂拥南逃，衣冠南渡。大量北方人口的南下开拓，促使疆域广阔的岭南地区不断分置郡县。东晋咸和六年（331 年），南海郡一分为二，新置东官郡，辖宝安等六县。

　　331 年，成为深圳市的前身、千年古县"宝安"的原点。

　　宝安一名的由来说法不一。一说宝安之称源于域内一座有银矿的宝山，位于县城以北 80 里处，旧时也叫百花林，今属东莞市黄江镇和樟木头镇。明代王希文认为"言宝，得其宝者安，凡以康民也"。清顾祖禹《读史方舆纪要》的说法是，"又东十里为宝山，昔尝置场煎银于此，名石瓮场，久废"。清康熙本《新安县志》则认为，"邑地枕山面海，周围二百余里，奇形胜迹不一而足，而山辉泽媚，珍宝之气萃焉，故旧郡名以宝安"。

　　值得一提的是，"周围二百余里"绝非古人夸大其词。彼时的宝安县管辖范围横跨珠江口，不仅包括今天的深圳市、东莞市和港澳地区，连今天的中山和珠海的大部分地区也是其所辖之地。

东官郡郡治和宝安县县治都设置在南头。

关于东官郡郡治，明代吴中、王文凤修纂的《广州志》记载了其具体位置，"其地在东莞（莞）场公宇东二百步，颓垣断堑，犹有存者"。清康熙本《新安县志》称，"城南七里曰南山，则旧郡朝山也"。

南头城作为地区行政中心的地位持续了259年。此后的1000多年里，历史似乎突然加大了油门，南头城的中心地位，在频繁的王朝更迭和时代大潮的跌宕起伏中，忽明忽暗。

隋开皇十年（590年），废东官郡，宝安县改属南海郡。南海郡的郡治一直在广州，南头城自然失去了一郡行政管理中心的地位。唐至德二年（757年），宝安县突然被更名为东莞县，辖区范围不变。县治则由南头迁往到涌（今东莞市莞城街道）。这样一来，南头城的县治身份也丢了。

大唐盛世，物华天宝，海纳百川。当时城外珠江河段依然是海湾的广州城得天独厚，当仁不让地成了帝国对外贸易的"擎天一柱"，海上丝绸之路的核心节点之一。朝廷在广州城设置了总管对外贸易的市舶使，来自波斯、天竺、大食、中南半岛和南洋诸岛的商船，每年夏季都会乘东南风沿珠江口北上，聚集在广州城，万商会集，兴盛无伦。

为拱卫珠江口这条黄金贸易水道，唐开元二十四年（736年），在宝安县设置屯门镇，驻扎镇军2000人，指挥所就设在南头。《唐会要》载："开元二十四年正月，广州宝安县新置屯门镇，领兵二千人，以防海口。"

屯门镇驻军2000人，这在当时来说是一支规模不小的军队。据《新唐书》记载，广州"有府二：曰绥南、番禺，有经略军、屯门镇兵"。唐天宝二年（743年）冬，吴令光发动起义，一举攻陷浙江的永嘉郡，并横扫了台州、明州等地。朝廷命河南尹裴敦复、晋陵太守刘同升及南海太守刘巨鳞前往弹压。刘巨鳞远征浙江时，没有动用南海郡的经略军，统率前往的是屯门镇土卒，并在次年会同其他几路兵马，将吴令光起义军镇压下去。

从此次出兵浙江的过程和结果来看，屯门镇军应该不是仅受地方节制的泛泛之辈，而是训练有素、战斗力强悍的精锐野战部队。

"屯门"之名在唐代有极高的知名度，以至于有两位当时的文学大家，虽不曾身临其境、亲眼见证，却通过口耳相传和飞逸神思，就寄情于深港山海，一抒胸中块垒。

唐元和十年（815年），刘禹锡被贬广东连州。这一年的农历五月，有可能身在广州城的诗人，目睹城南的珠江上"终风驾涛，南海羡溢"，于是脑洞大开，用极其瑰丽的辞藻，挥笔写就一首描述屯门一带大海潮的《踏潮歌》，开篇就是"屯门积日无回飙，沧波不归成踏潮"。

唐元和十四年（819年），韩愈被贬官潮州，路过广州与好友元集虚分手时，写下《赠别元十八协律》组诗，其中第六首诗中有句："屯门虽云高，亦映波浪没。"

小小南头城变身为边防军事重镇，不便也不能承载军、政驻地的叠加，县治北迁于是势在必行。

大唐终结后，东莞县为南汉政权所据，屯门镇沿袭唐代旧制，以检点一员率兵驻守，但治所从南头转移到了今香港屯门的杯渡山麓。

宋时，"镇"改为"寨"，增设望舶巡检司。在扶胥都监统领下，珠江口水道自南往北密布着广惠州、广恩州、固戍角、屯门、溽洲、崖山、香山诸寨或巡检司，统兵 2792 人。

至明代，朱元璋采纳辅臣刘基的建议，于洪武元年（1368 年）定卫所官军，自京师达于郡县，皆立卫所。卫的最高长官称指挥使，统兵 5600 人。至洪武十七年（1384 年），广东沿海前后共设立了 15 个卫、100 多个千户所。洪武二十七年（1394 年），再增置东莞、大鹏等卫所。

大鹏守御千户所坐落于今天深圳大鹏新区的大鹏半岛中部，东莞守御千户所设立于南头城，东西遥望，互为掎角。

关于南头城的东莞守御千户所，《读史方舆纪要》的定位是，"其废县亦曰城子冈，地平旷，千户所置于此"。所城与子城总周长五百七十八丈五尺，城墙高二丈，顶部宽一丈，底座宽二丈。所城周边还建有六座墩台，每墩有瞭守旗军五人。其后数百年，所城又屡经扩建、重修，终成今日南头古城模样。

明正德五年（1510 年），在东莞、大鹏两个守御千户所之外，又设立一个地位在千户所之上的备倭总兵署（府）。其衙署位于东莞所城内东南，总兵由朝廷调派，统辖广东都司所属水军，广东各卫所官军亦受其节制。

总兵"备倭"南头城，足见深港地区在广东海防中的重要地位。

明嘉靖四十三年（1564 年），抗倭名将、两广提督侍郎吴桂芳奏请在南头城设立参将，"当此镇而设大将、屯重兵，甲士连云，楼船碍日，则内可以固省城之樊屏，外可以为诸郡之声援，近可以杜里海小艇劫夺之奸，远可以防澳中番夷跳梁之渐"。

朝廷准奏。同年，备倭总兵署（府）裁撤，改为参将署，下辖 3000 士兵、主力战船 60 艘，"督兵三千，足称巨镇"。明嘉靖四十四年（1565 年），在吴桂芳的建议下，广东沿海新设六处水寨，每寨各有 1200—1800 名水兵、40—60 艘战船不等。南头水寨由海防参将直接指挥，其余五处水寨也由其总辖，牵制范围东到大鹏鹿角洲（今属深圳市大鹏新区），西至广海三洲山（今属广东省台山市），人称"虎门之外卫，省会之屏藩"。

一时间，南头城寨内水、陆两军交驰，城头龙旗、日月旗猎猎，极一时之盛。

宝安县名漂流记

明万历元年（1573年），阔别了800余年的县治重新回归南头城，分东莞县，立新安县。

唐至德二年（757年），宝安县曾改名东莞县，县治从南头北迁至到涌。那时，以丘陵、山地为主的深港地区生产力水平相对低下，人丁稀少，物产不丰。但时至800年后的明朝中后期，在多种客观因素的合力刺激下，当地人恢复南头县治的心思一天天地活泛了起来。

大环境是时代潮流如此。有明一代热衷于中央集权，在朝堂，弃丞相制度、设六部分理朝政；在地方，废行省、设三司，同时将大县化小。一番折腾下来，广东一地就增加了22个县级行政单位，达到8州77县。

根本原因是现实需要。随着时光流逝，珠江口沿岸潮退滩露，基于河海物产的原始商品经济崭露头角。以"沙井蚝"为代表的人工养殖业逐渐兴盛，声名远播；至于古已有之的制盐业更是蒸蒸日上。但深港地区多山，耕地不足且多为下等田，种植薯、芋、蔬、菽居多，本地生产的粮食只够维持数月。不足之数全赖当时的东莞县城到涌调配、供应，一旦运输不畅，粮价便会暴涨。

深港地区的盐、水产品输出和粮食输入，急需一个快捷的流通渠道和一个就近的指挥控制枢纽。

宝安县改名东莞县、县治北迁到涌之后，深港地区顿成"僻壤"。区内的两个中心点，东莞所城距县城 50 多公里，大鹏所城距县城更是超过 100 公里。山高路远，交通不便，不但极大地制约了重要商品的流通，也让本地民众因为必须长途跋涉去处理徭役、赋税、诉讼等民政事务而倍感艰辛，怨声载道。

一场未遂民变点燃了深港地区独立建县、县治重归南头城的导火索。明嘉靖四十年（1561 年）夏，东莞县一带发生大饥荒，有饥民在南头一带"啸聚掠米，将生变"，一时群情汹汹，人心惶惶。面对如此危局，吴祚等几个乡绅挺身而出，出言斥责："若属倡乱乎？果尔，首刃我。"乡绅们的一番劝教，堪堪灭止了熊熊欲烧的暴乱火头。之后，部分乡绅、地主主动捐献钱粮赈灾，终于帮助饥民撑过了这场饥荒。

抢米事件让当地民众尤其是地方士绅们，深切地意识到了重新建县、在南头城恢复县治的紧迫性。

明隆庆六年（1572 年），广东参政、提刑按察司副使刘稳在南头一带视察海情，吴祚等几个乡绅泣血进言，"号吁伏地，请建县治，以图保障"。在士民"万口同词，唯愿建县"的民意推动下，建县申请在几经反复后终于上达天听。

明万历元年（1573 年），包括今天深圳市大部、香港全境及东莞市南面的部分地区从东莞县划出，新设新安县，县治在南头城。

寓意"革故鼎新，去危为安"的新安县，为千年古县宝安接续了香火，千年古县治南头城的城墙得以继续加高。

明终清继，新安县又逢剧变。

顺治、康熙年间，清廷先后颁布、实行"禁海令""迁海令"，严禁沿海商民船只出海，违者正法，知而不报者"皆论死"；同时禁止外国商船来华贸易，"不许片帆入口"；又勒令江南、浙江（南部）、福建、广东四地沿海居民内迁 30—50 里不等，广东一律内迁 50 里，限期执行。之后，又有"再迁""三迁"，一次比一次严厉。

清屈大均的《广东新语》详细记录了清政府为维护专制统治制造的这一场惨绝人寰的灾难。"岁壬寅（康熙元年）二月……令滨海民悉徙内地五十里……于是麾兵折界，期三日尽夷其地，空其人民。弃赀携累，仓卒奔逃，野处露栖，死亡载道者，以数十万计。"

遭此飞来横祸，拥有漫长海岸线的新安县元气大伤。此前，新安全县共有约 7000 人，经历数次迁海后仅存两千余人，"死亡载道者"数不胜数。连清康熙本《新安县志》都有记载，"及复归，死丧已过半"。

康熙六年（1667 年），人口锐减三分之二，田土、赋税所剩无几的新安县，再次被并入东莞县。宝安县名、南头城县治的历史又被拦腰切断。

康熙七年（1668 年），重病缠身的广东巡抚王来任痛定思痛，上《展界复乡疏》，痛陈迁海之弊：迁海之举造成广东一省数十万民众流离失所，"各无栖址，死丧频闻"，每年损失地丁钱粮 30 余万两；被迫迁出的民众大多数倾家荡产，因生活无着而"相聚为盗"……

也许是这些血淋淋的事实刺痛了最高统治者，康熙八年（1669

年），清政府下令展界，允许部分北迁居民重返家园。同年，新安复县。

至此，深港地区上演了二进二出东莞县的历史戏码。两百多年后，革命党人推翻了清王朝在新安县的统治，迎来了1912年的民国肇始。

历史的天空就是这样阴晴不定，谁也没有想到，深港地区会在新朝伊始之际，一头撞上了自己的复名之路。

1913年，民国政府搞了一个"废府存县"运动，废除清朝实行的省、府、县三级管理体制，改为省、道、县三级管理体制。这本来是一次换汤不换药的行政体制调整，但在实际操作中，却意外地发现了这样一个惊人事实：在当时全国所有县中，竟然有221个、94组存在重名现象，其中两县重名的多达148个，三县重名的36个，四县重名的16个，五县重名的15个。

最夸张的是，有一个名字居然被分别位于直隶、山东、吉林、江西、浙江、贵州的6个县共同使用。让人捧腹的是，在一大堆信达雅的县名中，这个使用率奇高的名字居然是毫无新意的"新城县"。

1914年，我国近代史上最大的一次地名规整运动正式实施。全国同名之县，只保留一个，其余全部改名。保留县名的原则是"先到先得"。查查档案、典籍，谁先用的就保留，后来的通通改名。但原则之外还留有一个"特殊优待"的门缝，即在对外条约中提到的县名，考虑到后续影响，即便是后来者，也可以挤掉先到的前辈。比如"三水县"，当时广东、陕西各有一个。陕西的三水县设置于明成化十三年（1477年），广东的三水县设置于明嘉靖五年（1526年），相比之下，后者晚了49年。但广东的三水县在清光绪二十三年（1897 年）英国强迫清政府签订的《中英续议缅甸条约》里被辟为对外商埠，并设有三水海关税务司公署，改名对外影响较大，于是只好委屈陕西的三水县拱手相让，改用秦汉时期的旧称栒邑县（今陕西省旬邑县）了。

新安县也在因重名而需要改名的行列里。河南省也有一个新安县，设置时间早在公元前 221 年，也就是秦始皇荡平六国、建立起中国历史上第一个大一统帝国的那一年。于是深港地区欣然迎回了自己被动失去的、已经在历史的烟尘中漂泊了 1100 多年的古县名：宝安。

"罗溪""滘水""深圳河"

自唐至今，古县名"宝安"在历史长河里漂流、浮沉。深圳河与之相伴随，在历史的角落里默默成长。

遥想 7000 至 6000 年前的某一天，天气晴好，小梅沙海边聚落里的某个远古先民，狩猎时一时兴起攀爬上了今天深圳最高峰、海拔 943.7 米的梧桐山。他看到的古深圳湾是什么模样呢？

答案是：一片汪洋。

南海之水自西向东奔涌而来，直抵他所站立的山峰脚下。因为北、东、南三面群山的围挡，海水入口又在西面与北向广州的海潮交叉，故而脚下的水面显得波澜不惊。

这个想象中的远古先民站在梧桐山顶向西远眺古深圳湾看到的景象，绝非历史的虚幻梦境。现代科考证明，古南海水曾两次大规模海侵、海退，包括今天深圳河两岸的香港新界北端全部，深圳市罗湖区、福田区大部分，南山区、宝安区的低地、台地区域，在距今 7000 至 6000 年前及此后的漫长岁月里，确曾是暗无天日的海底世界。

21 世纪初，广东省地质局和广东省科学院广州地理研究所组织有关专家进行专项科考，根据广州市沉积记录和新构造运动的历史记载，研究出了广州地区距今 1 万年来的海陆变迁史。

约 1 万年前，地球进入冰后期，世界气候转暖，冰川大量融化，亚欧和北美大陆冰盖退出。约在 7000 年前，一次大规模的海侵席卷今天的珠江三角洲地区，地史上称之为"中全新世海侵"，今广州城内低地多为海水覆盖。

约在 5000 至 3000 年前，此次海侵的能量耗尽，海水慢慢退出了今天的广州城区。

约在 3000 至 2500 年前，"晚全新世海侵"卷土重来。由于这一时期珠江三角洲地区发生剧烈的地质构造沉降，滔滔海浪再度长驱北进，而且比上一次来得更加猛烈，淹没了今天的整个广州地区。越秀山下，浪涛滚滚。

千百年来，南海涌浪猛力拍击岛岸，最终刻画出了距今 6000 多年的七星岗海蚀崖、长洲海蚀崖等海蚀遗址，如同古南海水留在广州城的亲笔签名。

约在 2500 年前，珠江三角洲地区的地质构造沉降暂停，海水再次后退。年径流量高达 3300 多亿立方米、在国内仅次于长江径流量的珠江水系乘机展开反击，开启了它延续至今的环珠江口地区沉积、造陆运动。在地球自转作用的助阵下，珠江水系的北岸淤积加快，逼迫海水加速南退。

通过对秦以来广州古城、船台、水闸等遗址的考古发掘，学术界对秦末汉初以来流经广州古城区段珠江岸线及宽度，有了比较一致的看法：秦末大将任嚣在珠江北岸筑"任嚣城"，城南就是南海。彼时"江"面宽约2020米，为现在同一江段宽度的10倍多，是不折不扣的"海"面。

接下来的西汉、东汉、三国时期，这段江面宽度以肉眼不可见的速度缩小到约1960米、1890米、1790米。

白云苍狗，又是悠悠近500年，大唐盛世之际的这段珠江江面依然宽约1400米。唐高适《送柴司户充刘卿判官之岭外》有句"海对羊城阔，山连象郡高"。边塞诗人高适是北方渤海郡人，一生不曾驻足岭南，他不说"江"对羊城阔而称"海"对羊城阔，实在是因为此前本地人皆称城外的珠江为"海"，前朝的史书和名人也多持此说。如《汉书》称番禺为"近海"；东汉末年交州刺史步骘在番禺修"越城"，著文说广州"负山带海"，是"海岛膏腴之地"；三国东吴中书丞华覈也称广州"州治临海，海流秋咸"。

宋人朱彧《萍洲可谈》卷二称"广州市舶亭枕水有海山楼，正对五洲，其下谓之'小海'"。到了宋代末年，此段江面宽约1100米，比秦时窄了几乎一半，但开阔处仍被人们称作"海"。

从明代开始，海退加速，海水以每年70—130米的速度退出，珠江急剧收缩，不到300年时间里，此段江面宽度缩至约650米，比宋代缩窄了450米之多。及至清代，江面只剩下了550米。至近代，珠江平均宽度已不到400米。到了当代，平均宽度又降至264米，最窄处仅有180米。

多项地质信息数据和历史文献显示，迟至明清，流经广州古城区的珠江才慢慢卸下了"海"的妆容，换回了"江"的面貌。

在此期间，距广州60公里的虎门成了珠江出海口。清康熙二十五年（1686年）《番禺县志》在分述东江、北江、西江之后，写道："粤故海国也，支流为多，而皆源于三江，即西、北、东三江，出虎门入海。"

"珠江"这一名字，最早形诸文字也是在明代，即明嘉靖三十七年（1558年）黄佐所作《海珠》一诗的首句"珠江烟水碧濛濛，锦石琪花不易逢"。清道光二年（1822年）由阮元等学者修纂的《广东通志》称"珠江，源于三江，合流于城南，中有海珠石，是谓珠江，一名沉珠浦"，则是记载"珠江"一名的正式史志。

深圳河属珠江水系，它的形成过程基本上是珠江的缩小版。

比照珠江流经广州古城区河段的"露出史"和目前深圳地区已有的考古发现，可以肯定深圳河是一条非常年轻的河。距今约2500年前，海水直逼梧桐山等山峦脚下，今天深圳河干流段尚在水底沉睡，就是其主要支流沙湾河、莲塘河、梧桐河等山谷水流，也是下山即入海，最多只能称为山间溪流。

直面南海大潮的大鹏湾海岸边密布的海蚀崖、海蚀岩、海蚀洞、海蚀柱，是古南海水两次海侵留下的永久印记。其中，大鹏半岛最南端的国家级地质遗迹鹿咀海蚀崖近乎直立，高度在10至50米之间，深入其间的海蚀洞高12米、宽6至7米、深约20米，让人惊叹于大自然的鬼斧神工。海蚀洞是高潮海水千百年来拍击山崖砂岩冲蚀而成的。这意味着海侵期间，深港地区的海平面至少高出现在12米。难以想象，把这个海侵高潮期间最低值的海平面放在今天的深圳湾会是什么样的景象。

千百年来海水缓缓后退，古深圳湾内的山冈、高地、台地、低地渐次露出水面。不过，同样可以肯定的是，至少晚至北宋末年，今天深圳河干流北岸已成钢铁丛林的罗湖、福田两区的大片低地仍在海水之下，或者是潮来潮往的浅海滩涂。

证据就是，经过深圳市文物考古人员 40 多年孜孜不倦地仔细翻找，这片区域内不但没有发现过任何先秦遗址、遗存，迄今为止发现的最早的古墓葬，还是位于市中心莲花山西北角山坡、建于南宋淳祐八年（1248 年）的下沙村黄氏一世祖黄默堂墓。这一年，距北宋终结已有 121 年之久。

按照南海海水以每年 70—130 米退出珠江江面的速度计算，此时深圳河的大模样应该已经出来了，高地、台地上已有零星垦殖，只是海滩开阔，河水恣意流窜。南宋、元两代，连年战乱导致的南下移民蜂拥而至，大规模束塘筑田之下，深圳河河岸线急剧收缩。

明清时期，海退加速，吸引了更多拓荒者进入，形成了一个水退人进的正循环。

时间和空间联手，自然和人工合力，终于将现代地理学意义上的深圳河推进了蜿蜒史册。

据目前可考史料，深圳河首次"出镜"在明初。

研究者的依据是深圳河畔、深圳火车站东侧的罗湖村族谱《袁氏家谱》。罗湖村袁氏发源于河南汝南，六百多年前迁至东莞温塘定居。明洪武元年（1368 年），先祖袁彦安屡试不第，遂举家迁至此地，拓田 1700 亩，闭门耕读，成为罗湖村开基之祖。

《袁氏家谱》记录了多位明初先人的诗词歌赋，其中"罗溪"一词反复出现。把他们诗中的细节描述与现实地貌结合起来观照，可以确定，罗溪就是当时深圳河畔人家给这条年轻河流取的"小名"。

罗湖村袁氏二世祖袁百良的《卜居》有句"罗溪水长渔歌晚，梧岭峰高月吐迟"，诗中的"梧岭"即梧桐山，"罗溪"就是梧桐山脚下的深圳河。三世祖袁渔隐的《携客游罗溪作脍》有句"罗溪水长鳜鱼肥，同客观潮坐石矶"；他另一首诗的标题直接就是《游罗溪》，有句"罗溪峻岭水还深，上有乔松百尺阴"。后世族人袁皓作《晚兴》一诗，一句"梧峰吐月映罗溪，缟带飘飘赤墈西"，更是带出了三个当地地名，其中的"赤墈"就是今天金融机构云集的罗湖区蔡屋围一带。

迟至清康熙年间，袁居易撰写《袁氏家谱序》，仍将深圳河称为"罗溪"。

明代中后期，深圳河的官方称谓"滘水"始见于文献。清康熙本《新安县志》称："滘水，在城东四十里，发源于梧桐、莆隔、龙跃头诸山，西流曰钊日河，北出曰大沙河，二支分流至滘山合流而西曰滘水，经横岗山，逶迤四十余里入后海。"

这里的"城"，就是新安县治所在南头城。西流的"钊日河"、北出的"大沙河"即深圳河的两条主要支流莲塘河和沙湾河。"滘山"则是 50 米高的罗湖山，今已不存。1979 年深圳市设立的那年夏天，一场特大洪水来袭，东门老街至火车站一带低洼城区全部被淹没。第二年，深圳市政府决定"愚公移山"，耙平罗湖山，用所得的 130 万立方米土石方填平这片低洼地。罗湖区地势因此增高了 1.07 米。

原罗湖山地块上，后来矗立起了一座声名远扬的"楼山"，即 1985 年竣工、高 160 米的当时"中华第一高楼"深圳国贸大厦。

"深圳"之名源考

"罗溪水长鳜鱼肥，同客观潮坐石矶""罗溪峻岭水还深，上有乔松百尺阴"。在深圳河畔人家袁渔隐的眼里，明代早期原生态的深圳河俨然一条"水长""水还深"的大河，海潮顺着宽阔的河滩直奔上游，徐徐展现渔歌唱晚的罗溪风情。

明万历三十年（1602 年）的《广东通志》记载，彼时深圳河上游至深圳湾后海之间，舟楫纵横，自东向西密布麻雀岭渡、罗湖渡、黄岗渡、下埗渡、白石渡、南头渡等渡口。这些渡口各有分工，横水渡以小舟摆渡深港两岸，长河渡则供货运大船扬帆出海，远航环珠江口地区。

意大利传教士西蒙·佛伦特里经过四年实地勘查，于 1866 年绘制的《新安县全图》，是深港地区第一幅使用近代科学测绘技术绘制的地图。远比之前以抽象的山水画形式绘制的疆域图、地形图更具科学性、准确性，曾在 1894 年米兰地图博览会等多个欧洲展会上获奖。

在这份地图上，深圳河是用双线勾画法描绘的宽阔河道，并在上游的"螺湖"渡旁画了一艘单桅大帆船，示意可在此乘大帆船出珠江口。在深圳河汇入深圳湾的河口处，标注着英文"high water"（水很深），证明当时的深圳河干流深受海潮影响，涨潮时海水依然直逼今天的深圳河三岔河口，足以靠泊单桅大帆船。

近现代以来，海水继续后退，农田鱼塘蚕食河滩，大小水库截断上游来水，深圳河干流慢慢变小、变浅、变缓，终成"小河弯弯"，不复旧时模样。

沿河北望，"深圳"的旧时模样又如何呢？

"圳"，是"甽"的通用规范汉字，客家语，意为"田间水沟"。依照字面意思，"深圳"就是一条深浚河沟。

深圳河的民间叫法曰罗溪，史志中的官方名称是滘水，但从来没有被标注在古地图上。晚于1899年才因"深圳"这个地名而得名，并出现在正式文件和地图上。

这条"深浚河沟"在哪里呢？

清康熙本《新安县志》有这么一段记载："惠民桥，在深圳，河沟深浚，凡遇雨潦、潮涨，往来维艰；更有不知深浅，动遭淹溺。康熙二十八年（1689年），巡检廖膺宠建造石桥，名曰'惠民'。"

惠民桥是今天深圳市罗湖区人民桥的前身，横跨的是布吉河，也被称为清水河。那时的布吉还叫"莆隔"，因两百多年后广九铁路在此设站"布吉"而改名。显然，"深圳"之"圳"，指的是深圳河的支流之一布吉河。当然，从这个因果关系来看，称深圳河为深圳的"母亲河"也名正言顺。

作为地名的"深圳"最早出现在什么时候呢？

明万历元年（1573年），深港地区新设新安县，依例每隔数十年会编修一次县志。不幸的是，明万历以降至明亡的新安地方志书均已散佚。目前存世的最早记载"深圳"二字的史籍，是清康熙二十七年（1688年）编修的《新安县志》。

清康熙本《新安县志》中三处涉及"深圳"：一是《地理志·墟市》中记有"深圳墟"；二是《兵刑志·墩堡》中记有"深圳墩台"；三是《地理志·梁》中记有"惠民桥，在深圳"。

"惠民桥，在深圳"的定位，明确了今天的布吉河是作为河流的"深圳"；"深圳墩台""深圳墟"则落实了作为军事哨所和地名的"深圳"。

墩台是明初卫所军制下的基层哨所，每墩驻有瞭守旗军五名。清康熙本《新安县志》明确记载，康熙七年（1668年），新安营计划营造墩台21座，后实际建造12座，其中就有深圳墩台。康熙十年（1671年），深圳墩台和五通岭、大梅沙、小梅沙三座墩台被台风摧毁，后"俱改作瞭望台，每台设兵十名"。

清嘉庆本《新安县志·经政略四》的"汛房"一节，载有"深圳汛，把总一员"，而"墩台"一节中，则不再记"深圳墩台"，应该是18世纪末、19世纪初，"深圳墩台"又升格为"深圳汛"了。

县志记载，当时兵员达千人的新安营"设游击一员，中军守备一员，左、右哨千总二员，左、右哨把总四员，外委五员"。把总在明代是个正七品的中层军官，可统兵440人。而在新安营当时下设的六座汛房中，只有深圳汛配备了一名把总。三年后的清道光版《广东通志》提及深圳汛有把总一员、外委一员、防兵十名、拨兵三十名，俨然是个军事堡垒了。

史志以外，古地图无疑是有说服力的佐证。

目前能见到的最早标注出"深圳"和"深圳墟"的地图，是制作年代考证为清乾隆年间的《广东沿海图》。从图示来看，此时的"深圳墟"已颇具规模：上面画了8间房子，是图中新安县地界房子画得最多的地方。

目前存世的最早绘有"深圳汛"的地图，则是浙江黄岩人陈鉴绘制于清嘉庆年间的《广东通省水道图》。该地图在新安县城东醒目地标注出了"深圳汛"。清咸丰十年（1860年）绘制的《新安县水陆塘汛舆图》，对"深圳墟陆汛"和"深圳墟"的位置做了细致标注：两地被布吉河分隔，上有一座拱形桥梁相通，正是清康熙本《新安县志》中提及的"惠民桥"。结合清同治三年（1864年）《广东全图》中的标注，"深圳汛"应该坐落于今天深圳市的笔架山、银湖山一带。

墟，从虚，是为乡间集市。北宋吴处厚《青箱杂记》载："岭南谓村市为虚……盖市之所在，有人则满，无人则虚，而岭南村市，满时少，虚时多，谓之为虚。"清屈大均《广东新语》说"粤谓野市曰虚"。时至今日，广东、广西、福建等地乡村集市还多称"墟"。

在小农经济时代，从一个聚落，发展成一个有名有姓的自然村落，再进阶为辐射周边的一个墟市，其过程必然漫长。

"深圳墟"及其所依托的"深圳"，这个地方最早什么时候浮现在历史长河里？

清康熙本《新安县志》收录的古人文章中曾提及"深圳之名，史籍最早见于永乐八年"。可惜的是，至今为止没有人找到这本"史籍"，也就无法成为深圳"前世"的证据。

虽然白纸黑字的史籍记载找不到，但结合今天罗湖区老村落的形成历史，"深圳"这个地名的形成时期上溯至 1410 年前后的可能性很大。

从北宋末年至元代，战乱频仍、全国经济发展重心南移等多种因素共振，岭南地区再一次迎来了移民大潮。深圳河两岸渐次裸露出来的肥沃"生土"成为垦殖热点。罗湖村袁氏一世祖袁彦安，就是在明洪武元年（1368 年）随着这股移民大军，在深圳河畔置田、筑室，落地生根。

明代实行卫所军制，与之配套的还有军、民、商三结合的屯田制度，东莞守御千户所在今天深圳市罗湖区蔡屋围一带设有月岗屯。随着田亩拓垦的日积月累，明代中期，今深圳市罗湖区深圳河及其支流沿岸陆续形成了有谱可考的罗湖、湖贝、向西、黄贝岭、南塘等十几个村落。为便于各村庄之间的物资交易，由湖贝村、向西村、黄贝岭村、水贝村的张姓族人，在一片名为"深圳"的空地上建起店铺，周边的罗湖村袁氏，蔡屋围蔡氏，福田沙头石厦欧氏、赵氏、潘氏也在这些商铺周围聚集贸易，明朝晚期逐渐形成中心墟市"深圳墟"。

深圳墟的地理位置得天独厚。从香港元朗至惠州、从南头至沙头角、从布吉至九龙的三条交通要道在这里交会。清乾隆、嘉庆年间，深圳墟已是新安县36墟市之首。

《康熙新安县志校注》中提出，深圳墟位于今东门老街，旧城改造后已毁。深圳墟规制不小，设有四门：东门的位置在今天的解放路和东门中路的交会点，西门的位置大致在新园路与永新路交会处，南门在南庆街尾，北门在深圳中学南边的沼泽地。

每到农历二、五、八日的深圳墟墟日，谷行街的农产品交易，鸭仔街的家禽买卖，维新路的小吃杂货，民缝街的布匹、针线活计，一应俱全，热闹非凡。

从宝安县到深圳市

深圳市的前身是宝安县，建市之前属惠阳地区管理。1978年8月22日，中共惠阳地委向中共广东省委报送了一份《关于宝安县改为深圳市的请示报告》，提出"宝安这个地方将要建成为外贸基地，深圳将建为旅游区。为了进一步搞好边防，根据省委的指示精神，经地委常委讨论，我们建议把宝安县改为深圳市。这个市的建制相当于地区级，即低于地委半级，高于县半级的建制，仍受地委领导"。

官方正式文件中第一次出现了"深圳市"这个名称。

10月18日，广东省委常委会会议研究、讨论惠阳地委的这份请示报告和省计委起草的《关于宝安、珠海两县外贸基地和市政建设规划设想》。

省委常委会会议的决定是，"宝安县建立相当于地区级的中等城市，称为宝安市"。

宝安县委一班人面对这个结果，提出了自己的考量。

11月25日、12月22日和12月29日，宝安县委向惠阳地委和广东省委分别呈交《关于宝安县改为深圳市建制的报告》的初步稿、修改稿、再修改稿，连续三次，报告中详细介绍了宝安县的基本情况，并根据广东省对建市的区域的指示精神，建议"名称叫深圳市"。

在11月25日的报告初稿中，宝安县委就郑重地写道：经研究，我们认为必须把全县所辖范围改为市，名称叫深圳为好，因为深圳口岸全世界闻名，而宝安县则很少人知道。

古地名"纳以山水，辅以方位，寄予愿望，传于千年"，包含着深厚的历史文化积淀，承载着鲜活的家园记忆。在中国人的传统文化中，地名宜古不宜今，若非重大历史变迁，不会轻易更改。何况，按字面说文解字，"宝安"二字，其意也是至吉至祥。

萧规曹随沿用"宝安市"，功在赓续历史；与时代潮流共进退改为"深圳市"，胜在紧扣现实。

当时内地封闭日久，而一河之隔的香港却已是世界级的自由港，亚洲地区的金融、贸易、航运中心，是内地眺望西方世界的唯一一片开阔地。1911 年开通运行、日夜穿梭于深圳河罗湖桥上的广九铁路列车，是这个内敛的古老国度与世界串联的最大"窗口"；深圳河畔的深圳口岸，也因此成了中国举足轻重的南大门。

20 世纪前叶，中国局势瞬息多变，经深圳口岸南来北往、各怀心事的中外人士不知凡几。蒸汽笼罩处，"深圳"这个略显生僻的名字，成了南下内地人对祖国最后的记忆和北上淘金客对这个国度最初的印象。

伴随着列车轰鸣，1931 年，驻有深圳火车站和深圳口岸的深圳墟，被设立为深圳镇。

中华人民共和国成立后，广九铁路广州至深圳段改名为广深铁路，深圳镇内的火车站和深圳口岸成了中国接触资本主义世界最敏感的前哨。人们可能对实力弱小的农业县宝安县知之甚少，地处两种制度桥头堡的"深圳"一名却如雷贯耳。

1953 年，鉴于深圳镇的区位优势，人口聚居较多，工商业相对发达，宝安县政府由南头迁至深圳镇。1978 年时，宝安县人口约 30 万，深圳一镇独占约 3 万，是宝安一县政治、交通、经贸中心。

宝安县委喊出的这一句"深圳口岸全世界闻名"，绝非虚言。

宝安县委希望以"深圳"为市名，深圳河南侧"香港元素"的分量也相当吃重。

在当时宝安县委一班人的认知里，县改市的终极目标无非就是"搞活经济"，有工做、吃饱饭。深港两地自古以来就是一家亲，山高水长、割不断的兄弟情。办外贸基地、出口加工区也好，建旅游区也罢，态度最热切、出手最早的"金主"必定是一衣带水的香港同胞。把市名改为香港工商界人士熟知的深圳市，把市政府设在宜商宜行的深圳镇，就是对香港同胞最真诚、最隆重的邀约！

与香港背靠背一起串联中国近现代史的特殊地缘关系、朴素的市场意识和硬邦邦的现实考量，让宝安县委坚信：叫"深圳市"比"宝安市"更有前途。

深圳首任市委书记张勋甫晚年接受采访时这样解释道："新市的名字为什么不用现成的'宝安'而要用'深圳'呢？原因主要有三个：一是深圳比宝安更具世界知名度；二是深圳紧靠香港，处于罗湖口岸所在的地方；三是深圳有深水的意思，水为财，意头好。"

1979 年 1 月 13 日，惠阳地委向广东省委上报《关于宝安县改为深圳市建制的报告》，明确提出，"关于宝安县改为深圳市的建制问题，我们认为，为有利于对外贸易和对外加工工业，同意把深圳镇改为深圳市"。

惠阳地委态度鲜明，广东省委乐得从善如流。1 月 23 日，广东省委发出《关于设立深圳市和珠海市的决定》，最终决定将宝安县改为深圳市，珠海县改为珠海市。这两个市均为省辖地级市，分别由广东省和惠阳地区、佛山地区双重领导。

3 月 5 日，国务院下文批复同意广东省委的这个《决定》。

"深圳"这个市名终于被"争"回来了。

宝安县县改市最后定名为"深圳市"而非"宝安市"，除了广东省、惠阳地区、宝安县因地制宜、因时制宜的周密考量，恐怕也与邓小平同志的讲话不无关系。1978 年 12 月 13 日，邓小平在中央工作会议上提出"要允许一部分地区、一部分企业、一部分工人农民，由于辛勤努力成绩大而收入先多一些，生活先好起来。"《中国共产党深圳历史》一书中提及，会上邓小平"谈到主张一部分地区先富裕起来时列举了深圳等 10 来个城市的名字。这样，深圳市的名称也得到与会广东省委领导人的认可"。

从发展的眼光看，宝安县委一班人认定"深圳"这个名字更有前途，后来的主政者也明白"宝安"一名的历史价值。1980年8月26日，第五届全国人大常委会第十五次会议批准在深圳市划出327.5平方公里范围试办经济特区。1981年10月，宝安县建制恢复，属深圳市领导。1992年12月，撤销宝安县建制，建立深圳市两个新的市辖区：宝安区、龙岗区。

2001年9月18日，深圳黄田国际机场正式更名为深圳宝安国际机场。"宝安"这两个至吉至祥的汉字，与通达全球的国际机场联姻，也算是一个"名"尽其用的绝配。

千年古县名"宝安"的得失、去留，演绎着自331年以来中国历史风云激荡的时代大戏。

第二章

顺流逆流

中西文明的三岔河口

在历史上的某一天，一滴雨露从天而降，悄然坠落在今天深圳龙岗布吉海拔 214 米的牛尾岭南坡的一片树叶上。然后，一滴又一滴雨露落下。千千万万滴雨露汇成细流缓缓流淌，和在罗湖梧桐山西坡的石缝里已然成潭成溪的雨露汇合，最终冲刷出深沟溪流。这就是今天深圳河最初的源头。

顺坡而下的溪水，勾勒出如今深圳河上游的两条主要支流沙湾河、莲塘河。时光一年又一年地逝去，河水穿越唐、宋，直奔元、明，在今天的深圳罗湖文锦渡东南一侧的三岔河口合流，河面顿时豁然开朗。受海潮顶托的深圳河水在三岔河口徘徊再三之后，最终向潮声隐隐的西南方向日夜奔流。

时空流转，生生不息的中华文明也在元、明之际，抵达了自己的"三岔河口"：是辉煌再造，是浪漫依旧，还是珍珠蒙尘？

让所有中国人扼腕叹息的是，在历史的合力之下，命运安排的恰恰是第三条路。

清人钱大昕撰联：有酒学仙无酒学佛，刚日读经柔日读史。

曾国藩在致诸弟信中援引说"予定刚日读经、柔日读史之法"。

所谓"刚日""柔日"，可理解为读书人的心境调节：人在精神饱满的"刚日"宜读经典，涵养自己的浩然正气；在精神不振的"柔日"，最好夜读史事，静思明理。

可是，当代著名哲学家冯友兰送给李泽厚的对联却说"刚日读史柔日读经，西学为体中学为用"，一反前贤说法。

这绝非冯友兰先生故作惊人之语。

卒于 1804 年的钱大昕，一辈子活在"康乾盛世"的王朝迷梦里。1872 年离世的曾国藩，虽然亲历了清朝的内忧外患，但作为清朝"中兴名臣"，他不愿意也不可能前瞻到自己身故后的中华大地如此不堪。学贯中西的当代大儒冯友兰就不一样了，他可以把已经演绎完整的中外近代史摆在一起细细比较。

仔细研读中、欧历史，对于中国人而言，越接近近代，字里行间扑面而来的忧愤之情越是非"刚日"所不能承受。

欧亚大陆是早期人类文明的重要发源地。早在公元前 8 世纪前后，欧亚大陆东、西两端几乎同时盛开文明之花：在东亚，灿烂的中华文明诸子百家争鸣，诗书礼乐百花齐放；在南欧，辉煌的希腊文明在爱琴海边恣意生长，各种实验性的政治体制异彩纷呈，荷马史诗、《几何原本》流传千古。

公元前 221 年秦始皇扫灭六国，华夏一统。内部的多民族融合一波接着一波，以汉民族为主体的各民族文化的涓涓细流，汇聚成中华文明的长河，奔流不息。

公元前 146 年，罗马军团攻破雅典，希腊文明被罗马文明接管。两个古文明合流，成为整个西方文明水流清澈的上游。拉丁字母、罗马法、发达的城市公共设施、职业化的军队，成了罗马文明的特有标签。爱伦·坡在《致海伦》一诗中由衷赞叹："光荣属于希腊，伟大属于罗马。"罗马帝国全盛时期控制着约 500 万平方公里的辽阔疆域，地中海成为它的内海。

可惜，强大的罗马帝国被内部的权力之争动摇了根基。395 年，罗马帝国皇帝狄奥多西一世将帝国一分为二，交由两个儿子分治，帝国实力一落千丈。476 年，西罗马帝国被北方"蛮族"日耳曼人一举攻灭，取而代之的是日耳曼部族建立起来的一系列国家。欧洲开始进入漫长的中世纪。

476 年这一年，中国还处于南北对峙的南北朝。仅仅 100 多年后，隋朝一统中国，结束了西晋末年以来中国近 300 年的分裂局面。

隋朝享国 38 年，旋即被大唐接手，中华文明青云直上。"九天阊阖开宫殿，万国衣冠拜冕旒。"大唐胸襟万丈，是向外的舒展，有"万国来朝"，有海陆兼备的"丝绸之路"。杜甫《忆昔二首》道尽海纳百川的盛唐繁华："忆昔开元全盛日，小邑犹藏万家室……宫中圣人奏云门，天下朋友皆胶漆。"

赵宋之世的政治文化属性则更多地体现为向内的放松，是皇权的主动内收，是对文人士大夫的谦和礼遇，是对士民的体恤宽仁。宋太祖赵匡胤谨守"刑不上大夫"的古制，立下不杀上大夫及上书言事者的国策。终宋一代，知识阶层获得了相对宽松的生存环境。社会创新主体的活跃，推动宋朝政治、经济、科技、文化等诸多领域的发展水涨船高。

有宋一代，中华文明灿若星河。英国汉学家李约瑟总结了中国古代四大发明，即造纸术、印刷术、指南针、火药。除造纸术是东汉蔡伦改进之外，其他三项伟大的发明在宋代都有重大突破。恩格斯说："现在已经毫无疑义地证实了，火药是从中国经过印度传给阿拉伯人，又由阿拉伯人和火药武器一道经过西班牙传入欧洲。"

陈寅恪定论："华夏民族之文化，历数千年之演变，造极于赵宋之世。"

但历史长流即将进入 14 世纪的三岔河口时，中西文明的升降机却突然来了一个超级大反转：来自北方的铁蹄结束了宋朝的统治。

于悠久的中华文明史而言，入主中原的元朝只有短短的 98 年，但其专制统治对接下来的明代持续产生着影响。

以廷杖为例。廷杖，东汉汉明帝时已见记载。明朝沿袭了元朝的廷杖之刑，并使之扩大化、制度化。

《明史·刑法志》记载："廷杖之刑，亦自太祖始矣。"明代一共 277 年，这种针对当朝高级官员的法外之刑，居然执行了 500 多次，死伤惊人。

朱元璋坐上龙椅后，担心"北虏"卷土重来，忧惧日本"倭人"和避居海上的昔日竞争对手张士诚旧部越海来犯，还害怕"愚民"与"外番"打交道开启民智，冲击小国寡民的经济基础。

洪武四年（1371 年）起，朱元璋颁布一系列诏令厉行海禁，"禁濒海民私通海外诸国""禁民入海捕鱼""今两广、浙江、福建愚民无知，往往交通外番私贸货物，故禁之"，等等。禁令一道比一道严厉，意欲彻底断绝民间海上生产和海外贸易。发展到后来，海禁由禁令变成了法律。《大明律》有载，"……擅造二桅以上违式大船，将带违禁货物下海，前往番国买卖，潜通海贼，同谋结聚及为向导劫掠良民者，正犯比照谋叛已行律处斩，仍枭首示众，全家发边卫充军。"

朱元璋那些谨守"祖训"的子孙们变本加厉。永乐皇帝诏令将所有民间海船改装成平头船。嘉靖皇帝统治时封锁沿海各港口，销毁出海船只，断绝海上交通。这些措施严重限制了民间出洋航行，也让中国失去了抓住"大航海时代"的机会。

有明一代甚至出现了戏剧性的一幕：一方面海禁森严，一方面倭寇、海盗却层出不穷。嘉靖年间，东南沿海崛起了以汪直、徐海、郑芝龙（郑成功的父亲）等为首的一批大型海盗、走私集团。本是内陆安徽人的汪直更是"三十六岛之夷，皆听指挥，拥众数十万，称靖海王"。其实，数十万啸聚海上的海盗、走私成员中，只有一小部分是"倭人"，绝大部分是生计无着、无奈"从匪"的东南沿海民众。

紫禁城里的"孤家寡人"

明亡之际，呈现在历史学家眼前的是这样一幅离心离德的社会图景：中原，饥民在水深火热中挣扎，农民起义的烽火熊熊四起；北方，清羽翼渐丰，磨刀霍霍，八旗兵锋直指山海关；东南沿海，生计无着的渔民、商人无奈据海为盗；京城，皇帝宠信的太监、近臣们一如既往地在擅权、倾轧，有节操的文人士大夫被残酷排斥、打压，只能噤声或退隐山林，剩下的已经"不成体统"的官僚们在疯狂捞钱；分封诸地，各个品级的王爷在兼并土地、横征暴敛，大搞独立王国；边塞，装备截留，军饷绝收，哗变将士不绝于途。

巍巍紫禁城里高高龙椅上枯坐的崇祯皇帝朱由检，在万念俱灰之际走向煤山的途中，不知道可曾有过廷杖沉闷地打向大臣肉体的幻听。

明崇祯十七年（1644 年），清军入关。

一道比前朝更加野蛮、更加疯狂的专制铁幕徐徐降落在中华大地。

为什么说"更加野蛮、更加疯狂"？用朝堂上的一个细节变化，可以比较形象地说明问题。

朝堂议事，唐朝时君臣都坐着，宋朝时大臣们站着说话。到了明朝，皇权专制日趋严酷，但日常朝会大臣们还是无须跪拜。一些德高望重的大臣还有座位，第一次回答皇帝的问话，要站起来回话，第二次被问话时，就可以坐着说话了。《明史》中记载"非大仪，无须跪拜"。

到了清朝，情况就完全不同了。

雍正八年（1730 年），皇帝干了一件影响深远的大事。以平定西北罗卜藏丹津部叛乱需要朝廷提升工作效率为由，废除内阁，设立军机处。

千万不要小看这一废一立，里面可是大有文章。

秦汉及至元朝实行的是丞相（宰相）制，丞相典领百官，有决定权和执行权。也正因为这样，热衷于皇权专制的明太祖朱元璋废丞相制，后来明成祖设置内阁。相比前者的独立和自成一体，内阁没有单独的行政系统，仅仅是皇帝用来扩充皇权、抗衡六部的"参谋部"。

明朝前期，内阁大学士官阶很低，仅是正五品，最低从七品。内阁的"票拟"也仅仅是提供给皇帝的政务处理建议。当然，皇帝基于对内阁大学士们专业能力的信任，绝大多数时候对他们的"票拟"都会照批不误。

从制度上讲，内阁的施行，让皇权制约彻底丧失了。

不过凡事都有例外。洪武皇帝朱元璋、永乐皇帝朱棣等人怎么也不会想到，到了本朝中后期，后人动不动隐居深宫、不理朝政，作为皇帝行政助手的内阁大学士地位被动提升，往往兼任各部尚书或侍郎，加官至一品。

明嘉靖时，热爱炼丹修仙的明世宗朱厚熜将朝务全部扔给内阁，同时将阁臣的朝位班次列在六部尚书之上。这一变动意味着内阁首辅虽无丞相之名，已实有丞相之权。其中较为著名者，当属嘉靖时的权臣严嵩，专擅朝政 20 余年。另外，隆庆、万历年间，张居正前后当国 10 年，还以昔日帝师的地位、威望，推行"一条鞭法"。

在心机深沉的清雍正皇帝看来，没有实权的内阁仍碍手碍脚，正一品的大学士地位过于崇高，对皇权仍有潜在威胁。1730 年，他借用兵西北之机断然废除内阁，新设军机处取而代之。

军机处，由三品以上官员入值为军机大臣，随侍皇帝左右，草拟文件，传达旨意。明朝的内阁至少是皇帝的"参谋部"，清朝军机处则完完全全就是皇帝的"秘书处"了：明朝内阁尚有"票拟"权力，清朝的军机处只是皇帝旨意的记录者和传声筒；内阁大学士都是专职官员，也无固定员额和任期，有积累声望、势力的可能性，明朝中后期就先后冒出数位权倾一时，让皇帝必须依赖又有所忌惮的内阁首辅，而清朝军机大臣完全没有这种可能性，因为他们都属兼职人员，进出军机处全凭生杀予夺的皇帝的一句话。

军机处取代内阁，标志着清朝的皇权专制极大加强。

据《清会典》："大朝，王公百官行三跪九叩礼，其他朝仪亦如之。"也就是说，朝会时大臣必须给皇帝施三跪九叩之礼。这个制度的推行与军机处的设立彼此呼应、相互配套：后者负责强化皇权，前者旨在神化皇权。

除此之外，跪叩还根据场景分为三种形式：第一种叫"磕响头"，就是大臣被皇帝召见、谢恩或其他重要事项时，须摘下顶戴

奔腾的深圳河

花翎，额头叩地，叩头声必须让皇帝听到。由于匍匐在地的大臣很难判断皇帝有没有听到自己的叩头声，往往只能往死里磕。第二种叫"拜折"，就是大臣写好上奏给皇帝的奏折以后，要对着奏折三跪九叩，才能放进报匣、呈送皇帝。第三种叫"跪奏"，奏对或商议朝政时，大臣必须全程跪着。

"磕响头"和"拜折"比较好应付，因为跪的时间都不长。但"跪奏"就比较麻烦，有时候奏对之事特别复杂，又或者皇帝临朝时心情特别好，就会导致奏对时间过长，很考验奏事官员的身体素质。

据说，有一次，乾隆皇帝把时年73岁的刘于义召至养心殿。年老体弱的刘于义跪得太久了，站起身时，脚下踩住了自己的官袍，重重地摔在地上，当下人事不省，很快就去世了。

打那以后，大臣们形成了"多磕头，少说话"的默契。皇帝问话时，都尽可能地简短回答，能少说就少说，能不说就不说，争取在最短的时间里完成奏对。

就在元、明时期中华文明因封建专制统治而衰颓之际，欧亚大陆的西岸欧洲，却浮现出了文艺复兴的束束星辰，召唤着西方近代文明的曙光。

顺流逆流，一进一退。三大发明在宋朝取得的划时代的突破性进展，最终成就的是欧洲人跨洋而来，迫使中国签下城下之盟的坚船利炮。

如此令人掩卷浩叹的史书，的确不是"柔日"能读的。

欧洲人来敲门了

但丁、薄伽丘与彼特拉克被称为文艺复兴"文学三杰"。

但丁，恩格斯称他是"中世纪的最后一位诗人，同时又是新时代的最初一位诗人"。在1307—1321年写就的长达一万四千余行的长诗《神曲》中，他隐晦地表达了对蒙昧主义的厌恶，批评教会对人性的摧残，深刻地揭露了当时的政治和社会现实。

1347年开始，一场大规模的瘟疫"黑死病"席卷欧洲，至1351年有近2500万人死亡，占当时整个欧洲人口的三分之一。"黑死病"沉重地打击了欧洲，也引发了教会统治以来最大的信仰危机。

欧洲文学史上第一部现实主义巨著、薄伽丘的传世之作《十日谈》就是描写这场瘟疫的产物。书中的十位青年男女因躲避瘟疫逃离佛罗伦萨，他们在乡间停留期间，用唱歌跳舞、轮流讲故事打发时间。《十日谈》批判宗教守旧思想，主张"幸福在人间"，被后人视为文艺复兴的宣言。对应但丁的《神曲》，近代意大利评论家桑克提斯干脆将《十日谈》称为"人曲"。

薄伽丘的终生挚友、精神知己彼特拉克于1327年的耶稣受难纪念日，遇上了让他一见倾心的劳拉。在此后的21年间，他写了大量爱情诗，最后和其他抒情诗集成了一本《抒情诗集》。在西方文学史上，还从来没有人采用这样具体而丰富的内容，深入表现世俗之爱的情感与思绪。彼特拉克的《抒情诗集》及其仿效古罗马作家维吉尔的笔法、用纯正拉丁语写成的叙事诗《阿非利加》，不仅使他享誉意大利，而且将其诗名传扬到了法国。1340年，承接罗马元老院荣光的罗马市议会和巴黎大学同时发出邀请，希望他接受诗人桂冠。最后，他还是选择了罗马，这是他的精神之乡。

1341 年 4 月 8 日，在罗马青年和元老们的簇拥下，彼特拉克穿着国王所赐的紫袍，走上卡皮托林山的古罗马神殿，接受诗人桂冠的加冕和高龄元老特菲诺·科隆纳所致的颂词。

1341 年，是中国元朝至正元年。至正，是元顺帝的第三个年号，也是元朝的最后一个年号。至正年间，中原地区已是义旗遍插、狼烟四起。27 年后，朱元璋率明军攻破元大都，完成了专制皇权的交接。

彼特拉克被称为人文主义之父，也有人把他定位于文艺复兴之父，这并不完全因为他的诗名，更被文化史研究者看重的，是他对古典文学典籍的发现、整理之功。在博洛尼亚读书时，他就四处游历，寻访各地图书馆和古代遗址，尽一切可能搜寻失落于历史尘埃中的古典文学手稿。他还鼓励薄伽丘收集希腊古典稿本，并把荷马史诗《伊利亚特》和《奥德赛》传播于民间和外邦。

欧洲文艺复兴之所以潮起于 14 世纪中叶的意大利，之后才逐浪推向整个欧洲大地，与彼特拉克等先贤身处古罗马文明的故地，得地利之便率先接触到古希腊、古罗马文明的古典文本是大有干系的。

彼特拉克四处演讲扩大影响。他称自己的文艺思想和学术思想为"人学"或"人文学"，以此和"神学"相对立。他大声疾呼，要让欧洲迎来"一个古代学术——它的语言、文学风格和道德思想的复兴"。

意大利文艺复兴的时代潮流缓慢外溢。14 世纪末，信仰伊斯兰教的奥斯曼帝国入侵定都君士坦丁堡（今土耳其的伊斯坦布尔）的东罗马帝国。东罗马帝国的学者们携带着大批古希腊、古罗马文明时期的艺术品和文史哲书籍，四散逃往欧洲各城邦国家避难，大大加快了欧洲文艺复兴的步伐。

在这些古典遗存里，欧洲人猛然发现：希腊神话和《罗马史诗》描写的上古诸神，有血有肉，敢爱敢恨，有胆有识。

古罗马时期复制的古希腊雕塑家米隆的雕塑作品《掷铁饼者》表现出来的动人心魄的力和美，让欧洲人找回了力量之源。

雅典卫城之肃穆，罗马斗兽场之狂野，让欧洲人心神荡漾：是啊，早在公元前，我们的先辈就在地中海千帆竞发，自由自在地耕海，与各地各族开展贸易，金币在海水里翻腾⋯⋯

欧洲文艺复兴的交响乐奏响，一次规模空前的知识大爆炸撼动了蒙昧的堡垒。从但丁，到彼特拉克、薄伽丘、马基雅弗利、拉伯雷，再到哥白尼、伽利略、卡尔达诺、乔托、列奥纳多·达·芬奇⋯⋯一串串响亮人间的名字，闪烁在欧洲的夜空，也照亮了人类的历史。

文艺复兴人文主义思潮所引发的不仅仅是文艺的百花竞艳。在它的鼓荡下，欧洲宗教改革、现代国家诞生、商业革命、科学革命此起彼伏，互相成就。

东濒地中海、西临大西洋的伊比利亚半岛上的西班牙和葡萄牙成了航海探险的先锋。

克里斯托弗·哥伦布发现新大陆是 15 世纪欧洲航海家开辟全球新航路的先声。哥伦布是一个天生不安分的人，他生于意大利热那亚，1478 年移居葡萄牙，曾向葡萄牙国王建议向西航行，以探索通往东方印度和中国的海上航路，未被采纳。1485 年，哥伦布移居西班牙。

1492 年，哥伦布终于和西班牙女王伊莎贝拉一世达成一致，并与之签订了著名的《圣塔菲协定》：一旦发现新大陆，女王将和他分享成果，除了海军司令、总督的头衔之外，他还能得到从处女地运回财产的十分之一。

1492 年 8 月 3 日，哥伦布率船三艘、水手 90 名从巴罗斯港出航，横渡大西洋，到达巴哈马群岛、古巴、海地等地。此后又于 1493 年、1498 年、1502 年出航，抵达牙买加、波多黎各诸岛及中美洲、南美洲大陆沿岸地带。

哥伦布以为他抵达的新大陆是印度，故称当地居民为"印第安人"。

哥伦布发现新大陆轰动了西班牙和整个欧洲，西班牙女王并未食言，完全兑现了《圣塔菲协定》承诺许给哥伦布的一切。

哥伦布的成功远航，让憋着一口气与西班牙竞争的葡萄牙国王曼奴埃尔一世坐卧不宁。1497 年 7 月 8 日，出身航海世家的达·伽马奉国王之命，率领 4 艘小型航船和 140 多名水手，踏上向东探索印度、开辟远东贸易航线的航程。1498 年 5 月 20 日，印度西南海岸港口城市卡利卡特的居民，一脸惊讶地看着这群有史以来第一次绕过好望角的欧洲水手。

达·迦马的探险，成功打通了从欧洲绕过非洲好望角直抵远东的航线。随后，荷兰人、英国人的舰队又先后称霸印度洋和东南亚。尾随探险家和舰队而至的是一拨接一拨的贸易商人、传教士、海盗等，他们一路向东，向着神秘的中国、日本进发。

美国学者、《世界文明史》的作者伯恩斯和拉尔夫等说："海外探险航行十分有力地刺激了商业革命……这些航海探险和建立殖民帝国所产生的后果几乎无法估价。首先，它们使局限在狭隘范围内的地中海贸易扩展成为世界性的事业。"

地理大发现开启了一个新时代，不同类型文明之间的激烈碰撞已不可避免。

珠江口外，自然界的海退在加速，来自西方文明的社会性"海侵"却已呼啸而至。

葡萄牙人与朝贡贸易

1511 年，葡萄牙人携 18 艘战舰血洗满剌加王国（即马六甲），完全控制了这个亚洲海上咽喉之地。满剌加国王曾向明廷求救，但未获理会。

控制了马六甲，葡萄牙人的目标便锁定了南海之滨的神秘中国。

澳门街头至今矗立着一尊"欧维士石像"，纪念的就是第一个到达中国的葡萄牙探险家乔治·欧维士。

明正德九年（1514 年），欧维士奉葡属马六甲总督之命，航抵珠江口外的香港屯门湾。尽管屯门镇官军不许欧维士等人登岸，但他仍然在船上做成了几笔交易，获利颇丰。与官方的拒斥不同，中国商人私下里很欢迎葡萄牙人的到来，对朝廷的贸易禁令阳奉阴违。为了纪念这次成功的航行，欧维士偷偷溜上屯门，竖起一根刻有葡萄牙王国国徽的石柱。这是葡萄牙探险家发现一块所谓无主之地后的通行做法，以示此地属于葡萄牙国王。

也是命运弄人，这根探险家专用的石柱日后竟成了欧维士父子的墓碑。先是儿子病死在屯门，被欧维士埋在了石柱之下；1521 年，欧维士再次航抵屯门，一个多月后即病逝。同伴柯罗将他的遗体也葬在了那根石柱下面。

欧维士于 1514 年立下的那根石柱像一个隐喻，它是一对父子探险家的墓碑，也是欧洲人撬动古老中国沉重大门的第一个支点。在此后的数百年间，葡萄牙人、荷兰人、英国人以贸易、军事、科技为杠杆，轮番上场，终于打通了进入中国的门户。

1517 年，葡萄牙特使皮雷斯和船队指挥官德·安特拉德率领 8 艘远洋帆船抵达屯门。屯门第三次迎来了葡萄牙人。皮雷斯通过驻防南头的备倭总兵署（府）向广州当局知会，他们是葡萄牙国王的使团，要求觐见中国皇帝，请求朝贡贸易。

广州方面久无音讯。皮雷斯不堪漫长等待，径自带领三艘帆船溯珠江而上，直抵广州。

皮雷斯乘坐的帆船在广州靠岸后，又是鸣放礼炮，又是升旗，极力示好。让他没想到的是，这套新奇的西洋礼仪，竟被广东布政使吴廷举视为有意冒犯，差一点直接将这群葡萄牙人驱逐出境。经皮雷斯反复解释，吴廷举才将他们的要求上报给两广总督陈西轩。几天后，陈西轩下令：鉴于这些番夷"不知礼"，不通中国礼俗，命令他们在广州城内的光孝寺先好好学习礼仪，然后才有可能觐见中国皇帝。

1518 年，葡属马六甲总督增派德·安特拉德的弟弟西蒙·安特拉德率四艘军舰来到屯门，可能是想来为使团壮壮声威。从结果来看，葡萄牙舰队并没有起到什么作用。

直到 1520 年 1 月，皮雷斯使团被中国官员关门"教育"了两年多之后，才终于获得明廷恩准：使团可以进京，带来的特产按市价折成银两；其余无关船只、人等，立即退出广州至屯门等候，军舰返回马六甲。

根据《明史》记载，皮雷斯使团能在广州滞留两年多，最后获准进京，有一个特别的中国人起到了决定性作用。《明史·佛郎机传》记载："时有火者亚三者，系中国人，而善佛郎机语，为比莱斯通议。比莱斯得以滞留广东，未被广东守臣见逐者，殆为火者亚三夤缘权贵之所致。"这段话里的"佛郎机"指葡萄牙，"比莱斯"就是皮雷斯，"通议"即翻译。元张昱《宫中词》之十八："近前火者催何急，唯恐君王怪到迟。"所谓"火者"，即宦官，亦泛指受阉的仆役。《明史·太祖纪二》说："闽粤豪家毋阉人子为火者，犯者抵罪。"也就是说，一个精通中文和葡萄牙语、名为亚三的中国阉人帮助葡萄牙人用金钱开道，攀附广东地方上的权贵，才有了有史以来欧洲使团第一次中国之行。

按照葡萄牙人的记载，皮雷斯使团在 1520 年 1 月出发去南京和皇帝见了面。这个皇帝不是别人，正是喜欢到处巡游的正德皇帝朱厚照。

1521 年正月转瞬即至，皮雷斯使团并没有被邀请观礼大祀。不过，对皮雷斯而言，这不是最糟糕的。最糟糕的是，还没有来得及在北京和礼遇自己的正德皇帝再见上一面，朱厚照就在南郊大祀时突然大口吐血，不久后溘然长逝。

情势急转直下。朱厚照驾崩当日，皇太后就根据群臣意见杀了恃宠而骄的江彬。然后，又以"冒充使者"的罪名将亚三处死。

群情汹汹，不仅让葡萄牙人的朝贡贸易梦碎，作为一国使节前来"乞见"大明皇帝的皮雷斯也难逃噩运。使团成员之一克里斯多弗·维埃拉曾于 1524 年写下一封《广州葡囚书简》，其残卷收藏于里斯本国家档案馆。据该书简记载，1521 年回到广州之后，使团共 24 人被戴上刑具下狱。其间，不断有人不堪重枷铁镣而死，或被狱卒鞭打伤重而亡。皮雷斯，并不在幸存者名单上，因此可以肯定已在 1524 年前暴死于广州狱中。

奔腾的深圳河

在屯门湾苦苦等待皮雷斯使团归来的葡萄牙船队不肯就此退回马六甲。1521年初，广东海道副使汪铉来到如今深圳的南头城，"乃召濒海之民，激以大义"，整顿南头水寨和东莞千户所的兵力，准备以武力击退葡人。

被称为中国海上抗夷第一战的"屯门海战"就此在珠江口打响。

明朝版"师夷长技"

战事初开，明军连吃败仗。明严从简的《殊域周咨录》说："海道汪铉以兵逐之，不肯去，反用铳击败我军。由是，人望而畏之，不敢近。"

这里说的"铳"，不是后世所指称的火铳、火枪，而是当时葡萄牙舰船上列装的新式火炮。汪铉在《奏陈愚见以弭边患事》中详述了"强番佛郎机"的坚船利炮，"其船用夹板，长十丈，阔三丈，两旁驾橹四十余支，周围置铳三十余管，船底尖而面平，不畏风浪，人立之处用板捍蔽，不畏矢石。每船二百人撑驾，橹多而人众，虽无风可以疾走，各铳举发，弹落如雨，所向无敌，号曰'蜈蚣船'。其铳管用铜铸造，大者一千余斤，中者五百斤，小者一百五十斤，每铳一管，用提铳四把，大小量铳管以铁为之。铳弹内用铁，外用铅，大者八斤，其火药制法与中国异，其铳举放远可去百余丈，木石犯之皆碎"。

汪铉描述的"所向无敌"的"佛郎机船"其实并非葡萄牙人的军舰，而是在马六甲征用、改装的武装商船。显然，明朝海禁政策实施 150 多年，与海外隔绝，到明中期连堂堂一个海道副使见到"蜈蚣船"都要惊羡不已。

数战之后，汪铉观察到这种船大是大，却"大而难动，欲举必赖风帆"，机动性较差。于是在最后决战时刻，汪铉决定采用火攻战术：在风向合适时，将柴火油料装满小艇，逼近敌船时点燃，来一个"火烧赤壁"。

至于火器上的差距，神奇地被两个"火者亚三"式的中国人填平。东莞县白沙巡检司巡检何儒报告，他上年在葡萄牙人船上检查时，见到了中国人杨三、戴明，两人在南洋为葡萄牙船队服务多年，懂得造船、铸铳、配置火药之法。汪铉大喜，即施"用间"之计。在战后上奏的战报里，汪铉喜滋滋地说道："……即令何儒密遣人到彼，以卖酒米为由，潜与杨三等通话，谕令向化，重加赏赍，彼遂乐从，约定期夜，何儒密驾小船接引到岸。臣研审是实，遂令如式制造，试验，果效。"

汪铉在奏折中向皇帝坦承，自己最后取胜葡萄牙人，靠的就是"偷师"对方的技术，"后臣举兵驱逐佛郎机，赖用此铳取捷，杀灭无遗，夺获伊铳大小二十余管，比与杨三等所造，体制皆同"。

当年 6 月的一个暴风雨天里，中葡两军在如今香港屯门湾一带决战。明军参战兵力约 4000 人、战船 50 余艘，葡萄牙 700—800 人、"蜈蚣船"4 艘。明军人多势众，仿制的"佛郎机铳"火力大增，再施以火攻，终以击沉敌舰 1 艘、毙伤敌军约 100 人的战果结束战斗，其余 3 艘葡军战舰败退马六甲。

屯门海战的胜利让明朝底气倍增，下令今后明军水师见到悬挂葡萄牙旗帜的船只，可以不用层层上报，直接击毁。

回师南头城后，汪铉欣然赋诗一首，末句"回首长歌无尽兴，天高海阔月明中"一抒胜者胸襟。因此战功，汪铉升任广东提刑按察使，后累迁为刑部侍郎、都察院右都御史。明嘉靖十三年（1534年），汪铉兼任吏部、兵部两部尚书。明朝废除丞相制，六部尚书是事实上的最高行政长官。

汪铉班师前，南头乡亲提议为其建生祠，被其拒绝。明嘉靖八年（1529年），汪铉进京为官，南头乡亲再次合议立生祠之事，于是将废学馆整修后设为"都宪汪公遗爱祠"。明万历元年（1573年），广东地区立新安县，知县吴大训、乡绅吴祚等重修"遗爱祠"，并将其与为新安县建县立下汗马功劳的刘稳一起供奉，改名为"汪刘二公祠"。此后，每年仲春、仲秋上旬的戊日，县府都会在此祭祀。清康熙二十九年（1690年），新安知县靳文谟主持重修，乡绅捐赠祀田数十亩。该祠前殿于抗日战争时期被日军拆毁，现仅存后殿，1988年被列为深圳市市级文物保护单位。

南头乡亲执意要为汪铉建生祠，是基于一种朴素的乡土情怀，认为汪铉逐退番夷、保卫家乡的功绩配得上这个崇高的荣誉，担得起乡亲们的纪念。

从今天的角度远眺时间长河，汪铉的最大历史价值应该是他第一次在行动上实践了"师夷制夷"，比后世魏源明确提出"师夷长技以制夷"的主张早了300多年。更可贵的是，魏源发声时，清军已在第一次鸦片战争中溃败，清朝摇摇欲坠，"师夷长技"一说在举朝喏喏的大环境中确属警世醒世之言，但也是没有其他选择下的无奈之举了。

汪铉就不一样了。他生活的明朝中期，皇权专制愈演愈烈，朝堂上的政治生态逐渐败坏，保守主义越来越严重，海禁绑住了沿海民众的手脚，这些都是不争的事实。但是，此时的欧洲仍处在文艺复兴后期，正在蒙昧的泥淖里挣扎以求脱身，首先跑到亚洲来的葡萄牙人更多靠的是海洋民族天生的冒险精神和重商主义，其综合国力与明朝不可同日而语。屯门海战后很长一段时间里，葡萄牙人又在广东新会一带海面战败，窜至浙、闽，还是屡屡碰壁，一无所获。至少在汪鋐的主观理念里，大明王朝的国威、军威，举世无双，无远弗届。

但汪鋐的实际行动说明他拥有大明王朝越来越稀缺的开放、务实精神。他站在战争第一线，领教了"佛郎机铳""举放远可去百余丈，木石犯之皆碎"的厉害后，没有蛮干，去搞杀身成仁式的狂攻，而是自作主张"师夷长技"，对番夷的新式武器进行仿制。

更难能可贵的是，战争结束后他给皇帝的奏折中对"佛郎机铳"做出了高度评价，并不讳言明朝当时的火器已落后于西人，"臣窃佛郎机凶狠无状，惟恃此铳。铳之猛烈，自古兵器未有出其右者。用之御敌，用之守城，最为便利"。

此后的一系列表现证明汪鋐绝不是故意夸大敌人的强大来抬高自己取胜的价码，从而向皇帝邀功。明嘉靖元年（1522 年），西草湾海战后，汪鋐特地将缴获的"佛郎机铳"拉到京城，让皇帝和朝臣们观摩实物。明嘉靖九年（1530 年），西北边患严重，汪鋐再次向皇帝上奏《再陈愚见弭边患事》，认为"当今之计，惟当用臣所进佛郎机铳"，"照依式样多造佛郎机铳，人人教熟晓铳之法"，装备沿边军镇。这一次，嘉靖皇帝终于听进去了，"帝悦，即从之"。

汪鋐还大力倡议建造"佛郎机船"。他认为，"操江虽有船只，或未尽善，合无照依蜈蚣船式样，创造数十艘，易今之船。使橹用铳，一如其法，训练军士，久而惯熟，则防守益固"。

汪鋐的良苦用心，引起了后世有识之士的共鸣。明天启三年（1623 年），兵部尚书董汉儒等进言："澳夷……其大铳尤称猛烈神器，若一一仿其式样精造，仍以一教十，以十教百，分列行伍，卒与贼遇于原，当应手糜烂矣。"同年五月，浙江道御史彭鲲化上书："中国长技，火炮为上。今澳夷远来，已有点放之人，宜敕当事者速如式制造，预选演熟，安置关外，庶几有备无患。"

是啊，葡萄牙人千里迢迢送来先进的"佛郎机铳"，为何不顺手"拿来"，让帝国有备无患呢？明朝后期，在这种开放理念的推动下，炮管高倍径大于20的滑膛加农炮"红夷大炮"（清朝讳"夷"字，改称"红衣大炮"）开始投入使用。

明天启年间，努尔哈赤率八旗精锐攻打宁远，明将袁崇焕以红夷大炮轰击，"每炮所中，糜烂可数里"，努尔哈赤因之受伤，同年去世。继位的皇太极再次发动进攻，被袁崇焕以同样的方式击退。在明廷仿制的西洋大炮一再猛轰下，皇太极终于开窍了，认定"火器攻城，非炮不克"，也开始募集人才组建比明军规模更大的炮兵部队。

澳门咏叹调

从明正德九年（1514年）葡萄牙人欧维士首次抵达珠江口外的香港屯门湾以后，近40年时间里，葡萄牙战舰和武装商船在中国东南沿海流窜，始终不得其门而入，无法和明朝开展正常的朝贡贸易，也无法光明正大地登陆屯门，只能在海上干些偷偷摸摸的买卖。

但在明嘉靖三十二年（1553年），葡萄牙人居然不声不响地"窃居"在了珠江口西岸的澳门。

一直以来，历史是这样叙述的：1553年，葡萄牙商队首领索萨

"托言舟触风涛裂缝，水湿货物，愿借地晾晒"，与广东官员交涉。时任广东海道副使汪柏受贿徇私，允许其登岸贸易。

汪铉和汪柏都出自江南汪氏望族，先后担任广东海道副使。但同族长辈汪铉在海道副使任上立下了不世之功，配享生祠；晚辈汪柏却做了卖国贼，成了民族罪人、宗族之耻。两相对比，不免让后来读史人唏嘘万千。

近年来，澳门开埠史的研究者把相关国内史志、文稿和国外档案、文件抽丝剥茧之后，提出了新的观点。

先说一说"汪柏受贿徇私说"是怎么出笼的。

在中文文献中，此说的始作俑者是明朝万历年间《粤大记》和《广东通志》第三次编修本的作者郭棐。成书于1595年的《粤大记》称："时佛郎机违禁潜往南澳，海道副使汪柏从臾之。"措辞比较模糊，既没有提及澳门，也没有涉及贿赂。从臾即从谀，也就是说，《粤大记》认为汪柏听信了谗言，让葡萄牙人违禁到了南澳这个地方。成书于1602年的《广东通志》第三次编修本里，郭棐又说："嘉靖三十二年，舶夷趋濠境者，托言舟触风涛缝裂，水湿贡物，愿借地晾晒，海道副使汪柏徇贿许之。"直言"海道副使"徇贿而许之，但并没有坐实"舶夷"就是葡人。

值得一提的是，由黄佐历时三年主修、成书于1561年，史学界公认比第一、第三编修本详尽、准确的明朝《广东通志》第二次编修本并没有这条记载。

清雍正九年（1731年），鲁曾煜重修《广东通志》时，则开始即兴"创作"了。他在参考郭棐《粤大记》时把"汪柏从臾之"一语，改为"汪柏受贿从臾之"。一下子就把郭氏所谓的汪柏在濠境（澳门）受舶夷贿赂之说，和汪柏纵容"佛郎机"（葡萄牙人）潜往南澳之说混为一谈，炮制出了汪柏收受葡萄牙人贿赂之"新说"。

鲁曾煜其言凿凿，又记载在《广东通志》这种地方史志上，后世论澳门史者受其影响，故多从其说。

晚清以来山河破碎，"天朝上国"被"西夷"围殴，故民众以痛打为朝廷打理夷务的所谓"汉奸"为乐，更是无所顾忌地演义汪柏，绘声绘色，添油加醋。有的甚至以汪柏没有子嗣为由诬蔑汪柏是个宦官，且生性贪婪、刁钻。在毫无证据的情况下生动、细致地描述了汪柏收受葡人贿赂长达五年多的详细过程，意欲坐实汪柏为出卖澳门的千古罪人。

民国时期吴宗慈所修《江西通志稿》之"汪柏传"是这样定评他的："汪柏，字廷节，嘉靖进士。授大理评事，迁光禄寺丞。大学士夏言雅重之，谓柏文学才品俱优，升广东海道副使。时海上有巨寇何姓者，为一方害，捕擒之。所获赀宝，一无所利。晋浙江布政使，寻致仕。柏所至风裁自持，淡于嗜欲，所得俸积，尽以均之昆弟。著有《青峰集》。"

其他如王宗沐《江西省大志》（万历刻本）、于成龙《江西通志》（康熙刻本）、陈淯《浮梁县志》（康熙刻本）所记与此大同小异，共同的一点就是对汪柏的才具品行一致持肯定和赞赏的态度：他带兵缉拿海盗之后，自己没有从中贪腐一分一毫；他没有什么不良嗜好，节省下来的俸禄，都拿出来抚养兄弟。他最后积功升任从二品的浙江布政使，不久后即辞官回乡，无半点恋栈之意。

汪柏一到广东，就领军一举剿灭了何亚八中外海盗、走私集团。汪柏因此战功，受到朝廷诏令嘉奖，官升一级，其善战知兵的名声也逐渐传开。1556年底，浙江倭患日趋严重，他转任浙江布政使司左参政，协助赵文华、胡宗宪指挥平倭。倭寇徐海围困桐乡时，汪柏率知县张冕自湖州勒兵解救，再立战功。次年浙江倭患平定后，汪柏又升一级，转任广东按察使。

二赴广东后，他"纠官邪，戢奸暴，平狱讼，雪冤抑，以振荡风纪，而澄清其吏治"，三年后升迁为浙江布政使。

致仕回乡后，他"退居林下，训诲子弟，一以人伦忠孝立行，清白为本"。

由此可见，汪柏无论是外出居官，还是返乡为绅，都是一个有良知、正义感和事业心的传统士大夫。

试问，这样清高自许、心怀天下，立志"鞭挞四夷"，渴望"流名百世"，并在扼守海疆时累积战功、不断升迁的汪柏，有可能会在出任广东海道副使的第一年，就和葡萄牙人勾搭成奸、私售疆土吗？

事实上，汪柏的顶头上司、主管广东一省军务的广东按察使丁以忠是极力反对让葡萄牙人上岸并租住澳门的。在丁以忠的眼皮底下，汪柏即使有心受贿私放葡人入境，也是根本做不到的。

在封建官场，出现上官极力反对、下属坚持己见并予以落实的情况，有且只有一个可能：汪柏所持的"己见"，是更高"长官"的意思，这个更高"长官"就是皇帝本人。

那么，皇帝本人怎么会有这个意思呢？

汪柏受贿徇私之辩

有明一代的早、中期严格实施海禁政策，禁绝海上民间贸易。但是，专供皇族享受的生意不能停，又不愿放下架子和人家痛痛快快地做买卖，于是畸形的商业活动和皇家礼仪捆绑，只讲政治面子不谈收益里子的朝贡贸易体系出笼了，即"是有贡舶即有互市，非入贡即不许其互市"。

永乐皇帝朱棣为了证明自己的皇权正统性，锐意沟通域外国家，导演了"郑和下西洋"，海外诸国"附随宝舟赴京朝贡"，让大明王朝二十余年间消耗了600万两国库银两。1433年，不堪重负的明宣宗下令停止大明宝船出洋，销毁宝船设计图纸，并缩短贡使在华停留时间，降低来华朝贡使团的接待规格。朝贡贸易随之萧条，日趋衰落。到明正统年间，仍然与明朝有朝贡贸易关系的外邦只剩下七个，不及全盛时期明永乐年间的四分之一。

然而，偌大的中国，民间贸易可禁但不会绝。东南沿海的民众为生计所迫，呼啸于山海之间，忽而为海盗，忽而成走私团伙，让明军疲于奔命。打仗就是打钱，明廷因此耗费巨靡。

正德年间，远道而来的葡萄牙人又带来了新的难题：葡萄牙人想加入朝贡贸易体系；明王朝囿于固有的上国思维坚拒不纳，在东南沿海还发生了数次大规模海战。不过，葡萄牙人想和中国做生意的心思一直不灭，流连在东南沿海。经过多年拉锯，到正德后期、嘉靖前期，控制了印度洋沿岸和马六甲的葡萄牙人，事实上已经控制了西洋货源，也已经事实上和中国人做起了生意。明末清初顾炎武的《天下郡国利病书》就说，正德时番舶"或湾泊新会、奇谭、香山、浪白、濠镜、十字门，或东莞、鸡栖、屯门、虎头门等处"，几乎遍布珠江口两岸，势成燎原，其中的"濠镜"就是澳门。

明朝政府中的一些开明、务实分子，特别是身处中外关系最前线的广东地方官员也慢慢明白了：这群船坚炮利的"佛郎机"，是自由贸易的狂热分子，你越禁他、打他，只会让更多原本只是想贸易获利的合法商人变成海盗、走私犯，与倭患、流寇合流，成为大明海疆的永久祸患。

葡萄牙人来华贸易势不可当，但明廷却面临两难：给葡萄牙人正式开放官方贸易吧，放不下大国面子、跨不过"祖训"那道坎；放任自流不与之打交道吧，不利于海防，也抽不到税金，丰厚的贸易红利白白流进了民间的口袋。

让人没想到的是，当朝嘉靖皇帝孜孜以求的一道"神药"，竟然成了破解这个两难之局的"药引"。

嘉靖皇帝数十年如一日沉迷于修仙炼丹，这款丹药的关键成分之一是唐宋两代流入中国的龙涎香。龙涎香是抹香鲸肠胃的病态分泌物，大多进自阿拉伯地区和印度。葡萄牙人控制印度洋、盘踞马六甲，掐断了这些地区的朝贡路线，导致龙涎香的进口断绝。1540年前后，宫中所藏耗尽，嘉靖皇帝派宫人秘访求购，居然十多年一无所获。1551年夏天，他只得公开下诏"分道遣人购龙涎香，无得枉道延扰"。但好几年过去了，皇帝依然没有看到龙涎香的影子，炼丹大业停滞不前。1556年时，皇帝大动肝火，《明世宗实录》记载"上谕户部：'龙涎香十余年不进，臣下欺怠甚矣……户部覆请差官驰至福建、广东，会同原委官于沿海番舶可通之地多方寻访，勿惜高价。委官并三司掌印官各住俸待罪，俟获真香方许开支入。'上姑令记诸臣罪，克期访买，再迟重治"。

奇迹发生了：此前十余年遍寻不获，皇帝颁下严诏、发雷霆之怒后仅三个月后，"广东布政使进龙涎香十七两"。

这十七两龙涎香来之不易，是广东官员们集体商议后，以每斤白银一千二百两，"勿惜高价"从葡萄牙人手中求购而来，其中的一两三钱居然来自广州监狱里的一名葡萄牙人囚犯。显然，嘉靖皇帝的心头之好，尽在葡人手中。

嘉靖皇帝疯了一样动员全国给他翻找"番舶"、寻购龙涎香的过程和结果，似乎可以佐证一个历史猜测：1553 年，汪柏从六品的光禄寺丞一下子跨部门擢升为正四品的广东海道副使，是因为嘉靖皇帝看中了他在金石学上的才具。光禄寺的职责是掌管皇家的祭飨、药典、酒膳之事，而汪柏在光禄寺供职长达十余年，对皇家宫藏药材、香料等物熟稔至极。龙涎香是稀有之物，一般民众甚至大部分官员一辈子都不曾见过一眼，遑论分辨真假、优劣。让汪柏出任负责广东海防、市舶、夷务的海道副使一职，于番夷中搜购龙涎香，对嘉靖皇帝来说，应该是最好的人事安排。

当然，皇帝也知道龙涎香到底掌握在谁手里，想要汪柏搞定这项顶级重要的皇家私事，肯定也给了他"相机处置"番夷要求正常朝贡贸易的权力。

广东布政使搞到的十七两龙涎香有没有汪柏的功劳不得而知。但他到任广东后做的几件影响深远的大事，的的确确显示出他是带着不足为外人道的怀柔番夷的皇命而来的。

第一件大事是"以夷制寇"。有明一代，唯一被彻底铲除的倭寇、海盗团伙，就是汪柏统兵剿灭的何亚八中外海盗、走私集团。何亚八是广东东莞人，早年远赴南洋经商。嘉靖年间，他纠合包括葡萄牙、南洋诸国人在内的中外武装海盗、走私集团数千人，在东南沿海大肆劫掠，成为明廷的心腹大患。1554 年 2 月，何亚八一部流窜至广东海面，汪柏指挥广东水师分东西两路追剿，"及于广海三州环，生擒亚八等贼一百一十九名，斩首二十六级"。不久，其余部望风披靡，相继授首，"海岛遂平"。何亚八中外海盗、走私集团能被一鼓而荡之，除了汪柏确有统兵之才、广东水师将士用命外，葡萄牙商队首领索萨功不可没。

既然皇帝说"相机处置"，急于立功的汪柏就"便宜行事"，说动葡萄牙商队首领索萨参与平寇大计，眼巴巴盼着和明王朝搞好关系的索萨自然一拍即合。汪柏麾下的西路明军在珠江口以西的新会外海突袭何亚八所部，何亚八率部企图退至上川岛暂避，不料索萨所辖的武装商船早已严阵以待，巨炮如雨落下。遭遇两路合击、损兵折将的何亚八所部只好匆忙退向珠江口，结果迎头撞上严阵以待的东路明军，从而被一举剿灭。

第二件大事是汪柏依据宋朝遗制创立了"客纲客纪"，"以广人及徽、泉等商为之"，充当广东对外贸易口岸的经纪买办。这个中外贸易规制，就是日后广州十三行商的起源。如果没有皇帝的授权，一个小小的海道副使，敢于依据宋朝遗制"创制"，借他一百个胆都不够使。

第三件大事是趁着双方合作一举剿灭何亚八集团的春风，与葡萄牙商队领袖索萨达成了《中葡第一项协议》。此事记于索萨于1556年1月15日致葡萄牙国王的弟弟路易斯亲王的信中，现收藏于葡萄牙里斯本东坡塔档案馆。

这是一个口头协议，要点如下：一、允许葡萄牙商船来华贸易，前提是他们要完全守法自新。为此，今后来华守法经商的葡萄牙人要正名实：将"佛郎机"一名改为"来自葡萄牙和马六甲的葡萄牙人"，以示他们和在中国沿海为非作歹、走私抗税的"佛郎机"奸商不是同类。二、来华贸易的葡萄牙商人必须缴纳货品或其价值20%的关税。三、葡萄牙人必须汲取以往教训，对上船检查的中国关防、税务官员要好好款待和表示高度的礼敬。四、要使这一口头协议确立并成为有效的条约，必须呈报中国皇帝和葡萄牙国王批准。对此，中国海道副使要求葡萄牙国王派遣一名使节来华，追认索萨作为葡萄牙谈判代表的资格证明，以便口头协议获得正式订立。

历史的神道诡秘，对汪柏来说就在于各种因素导致的无法言说。

口头协议达成后，迄今为止也没有发现相关的书证、记录表明葡萄牙国王此后曾遣使来华。索萨本人，除了留下那封信后再无来华记录，1558 年前后，他在远航日本的途中，因风暴覆船而亡。

明朝这边，也没有留下一字一句皇帝曾下诏批准这一协议的史书记载。

为人君的嘉靖皇帝保持缄默是可以理解的。他梦寐以求龙涎香，也有意解决葡萄牙人的求商难题，自然对汪柏宽勉有加。但当汪柏充满开放意味的奏折摆上朝堂，他面对言官"天朝体面何存"之类的质疑，还是退缩了，玩起了他著名的"不出、不郊、不庙、不朝、不见、不批、不讲"的独门秘诀。

朝廷这种不表态、不负责甚至不记录的行为，无疑为日后有人演义埋下了伏笔。

实际上，葡萄牙人大量强居澳门发生在 1557 年，汪柏已转任浙江；葡萄牙人被正式允许合法定居澳门是在 1559 年，汪柏也在浙江布政使任上。如果朝廷觉得汪柏在广东海道副使任上的举措不妥，继任者大可以推倒重来。隆庆元年（1567 年）解除海禁，万历元年（1573 年）葡萄牙人开始向明王朝缴纳地租，每年白银 500 两，由香山县负责征收。此时，汪柏已病逝多年，连提拔任用他的嘉靖皇帝也早已归天。在这样铁一般的史实面前，再说让葡萄牙人上岸、中葡之间开展正常的朝贡贸易不是朝廷的本意，而是汪柏与葡人的私通，实在是无稽之谈。

汪柏大约死于 1564 年前后，没有留下子嗣。

其实，如果时间静止在怀柔天下的"天朝"时期，明人郭棐的风言、清人鲁曾煜的编排，尘封在一本地方史志中毫不起眼，只是拥护闭关自守、反对与西方接触交流的迂腐文人为"主子"隐讳的呓语而已。

此后的数百年间，朝廷在澳门派驻地方官员，依据王朝的法律实施管理，葡萄牙等西人租地居住，按照王朝的规定缴纳关税——明朝对澳门主权、治权、财权一样不落，打造出了一个繁荣的中西贸易基地。

但 1840 年打响的第一次鸦片战争一把扯下了皇权专制的遮羞布，曾经的"上国"居然向"英夷"割地赔款。清政府的软弱无能、英国人在香港岛的巨大收获深深地刺激了葡萄牙人。

1842 年，清政府与英国签订《南京条约》后，葡萄牙立即派代表与清朝钦差大臣耆英谈判，要求豁免地租银，并由葡萄牙军队驻防澳门。1845 年，葡萄牙女王玛丽亚二世单方面宣布澳门为自由港。1846 年，澳督亚马留宣布对澳门华籍居民征收地租、人头税和不动产税，把原来只对葡萄牙籍居民实行的统治权，扩大到了所有华籍居民；1847 年，葡方拘捕并驱逐中国海关南环关口官员，拍卖关口房屋物业；1849 年，葡方停止向清政府缴纳地租银，葡军袭击清廷在澳门的海关公署，强行关闭海关……

一年又一年，葡萄牙人一拳又一脚，生生占据了澳门。被英国人打丢了魂的清政府一声没吭，默默咽下了这服苦药。

1887 年，葡萄牙人逼迫清政府签订了《中葡和好通商条约》。条约列明："定准由中国坚准、葡国永驻、管理澳门以及属澳之地，与葡国治理他处无异。"至此，澳门自祖国母亲身边"走失"，成为近代中国人的又一个耻辱回忆。

第三章

香港变奏

文明升降机

　　文艺复兴、地理大发现和宗教改革之后，欧洲不断凝聚起新的能量，推动着通向现代文明的历史车轮。

　　科学革命雏形渐成。哥白尼在 1543 年出版的《天体运行论》一书中提出日心说，后世把这一事件称为"哥白尼革命"；开普勒提出地球和其他行星沿椭圆形轨道绕太阳运转，打破了正圆形轨道的传统观念，具有重要意义；伽利略用自制的望远镜开启了天文观测的新纪元，动摇了旧的宇宙论。

　　文艺复兴滋养下的科学革命又引发了思想革命。弗朗西斯·培根，这位"归纳法之父"，以一句"知识就是力量"震撼世界，发出了启蒙运动的先声。

　　启蒙运动是近代人类文明史上光彩夺目的一页。它的发源地，就是日后让清王朝颜面扫尽的英国。

　　1640 年，也就是在清兵入关的四年前，以处于社会中下层的小土地拥有者、商人和新兴实业家为主要力量的英国资产阶级革命爆发。从一开始，这场革命就是由限制王权专制引发的。

　　几经反复之后，1689 年 12 月 16 日议会通过了《权利法案》。从此，英国确立了议会制君主立宪政体，君主只是象征性的国家元首，是统而不治的虚君。

英国的议会民主成为一个榜样、一种示范，促使其他国家纷纷效仿，相继向现代政体转型。

启蒙运动的思潮漂洋过海，传到了欧洲大陆和美洲。法国的孟德斯鸠、伏尔泰、狄德罗、卢梭，美国的富兰克林、潘恩、杰斐逊等人相继成为推动整个西方思想启蒙的代表人物。

1776年7月4日，美国通过《独立宣言》，这一天后来被定为美国国庆日。这份影响深远的"宣言"，继承和发展了天赋人权和主权在民的政治理念，宣布人生而平等，上帝赋予他们生存、自由和追求幸福等不可让渡的权利。

1789年，法国通过《人权宣言》，郑重宣告：人生来就是而且始终是自由的，在权利方面一律平等。

这场至今仍然让人回味无穷的启蒙运动，让人类社会进入了一个新的文明阶段。

启蒙运动是工业化的前奏。

英国首先掀起启蒙运动，工业革命也开始于英国。1781年，詹姆斯·瓦特改进纽科门蒸汽机，使人类获得了梦寐以求的强劲动力，给西方工业文明装上了"火车头"，以空前的速度驶向未来。1807年，美国工程师富尔顿制成了世界上第一艘蒸汽机轮船"克莱蒙托号"。1814年，英国发明家史蒂芬孙造出第一台蒸汽机车，1825年后由蒸汽机车牵引的列车投入铁路运输。从此，人类开始在此起彼伏的汽笛嘶鸣声中，征服陆地与海洋。

德国哲学家康德在他的《答复这个问题："什么是启蒙运动？"》中说："启蒙运动就是人类脱离自己所加之于自己的不成熟状态。……要有勇气运用你自己的理智！这就是启蒙运动的口号。"

在启蒙运动期间，欧洲人对中国的认识是充满矛盾的。他们先是根据耶稣会士的片面描述，再加上"托中改制"的形势需要，一厢情愿地把中国想象成一个由皇帝与儒家文人共同治理的、理性的国家，是没有宗教束缚，没有教会专权，可以自由思想的绿色天堂。那里富裕、艺术、平静、安全。

德国数学家、哲学家莱布尼茨甚至建议西方君主都应该向中国学习，还提出了请中国文人到西方传经送宝，派西方文人到中国留学，加强中西交流，以便从中产生出"奇妙的和谐"。

有那么一阵子，就像法国当代中国史研究专家阿兰·佩雷菲特在其著作《停滞的帝国：两个世界的撞击》里描述的那样，"整个欧洲都对中国着了迷。那里的宫殿里挂着中国图案的装饰布，就像天朝的杂货铺"。

但随着到过清朝的探险家与商人日益增多，有欧洲学者开始怀疑清朝社会文化、体制的"优越性"。孟德斯鸠更是指责耶稣会士由于轻信而犯了错误，并在《论法的精神》一书中对当时中国的专制政体进行严厉批评。

曾经对儒家思想十分推崇的伏尔泰也悄悄改变了自己的看法。他在 1755 年感叹道："这些中国人，我们历经千辛万苦才去到他们那里，费尽周折才获准把欧洲的钱带给他们……这些人却不知道我们已经在多大程度上超过了他们，落后到连模仿一下我们的勇气也没有。我们从他们的历史中汲取了悲剧的题材，而他们却不知我们是否有一部历史。"

当 19 世纪的大门缓缓开启，率先进入工业社会的英国的远洋舰队长驱直入中国海。

从清顺治十三年（1656 年）到清康熙二十三年（1684 年），为了防止东南沿海的反清势力和据守台湾的郑成功联系，清廷颁布了五次"禁海令"、三次"迁海令",厉行海禁。长达近30年的时间里,拥有漫长海岸线的清王朝俨然成了一个内陆国家。

直到清廷收复台湾、清除了对皇权最大威胁后的1684年,康熙皇帝才下令解除海禁,准许沿海民船出海、贸易。1685年,清廷取消市舶司制度,设立驻广州的粤海关、驻厦门的闽海关、驻宁波的浙海关、驻云台山(今连云港)的江海关,海关正式成为清政府管理对外贸易的官方机构,露出了一丝参与全球贸易的迹象。

新设驻宁波的浙海关发展势头很猛,直追粤海关。原因很简单:以往西洋货品只能在广州上岸,然后翻山越岭进入内陆,价格翻番。如今浙海关直接面向中国经济的精华之地长江流域。江南自古就是富庶之地,江海通达,成本直线下降。跳过广州、直奔宁波而来的欧洲商队越来越多。为此,浙海关奏请在舟山群岛的定海设立榷关公署,作为浙海关的分理处。

1699年,羽翼渐丰的英国东印度公司派出"麦士里菲尔德号"商船前往舟山。

使用机器大规模生产的毛织品是英国当时主打的来华倾销商品,在广州所在的气候湿热的岭南地区显然并不畅销,而在宁波港出货,最合适不过了。同样,英商求购最多的中国商品是茶叶、丝绸、瓷器等,而钱塘江水系流经的浙、赣、皖三省本身就是这些商品的主产区。商品只需沿江而下水运至宁波、杭州一线的内河港口,再转道海运即可。

"麦士里菲尔德号"和随后到来的3艘英国商船受到当地官商的热情接待,贸易额丰厚。此后,英国东印度公司派遣商务监督常驻定海,统筹英商在浙贸易事务。1700年,东印度公司拿出10万多英镑在舟山投资,同期对广州、厦门的投资额加起来还不到7.5万英镑。到1710年时,英国每年开赴舟山的商船为10艘。英国人对舟山的期望之高可见一斑。

假以时日，慢慢“经营”，在金钱的驱使下，宁波地方官员不是没有可能睁一只眼闭一只眼，让英国人在舟山群岛上“居留”下来。

但，这只是英国人的一厢情愿。

英国人告御状

随着越来越多欧洲商人北上，让越来越神经质的清王朝，特别是越老越疑神疑鬼的乾隆皇帝如芒在背。不时传来“英夷”在舟山群岛“舟楫如云”、与江南商人眉来眼去的奏报，不禁让他想起1624—1662年间荷兰“红毛夷”盘踞澎湖、基隆的往事。

乾隆二十二年（1757年），在用加重税的经济手段仍然扑灭不了洋船的北上热情之后，清廷索性一纸令下关闭了江、浙、闽三处海关，只剩驻广州的粤海关继续营业，是为“一口通商”。乾隆皇帝的圣旨说：“本年来船虽已照上年则例办理，而明岁赴浙之船，必当严行禁绝。……此地向非洋船聚集之所，将来只许在广东收泊交易，不得再赴宁波。如或再来，必令原船返棹至广，不准入浙江海口。”不过，也有史家考证认为，江、浙、闽三处海关并没有关闭，只是不允许欧洲商人在此做生意，国内贸易，以及和日本、朝鲜等地的买卖还在继续。

自唐宋以来，广州一向是我国最重要的商港之一，但在历史上也只出现过三次“一口通商”。第一次是在明嘉靖1523—1566年，共持续了43年；第二次是在1655—1684年，共持续了29年。第三

奔腾的深圳河

次就是乾隆皇帝这次"精减"口岸，再次让广州一枝独秀。

时间之河已流进 1757 年。这个时候"一口通商"的出现，使中国自闭于世界发展的潮流之外。天朝的崩溃，已是历史的必然。

实行"一口通商"仅仅两年后，一个特立独行的英国商人就让大清帝国再次声名远扬。

这个英国商人叫 James Flint，自取中文名"洪仁辉"，曾在广州学习中文，据说是英国第一个中文翻译。他居然别出心裁地演了一出"告御状"。

乾隆二十四年（1759 年），天津大沽口外海面突然出现一艘外国商船。岸上的兵丁毫无思想准备，从船上走下来一个红头发蓝眼睛的"西夷"。此人声称自己是英吉利国四品大员，名叫洪仁辉，要知府穿针引线让他告成御状。这个一头雾水、对外面的世界一无所知的知府，可能惮于洪仁辉自称的四品大员身份，竟然将奏状成功呈送至乾隆皇帝的案头。

奏状主要告的是广州地方官员和"十三行"对外商层层设卡，收取五花八门的税、费，还长期拖欠货款，私下勒索，限制外商自由，导致外商面临"俱已不活"的悲惨境地。

英国人洪仁辉所说的句句是实情。

广州一直是中国对外贸易的重要窗口。1685 年，"十三行"应运而生。它是清廷设在广州口岸的特许经营进出口贸易的洋货行，是一个具有半官半商性质的外贸垄断组织。"十三行"因此成为清廷皇家物流中心。皇权专制之下，虽然亿万臣民贫无立锥之地，但帝王的宫廷生活无不奢靡铺张，地方大员每逢佳节都要挖空心思进献各地稀有物产以博取皇帝欢心，从而达到加官晋爵的目的。皇家对西洋"奇技淫巧"日渐浓厚的兴趣，更是促使广东巡抚、粤海关监督依靠"十三行"这一组织竞相采购西洋物品，以博皇帝一笑。

更为重要的是，从广东官员历年进呈的奏折、清单中可以看到，"十三行"每年上缴税银超过百万两，其中六十万两成了皇室的"自留地"。"十三行"俨然成了"天子南库"，所以乾隆皇帝说"来浙者多，则广东洋商失利"，失的可是他皇家的利啊！他断然封了江、浙、闽三关，"独宠"广州，有"夷防"的因素，与钱干系可能更为重大。

"一口通商"政策落实后，两广总督府下的官员和"十三行"更是青云直上。

清廷确立了公行制度，公行对官府负有承保和缴纳外洋船货税饷、规礼，传达官府政令、代递外商公文、管理外洋商船人员等义务，在清廷与外商交涉中起中间人作用。与之相伴随的是，行商享有对外贸易特权，所有进出口商品都需要他们经手买卖。

这样一来，"十三行"就不是半官半商了，实质上成了对外贸易的官府衙门，成了大清帝国唯一合法的"外贸特区"。需要说明的是，"十三行"只是一个约定俗成的称呼，行数并不固定，少则四家，多则二十几家，全凭商家的实力以及与官府协调的能力。

这种情况下，你就可以想象两广总督府下官员和"十三行"为所欲为的情景了，也可以想象洪仁辉状词的内容了。

乾隆皇帝看到英国人洪仁辉的"御状"，看着看着，一辈子讲究华夷之防的他勃然大怒：一、你一个"英夷"蕞尔小邦，通篇状纸尽合格式，如果没有与文人私通，怎么可能做到？二、纵使我底下奴才有错，你一个"英夷"有什么资格置喙、喊冤，要求我祭出雷霆之怒？

盛怒之下，乾隆皇帝大笔一挥，批示："事涉外夷，关系国体，务须彻底根究，以彰天朝宪典。"

大清皇帝亲自督办，案情很快水落石出。粤海关监督李永标严重渎职，其家人和下属对外商敲诈勒索及贪腐罪行属实。李永标被枷号六十日、鞭一百，解刑部发落；其涉案家人发配新疆为奴；其余涉案人员革职的革职，坐牢的坐牢。此前地方官员私立、侵吞的"生活用品税"等涉税项目，一律明码标价，所得款项全部上缴朝廷。

乾隆皇帝认定这份状纸由熟知本朝公文格式的国人代写，给钦差大臣的上谕中明令"必有内地奸民，潜为勾引，事关海疆，自应彻底根究"。于是，与洪仁辉联系密切，并为其代写状纸的四川人刘亚匾被处死。洪仁辉，因其"外借递呈之名，阴为试探之计"，并"勾串内地奸民，代为列款，希冀违例别通海口"，将之送往澳门圈禁三年，刑期满后驱逐回国。

两广总督李侍尧本有失察之过，但他揣摩透了乾隆皇帝的心思，巧言令色说这件事情之所以发生是外商受内地刁民的蛊惑，建议立法以防外夷"偷窥中国"。乾隆皇帝居然信了，下令颁布《防范外夷规条》，进一步强化了闭关锁国的政策："夷商在省住冬，应请永行禁止也"；"夷人到粤，宜令寓居行商管束稽查也"；"借领外夷资本，及雇倩汉人役使，并应查禁也"；"外夷雇人传讯信息之积弊，宜请永除也"；"夷船收舶处所，应请酌拨营员弹压稽查也"。

明清之际，中西文明本就殊道异行，一个向着皇权专制的谷底踽踽独行，一个朝着现代文明的山峰激情攀登。乾隆皇帝的倒行逆施，大大加快了清王朝跌入深渊的速度，失去了自我救赎和向外学习的可能性。

若干年后，洪仁辉回到英国，把自己在清朝的遭遇一顿哭诉。一些激进的英国人当时就不干了，嚷嚷着要用武力手段换取和清朝的平等贸易。要不是乔治·马戛尔尼等温和派议员的调和，说不定第一次鸦片战争早在 18 世纪就打起来了。

马戛尔尼失败之行

1793 年 9 月，英国国王乔治三世派遣的一支约七百人的庞大英国使团，经过长达 11 个月的长途航行后抵达北京。使团名为给乾隆皇帝祝八十寿辰，实为谋求英、中两国通商。使团正使正是这位乔治·马戛尔尼，此前他刚刚促成英国和沙皇俄国签订通商条约，在英国国内风头正盛。副使叫斯当东，斯当东 12 岁的儿子小斯当东作为"见习童子"随团出使。

马戛尔尼一行觐见乾隆皇帝。清政府要求使团成员"三叩九拜"；英方则坚持行"英国礼"。最后究竟以什么礼仪完成这次觐见，成了后世史学家们津津乐道的一桩历史公案。清朝的官私记载都说英国人是"三跪九叩"了的，英方当事人则说法不一：马戛尔尼说是"曲一膝以为礼"，斯当东说是"单腿下跪"，小斯当东说是"我们单膝下跪，俯首向地。我们与其他大员和王公大臣连续九次行这样的礼，所不同的是他们双膝跪地而且俯首触地"，使团秘书温德的说法是"我们按当地方式施了礼，也就是说，跪地，叩头，九下"。

如果马戛尔尼使团各人事后讲的都是真话，那么极有可能是清廷难得地为万里迢迢而来的祝寿人变通了一下，没有让使团全体成员通通"三叩九拜"，而是按照成员身份的尊卑高下，各行其礼。

不管马戛尔尼使团跪了没有、怎么跪的，在承德避暑山庄，时年 82 岁、自封为"十全老人"的乾隆皇帝在龙椅上瞧着这帮远道而来的英国人呈上的长长礼单，心情还是很愉悦的。但是，除了这份礼单，使团呈上的还有一份英王乔治三世亲笔书写的国书。乾隆皇帝在了解完国书内容后勃然大怒。

英王乔治三世信件中的主要内容是所谓的"六项请求"：一、准许英国商人在舟山、宁波和天津三处贸易；二、准许英国商人在北京设立一个货栈，以便买卖货物；三、在舟山附近海域指定一个未经设防的小岛，给英国商人使用，以便英国商船到了该处可以停泊、存放货物，并允许英国商人居住；四、在广州附近，准许英国商人有上述同样的权利以及其他较小的权利；五、从澳门通过内河运往广州的英国货物，请予以免税或减税；六、粤海关除了正税之外，免征其他一切税收，中国海关应该公布关税额例，以便英国商人遵照中国所定的税率切实纳税。

公允地讲，不要说此前刚刚把"西夷"赶出东部沿海、决意让广州"一口通商"、惩治过英国人洪仁辉"告御状"案诸犯的乾隆皇帝，就是当时普通中国人看到这"六项请求"，心里也会抵触：这哪里是请求，倒像是上门要债来了。尤其是第三项，在乾隆皇帝眼里简直就是大逆不道之举。

逐客令立下，使团安排的余下在华活动包括通商谈判在内等被通通取消，10月9日前必须离开北京。离京前，马戛尔尼好不容易等来了乾隆皇帝给英王乔治三世的回信。这封现收藏于大英博物馆、题为《敕英咭利国王谕》的信件全文976个字，乾隆皇帝居高临下地要求乔治三世："尔国王惟当善体朕意，益励款诚，永矢恭顺，以保乂尔有邦，共享太平之福。"又御笔朱批："天朝物产丰盈，无所不有，原不借外夷货物以通有无。"这句话，彻底断送了英国人的通商幻想。

这场两国间的对话对中国而言是一个极大的凶兆：19世纪前夜，掌握了海洋霸权的新兴工业化强国英国用舰队开道，强行打开各个殖民地的大门，想当然地以为中国也会轻易就范；清王朝统治者则以掩耳盗铃的方式，躲在一个名曰"天朝上国"的保护罩里白日做梦，以为自己很强大，是全球共主，对英国的所谓通商"请求"不屑一谈，而且更加盛气凌人。

在激变的时代大潮中，自说自话的二者之间根本没有平等对话、协商的频道和空间。全球最强大的英国和自我感觉最强大的大清王朝之间的剧烈冲撞，近在咫尺。

1793 年 10 月，马戛尔尼使团在通商问题上两手空空地离开了北京。

但这次花费不到 8 万英镑的中国之旅绝对不虚此行，仅在此行中搞到的几棵中国茶树就在后来给他们带来滚滚红利。当时英国每年都要花大量白银从中国购买茶叶，全国上下都希望使团能偷师中国的茶树栽培和茶叶加工技术，减少对中国茶叶的依赖。于今视之，当时的中国茶树是国家级重大商业机密，绝对不能让外人搞到手。可英国使团途经南方产茶区时，两广总督长麟居然允许他们选取几棵优良的茶树品种带回国。后来，使团成员丁维提博士将这几棵茶树拿到印度加尔各答培育。19 世纪 70 年代后，印度、锡兰的大茶园遍地开花，中国茶叶的出口价格因此大跌。

马戛尔尼使团在中国之行中"偷"走的关于中国的第一手情报，更是价值连城。

英国东印度公司主席培林曾写信叮嘱马戛尔尼，"应放大眼光，以冀获得更充实而有用之情报和实际利益"。马戛尔尼一行不负所托，归途中对中国的地理环境、经济状况、动植物物种、社会组织形态、科技水平、军事实力、国民心态等方方面面，都进行了深入细致的考察和记录。

被底下臣子哄得团团转的乾隆皇帝根本不了解清朝的家底，还特意指示沿途清军操演，以期让马戛尔尼使团"震撼"于天朝实力、大清军威。结果适得其反，马戛尔尼看到的是清军的腐败和落

奔腾的深圳河

后：军服宽袍大袖根本不利于战斗，士兵并未受过严格的军事训练，所持兵器也大多是刀枪弓矢之类的冷兵器。"有几个士兵的手里除了武器之外，还拿着扇子。"在其自述中，马戛尔尼真的被"震撼"到了，"一旦不幸，洋兵长驱而来，此辈果能抵抗与否？"

沿海见到的脆弱不堪的清朝水师更是让马戛尔尼大摇其头。阿兰·佩雷菲特在《停滞的帝国：两个世界的撞击》一书中，追忆了马戛尔尼乘坐"狮子号"战舰回国途中的一段谈话："如果中国禁止英国人贸易或给他们造成重大的损失，那么只需几艘三桅战舰就能摧毁其海岸舰队，并制止他们从海南岛至北直隶湾的航运。""不管英国人进攻与否，'中华帝国只是一艘破败不堪的旧船，只是幸运地有了几位谨慎的船长才使它在近 150 年期间没有沉没'。"

马戛尔尼使团在清朝的遭遇，乾隆皇帝的回信，他本人和斯当东讲述的真真假假的中国见闻，彻底统一了整个西方世界的认识。欧洲人从此看到了一个野蛮愚昧、专制腐败、傲慢自大、外强中干的清王朝。

马戛尔尼使团的中国之行，让欧洲人特别是英国人越来越相信，攻略中国是一场文明对野蛮的讨伐，名正言顺。

47 年后的 1840 年 4 月 7 日，当英国下议院正在激烈辩论是否应该向清帝国出兵的时候，当年马戛尔尼使团中年仅 12 岁的"见习童子"，在中国之行中学会了中文，此后又数次进入中国，成为英国朝野知名"中国通"的托马斯·斯当东作了一番演讲："当然在开始流血之前，我们可以建议中国进行谈判。但我很了解这民族的性格，很了解对这民族进行专制统治的阶级的性格，我肯定：如果我们想获得某种结果，谈判的同时还要使用武力炫耀。"

他的最后结论是："尽管令人遗憾，但我还是认为这场战争是正义的，而且也是必要的。"

下议院最终以 271 张赞成票对 262 张反对票的微弱优势通过了对华战争经费拨款议案。以自给自足的小农经济自娱自乐的清帝国，迎来了已经完成了第一次工业革命的"英夷"的坚船利炮。

舟山与香港

1840 年 6 月，一支由 40 多艘战舰、4000 多名士兵组成的英国舰队由孟加拉抵达广州，封锁珠江口。此后，他们连克定海、广州、厦门、宁波、上海、镇江。1842 年 8 月 4 日，英军自镇江抵达南京下关江面。沟通南北漕运的大运河、清王朝的生命线即将被切断，乾隆的孙子道光皇帝在战和两端摇摆了两年多之后，彻底丧失了继续抵抗的信心，决定全面求和。

8 月 29 日，烈日炎炎。一队清朝官员登上停泊在南京江面的英国军舰"康沃利斯号"，在荷枪实弹的英军目视下，在自己国家的土地上，被迫签署了中国近代史上第一份不平等条约《南京条约》。条约的主要内容有：割让香港岛给英国；赔偿英国 2100 万银元；开放广州、厦门、福州、宁波和上海为通商口岸等。《南京条约》的签订，导致中国领土丧失，国民负担日益加重，且门户洞开。

英国商人和外交官梦寐以求的东西，终于通过大炮得到了。

英国人撕开血口后，其他列强一拥而上，美国、法国、比利时、瑞典、挪威等欧美诸国排着队逼迫清政府签订条约，均享中英《南京条约》规定的"五口通商"权利。

清末诗人、外交家黄遵宪在悲愤中写下一首《香港感怀》："岂欲珠崖弃，其如城下盟。……传闻哀痛诏，犹洒泪纵横。"

历史在 1841 年对香港开了一个玩笑。如果不是一个叫查理·义律的英国人的独断专行，《南京条约》里被割占的应该是舟山群岛，而不是香港岛。

义律 14 岁就投身英国海军，最后官至海军上校，1836 年任驻华商务监督。1840 年 2 月，英国政府任命他的堂兄乔治·懿律为全权代表和英国远征军总司令，他是副手。但懿律来华不久就缠绵病榻，对华战争的决策权全数落在了义律手上。

在规划对华战争时，英国人割占中国土地的首选目标正是英国商人、外交官们心心念念的舟山群岛。战前，外交大臣巴麦尊向义律传达了内阁的明确要求：夺取"舟山群岛的一个岛屿或厦门城"，先打造成军事行动根据地，再变成贸易基地，永久占领下去。基于这个战争规划，1840 年 6 月战争发动后，英国远征舰队只留一部封锁珠江口，主力迅速北上，在厦门试探了一下以后就直扑舟山群岛，定海水师全线溃败。7 月 6 日，英军陆战队重兵登陆攻陷定海城并设置民政官，之后远征舰队一部直插天津大沽口，逼迫清政府同意在广州举行和谈。

1 月 25 日，英军先头部队于上午 8 时 15 分登陆香港岛水坑口（位于今上环）。英国远东舰队分支其后抵达，并于该处升起英国国旗，发布文告宣布香港岛及其所属范围内的一切土地、港口、财产或私人设施，全归女王所专用。2 月 1 日，义律自任"香港行政官"，并发布《安民告示》，称"香港已为英国女王版图之一部分。所有香港本地居民须知，尔等业已成为英国女王之臣民，必须服从女王及其官员，并向其履行义务"。

6 月 7 日，义律宣布香港为自由港，商人可以"自由进入香港"，

"进出口货品均不必课税"。

1841年2月10日，获悉香港岛被臣下私割的道光皇帝暴跳如雷，立即下令对琦善"革职锁拿、查抄家产"，并下诏向英国宣战，急调全国兵勇开赴广州增援，开启了第一次鸦片战争的下半场。

令人意外的是，割占香港岛的战果传回英国后，英国维多利亚女王和外交大臣巴麦尊同样暴跳如雷。女王说，如果不是因为义律的先斩后奏，他们本来可以得到所希望的一切，义律完全违背了给他的指令，试图接受所能获得的最低条件。

4月30日，外交大臣巴麦尊将义律撤职，改派璞鼎查为全权驻华公使，到中国主持进一步侵华战争。

1841年6月5日，璞鼎查离开伦敦，8月10日到达澳门。这个璞鼎查也是英国皇家海军出身，因在阿富汗的战功被封为男爵。他在到中国沿海身临其境考察了一番之后，竟然也大力支持义律割占香港岛的决定，还下令让英军撤出已经占据了大半年的舟山。

放弃舟山，直接原因是英军水土不服。1840年7月击溃定海水师、攻陷定海城一役，英军无一伤亡。但在驻守期间，英军居然被当地肆虐的蚊虫咬得伤亡惨重，死亡人数高达448人，其中218人死于痢疾，91人死于间歇性发烧，70人死于腹泻。第一次鸦片战争可简单地以道光皇帝向英国宣战为界线，分为上下两个半场，上半场属于试探性质，激烈的战事集中在下半场。战后统计，清军伤亡22790人。全场打下来英军仅伤亡523人，其中448人竟是被上半场舟山群岛上的蚊虫活活折磨而死。看着如此诡异的伤亡数据，任何一个前线指挥官都会倒吸一口凉气，影响他做出是走是留的抉择。

但最根本的原因是，在前线的舰队总司令璞鼎查和义律一样是英国的海军精英。在评估舟山和香港的战略价值时，海军的角度与政商两界截然不同，甚至与陆军的判断也大相径庭。

在英国政客和商人眼里只有利益。舟山群岛位于中国海岸线的肚脐眼上，背靠中国物产最丰富、人口最稠密、航运最便捷的长江流域。英国人占据了舟山，等于直接把手伸进了中国人的钱袋子。另外，舟山群岛面积远大过香港岛，当然有更大的发展空间和潜力。

但远征舰队总司令首先考虑的是安全。长期占据舟山既然对英国来说有巨大的利益，那么，反过来对中国来说就是不可接受的损失，必然拼力守护，即便这一次被迫让出，一旦缓过气来、军力提升时随时会发动夺岛战争。如此一来，英国必须在舟山一带常备一支强大的舰队和岸防部队。这样的安全成本恐怕是殖民地遍及全球的英国无法承受的，也不符合此次英国舰队远渡重洋发动对华战争的初衷：打开中国的贸易大门。

以这样的视角来看香港，其安全成本就急剧降低了。连英国的外交大臣都认为香港是"一个一无所有的荒岛"，"不会成为贸易中心，倒是可以用来隐居"，清朝皇帝固然不舒服，但也不会因为失去它背负难以承受之重。

1842年1月，义律在送交给外交大臣巴麦尊的继任者阿伯丁的报告中提出，与舟山相反，香港岛拥有"巨大而安全的港口，丰富的淡水，易于由强大海军来保护等长处，地域大小和人口状况都很适合我们的需要"。他认为，从英国东南亚殖民地印度、新加坡北上南海就能快速抵达香港岛，以此为据点，能有效地串联起东南亚与中国、日本之间的联系。

1843年初，义律在向巴麦尊解释不愿意占领舟山的原因时说道："对舟山的亲身了解，我认识到，与我们以往的偏爱截然相反，它完全不适合我们在中国的目标。航行充满危险，除了动力汽船之外，其他船只几乎无法航行。"

又充分听取了海军军官的意见后，对舟山情有独钟、震怒于义律放弃舟山的前外交大臣巴麦尊，相信了义律的选择是对的：把香港的深水港作为远东的军事补给地，能让英军把牙齿嵌进中国的土地，让两国军队的士气此消彼长。

强行登陆尖沙咀

1841 年 1 月 26 日，英国军队宣布接管香港岛时，岛上人口约7000 人，散居于 20 多个村落，在统治者眼里无足轻重。

战争下半场，英军势如破竹，接连轻松拿下东南沿海重镇、直抵长江下游、掐断大运河这条清朝南北运输大动脉的一边倒的战况，让道光皇帝的所有心思都放在了保全大清皇家利益上面，那个远在天边的弹丸小岛香港岛，无声无息地成了维持大清政权的代价。

古时香港所属的沙田、大屿山一带盛产一种叫"莞香"的上等沉香，运输所经之处一路飘香。莞香多数先运至九龙半岛南端的香埗头（今尖沙咀），再用小艇摆渡至港岛南边的香港仔（今石排湾），最后换载一种叫"大眼鸡"的帆船转运广州，行销北方，远达京师。香港仔旧围名字叫香港村。"香港"一名最早见诸明郭棐《粤大记》书末所附的《广东沿海图》，在此之前的古地图上，香港地区多被标为"屯门"。英国人侵占后将"香港"一名指称港岛，之后推而广之到整个香港地区，并按当地疍民（渔民）的读音，拼作"Hong Kong"，成为今日香港地名的英译来源。

1842 年 10 月 27 日，璞鼎查宣布，"香港乃不抽税之埠，准各国贸易，并尊重华人习惯"，香港自由港地位正式确立。1843 年 6 月 26 日，璞鼎查宣誓就职第一任香港总督，人称"开埠港督"。在其任内，他以当时英国维多利亚女王的名字将港岛北部新建市区命名为"维多利亚城"，城下"无与伦比的良港"由此被称作"维多利亚港"。

英国人用炮火轰开了中国的大门，无能又自私的清王朝以牺牲主权和人民利益的方式保全了自己的皇权。一纸《南京条约》如同打开了潘多拉魔盒，中国大地上从此群魔乱舞，中国历史从此进入被列强予取予夺的黑暗近代史。

1856 年 10 月，不满足于第一次鸦片战争收益的英法两国一拍即合组成联军，以"亚罗号事件"和"马神甫事件"为借口，悍然发动了第二次鸦片战争。此时，太平军、捻军等农民起义军已经让清政府穷于应付。1857 年 12 月，舰、炮愈加精良的 5600 多名英法联军在东南沿海攻城略地。

1857 年底，英法联军攻陷广州。侵略者意外地在两广总督衙门里发现了第一次鸦片战争结束后签订的中英《南京条约》、中法《黄埔条约》、中美《望厦条约》等批准文本。这些 10 多年前签订的应由中央政府保管的重要文件居然会在一位地方官员的手里，让他们错愕不已。

历史真相是：当年签约的正式文本根本没有呈送到皇帝手里。欧美各国收到的由清廷用玺的条约文本，是根据时任两广总督耆英的请求，由军机处将钤有国玺的黄纸送到广州，耆英再将其贴在正式文本之上。正式文本尚且如此敷衍了事，更遑论那些由各国钤盖国玺的互换文本了。

道光皇帝从来没有看到过条约的正式文本，他看到的只是难辨真假的抄件，以至于"历来办理夷务诸臣，但知有万年和约之名而未见其文"。倒是英国人将其刊刻成册满世界兜售，"民间转无不周知"。

清朝统治者把自己的头埋进沙子里，用这样一种掩耳盗铃的方式试图保留大清皇权的最后一丝尊严，换来的是中华大地的艰难呼吸和英法联军的马踏京师。

1860年9月18日，英法联军攻占通州。9月22日，咸丰皇帝以"北狩"为名逃往承德避暑山庄。10月13日，英法联军攻陷北京，5天之后闯入清朝皇家独享的圆明园，大肆洗劫后一把火烧了这座"万园之园"，大火整整烧了三天三夜。

让英国人再次惊奇的是，1793年马戛尔尼使团作为礼品送来的那些天体运行仪、地球仪、音乐钟，以及各种新式火炮、枪械都还原封不动地堆在库房里，上面落满了灰尘。于是，他们把这些礼品与抢来的珍宝一起，又都运回了英国。

师夷长技以制夷？其实，"西夷"早就把他们的"长技"，连最新式的火炮都当作礼品送到家门口了。可怜的大清朝廷却夜郎自大、冥顽不化，一心只想着教化别人，蒙着眼睛走夜路，最终走上了不归路。

10月24日、25日，清朝全权议和大臣奕䜣与英法两国分别签订《北京条约》。中英《北京条约》、中法《北京条约》的内容基本一致，都是赔款白银800万两、准许两国招募华工出国、增开天津为商埠，稍有不同的是，法国是"任法国传教士在各省租买田地，建造自便"，英国则是"割让九龙司地方一区"。

英国人笔下的"九龙司地方一区"，具体范围大体是今天与港岛隔着海峡对望的九龙半岛南端尖沙咀地区，面积不算大，对英国人来说却是志在必得的战略目标。

尖沙咀一带，第一次鸦片战争前就筑有九龙炮台。香港岛被英国人割占后，这里成了海防最前哨。1843年，清廷以九龙巡检司取代原先的官富巡检司，衙署移到九龙寨。1846年，在时任广东水师提督赖恩爵的力推下，当地官绅捐款在狮子山下修筑"九龙寨城"，8个月后筑成周长180丈，由近2丈高的城墙围合的官署、军事要塞综合体。九龙寨城内，有大鹏协水师副将驻守。城墙上共配炮32门，与寨城前九龙炮台上的10门红夷大炮一起直指维多利亚海峡，让对岸港岛上的英国人如鲠在喉。

1857年12月，英法联军攻陷广州并进行了近4年之久的军事占领，英国驻广州领事巴夏礼成为实际主政广州的英方代表。他认为，为香港岛安全计，英国应该割占九龙城所在的南九龙半岛。他的主张自然得到英国军方和政界的强烈支持。侵占广州的英军司令斯托宾齐和驻港皇家工兵办事处的意见都认为如不占领此地，就无法防止敌人对香港港口的进攻。1858年6月，英国外交大臣向驻华全权特使额尔金写信说："一旦出现机会，应竭力通过条约从中国政府手中将这些地方割让给英国政府，至少要割占香港对面的九龙岬角。"

19年前发生在香港岛的故事再次上演。1860年3月18日，英军第四十四特遣团强行登陆尖沙咀，造成既定占领事实。19日，巴夏礼向两广总督劳崇光递交公函，称九龙半岛的混乱给维护英国利益带来不利，"建议"清廷予以租借。21日，在英国人武力胁迫之下自己却两手空空的劳崇光与巴夏礼签下城下之盟，同意将这块地方"永租"给英国，每年租金500两白银。

同年10月，北京沦陷，咸丰皇帝"北狩"，清政府乞和，英国人在可以随意开价的情况下当然不租了，而是直接拿了。

中英《北京条约》第六款写得委婉："……兹大清大皇帝定即将该地界，付与大英大君主并历后嗣，并归英属香港界内，以期该港埠面管辖所及，庶保无事。""付与大英大君主并历后嗣"一说意味着此地已被强行割占，每年 500 两白银的租金也泡汤了。

1861 年 1 月 19 日，九龙寨城前举行了一场滑稽透顶，却让所有中国人不忍目睹的"授土仪式"。巴夏礼把一个装有九龙泥土的纸袋递给清朝官员，这个人再把这袋泥土交予英国驻香港总督罗便臣。从此，九龙炮台以南的九龙半岛包括石匠岛（今昂船洲）合 7.93 平方公里领土，就被清廷正式"授予"英国人了。

九龙寨城没有在割占范围内，它仍然是九龙炮台以北广大地区的管理中心和军事堡垒。

在广州发行的英文报刊《中国之友》报道称，出席"授土仪式"的清朝官员只有新安县令、大鹏协副将、九龙司巡检和九龙城一名级别较低的军官。

第一次鸦片战争结束后，1842 年中英双方在英军旗舰"康沃利斯号"战舰签订《南京条约》时，当年 14 岁的海军实习生巴夏礼的职责是给海军指挥官郭富照看"硕大的三角帽和羽毛饰"。一晃 18 年过去了，他成了割占南九龙半岛的核心人物。在清朝官方文件里，巴夏礼的名字被写成古怪的"吧嘎哩"。

深圳河之名的由来

　　1861 年 8 月 22 日，年仅 31 岁的咸丰皇帝在英法联军枪炮炸响的忧惧中驾鹤西去。慈禧太后登上历史舞台，开始垂帘听政，把持清廷最高权力，统治中国长达 47 年之久。在她的巨大阴影下，鬼影幢幢、异象纷呈。大清皇室仿如被命运无情诅咒：同治、光绪、宣统三个皇帝全部绝后；同治皇帝只活了 19 岁，光绪活了 38 岁，宣统倒是活到了 61 岁，只是早在他 6 岁那年，清朝就覆灭了。

　　同治年间、光绪朝前期，西方列强忙着窝里斗，似乎把清朝给忘了，进逼之势突然消停了。于是，慈禧太后在后宫忙着择君、抓权、听政，忧心忡忡的能臣们忙着造枪造炮买战舰，一时间洋务运动搞得风生水起。互不打扰的满汉君臣居然搞出了个"同治中兴"，攒出了一个被当时的《美国海军年鉴》评为"亚洲第一、世界第九"的北洋水师。

　　哪里知道，所谓的"同治中兴"只是清朝濒死前的回光返照。

　　1894 年中日甲午战争爆发，举全国之力打造的北洋水师全军覆没。清廷让李鸿章在俯视千年的"倭人"面前，签下了丧权辱国、后世国人无人不晓的《马关条约》。

　　在中国人的理念里，甲午惨败是真正的世纪大败局，是中华国运的灭顶之灾。19 世纪中后期，清帝国先后经历了两次惨败，一次败给了西洋，一次败给了东洋。如果说，前者还能从对方船坚炮利、我方"器"不如人的说法中找到些许安慰，那么后者则完全是一种无法回避的文明失败 —— 日本向来是中华文化的崇拜者、学习者，但它在短短数十年明治维新、全盘西化后，竟然一举将"中央之国"

掀翻在地。晚清人惊呼的"三千年未有之大变局",不是因为中国三千年来没有打过败仗或者败得没有这么惨,而是臣民普遍性地对清廷统治产生了怀疑,传统文化面临着严重危机。

甲午一战,日本跻身世界列强,中国则成了被新老列强瓜分的蛋糕。1898年1月16日,法国《小日报》刊登了一幅名为《在中国,国王和……皇帝们的蛋糕》的漫画,形象地描述了当时的局势。在这幅漫画里,坐在中间代表新列强德国的威廉二世,已经在象征中国领土和主权的蛋糕上划下一刀,旁边代表老列强的英国维多利亚女王持刀与其怒目相对。俄国沙皇尼古拉二世、日本明治天皇、代表法国的头戴"自由之帽"的玛丽安娜表情各异,各怀鬼胎,唯有背景板上李鸿章模样的清朝大臣气急败坏,却束手无策。

1898年3月,法国向清朝提出租借中国南部海岸城市广州湾(今湛江)用以建立煤栈。英国随即跟进要求"利益均沾",对香港界址进行扩展。刚被日本人打断了腰的清廷哪敢说一个不字,只能"照准"。

当年6月9日,清廷全权代表李鸿章、许应骙与英国公使窦纳乐在北京签订《展拓香港界址专条》,俗称"新界租约",英国强行租借九龙半岛界限街以北的广大地区。

《专条》粘附地图显示,英国人把环香港地区的235个大小岛屿及其海域都纳入了租借范围,陆地的北界是深圳湾至大鹏湾之间的一条直线。这一"新展之界"陆地面积约975平方公里,是此前英国侵占的香港岛、南九龙半岛的11倍左右,约占香港地区总面积的90%,海域更是扩大了近50倍。

《展拓香港界址专条》明确新界是"租借"给英国的,租期99年。但条约里没有列明租金数额以及如何收取——戴上一顶租借的帽子,只是给清王朝留一点可怜的脸面罢了。

　　　　　　　　　　　　　　　　　　　　奔腾的深圳河

当年 8 月初，英国政府便急派时任港英政府二号人物、辅政司骆克赶赴新界勘察，以备随后的接管、统治之需。月底，骆克结束调查后动身返英，在回英国的轮船上完成了长达 31 页、相当于中文 3 万余字的所谓《香港殖民地展拓界址报告书》，于 10 月 8 日送呈英国政府。

这份极其翔实的报告书是对新界地区全面摸底调查数据和治理政策建议的合集。报告书甚至拉出了一条建议修筑北上铁路的线路，这一线路成为日后广九铁路的雏形。

报告书的"水系"中，第一次出现了深圳河的名字。骆克写道："水系和山系一样，分为南北两个部分。该地北部的主要河流和该地最大的河流是深圳河。深圳河有北、东、南三条支流：北部支流起源于东莞县和新安县交界的群山，向西南流，在深圳以西汇入主流；东部支流源于沙头角海的丘陵，向西流，在深圳以东汇入主流；南部支流发源于大埔墟以北的九龙坑，向西北流，在深圳下游一英里处汇入主流。所有这些支流都是相当大的山溪，其可贵之处是为流经的耕地提供灌溉的水源，不过，它们没有商道价值，其水太浅，即使小船也不能航行。深圳河自深圳镇到河口一段，潮涨时宽 60 到 80 英尺，深 7 到 12 英尺，木船、汽艇均可通航。河口的沙洲有 6 到 7 英尺厚，据说退潮时只有 3 英尺厚。"

骆克的这份报告书是使用"Sham Chun river"（深圳河）这个名称最早的文献。

骆克认为新界北部划界不能随意，要充分考虑到今后殖民统治的便利性。他提出，"《专条》粘附地图标出的边界线是一条从海到海的最短的线，从地图上计算是十一英里。从深圳湾沿深圳河至深圳，再从该地沿道路至沙头角海的实际距离大约是十三英里"，直接画一条直线作为边界线的做法不合理，一是将"以深圳为中心的河谷一分为二"，二是两国管辖下各村庄之间的用水权之争将增加治理的难度。他建议："两个国家之间引起摩擦最少的边界，不是有一条宽深的河流，就是有一个构成不同河谷的分水岭的山脊。新安县内没有一条可构成边界的宽阔河流，但是有可用于此目的的山脊。"

他的主张和港英政府工务局局长奥姆斯比提交的报告不谋而合。后者也反对按照《专条》粘附地图"人为的简单直线"确定北部陆界，而是应主要按照山脉、河流确定"自然界限"。他同样认为这个"自然界限"的首选不是深圳河，而是新安县北部群山，即今深圳市梧桐山—银湖山—塘朗山一线。

如果这两个人的规划果真付诸实施，今天的罗湖、福田和南山区大部就被打包塞进了今天的香港新界地区了，深圳河也不再是一条界河，深港两地的近现代史就要全部推倒重写了。

英国殖民地事务部大臣张伯伦看了骆克的报告书后拍案叫绝，称它"极有价值，极有意思"，"给英国制定新界政策作了'最大的帮助'"。

凭着这份报告书，骆克拿到了代表英国进行新界北部边界谈判的大权，成了香港拓界"变奏曲"的终结者。

1899年3月11日，新界北部陆界定界谈判在香港岛举行。中方定界委员是广东省补用道王存善，英方代表就是骆克。

谈判一开始，王存善主张信守《专条》粘附地图的约定，骆克则抛出了蓄谋已久的"自然界限说"，提出以从深圳湾起经深圳北面山脚到梧桐山，再迤东到沙头角以北一线为界。谈判期间，骆克和王存善一起见了时任港督卜力，卜力也向王存善卖力推销"自然界限说"。在写给英国殖民地事务部大臣张伯伦的信中，卜力说："我试图向他说明，深圳和沙头角划入租界范围内无论对于中国还是这个政府相互都是有好处的。我还向他指出如果是这样，这些地方仍会向中国人做最大限度的开放，就像目前这样。但如果这些地方没有获得转让权的话，租界区里习惯了依靠这些地方的中国居民便会与之隔离。"

3月14日，王存善转达了两广总督谭钟麟的意见，"深圳设有炮台，沙头角是个大墟市"，不能接受英方的方案。应"以深圳河南边支流为界"。骆克恼羞成怒，威胁说要终止谈判。

压力之下，王存善提出了一个妥协方案，界线"从深圳河河口直到该河河源，再到沙头角，将深圳及沙头角留在中国领土以内"，并表示这是中方的让步极限。骆克不依不饶，表示"应以深圳河北为界，将整条河流划在英方界内"。他再次咄咄逼人地威胁说，如果中方不答应就将深圳的归属事宜"留待北京去讨论"。害怕多生枝节、陷自己于两头不讨好境地的王存善就范了。骆克对这一结果洋洋自得，认为通过这次谈判英国"完全控制了那条在《专条》粘附地图上没有包括在英国租借地内的河流"，"在新的拓展中能够取得对那条河的完全掌控，对于我来说是满意的"。

3月16日至18日，双方到深圳河河源至沙头角陆地一线进行勘界。在沙头角海岸边敲下一号界碑时，英国摄影师拍下了这历史性的一幕：身穿深色马褂的王存善垂肩低首，若有所思。紧挨着他的骆克西装革履，右手扶在那块上书"大清国新安县界"的木质界碑上目视前方，一副志得意满的样子。

19日，王存善和骆克在香港岛签订了《香港英新租界合同》。此前外人一无所知的"罗溪""滘水""清河"，第一次以"深圳河"

之名现身于官方文件中，作为一条特殊的界河渐为人知。

签订《香港英新租界合同》时，骆克41岁，王存善50岁，他们有诸多相似之处。两人都是读书人：骆克熟读中国传统经典，既可以用中文和中国官商两界畅谈社会风俗、风土人情，也可以用英语和"中国怪才"辜鸿铭纵论哲学、文学话题。他非常崇拜孔子，1903年访问曲阜孔府，成了孔府接待的第一位英国人。至于王存善，在近代史上以藏书丰富著称，其祖父王兆杏建有藏书楼"知悔斋"，经过他的苦心经营，"知悔斋"藏书达20余万卷。他们也都是精明人：骆克1883年出任港英政府税收督办、1895年掌管地位仅次于香港总督的辅政司；王存善来谈判前就是广东省候补道台、厘金局总办。能总管一地税务工作并跻身高官行列的人，必定是精于算计之人。

但是，所在国家国运的盛衰、国力的强弱、最高当局的优劣，决定了他们的个人命运、在谈判桌上的气场，也注定了他们各自的生前命、身后名。

1902年，骆克官升一级，出任与香港新界同时租借给英国的威海卫行政长官。1921年退休回到伦敦潜心研究中国文学。同一年，香港湾仔填海造地。港英政府为表彰骆克在香港拓界上的贡献，将填海区上修筑的一条1700米长的滨海马路命名为"骆克道"，沿用至今。

谁都知道弱国无外交，战场上得不到的谈判桌上更别想得到。对于王存善来说，在朝廷已经屈服的情况下，此次新界勘界谈判已是必输之局，区别只是输多输少而已。他明白自己只是这个虚弱不堪的王朝的替罪羊、挡箭牌，但人在官场身不由己，他只能背起这口大锅。让他鼓起勇气去直面强势的英国人的最大支撑，就是晚清官员被洋人反复敲打后形成的"弱国思维"心理建设。

　　生在晚清，何其不幸。1900 年，王存善迁居上海，具体原因、过程不明，但明眼人可想而知。1916 年离世，时人对其新界签约一事并无褒贬，只以著名藏书家视之。不想 21 年后的 1937 年，军阀横行、内斗不绝的中国再遭日本全面入侵。王存善的儿子、曾任北洋政府财政总长的王克敏，出任日军扶持的傀儡政权伪中华民国临时政府行政委员会委员长，成为与汪精卫齐名的大汉奸。1945 年，王克敏于狱中自杀。

第四章

革命"首章"

尘封的新界人民抗英战

1899年3月19日，王存善和骆克在香港正式签订《香港英新租界合同》，新界被强行"租借"已成定局。但清朝地方官员却根本没有想过要把这个情况通知乡民，以致新界民众间流言四起，人心惶惶。

4月3日，港英政府警察司梅含理带领6名锡克警察进入大埔新墟时，被群情汹汹的大埔乡民围困，用作升旗典礼的席棚被焚毁。梅含理于混乱中逃出。

7日，时任港督卜力公布了英国接收新界的时间表，强硬表态称将于17日举行正式升旗仪式。

新界乡民也毫不示弱，针锋相对，尤其是世居新界西部元朗、锦田、粉岭等村的邓、文、廖、彭、侯五大家族于元朗东平社学成立太平公局，推举名望卓著的邓仪石、邓菁士等42名乡绅为领袖，号召各村乡勇以武力反抗英国人，保家护乡。在新界乡民修垒筑寨誓与乡土共存亡之际，深圳沙头角、皇岗村、东莞雁田等地的同族宗亲闻讯后，也组织了数千乡勇，赶赴新界地区增援。

新界乡勇的抗英战斗正式打响。

4月14日，聚集在大埔新墟的乡勇再次烧毁了英国人用于举行升旗仪式的席棚。

15日，以香港军团印度籍军士为主的125名英国士兵被派往大埔。途中他们被村民围困，在一艘英国海军炮艇发炮轰击村民阵地之后，才突出包围。

16日，英军增援大埔，与梅含理、伯杰所部一起以大炮猛轰村民们的阵地，掩护步兵冲锋。新界乡勇顽强抵抗，终因武器低劣，被迫退却。卜力见英军初获胜利，便决定提前一天进行接管，在大埔匆匆举行了升旗式。

18日，邓仪石等率领2600余名乡勇与英军激战于上涌石头围。是役，在给英军造成一定损失的同时，新界乡勇血流成河，战殁者遗骸遍布山野，直至十数年后依旧可见零落白骨。

19日，英军再增援兵登陆屯门、荃湾，与大埔一带的英军主力会合。重压之下，新界乡勇寡不敌众，持续六天的新界抗英战告一段落。

4月26日，卜力报告抗英运动已全部平息，英国对新界的军事占领得以确立。

检视整个战斗过程，扛着梭镖、抬枪以及仅有的几门简易火炮仓促起事的新界乡勇，面对英军严密部署的正规军队的新式步枪和战舰重炮，虽经奋勇还击，但终因武器装备悬殊太大，只能接受被降维打击的悲惨命运。与其说这是一场战争，不如说是一次英国人单方面的屠杀。据统计，本次战斗中，中方三千多人牺牲，英军仅两名士兵负伤。

新界人民抗英战的悲壮，表明那个年代的英国，为了所谓自由贸易的扩张，肆意屠杀平民。

或许英国当局也意识到了这个问题，在一定的范围内下达了封口令，故意淡化甚至"忘记"了这场大屠杀。之后，人们很难从港英政府的官方档案或深港两地民间史志中找到相关信息。

1899 年 5 月 5 日，英军进抵新界邓氏一族最后固守的据点锦田村吉庆围。吉庆围是一座建于明朝成化年间的坞堡式围村，村落出入口设有一扇铸造于清康熙年间的连环大铁门。邓氏一族紧闭铁门，凭借高墙深壕与英军周旋。久攻不下的英军最后动用重炮将铁门炸塌后蜂拥而入，拘捕大量反抗乡民，并将连环大铁门抢走运至伦敦当作"战利品"展览炫耀。直到 1925 年，在锦田民众强烈要求下，这扇铁门才从英国寻获送还故里，成为香港的一件特殊文物。

14 日，英军推进至新界乡民最后的抵抗据点元朗。在弹尽粮绝的危局之下，邓仪石等被迫率众撤退。此后英军在新界各处搜捕反抗领袖，头领之一的邓菁士被俘后惨遭绞杀。

邓仪石在乡党的帮助下侥幸逃离元朗。《宝安县志》（1960 年初稿本）记载了邓仪石离开新界时写下的悲壮诗句："河山割裂实堪悲，为避蛮气始徙岐。太息衣冠文物地，一朝瓦解属番夷。极目乡间何处是，茫茫东海去云浮。滚滚狼烟何日净，那堪回首九龙湾。"

骆克妄图的界线是新安县北部的群山一线。他在 1898 年 10 月 8 日送呈英国政府的所谓《香港殖民地展拓界址报告书》中明言，深圳墟是新安县东部的中心城镇，影响巨大。"让一个中国城镇出现在英国领土边沿近在咫尺的地方，其不利之处在九龙城问题上已经有所体会，该城多年来一直是个无止无休的麻烦和香港及中国政府间经常发生摩擦的源泉。如果允许深圳留在中国领土内，历史肯定会重演的。"

强占新界过程中发生的深圳河两岸宗族子弟抵抗英军的战斗，让他愈加体会到了以新安县北部群山一线为界，一举拿下南接香港、东临惠州、北向东莞和广州，人口 2000 多，辐射周边 10 多个市集的深圳墟的好处。

骆克和港督卜力大演双簧戏，以新界抗英乡民中"有穿号衣者，疑系官兵助民为斗"为借口，指控广东地方官员和九龙寨城驻军对香港和新界租地协防不力。一个说，如果没有新安县地方的默许支持，新界乡民反抗的力度就不会那么大，"为了切实保障新界的和平和良好秩序，绝对需要将深圳村划入租借界内"。另一个则大言不惭地宣称，据信有一大批暴徒准备从北面入侵新界，因此决定"采取自卫行动"。

1899 年 5 月 16 日，新界硝烟未散，英军突击九龙寨城，另一支 2000 人的部队兵分三路突破清军小股部队的防线，自东而西强占了距深圳墟二十里的沙头角，驻英军二百名，并佯称在此修筑防守炮台，同时占领了深圳墟及其附近村庄。在深圳墟内，英军升起英国国旗，还施放了高规格的 21 响礼炮，自鸣得意地宣示深圳墟一带已是英国的领地。

"九龙寨城"，半部香港史

《香港英新租界合同》墨迹尚未干透，两个月后英军就悍然越界，强占深圳河北岸的深圳、沙头角等重要墟镇和九龙寨城。这种食言而肥、得寸进尺的霸道行径，就连做惯了软壳蟹的清政府也实在忍不下去了：按照英国人这样的强盗逻辑，是不是不久之后就要以东莞为界了？然后是广州……

总理各国事务衙门立即指示中国驻英公使罗丰禄向英国政府提出强烈抗议，要求其从深圳和九龙寨城撤军。5月21日，总理衙门大臣李鸿章照会港督卜力说："中国对此事表现了极大的容忍。英国进军九龙城，驱逐中国军政官员，强令中国官兵撤出深圳，悬挂英国旗，如此种种行为出乎意表。"

英国对交还深圳墟等深圳河北岸地区提出了三个无赖要求：一是要求清政府公开宣布将时任两广总督谭钟麟撤职；二是赔偿英国镇压新界人民反抗的全部费用15万元；三是在中国同意赔偿前，英国应继续占领深圳。

6月下旬，李鸿章与英方代表艾伦赛在北京就深圳墟撤军问题进行谈判，对英方提出的三个所谓"条件"表示非常愤慨，坚决拒绝，谈判陷入僵局。

与此同时，深圳人民也一直在坚持抗争，手持原始武器的乡勇虽然不能和英军正面对抗，但没日没夜的袭扰、游击、伏击，也让英军泥足深陷，苦不堪言。

深圳河北岸的下沙村就是其中典型。下沙村村民均为黄姓，南宋时期由黄氏一世祖黄默堂辗转至此开基立村。其墓在今深圳市莲花山西北坡，建于南宋淳祐八年，今存九世祖"黄思铭公世祠"始建于明代。黄氏是货真价实的"老深圳"，保家卫乡之心赤诚。

下沙村乡勇的首领叫黄耀庭，原名黄恭喜，绰号"盲公喜"。他少小习武，性格豪爽，仗义疏财，是广州、惠州一带有影响的洪门首领之一。后于1900年加入兴中会，同年担任在中国革命史上留下灿烂一笔的三洲田起义军的先锋官。

1899年春天英军强占深圳墟时，适逢黄耀庭自南洋返乡。他立即召集附近乡镇洪门兄弟及当地乡民商议，伺机打击英军。通过一段时间的侦察，他们发现英军时不时会三五成群地开着汽艇来深圳河河口的红树林一带打水鸟，决定利用地形之利打一个伏击。

黄耀庭跟弟兄们用竹子做了一批抛石机运到红树林里隐蔽。抛石机借助竹片的弹力，可将石头抛掷数十米远。一天黄昏时分，黄耀庭得知英军十来艘小汽艇正向红树林驶来，立即带人到红树林埋伏。英军接近红树林边时，黄耀庭下令所有抛石机一起拉动，漫天飞石砸向英军。英军猝不及防，伤亡数人，剩下的狼狈逃窜，从此再也不敢踏足红树林周边区域。

新安县下辖的雁田（今属东莞凤岗）邓氏与新界锦田邓氏血脉情深，此前就踊跃组织乡勇赴新界助阵抗英。这一次深圳墟有难，他们再次挺身而出，1000多名村民签名宣誓保卫家乡，10天之内就组成了一支3000多人的民兵队伍。武进士邓辅良组织义军，购置武器，并在雁田村南面望恢岭上构筑工事、修造炮台，阻止英军北侵，并组织敢死队成功夜袭英军在深圳布吉坳的军营。

雁田乡民的忠肝义胆震动朝野，被清政府授予"义乡"称号。

占领深圳墟后的第十天，港督卜力明显感受到了深圳河北岸民间武装反抗的压力。和第一次鸦片战争时的义律一样，会算账的他开始评估占领深圳墟的安全管理成本。他在给英国政府的报告中写道："从深圳河到东莞一带是中国最动乱的地方，它是'三合会'总部所在地，统治这样一个地区（甚至只及深圳山头），需要加派军队，大量增加警察，……要增加很大花费。我认为，现在以河为界最好。"

外交僵局和民间反抗的双重压力，以及对向深圳河北岸无限度扩张可能引发列强连锁反应的担忧，让好战分子们渐渐冷静了下来。卜力和英国殖民地事务部大臣把球踢给了首相索尔兹伯里，敦促后者在深圳问题上迅速做是走是留的决定。

11 月 2 日，卜力下达了撤军命令，"女王陛下政府已决定自深圳撤回到先前划定的界限以内，望着即照办。应明告两广总督，望其保护占领期间为维持法律与秩序、确保生命财产安全而对英军表示友好的界外居民。在此等方面若不与本殖民地政府合作，则可能招致再度占领"。为了掩饰占领深圳战略的失败，英国人临走时还装模作样地挑唆和恫吓了一番。

11 月 13 日，英军南渡深圳河撤回新界。

在深圳本土乡民的英勇抗争下，英军占领深圳墟等深圳河北岸地区的图谋破灭，最终铩羽而归。但被隔离在边界线之外的九龙寨城就没有这么好运了。

1898 年 6 月，英国迫使清政府签订《展拓香港界址专条》，强租新界，其中对九龙寨城问题作了专门规定："所有现在九龙城内驻扎之中国官员，仍可在城内各司其事，惟不得与保卫香港之武备有所妨碍。……又议定，仍留附近九龙城原旧码头一区，以便中国兵、商各船、渡艇任便往来停泊，且便城内官民任便行走。"明确规定九龙寨城仍置于中国政府管辖之下。

1899 年 4 月 16 日，英国正式接管新界后，九龙寨城被港英政府控制区团团包围，成了清政府在香港地区的"城中之城、界中之界"。骆克在《香港殖民地展拓界址报告书》中记载，当时的九龙寨城城内面积 6.5 英亩，总人口 744 名，其中驻军 544 人、平民 200 人。此时的九龙寨城已经失去了军事作用，其"城墙有六个哨楼，现用作家庭住宅"。

但这块仅仅具备象征意义、已经失去军事作用的土地，贪婪的英国人也不想给中国人留下。

5 月 14 日，英国正式下令占领九龙寨城。16 日，英军强行进驻寨城，驱逐了城内的中国军政人员。12 月 27 日，英国政府当清政府的"强烈抗议"如耳边风，发布《枢密院关于九龙城寨之训令》，借口"中国官员在九龙城内各司其事，已被发现与保卫香港之武备有所妨碍"，并再次派遣军警开进寨城，剩下为数不多的清朝军民四散逃走，九龙寨城沦为一座空城。当时，清政府发出严正声明，九龙城寨是中国的领土，管辖权仍属中国。其后，英方为表示不平等条约"有效"，没有派兵在此驻扎。

英国人之前数次都成功地用"既定事实"威逼清政府就范，但对于这块"飞地"，一贯软弱的清政府却始终没有松口，一再发出"严正声明"，坚称"九龙寨城是中国领土，管辖权仍属中国"。

1900 年，李鸿章同卜力交涉九龙寨城问题。李鸿章义正词严地告知卜力："清朝永久坚持对九龙寨城的主权与治权，要求英国遵守所签条约，归还九龙寨城。"最后的交涉结果是，卜力命令英军撤出寨城，此后英军再未入侵寨城。

1912 年中华民国成立。民国政府坚持对九龙寨城的主权、治权。民国时期战乱频繁，许多内地民众逃至九龙寨城避难，在这里形成了一个特殊的"内地人社区"。1941 年日军侵占香港，将九龙寨城的城墙全部拆除。解放战争时，又有众多内地民众逃亡至寨城，在原址上建起简易楼房。1949 年后，中华人民共和国政府继续重申对九龙寨城的主权与治权，使得港英政府数次放弃了拆除九龙寨城的打算。

在这样的特殊历史背景下，九龙寨城成了中方虽有主权却万难落实治权，法理上无权进入的港英政府警察想管治却囿于外交关系畏首畏尾，远在天边的英国政府不闻不问不表态的"三不管"地区。

伴随着深圳河两岸此起彼伏的社会风潮和香港经济在 20 世纪中叶之后的腾飞，这块约 2.67 万平方米的弹丸之地野蛮生长、自成生态，成了世所罕见的贫民窟。最高峰时，这里蜗居着 5 万多人。

外面的人称之为"黑暗的城市"，在里面生活的人们则令人惊讶地渐渐形成了自我适应的地下秩序和邻里相处之道。空间拥挤不堪但社会容量无边无际的寨城内，难民、逃兵、黑社会分子、底层谋生者各安其命，黄赌毒产业操盘手与香港皇家警察暗通款曲。特别是偷渡来港的医生，因为港英政府不承认其行医资格，只能在此无牌行医。无牌诊所因此成行成市，成了寨城一大特色，其中的无牌牙医，更是凭借其质高价低的优势，获得了香港低收入群体的集体"追捧"。

光怪陆离的九龙寨城，是一些人的炼狱，也是另外一些人的天堂。

1984 年《中英联合声明》签订，明确中国政府将于 1997 年 7 月 1 日对香港地区恢复行使主权，历史叠加现实之下，纠结经年的九龙寨城改造问题迎刃而解。中英双方很快达成一致，决定将这座"问题之城"及时清拆，并在尽量保留寨城原有建筑物及特色的基础上，兴建一座"九龙城寨公园"，让全体港人共享。

拆迁之前，一群日本探索者细致地绘制了寨城建筑细节。香港影视巨星成龙在寨城内拍摄了电影《重案组》，也间接记录了这段特殊区域的别样历史。清拆时，经附近老居民指引，挖出了当年日军拆除城墙扩建启德机场时，香港民众偷埋起来的两块位于寨城南门的花岗石石额，其上分别刻有"南门""九龙寨城"字样，证明之前香港人口口相传的"九龙城寨"是"九龙寨城"的误读。正式开园时，公园名字就改成了"九龙寨城公园"，成为今天香港著名旅游景点之一。

九龙寨城被拆除后，一再被香港电影工作者在片场里重新搭建、布景，作为向世人讲述香港经历的特殊历史风云的绝佳舞台。

九龙寨城是香港的一个特殊存在：它是旧中国国力极度衰弱的一个缩影，它见证了英国对香港地区步步蚕食的入侵过程，它亲历了香港在 20 世纪中叶后梦幻般的腾飞之路，它目送着香港这个百年游子终于重回祖国母亲的怀抱。

甲午惨败，洋务夭折

19 世纪 60 年代，中国和日本这两个对外闭关锁国、对内一盘散沙的难兄难弟，在西方列强黑森森的舰炮炮口深渊般的凝视下，不约而同地展开了一场自上而下的自救、自强运动。

1861 年 1 月 11 日，恭亲王奕䜣会同桂良、文祥上奏《通筹夷务全局酌拟章程六条》，揭开了清朝洋务运动的序幕。

洋务运动的目标是"富国强兵"，"国"富了多少谁也说不清楚，但"兵"在纸面上的强，肉眼可见，尤其是以倾朝之力打造出来的北洋水师，于 1888 年被《美国海军年鉴》评为"亚洲第一、世界第九"。

1868 年 1 月 3 日，日本明治天皇睦仁颁布《王政复古》诏书，标志着日本明治维新运动的开始。

毫无疑问，明治维新的目标也是奔着"富国强兵"这条路去的。但在方法论上，两项运动有着根本的区别。洋务运动的"师夷制夷""中体西用"始终停留在器物改良、技术提升的层面上，完全不触及制度、文化的革新。明治维新则是一场涉及政治、经济、军事、司法、教育、社会生活诸领域，具有资本主义性质的全方位改革：政治上进行近代化政治重构，建立君主立宪政体；经济上推行"殖产兴业"，学习欧美技术，融入工业化浪潮；军事上建立新式军队，陆军参考德国，海军对照英国，年满 20 岁的男子必须服兵役 3 年、预备役 2 年，后改为服兵役 3 年、预备役 9 年；司法上效仿西方各国体制，相继订立了法式刑法、法德混合式民事法和美式商法；教育上大力开办新式学堂，实行全民义务教育，提升民众综合素质；社会生活上提倡"文明开化""欧洲化"。

明治维新，让日本悄悄推开了近代化的大门。

经过洋务运动和明治维新的涂抹，19 世纪末的东亚地区上空，战争彤云密布。一个是固守国本、社会经济上却回光返照的老帝国，一个是全面西化、实力喷薄欲出的新兴国家。稍具战略判断力的人都明白，在如此纠结的地缘环境和时代背景下，中日之间必有一战。

事实上，日本早就磨刀霍霍了。1867 年，明治天皇睦仁登基伊始，即在《天皇御笔信》中宣称"开拓万里波涛，宣布国威于四方"，矛头所指，不言而喻。而被西方坚船利炮吓破了苦胆的清廷，还天真地以为立志于脱亚入欧的日本依然是苦命的邻居，是可以抱团取暖的伙伴，于 1871 年与之签订了两国之间的第一个条约《中日修好条规》，约定"嗣后大清国、大日本国倍敦和谊，与天壤无穷。即两国所属邦土亦各以礼相待，不可稍有侵越，俾获永久安全"，巴巴地想着与日本的友谊天长地久。

日本对中国侵略蓄谋已久。在明治维新时期，日本就已经制定了以侵略中国为中心的"大陆政策"。1885 年，日本提出了目标清晰的十年扩军计划。1887 年，日本参谋本部制定了所谓的《清国征讨方略》。日本急于对外扩张，其狼子野心，昭然若揭。

1888 年，日本交叉进行的两次工业革命进入高潮，意味着日本试图突破岛国资源、市场瓶颈，大规模对外扩张的内在张力已达到临界点。

1890 年后，日本以前所未有的动作大搞军备竞赛：国家财政收入的 60% 用来发展海军、陆军；1893 年起，明治天皇每年从自己的宫廷经费中拨出 30 万元，再由政府官员薪金十抽其一，补充造舰经费。举国上下，砸锅卖铁，勒紧裤腰带，近乎疯狂地支持造舰，为一场蓄谋已久的中日战争做最后的准备。

而清廷北洋水师 1888 年成军，总吨位 27000 吨，各类战舰 25 艘，2000 吨位以上战舰 7 艘。1890 年时，日本海军总吨位仅 17000 吨，2000 吨位以上战舰 5 艘。但仅仅两年后的 1892 年，日本提前完成了 1885 年制定的十年扩军计划。到中日甲午战争前夕，日本已建立起了一支拥有 63000 名常备兵和 23 万预备兵的陆军，包括 6 个野战师团和 1 个近卫师团。日本海军拥有战舰 32 艘、鱼雷艇 24 艘，总排水量高达 72000 吨。

日本人磨刀霍霍，清朝上下却视香港被英国人割占的事实于不顾，仍然一厢情愿地做着外人"并不利（图）我土地人民"的春秋大梦。

两国最高统治者的表现说明了一切：甲午战争之前的几年时间里，日本明治天皇每年从自己的私库里掏钱补贴军费；慈禧则疯狂挪用海军军费，又为自己的六十大寿挪用从外国借得的战资，以筹备庆典、整修颐和园。

结果是北洋水师"一出道即高峰"，自 1888 年正式成军后，就再没有增添任何舰只，任由舰艇渐渐老化。与日本新造的战舰相比，北洋水师的战舰火力弱、射速慢、航速低。1891 年以后，北洋水师甚至连枪炮弹药都停止购买了。此消彼长之下，战前一度号称"亚洲第一、世界第九"的北洋水师早已被日本海军全面超越。

中日甲午战争自 1894 年 7 月 25 日丰岛海战始，终于 1895 年 4 月 17 日《马关条约》签订，中间迭经平壤之战、黄海海战、鸭绿江江防之战、金旅之战、威海卫之战、辽东之战。无论海战陆战，清军都是大败而归。

甲午惨败的原因不一而足。清统治集团为一己之私欲挪用海军军费的"窃国"行为，导致清军特别是最核心的北洋水师军备不足、战力低下，是可以用客观数据准确描述的不争事实。

据统计，在这场战争最关键的黄海海战中，清军参战军舰 10 艘，日军参战军舰 12 艘，北洋水师总排水量 31366 吨、总兵力 2054 人、火炮 180 门、鱼雷发射管 26 架。日本联合舰队的相应数据分别是 40849 吨、3630 人、272 门、36 架。从纸面数据上看，双方实力上有差距，但并不悬殊。不过，比对另外两项核心数据后，就会发现这一场大海战的结果早已注定：一个是平均航速，北洋水师是 15.5 节，日本联合舰队是 16.5 节，其中的第一游击队更是达到惊人的 19.4 节；另一个是舰炮射速，日舰新装备的速射炮是北洋水师老舰后装炮的 6 倍。战舰在无遮无挡的海面上肉搏，谁跑得快、打得猛，谁就是当然的强者。

北洋水师成军后就马放南山、止步不前的苦果，被无数置身于沸腾海水的大清水师官兵痛苦咽下，也包括主帅丁汝昌。战斗开始不久，北洋水师旗舰定远舰由于下水 12 年、7 年未修，主炮炮塔被炸毁，丁汝昌负伤，信旗被毁，他拒绝随从将自己抬进内舱，坚持坐在甲板上督战。

此情此景，壮则壮哉，悲亦悲矣。

1895 年 3 月，"头等全权大臣"李鸿章被日本首相伊藤博文点名到日本马关（今下关）"谈和"。

　　4 月 10 日，在经过几轮谈判后，伊藤博文抛出日方的最后修正案，条件依然苛刻无比，他冷着脸对李鸿章下了最后通牒："中堂见我此次节略，但有允、不允两句话而已。"

　　李鸿章问："难道不准分辩？"

　　伊藤博文答："只管辩论，但不能减少。"

　　李鸿章苦苦哀求，均被伊藤博文一一拒绝。

　　14 日，一心只想着稳住皇权的清廷电令李鸿章遵旨定约。

　　17 日，垂垂老矣、之前又被日本浪人刺杀负伤的李鸿章，颤抖着手签下了那份让他身败名裂的《马关条约》。

　　一纸《马关条约》，彻底改变了亚洲地区的战略格局。清王朝承认原来的藩属国朝鲜独立，放弃在朝鲜半岛的所有权益，同时向日本割让台湾全岛及所有附属各岛屿、澎湖列岛，国际地位从此一落千丈，沦为新老列强随意鲸吞蚕食的对象。

　　日本则不仅成功实现了领土扩张，还从中国抢到了两亿三千万两白银的战争赔款和价值一亿日元的战利品，一夜之间成为暴发户，迅速崛起为亚洲第一强国，跻身世界列强行列，成为中国人此后半个世纪的噩梦。

　　在这场事关中日两国国运之战上的完败，宣告了一度轰轰烈烈的洋务运动的彻底破产。

　　对于全身插满管子的清王朝而言，仅凭器物层面小打小闹的改良而没有制度层面的改革猛药，它是绝难走下历史的病榻的。

"百日维新"，虎头蛇尾

在甲午惨败的阴影笼罩下，在汹涌的士心民意推动下，在维新派的仓促张罗下，1898年6月11日光绪皇帝颁布"明定国是"诏书，宣布"变法"。

这次变法史称"百日维新"，因为它仅仅维持了103天，便被以慈禧太后为首的清王朝顽固派扼杀在了摇篮里。

事实上，这场由康有为、梁启超等人通过光绪皇帝推动的变法，已经最大限度地照顾到了清王朝的权力和利益，但在清廷顽固统治集团眼里，米粒大的权力转移、损失都是剜骨之痛。他们视为重中之重的第一要务，永远是如何保住手里的统治权，而不是这个国家如何富强，社会如何进步，人民如何幸福。在政权与国家、社会、人民的命运之间，他们选择的永远是前者。他们宁愿割地赔款，也不许社会变革，危及其统治地位，正所谓"宁赠友邦，不予家奴"。

清贵族阶层根本就没有变法的诚意，更没有追求先进文明的觉悟和能力，结果他们硬是把一次变法图强的社会实验，演变成了一场刀光剑影的宫廷政变。

本为维护皇权、改良社会而来，竟是与虎谋皮、反被专制皇权横架屠刀。"戊戌六君子"之一的谭嗣同，在狱中写给梁启超的绝笔书里悲愤莫名，"各国变法，无不从流血而成。今中国未闻有因变法而流血者，此国之所以不昌也。有之，请自嗣同始"。

在中国两千多年的君主专制统治历史里，难得一见的一场和平改良运动以流血告终，这是一代时代精英的悲剧，也是一个民族的悲剧。慈禧太后控制下的清王朝顽固派残忍地毁掉了一次提升中华文明，使之浮出水面喘息、自救的机会。如果说中日甲午战争的失败，是外来侵略者把这个腐朽不堪的王朝推向坟墓，"百日维新"的夭折，则是唯利是图的统治集团亲手在自己的棺木上敲下了最后一根铁钉。1900年6月21日向11个列强同时宣战的宣战书，就是濒死前的癫狂呓语了。

菜市口变法者的鲜血没有警醒清朝统治者一丝一毫，反而刺激他们更深地陷入了一种极端昏聩、仇外、残暴，全面向后转的状态。他们毁掉了中国的进步力量和可能的盟友，却天真地认为民气可用。

"向十一国宣战"闹剧后仅仅二十几天，英、美、法、德、意、日、俄、奥组成的八国联军就占领了天津，随即攻陷北京，慈禧太后等皇室成员狼狈西逃，史称"庚子事变"。

晚清著名外交家郭嵩焘曾用12字归纳晚清外交：一味蠢，一味蛮，一味诈，一味怕。因为愚蠢而行蛮，行蛮不成则使诈，使诈失败则跪地求和。

"庚子事变"的结果不光是天量的"庚子赔款"，全国人民无端地再度背上重债，还有后续一系列主权的丧失，以及俄国乘机强占东北。

在最高统治者眼里，只要专制皇权不丢，最后付出代价的就是轻如蝼蚁的万千子民。

这种极端不负责任的专制皇权思想，也害苦了当时唯一愿意、也能够为清王朝出力的高官群体。在疯狂的1900年，他们里外不是人：狂妄无边的"十一国宣战"前，敢拂太后逆鳞的主和派纷纷伏诛；"庚子事变"后，为失败背锅的主战派人头滚滚。

新的世纪，新的世界，曾经引领世界的中华文明迎来的却是愈加浓郁的无边黑暗。

老旧不堪的中国大地上，到底还有没有路可走？

有的。就在北京城里改良主义的星火被无情踩灭后，远在京城千里之外、清朝的弃地香港，隐隐露出了新道路的曙光。

19 世纪晚期，港岛、南九龙半岛逐渐发展成一个中西交汇的商贸重镇，渐渐显露出了现代城市的雏形。香港人口不断增长，社会日趋多元，各种思潮汇聚于此，在商业、文化上都呈现出一片欣欣向荣的景象。

清朝的"弃子"、不久前还是新安县下属的偏远海岛香港岛，在命运无常的操弄下，不经意间成了国内仁人志士观察、思考、比较东西方文明的窗口。

从"医人"到"医国"

1879 年夏，13 岁的孙中山跟随母亲杨氏，自家乡香山县（今中山市）翠亨村转道澳门，搭乘大哥孙眉为他们事先雇好的英国铁汽船"格兰号"前往檀香山。

轮船入海，劈波斩浪。第一次搭乘跨海巨轮的少年孙中山"始见轮舟之奇，沧海之阔，遂有慕西学之心，穷天地之想"。少年意气，那时他还不知道，此后四年的异域生活将在他的人生里埋下怎样的种子。

巨轮在茫茫太平洋上航行了 25 天后，孙中山与母亲抵达檀香山。9 月，进入檀香山英国基督教圣公会所办的意奥兰尼学校读书。1882 年 7 月，以英语文法考试第二名的成绩毕业。当年年底，考入夏威夷最高学府奥阿厚学院。孙中山一度打算在这里毕业后去美国深造，终因兄弟失和，提前退学回国了。

1883 年 7 月，在海外学习生活了 4 年的孙中山自夏威夷抵达香港，然后改乘一条中国沙船（一种遇沙不易搁浅的大型平底帆船）回香山县。

　　1883 年 11 月，孙中山从香山县进入香港基督教圣公会所办的拔萃书院（今拔萃男书院）求学。翌年，转至香港中央书院（今皇仁书院）。1887 年，香港西医书院（今香港大学医学院）成立，孙中山成为首届学生之一，并于 1892 年以第一名的成绩毕业。

　　在香港西医书院求学期间，孙中山的革命思想悄然萌芽。他与陈少白、尢列、杨鹤龄等人志同道合，经常相聚一起，抨击清廷，互诉抱负，自嘲为"四大寇"。

　　1892 年 9 月，孙中山应澳门镜湖医院邀请挂牌行医，成为这家中医院的第一位西医师。孙中山具大医仁心，遇有赤贫者就医时，便解囊相助，行医不满三个月便声名鹊起。不久后，他向镜湖医院借钱，自己办了一家中西药局，单独行医。

　　不想挫折从天而降。澳葡当局以"凡行医于葡境内者，必须持有葡国文凭"为由，先是禁止孙中山给葡萄牙人看病，继而又饬令药房不得为之配药，使其行医事业"猝遭顿挫，虽极力运动，终归无效"。

　　无奈之下，他只好转道广州、香山等地"游医"。世纪之末，国事日益糜烂，孙中山在一年多的游医生涯中，历经坎坷，也对民间疾苦有了更深刻的体察，发出了"医术救人，所济有限"的感慨。

　　1894 年 1 月，时年 28 岁、血气方刚的孙中山策划了一次从"医人"到"医国"转型的实际行动。他一连十天足不出户，草就了将近八千言的《上李傅相书》（《上李鸿章书》），主张学习欧洲各国的"富强之本"，做到"人能尽其才、地能尽其利、物能尽其用、货能畅其流",此为"富强之大经,治国之大本"。

第一个看到这篇《上李傅相书》的是孙中山的挚友和同志陈少白。他在《兴中会革命史要》里回忆说:"他(孙中山)对于药房也不管理了,就到上海去要把这封信上给李鸿章。我没有办法,就让他去,同时我就替他把两间药房收拾起来,交回那些出过股本的人。"为了"医国",孙中山把个人的身家豁出去了。

6月,《上李傅相书》辗转交到了李鸿章手中。可惜当时中日甲午战争阴云密布,行将就木的清朝军政大事全赖李鸿章独木支撑,根本无暇接见孙中山,只留下一句话:"等仗打完了以后再见吧。"

孙中山大失所望,立即决定转型。接下来的转型之路迅疾如风:

10月初,孙中山抵达檀香山。

11月24日,在檀香山美商卑涉银行的华人经理何宽的家里召开了兴中会成立大会。何宽、刘祥、李昌等二十余人出席,孙中山为会议主席。所有兴中会会员都阅读了《檀香山兴中会章程》,并高举右手、向天明誓:"联盟人某省某县人某某,驱除鞑虏,恢复中国,创立合众政府。倘有贰心,神明鉴察。"

1895年1月,孙中山返港,准备策划武装起义。郑士良、陆皓东、陈少白、杨鹤龄、区凤墀等旧日师友,具有强烈反清思想、在香港具有相当影响力的辅仁文社领导人杨衢云、谢缵泰等人云集响应。

2月21日,香港兴中会成立。干部会议上决定策划广州起义,实施武装暴动。

……

短短几个月时间里,孙中山完成了从改良主义者到革命党人的蜕变,而且终其一生,矢志不渝。

孙中山的性格、经历、眼界、际遇决定了他就是那个与历史和现实对上暗号的完美"医国"者。

走不通改良主义这条死胡同，矢志振兴中华的孙中山最终只能走上革命这条救国的羊肠小道，舍此之外，别无他途。

从变法者到保皇党

康有为自1879年到访香港后，顿兴西学之好、改良之念。1882年、1888年、1895年他三次赴京。很少有人知道，1888年他第二次赴京时，就首次上书光绪皇帝，请求变法。但这次上书没有被采纳，反牵连了许多人士。

让康有为暴得大名的是1895年4月的第二次上书，史称"公车上书"。1895年春，乙未科进士在北京会试后等待放榜时，甲午战争中国完败、《马关条约》签订的消息突然传来，在京应试的举人群情激愤，台籍举人更是痛哭流涕。4月22日，康有为、梁启超写成一万八千字的《上今上皇帝书》，提出"拒和、迁都、练兵、变法"等主张，十八行省举人响应，1300多人连署。

"公车上书"虽然失败，但这个事件被普遍认为拉开了维新变法运动的序幕，感觉危机迫近的光绪皇帝产生了变法的念头，屡试不第的老举人康有为也因此鱼跃龙门，以维新派领袖的身份登上了近代中国历史舞台。

之后的历史短促而清晰：在顽固派的打击下，"百日维新"夭折，光绪皇帝被软禁，六君子被砍头，幸免于难的康有为、梁启超等维新派主将被清廷通缉、追杀。

仓皇出逃的康有为得到了英国人的全力救援和礼遇。

1898 年 9 月 20 日，康有为潜至天津塘沽，翌日乘坐英国太古洋行商船"重庆号"前往上海。24 日，"重庆号"抵达上海吴淞口，上海道台蔡钧要求英国驻上海领事协助缉拿康有为。但英方没有拘捕康有为，他们协助康有为登上英方军舰"埃斯克号"。9 月 27 日，康有为搭乘的"巴拉勒特号"轮船在英国军舰护航下起锚前往香港。

9 月 29 日，康有为抵达香港。英国人安排其在中环警署暂住，之后何东把康有为接回家中。

10 月 19 日，康有为乘坐日本轮船"河内丸号"前往日本，次年旅居加拿大，组织"保皇会"，以保皇党领袖的身份过起了优哉游哉的流亡生涯。

1899 年 9 月，康有为得悉留居香港的母亲患病，遂由加拿大取道日本回港省亲。这是康有为第三次访港，抵港后住在荷李活道。

1900 年 1 月，康有为离港前往新加坡，后又旅居多地，但他警惕的目光一直盯着香港。一则，他的家人仍在香港居留；二则，香港是他保皇事业的前进基地，也是被他视为"叛国分子"的革命党领袖孙中山"驱除鞑虏、恢复中华、创立合众政府"的活动大本营。20 世纪头十年，清政府死而不僵。有心救国的港澳、海外华人则在保皇和革命之间徘徊，香港是保皇党和革命党寸土必争之地，双方势同水火。1900 年 8 月 11 日和 11 月 1 日，康有为分别写信给身处香港的女儿康同薇和港英政府辅政司骆克，希望二人游说港督卜力采取强有力措施遏制革命党人在香港的活动。

被清廷通缉的康有为成为港英政府的座上宾，同样被清廷所不容的孙中山却被港英政府无情地下了逐客令。

1895 年 2 月，孙中山在香港策划武装起义。后因消息走漏，起义流产，陆皓东被害。孙中山无奈东渡日本，同年 11 月剪辫易服只身远赴檀香山。

清廷一方面派人试图越洋追杀孙中山，另一方面频频向港英政府施压，要求后者制裁孙中山。

一向对清廷不理不睬的港英政府这一次却相当配合，于 1896 年 3 月 4 日正式下达驱逐令，5 年内禁止孙中山在港居留。此后，港英政府又在 1902 年、1907 年和 1913 年分别对孙中山发出驱逐令。

港英政府对孙中山的驱逐令可不是对清廷的应付之举。据英国官方档案记载，1897 年 9 月，孙中山为了试探重返香港的可能性，曾致信港英政府辅政司骆克："据若干可靠消息，由于我试图把我那悲惨的同胞从鞑靼的桎梏下解救出来，香港政府已剥夺了我的居留权利。请你告诉我，此事是否属实？果真如此，我将诉诸英国公众和文明世界。"10 月 4 日，骆克回复说："本政府不愿容许任何人在英属香港地方组设策动机关，以为反叛或谋危害于素具友谊之邻国。""凡若所为，有碍邻国邦交，自非本政府所能容许者。如先生贸然而来，足履斯土，则必遵照一八九六年所颁放逐先生出境命令办理，而加先生以逮捕也。"

骆克这套说辞虚伪透顶，不值一驳。既然"有碍邻国邦交，自非本政府所能容许者"，那英国人和港英政府对救助、保护、优待康有为这个清廷通缉要犯如此上心入脑，又该作何解释呢？

唯一的解释是：在满口自由民主人权的英国人眼里，只有利益二字。

从利益出发，某种意义上说康有为是英国的半个"自己人"——康有为一直鼓吹中国与英、美、日三国合作以制衡俄国，英国当局私底下视之为可以利用的亲英人士。

从现实考量，康有为作为保皇党领袖代表的是清廷统治集团政治力量的一极。彼时光绪皇帝虽被软禁，但仍坐在君王之位，其代表的维新派势力也还在，保不齐哪一天保皇派就咸鱼翻身了。到那个时候，以"帝师"自居的康有为就是英国手中的一张中国"王牌"了。

再不济，维新派政治集团以后始终不咸不淡，无所作为，但有保皇党在海外串联、援助，清朝统治集团内部就始终处处裂缝、累累伤口。一盘散沙的中国、钩心斗角的清廷，正是当时世界霸主的乐见之局。

与之相反，志在恢复、振兴中华的革命党就完全不对他们的口味了。革命党人在香港建立秘密机关、传播革命思想、宣传民族主义、发展会党、团结工友、策动广东沿海武装起义，如此种种，显然不利于港英政府的治理，有损于英资财团的利益。

另外，英国人翻翻自己两百年来的历史就明白了，资产阶级民主革命成功之后的中国，必定是一只从睡梦中猛醒的难以驾驭的东方雄狮。精于算计的英国人怎么可能去善待一个潜在的强劲对手呢？

这就是19世纪末20世纪初孙中山面临的绝境：他的革命主张，国内民众无从聆听；他的支持者隐没海外，但他的反对者铺天盖地、势力强大，清廷、保皇派乃至港英政府都欲除之而后快；因为港英政府的驱逐，他只能长年在欧、美、日间的茫茫大海间日夜跋涉、宣讲、筹款、购置武器；他为数不多的信众、同志，只能在港英政府的压制下长久地隐匿于香港的街巷里等待民主革命先驱的召唤，然后一遍又一遍义无反顾地冲向浓雾弥漫的海岸线。

孙中山先生之所以被中华民族奉为伟人，不只是他引导革命党人最终成就了共和大业，更在于他在漫长的革命生涯里表现出来的绝境中不绝望、勇于斗争、善于斗争的革命精神。

这正是中华文明屡次被风雨摧残后依然繁花绽放的根系所在。

一部革命史，首章是香港

　　发动武装起义，人员、经费、武器三样缺一不可。奉行自由港政策的香港是当时中国最理想的革命根据地：枪支弹药等军火物资运送相对容易。革命党人出入境比较方便。香港拥有当时最先进的国际通信网络和金融网络，既便于联络海内外革命志士，也利于起义经费的筹措和汇兑。

　　从1895年到1911年，孙中山直接策动了10次武装起义，其中的6次起义都是以香港为基地发动的。

　　即便孙中山在被港英政府驱逐、只能遥控指挥的情况下，依然能在香港成功策动6次武装起义，屡败屡战、不死不休，与香港爱国知识青年、产业工人的英勇无畏和海外华人的倾囊相助息息相关。

　　李煜堂父子是香港商人襄助革命的杰出代表。他们不仅出钱、出力，而且本身就是坚定的革命者。

　　1850年，李煜堂出生于有海外经商传统的广东台山，18岁时即随父兄远赴美洲创业，后回到香港创办金利源、永利源两家药行。1902年后，李煜堂先后创办康年、联泰、羊城、联保等多家保险公司，分店遍布国内各口岸及南洋诸岛，人称"保险大王"，成为香港商界巨擘。1894年到1906年，香港中区填海后新建的利源东街、西街，即取自他的金利源、永利源之名。

　　1906年，孙中山在香港创办的革命喉舌《中国日报》因保皇党人的缠讼陷入被拍卖、停刊的危机，李煜堂慷慨出资承购，由革命党人冯自由担任该报总编辑。李煜堂支持该报经费达6年之久，一直持续到辛亥革命成功。1910年，广州新军起义失败，革命党人受到港英政府的严密监视，李煜堂把他的金利源药材店用作革命党人的秘密联络点。1911年初至年底南京国民政府成立期间，革命党人的所有海外汇款都由金利源药行代为周转。

1931年"九一八事变"后，日军大举侵略中国，此时的李煜堂已年届八旬。据他的女婿、资深革命党人冯自由记述："每天，他游走于港商华侨之间，演说至于声嘶力竭，病几不起。他募集巨款不少于二百万元，接济义军。因日夕奔走，积劳成疾。然而，卧床间，李煜堂依旧不忘国事，常常询问日军侵占到何处，并嘱告当局勿忘东北四省（东北地区的辽宁、吉林、黑龙江及旧热河省，抗日战争以前合称东北四省）。"

1936年，李煜堂病逝，民国政府赠以"振兴实业，赞助革命；输财济饷，筹策匡时"一联予以褒扬。

为了破解港英政府的封锁，孙中山与之玩起了躲猫猫的游戏。他利用乘坐国际邮轮停泊香港水域的机会，冒着随时被捕的危险，秘密会晤在港革命党人，靠前部署革命活动。

1900年6月17日，孙中山偕同兴中会首领杨衢云、郑士良等，从日本乘坐"烟迪斯号"轮船，抵达香港海面，随即在轮船旁边的一艘舢板上，召集香港兴中会要员，会商发动惠州三洲田起义事宜（三洲田位于今深圳市盐田区大小梅沙及坪山区坪山街道之间）。

1902年1月28日，流亡日本的孙中山利用港英政府的驱逐令到期失效之机，潜回香港，入住士丹利街24号三楼的兴中会所属《中国日报》报馆。英国人显然一直紧盯着孙中山的行踪。2月1日，香港英文报纸《德臣西报》以《孙逸仙在香港》为题，披露了孙中山在香港的行踪："举世闻名的中国改革家孙逸仙已返回……暂住在士丹利街。"报道一出，港英政府立即做出反应。在英籍警长"奉命讽使"下，4日，孙中山无奈离港赴日。不久，港英政府再度重申对孙中山的驱逐令，为期五年。

1905年10月7日，孙中山与同盟会会员乘坐法国邮轮前往越南。中旬，邮轮驻泊香港海面，原兴中会要员陈少白、冯自由、李自重等人专程登船聚议，孙中山亲自为他们主持加入同盟会的宣誓仪式。

时间艰难地指向1911年。从1895到这一年，已经整整过去了16个年头，但革命踌躇不前，大大小小的起义均以失败告终。为振奋军心，1910年11月，孙中山、黄兴、赵声等革命领袖在马来半岛的槟榔屿召开会议，决定再战广州。

这是同盟会毕其功于一役的血战。黄兴担任总指挥，指挥部设在广州越华路小东营5号，离这个指挥部450米的地方就是清朝两广总督官署所在地。1911年4月27日，越华路上上演了悲壮一幕：在军火支援迟迟未到的逆境下，黄兴于傍晚率领130余名敢死队员直扑两广总督府。450米的路途上，革命党人前仆后继。在清兵如雨的枪弹下纷纷倒下的烈士们，无法冲到战场的尽头，悲壮地走完了自己短暂而伟大的一生。

5月3日，同盟会会员潘达微不顾清政府禁令，以《平民日报》记者的公开身份组织了100多人的收尸队，冒死把散落的72位烈士遗骸收殓安葬于广州郊外的红花岗。

"黄花节晚尤可惜，青眼故人殊未来。"潘达微在写安葬报告时取黄花雄浑优美、风骨铮铮之意，将"红花岗"改成了"黄花岗"，此役死难者因此史称"黄花岗七十二烈士"。据1932年统计，此次起义牺牲烈士共86人，计有广东籍51人、福建籍19人、广西籍7人、四川安徽江苏籍各3人，多是各省的世家子弟、青年精英。

黄兴以泪和墨，写下了一副沉痛无比的挽联："七十二健儿，酣战春云湛碧血；四百兆国子，愁看秋雨湿黄花。"

孙中山后来在其《建国方略》中这样写道："是役也，集各省革命党之精英，与彼虏为最后之一搏。事虽不成，而黄花岗七十二烈士轰轰烈烈之概已震动全球，而国内革命之时势实以之造成矣。"

革命党人无休无止的献身、流淌不绝的鲜血、收拢不及的残骸，终于敲开了清王朝缩成一团的坚硬之壳。无边无际的专制铁幕后面，应和声此起彼伏。革命，不再是海外华人、港澳同胞和南方诸省孤勇者前赴后继的牺牲，而是不可阻挡的时代怒涛。

1911年夏，湘、鄂、粤、川等省爆发保路运动。保路运动在四川省的斗争最为激烈，当年9月25日荣县独立，成为全国第一个脱离清王朝的地方政权，把保路运动推向了高潮。

10月10日，新军工程第八营的革命党人熊秉坤打响了武昌起义的第一枪，起义军势如破竹，不久就控制了武汉三镇，成立了湖北军政府，改国号为中华民国。短短两个月内，湖南、广东等15个省份纷纷宣布脱离清政府独立。革命海啸之下，苟延残喘的清王朝土崩瓦解。1912年2月12日，清帝发布退位诏书，烂到根上的封建王朝终于被赶下了中华民族的历史舞台。

1911年12月21日，孙中山乘坐"地云夏号"邮轮抵达香港，受到专程从广州赶来迎接的广东军政府要员以及香港同盟会、各界团体代表的热烈欢迎。孙中山自1896年首次遭到港英政府驱逐，在1902年初秘密登岸、居留香港一周后，差不多相隔了十年之久，才得以重新踏上香港土地。八天后，孙中山被推举为中华民国临时大总统。

其时，港英政府在1907年第三次颁布的禁止孙中山在五年内进入香港的驱逐令尚未到期，仍然有效。但辛亥革命即将大功告成之际，身段柔软的英国人自然"识做"。孙中山在返国途中就接到了英国友人道森爵士的电报，告知"倘若他在香港等地只短暂停留，英国当局不反对"。港英政府显然也接到了英国政府的相关指示，派出便衣警探，沿途保护孙中山。

英国人见风使舵的手段真是相当娴熟。1912 年 4 月，孙中山辞去中华民国临时大总统后，欲取道香港前往广州。趋炎附势惯了的英国人禁止他登岸参加香港各界人士为他举行的欢迎聚会。同年 7 月 4 日，曾在香港医院工作并与广州三合会联系密切的 24 岁青年李汉雄，鉴于"英人之暴虐与满人相同"，愤然开枪刺杀新任港督梅含理。梅含理没有中弹，但一声枪响却引发了他对孙中山等革命党人的嫉恨。1913 年 8 月 14 日，孙中山领导的讨袁之役失利、"二次革命"失败后不久，梅含理即宣布奉英国政府训令，孙中山等革命党人永远不准进入香港。

十年之后的 1923 年初，孙中山指挥滇桂粤联军占领广州，重建护法政府。英国人的嘴脸又变回来了。时任港督司徒拔破例在港督府设午宴款待孙中山，并同港英政府高层出席孙中山在香港大学的演讲会。

今昔强弱尊卑各不同，别有一番滋味在心头。但心怀天下为公之志，颠沛流离数十国、几十年，与三教九流、中外人等、各式团体、机构、政府都打过交道的孙中山，显然不会为了个人的得失荣辱挂怀。何况，对自己前倨后恭的仅仅是港英政府，是英国人。香港这片中国的故土，这片土地上的人民，于他个人而言确实影响至深。

在母校香港大学的这次演讲中，孙中山饱含深情地表达了香港这片土地对其一生的影响。他说："我此时无异游子宁家，因香港及香港大学，乃我知识之诞生地也。我本未预备演说，但愿答复一问题。此问题即前此屡有人向我提出，而现时听众中亦必有许多人欲发此问者。我以前从未能予此问题以一相当答复，而今日则能之。问题维何？即我于何时及如何而得革命思想及新思想是也。我之此等思想发源地即为香港，至于如何得之，则我于三十年前在香港读书，暇时辄闲步市街，见其秩序整齐，建筑闳美，工作进步不断，脑海中留有甚深之印象。"

革命思想发源于香港，革命行动策动于香港，一部辛亥革命史，香港角色格外抢眼。一直坚守在香港的兴中会、同盟会老会员冯自由晚年曾说过这么一句话："你打开任何一部近代革命史，第一章就是香港。"

第五章

罗湖桥上

百年广九线

　　1911 年，是中国近代史上的转折之年。也是在这一年的 10 月 28 日，广九铁路华英两段在罗湖桥接轨，广州至九龙全线通车。

　　早在 1864 年，英国铁路工程师斯蒂文生来华，在广泛听取在华外国人和中国商人的意见后，他建议中国"一开始就决定一个综合的铁路系统计划，使所有的铁路都按照这个系统建造，这样，就可避免英国人由于缺乏这种铁路系统而发生的祸害"。他还提出了一个以汉口为中心，用铁路干线把天津、上海、广州四大商业中心联结，并连接宁波、苏州、福州、佛山等地，经过四川、云南直达印度的路网计划。

　　这个路网计划里，就包括"兴建一条连接广州与香港的铁路"。

　　但他的建议呈交清政府后，如石沉大海，没有得到任何回应。

　　这个结果可想而知。当时的清政府，既没有能力也没有意愿在修建铁路上下功夫，被两次鸦片战争吓得肝胆俱裂的清朝统治集团早已陷入闭关锁国的无底深渊。1865 年时，江西巡抚沈葆桢就说："至铁路一节，窒碍尤多。平天险之山川，固为将来巨患；而伤民间之庐墓，即启目下争端。"总理各国事务衙门也认为："如开设铁

　　　　　　　　　　　　　　　　　　　　　　　　奔腾的深圳河

路，洋人可任便往来……于大局更有关系，是以叠经本处力为拒绝。"言下之意，最好让这个国家交通不便的状况保持下去，把自己禁锢起来。这样一来，洋人入侵也就不能"任便"了。

1872 年，同治皇帝大婚，英国商人打算送给中国皇帝一条短距离的铁路作为贺礼，"借此使铁路在中国流行"。在英商已经筹集了 5 万英镑筑路费用的情况下，清廷还是拒绝了，小铁路修建计划最终不了了之。

1874 年，李鸿章上奏朝廷筹议海防，力言"南北洋滨海七省，自须联为一气"，为此应学习西方"有电线通报，径达各处海边，可以一刻千里；有内地火车铁路，屯兵于旁，闻警驰援，可以一日千数百里；则统帅当不至于误事"。当时主持中枢政务的恭亲王奕訢赞同他的意见，却又表示爱莫能助，说筑路一事"无人敢主持"，因为"两宫亦不能定此大计"。"两宫"指的就是垂帘听政的慈安、慈禧两位太后，即当时清王朝事实上的最高统治者，她们都"不能定此大计"，可见此时此际清朝统治集团内部保守、愚昧习气之积郁难消。

但是，变化也在悄悄发生。随着洋务运动的展开，修筑铁路提高运输能力成为"刚需"。比如，洋务运动的"代表作"之一——1876 年开始勘探的开平煤矿，由于没有铁路，就遇到了发展的重大瓶颈。

开平煤转运至上海，每吨计价约六两四钱银子。相比之下，当时从日本进口的煤炭在上海只需六两每吨。如果使用铁路运输，开平煤矿运至天津的优质煤成本将大大下降，转海运至上海，成本也只有四两每吨，不但市场竞争力大增，还能有效自主地解决东南沿海战舰和商船的燃料供应问题。

这么一本明白的账摆在眼前，清政府不得不同意开平矿务局修筑运煤专线铁路。

1881 年 11 月 8 日，唐山至胥各庄的唐胥铁路通车运营，中国总算有了一条自己修建的铁路。1887 年，唐胥铁路延修至芦台，次年又展筑至天津，全长达 130 公里，命名为"津唐铁路"，至今仍作为京哈铁路的一部分在继续运行。

1889 年 5 月 5 日，被时代大潮一遍又一遍冲刷后的清廷终于有些开窍了，发布上谕为修筑铁路开出了一纸通行证："此事为自强要策，必应通筹天下全局……但冀有益于国，无损于民，定一至当不易之策，即可毅然兴办，毋庸筑室道谋。"

清光绪十四年（1888 年）九龙商民筹划修筑广州至九龙铁路，得李瀚章、张之洞赞可，并于十六年（1890 年）对路线进行了踏勘。

二十四年（1898 年），英国强索此路承筑权。中日甲午战争后，中国成了列强瓜分的"菜园"，割地、强租、赔款不一而足。中国铁路的筑路权以及附着其上的借款权也成了列强疯抢的目标，英国政府强势插手拟议中的广九铁路项目。1898 年 6 月签订的英国强租新界的《展拓香港界址专条》中，英国人专门开列了一条"将来中国建造铁路至九龙英国管辖之界，临时商办"的条款，以防其他列强染指。主持新界勘测的港英代表、辅政司骆克在其呈交给英国政府的《香港殖民地展拓界址报告书》中，特地标出了广九铁路的路线图。在这个英国殖民者看来，只要掌握了筑路权，不但能在借款上大获其利，铁路开通后，火车通达中国哪个地方，哪里就是英国攫取利益的膏腴之地。

1898 年 9 月和 1899 年 3 月，英国强迫清政府签订了《承办铁路合同》和《九广铁路草合同》。根据这两份合同，广九铁路全线的建造权和管理权都被英国人控制。同时，英国人还狮子大开口，合同规定借予中方的筑路款以九折交付，也就是说，英方如果借款100万英镑，中方只能实收90万英镑，此后50年仍以100万英镑为基数支付高息、偿还本金。

1899年10月英国在南非陷入了第二次布尔战争的泥潭，无暇落实这个赤裸裸的高利贷项目。广九商民既无法否决这两个合同，又咽不下被英国人巧取豪夺的这口气，于是呈请当局兴建一条广州至澳门的铁路以取代广九铁路。

被英国霸凌已久的清政府铁路部门也积极行动了起来。1904年，清朝铁路大臣盛宣怀、吕海寰和葡萄牙驻华公使签约宣布成立中葡铁路公司，决定由中葡两国商人集股筹办广州至澳门铁路。

眼看着就要竹篮打水一场空的英国人坐不住了，终于做出了一定幅度的让步。经过多轮谈判之后，1907年3月，已经被《马关条约》和《辛丑条约》的天价赔款压得喘不过气来的清政府，谕令邮传部左侍郎兼署外务部右侍郎唐绍仪与中英银公司签订了正式的《九广铁路借款合同》。合同规定：英方出借150万英镑予中方用于修筑广州至九龙的铁路，以九四折付款，中方实际到账141万英镑；年息五厘，期限30年，以路产和营业收入作抵押；华段勘测、设计、施工均由英方总揽，总工程师、总管账、运输主任等要职也由中英银公司派出，只有行车事务由华人总办主持。另外，合同明确规定"中国将来不另建一路，以夺本路利益"。

这仍然是一个条件极其苛刻的霸王合同，但相比于1898年的承办合同、1899年的草签合同，清政府好歹争回了一点脸面和些许实利。

以罗湖桥为界，广九铁路分为华段和英段。35.78公里长的英段于1906年动工，1910年完工；142.77公里长的华段于1907年启动，

1911 年竣工。全线竣工后，共有桥梁 78 座，其中横跨今东莞市石龙镇东江南支流的石龙南桥由中国杰出的铁路工程师詹天佑指导设计，是广东省现存最早的一座铁路桥，直至 2007 年才因承载等级不足而停用，2013 年被国务院列为第七批全国重点文物保护单位。

广九铁路在罗湖村一带跨越深圳河，于是就有了深港两地共同的地标 —— 罗湖桥。

风雨罗湖桥

罗湖桥的演变史就是一首近现代中国的叙事诗。

明确称"罗湖桥"的至少有四座。第一座就是 1909 年建成，1911 年 10 月广九铁路在其上接轨的铁路桥。这是一座三孔铁桥，两端桥孔为 6.17 米钢槽梁，中孔为 32 米钢梁。说是铁路桥，看上去却像是一座木桥，因为桥面铺的全部是厚厚的木头。中孔第二节对应的桥面厚木上用红漆画了一条醒目的线，以示华英两段分界线。

第一座罗湖铁路桥命运多舛，拆了又建、建了又拆。1941 年，驻港英军为阻止日军南下香港，将罗湖桥和一部分英段铁轨拆毁。1941 年 12 月，日军侵占香港。日军占领香港期间，对罗湖桥和广九铁路线英段进行了重建。1945 年抗日战争结束前，日军战败撤退时将罗湖桥再次拆毁。

第二座罗湖桥建于 1957 年，桥长 32 米、宽 12 米，通体钢铁，桥面不再铺设厚木。1959 年进行了改建，把桥面拓宽至 20 米。1962 年，桥上又加盖铁皮篷顶，两侧增设铁栏杆，并铺上了人行道。这座铁路桥一直服役到 2003 年才正式"退休"。

改革开放后，往返罗湖桥的客流井喷，罗湖桥的扩容势在必行。1981 年，在铁路桥东侧 11 米建起了一座专供旅客通关的人行桥，罗湖桥成了铁路桥和人行桥并行的口岸通道。现代化的罗湖口岸联检大楼于 1985 年启用后，人行桥改造成出入境分离的双层桥。2002 年，人行桥升级改造为装有空调的无惧风雨的密封式人行桥。

第四座罗湖桥现身于 2004 年。当时的深圳河，在城建挤压、泥沙堆积的夹击下，河道狭窄曲折，排洪能力仅有可怜的二至五年一遇。1957 年建成的罗湖铁路桥桥墩跨度较小，更是成了深圳河的排洪"瓶颈"，急需重建。2003 年 9 月 28 日，施工人员将 1957 年建成的老罗湖铁路桥与桥墩分离，两个多星期后，老桥被移至香港一侧的梧桐河畔作为珍贵的历史文物永久安置。第二年 6 月"上岗"的新桥外形结构与老桥完全一致，唯一的变化就是桥墩跨度增加了 8 米，一举将深圳河的排洪能力提高到了五十年一遇。

1911 年 10 月 5 日，广九铁路华段通车。首班列车从广州大沙头站驶出，约 5 个小时后抵达香港九龙的临时站点。

广九铁路在辛亥革命爆发、清王朝覆亡的前夜通车，仿佛是家国命运的某种暗示：时代在剧变，潮流在鼓荡，中国，这个古老的国度开始踏上穿山越岭的现代化转型的迢迢长路。这无疑将是一个关隘重重、血泪纷飞的历史进程。这条横跨深圳河的粤港"亲情线"、内地联结香港的唯一一条铁路，也必然要在时代的动荡不安中，真切地体味中华人民共和国诞生前夕的强烈阵痛。

1923 年，广九铁路客运服务在运行了 12 年之后，第一次停摆了。之后开开停停，直到 1927 年底才完全恢复正常运营。广九铁路第一次遭遇时代大潮冲击的背后，是近代中国第一次工人运动高潮，省港产业工人通过两次震惊中外的大罢工，站上了 1920 年代风起云涌的中国民族主义运动的前台。

第一次大罢工史称"香港海员大罢工"，发生在中国共产党第一次全国代表大会召开后的第二年——1922 年。

第一次世界大战结束，因战火而停滞的全球海上贸易再度蓬勃发展起来。作为自由港，香港的转口贸易立即焕发出勃勃生机，客货运量迅猛增加，香港各大轮船公司大获其利，频频给工作量不断加大的海员加薪。但是，被以英国财团为主的外资垄断的轮船公司只给外籍海员加薪，对为数众多的华籍海员却不理不睬。三番五次地被刻意歧视、区别对待后，华籍海员的薪酬仅是外籍海员的五分之一，同工不同酬的现象可谓触目惊心。

1921 年 3 月，中国工人运动先驱、中国共产党早期重要领导人之一的苏兆征等人在香港组建中华海员工业联合总会。1922 年 1 月初，海员工会在两次口头交涉无果后，正式致函英国太古、渣甸洋行及日、美、荷等国轮船公司，要求从该月起华籍海员月薪增加 30%。

但是，轮船公司负责人碰头会商后，做出的决定依然是四个字，"不予理睬"。

1 月 12 日，忍无可忍的华籍海员们在海员工会的统一组织下，发动了全港海员大罢工。第一天 1500 人参加，一周内扩大至 6500人。当月底，香港运输工人举行同情罢工。华籍海员和运输工人合力罢工，一下子让香港五条太平洋航线和九条近海航线全部瘫痪。平日船只首尾相接、千帆竞渡的香港，成了毫无生机的"死港"。

广东总工会倾力支持香港工人，第一时间倡议：广东全省 27 万工人每人捐赠一天工资，以供罢工工人返回广东的日常生活费用。1 月 13 日起，罢工工人开始分批撤离香港。

港督司徒拔下达戒严令："不得联群结队或手执旗帜、标语、传单到处游行；警察出巡，如有被认为可疑的人，任由搜遍全身，不准抗拒，倘有违抗即行拘捕、开枪，格杀勿论；携带包裹物件出街，警察有权检查。"为拦阻罢工工人返回内地，规定"一切离香港的人员，只能携带港币5元，超额者没收"。与此同时，司徒拔宣布海员工会为"非法团体"，封闭工会会所，拆除工会招牌。

司徒拔肆无忌惮的暴力手段，撕开了英国人多年来为自己刻意编织的"自由、平等、人权"的温情面纱，激起了全港华籍产业工人的集体义愤。

3月1日，全港各业工人联合举行总同盟罢工，罢工人数暴增至10万人以上，香港交通、生产全面停摆。

3月4日，一队罢工工人沿广九铁路线步行返回广东，途经新界沙田村时，恼羞成怒的英国军警悍然开枪，制造了死亡6人、受伤数百人，震惊全国的"沙田惨案"。

鲜血没有吓倒香港产业工人，更多罢工工人跨过罗湖桥，跋山涉水返回内地。与此同时，全国各地工会和各界知名人士纷纷声援、提供协助，京汉铁路沿线各地都成立了援助香港海员组织。刚刚成立的中国共产党广东支部发表《敬告罢工海员》，号召罢工工人"团结一致、严守秩序、注重自治、坚持到底"，并在广州组织成立"香港罢工后援会"，做返粤罢工工人的坚强后盾。

罢工工人和港英当局僵持不下，最后英国政府绷不住了：暴力处置这场由多国轮船公司歧视华籍海员引发的大罢工，不但于国际形象上塌台，还要以牺牲香港这个英国远东贸易枢纽的整体经济秩序为代价，实在是得不偿失。于是，英国政府电令司徒拔，不要因小失大，迅速妥善解决这场大罢工。

3月8日，司徒拔灰溜溜地签署了新命令：取消戒严令；恢复海员工会，派专人将此前拆下的招牌送还并向海员工会道歉；警署在罢工期间拘捕、扣留的工人一律释放；抚恤"沙田惨案"的死难者、受伤者；增加华籍海员工资，增幅为 15%—30%。

香港海员和工人坚持了 56 天的大罢工取得了胜利。

省港风云录

1925 年，是中国反抗帝国主义欺凌、谋求民族独立自决风云激荡的一年。

2 月，上海 22 家日商纱厂近 4 万名工人为抗议日本资本家打人和无理开除工人，要求增加工资，先后举行罢工。

5 月 15 日，上海日商内外棉七厂资方借口存纱不足，恶意关闭工厂，停发工人工资。工人顾正红带领工友冲进厂内与日商理论，要求复工、重开工资。日商非但不答应，更悍然向工人开枪射击，打死领头抗争的顾正红，打伤工友 10 余人，点燃了五卅运动的导火索。

5 月 30 日上午，上海各大、中学校学生 2000 多人分组在公共租界各马路散发反日传单、举行演讲，揭露日本帝国主义枪杀顾正红、打伤工友的罪行。租界巡捕逮捕学生 100 多人。当天下午，大批愤怒的群众聚集在南京路老闸巡捕房门口，高呼口号，要求立即释放被捕者。英国捕头爱伏生竟调集通班巡捕公然开枪，当场打死十余人，伤数十人，制造了骇人听闻的五卅惨案。

至此，中国人民心底郁积已久的怒火被彻底点燃。从 6 月 1 日起，上海全市开始了声势浩大的总罢工、总罢课、总罢市，相继有

20余万工人罢工，5万多学生罢课，公共租界的商人全体罢市，连租界雇用的华人巡捕也响应号召宣布罢岗。

五卅运动的狂飙迅速席卷全国，北京、南京、汉口、广州等近500个城镇1700万人直接参加了运动，形成了全国性的反帝高潮。

可怜此时的中国仍是一盘散沙：北方北洋政府各路军阀轮流坐庄，各自抱着列强的大腿钩心斗角、争权夺利；南方的广州国民革命政府立足未稳；新生的中国共产党势单力薄——这一年，全国在册党员仅994人。

在这样的情势下，帝国主义无所忌惮，从6月1日至10日，又在全国多地多次开枪打死打伤游行示威群众数十人。停泊在吴淞口的英、美、意、法等国军舰上的海军陆战队集体登岸，武装占据了上海大学、大夏大学等反抗最为激烈的大学校园。

同时，还采取了更为阴险的从内部分裂统一战线的策略。他们以召开关税会议讨论增加税率为诱饵，以停止借款、通汇、航运和电力供应相威胁，指使上海买办资产阶级勾引民族资产阶级退出统一战线。在帝国主义的威胁利诱下，6月19日，上海总商会召集76个团体讨论开市，上海总商会会长虞洽卿公开声称要"单独对英""缩小范围"，还将原工商学联合会提出的17项交涉条件减为13条，删去了其中的取消领事裁判权、撤退英日驻军、承认工人有组织工会及罢工的自由等几项核心条款。21日，北洋政府派遣邢士廉率军到上海镇压，临时执政段祺瑞通电"取缔煽惑罢工"，电令上海戒严司令部解散上海总工会，通缉该会领袖、中国共产党早期领导人李立三，并限令各工会一律取消。23日，上海总商会单方面宣布停止罢市，还以停发罢工救济费的名头挟制工人复工（各地支援罢工的捐款全数由总商会经管）。26日，上海总商会宣布无条件结束总罢市。

就在代表民族资产阶级上层利益的上海总商会向帝国主义举起白旗的那一天，具有爱国主义光荣传统的香港产业工人为声援五卅运动再次揭竿而起，和广州的洋务工人一起，发动了省港大罢工。

邓中夏是省港大罢工的灵魂人物之一，在这次举世瞩目的大罢工中展现出了无与伦比的宣传、组织、战斗能力。这场大罢工持续了 16 个月，参与人数高达 25 万人，其时间之长、规模之大、组织之严密，在中国工人运动史上是空前的，在世界工人运动史上也属罕见。这与邓中夏的精心谋划息息相关。

在广州市越秀南路 89 号，绿树丛中掩映着一幢浅黄色西式洋房，这里曾是中华全国总工会总部所在地。

三层小楼一楼是礼堂，二、三楼是办公室。礼堂朴素开阔，上面三尺讲台，下面十余排条凳，四壁落白，贴着落款为"中华全国总工会省港罢工委员会宣传部"的宣传文告。1925 年 5 月邓中夏从上海南下广州，正是在这栋小楼里参加了第二次全国劳动大会。会上成立了中华全国总工会，邓中夏被推举为秘书长兼宣传部长，主持全总的日常工作。

5 月底，五卅运动爆发，中共中央广州临时委员会和中共广东区委决定在香港、广州发动大规模罢工。"大规模"是个约数，究竟能有多大，就要看"操盘人"邓中夏的谋略了。

深圳河畔同胞情

1925 年 6 月初，邓中夏来到香港，联络在港的广东工运领袖杨殷、中共香港特别支部书记黄平和海员工会领导人苏兆征等人，开展罢工宣传、发动工作。但彼时的香港，中共在工人中的力量还比较薄弱，只有党员十几名，共青团员三四十名，要在短时间内发动全港数十万工人、130 多个形形色色的工会，谈何容易。邓中夏认为"团结即力量"，全港工团联合会对港英当局提出直指全港华人心底的罢工要求："……（二）香港居住之华人，历来受英国香港政府最不平等条约之残酷待遇，显然有歧视民族之污点。全港华工并对香港政府提出之下列诸条件，非达到完全目的不止。计开：甲、华人应有集会、结社、言论、出版、罢工之绝对自由权（中国新闻报立即恢复，被捕记者立即释放，并赔偿其损失）。乙、香港居民，不论中籍西籍，应受同一法律之待遇，务要立时取消对华人之驱逐出境条例，笞刑、私刑等之法律及行为。丙、华工占香港全人口之五分之四以上，香港定例局应准华工有选举代表参与之权，其定例局之选举法，应本普通选举之精神以人数为比例。丁、应制定劳动法，规定八小时工作制、最低限度工资、废除包工制、女工童工生活之改善、劳动保险之强制施行等；制定此项劳动法时，应有工团代表出席。戊、政府公布七月一日之新屋租例，应立时取消，并从七月一日起减租二成五。己、华人应有居住自由之权，旗山顶应准华人居住，以消灭民族不平等之污点。"

这些要求，既精准对接了香港产业工人的地气，又说出了所有香港华人压抑已久的心声，短短几天内就赢得了全港工人、工会的普遍拥护。

19 日晚，大罢工正式爆发，海员、电车和印务工人率先行动，其他行业工人先后跟进，先后约有 20 万香港工人冲破港英当局的各种威胁和阻挠，陆续离港转赴广东各地。

21 日，广州沙面租界的 3000 多名洋务工人也宣布罢工，集体离开沙面，返回广州市区。接着，广州市区的仓库工人、洋行工人和外国人住宅雇工也纷纷加入罢工队伍。两天后，当罢工工人和各界群众 10 万多人举行游行示威，经过沙面租界对岸的沙基时，遭到英国军警和英、法军舰开枪放炮袭击，当场死亡 50 多人，重伤 170 多人，这就是骇人听闻的"沙基惨案"。

如今在广州市荔湾区，有一条以"沙基惨案"发生之日命名的六二三路。离这条道路不远处，还设立着刻有"毋忘此日"的石碑，后改名为"沙基惨案纪念碑"。每年 6 月 23 日，都会有群众自发前来这里祭拜。

"沙基惨案"激起了香港、广州工人群众更加汹涌的民族愤慨，罢工进一步扩大，到 6 月底省港大罢工人数已达 25 万。

大罢工全面展开后，一直在战斗第一线的邓中夏敏锐地发现了两个严重影响罢工顺利进行的问题：第一，香港工人只听命于各自所属的行业工会，罢工统一指挥机关全港工团联合会作为一个临时、松散的联盟，很难指挥得动各行各业的工人，根本无法做到一切行动听指挥；第二，有些工会头目参加罢工的目的不纯，有的纯粹是为了获得一个"爱国人士"的名声，出工不出力，有的甚至想方设法截留罢工经费。

邓中夏见招拆招，在海员工会、运输工会等进步工会的支持下，以每 50 个罢工工人选出 1 个代表的方式，组织成立了由 800 多名代表组成的省港罢工工人代表大会，取代全港工团联合会成为省港大罢工的最高议事机关。"罢工内部的许多纠纷，都靠代表大会的权威予以解决。"邓中夏后来在撰写《中国职工运动简史》时总结道："代表大会奠定了此次罢工。这个经验我们是在这次罢工中第一次取得的。"

省港罢工委员会是罢工的最高指挥机关，每天举行一次会议，根据代表大会的决定，实施具体事项。

从"罢工工人代表大会"到"罢工委员会"，这个组织体系，无论在形式上还是实质上，都接近一个小型但五脏俱全的政权。

6月23日在广州发生的"沙基惨案"，让邓中夏清醒地意识到必须拥有工人队伍自己的武装力量。他创造性地开展工作，以让出纠察队总队委一职作为交换，取得香港工团总会的支持，顺利成立了工人纠察队。工人纠察队成立之初就有2000多人，后来又经过多次扩充，成为珠江口两岸一支不容小觑的工人武装，使省港大罢工的对抗性增强，除了罢工，还有排货和封锁手段。

排货，说的是罢工委员会根据省港两地的特殊地缘现实，采取"特许证"制度，提出"凡不是英国货、英国船及经过香港者，准其直来广州"的"单独对英"原则，作为省港大罢工期间所实行的"中心策略"：集中火力瞄准英帝国主义和港英当局。

7月9日，省港罢工委员会发出封锁香港的通告，宣布10日起施行封锁香港及新界口岸，"所有轮船、轮渡一律禁止往香港及新界，务使绝其粮食，致其死命"。刚刚成立的工人纠察队倾巢而出，分赴沿珠江口各海口驻防。随着工人纠察队封锁线的扩大，东起广东汕头，西至广西北海，南到海南岛，千里海岸线如一张大网罩住了英帝国主义和港英当局的贸易之翅。

1925 年 6 月 20 日凌晨，罗湖桥上再现了 1922 年香港海员大罢工时的一幕：成群结队的罢工工人沿广九铁路线北上，跨过罗湖桥，奔赴广东各地。

省港大罢工开始之前，罢工委员会就派人在深圳河北岸广九铁路沿线设立了多座香港罢工工人接待站，协助罢工工人有序北上。

深圳墟南庆街 22 号思月书院，就是其中的一座接待站。这是一座已有 300 多年历史的传统岭南建筑，原是水贝、湖贝、向西等村张氏族人为纪念先人张思月而建的一所私塾。1996 年深圳东门老街升级改造时，思月书院被拆除，1999 年在东门"老街风貌街区"重建，基本保留原建筑风格。今天的思月书院既是东门老街历史博物馆，也是省港大罢工的见证者，见证着深圳河两岸人民的同舟共济、同气连枝。大罢工开始后，每天有 1000 多人，前后超过 10 万香港罢工工人跨越罗湖桥，凭罢工证在深圳河畔的接待站领取补给后，分赴广东各地。当时的深圳墟各大小商号和宝安县乡民踊跃置办茶粥、饭菜，接待香港工友，罗湖、南塘、水贝、黄贝岭等地居民还纷纷将自己的房屋腾出来，供工友临时休息、住宿。

在返乡罢工人员最集中的广州，罢工委员会干事局局长李启汉在国民党左派领袖廖仲恺的支持下，查封烟馆、赌馆，借用祠堂、会馆，作为罢工工人的食堂、宿舍。在罢工委员会的精心谋划和广州市民的无私捐赠下，20 多万香港罢工工人免费吃住，堪称是世界工运史上的一大奇迹，也是这场大罢工能坚持 16 个月的底气所在。

铁甲车队的红色基因

1925 年 7 月 9 日，省港罢工委员会发出封锁香港的通告后，深圳河沿岸成了罢工工人与英帝国主义及港英当局战斗的最前线。鉴于深港边境山水相连的特殊性，中共广东区委派遣后来成为共和国开国上将的周士第，率领铁甲车队赶赴深圳河北岸，配合打击驻军深圳的司徒非旅，并协助工人纠察队"锁死"香港的物资供给。

1924 年 1 月，第一次国共合作形成。11 月，组建"建国陆海军大元帅府铁甲车队"。这个铁甲车不是公路上行驶的装甲车，而是铁甲列车，由一个加装铁甲的火车头拖挂四五节铁甲车厢在广州至深圳段和广州至韶关段的铁路线上驰骋南北。铁甲车队的装备在当时是比较先进的：每节车厢两侧开有几排高低不同的长条形射击窗口，在车厢内可立姿亦可跪姿射击，其中一节车厢顶端还安装了一挺带有旋转炮塔的机关枪。铁甲车队编制共 136 人，编为 3 个排，队员按级别分别配备长短枪，每一排再配备一挺手提机关枪，枪械都是苏联援助的新式武器。

铁甲车队名义上是大元帅府属下部队，实际上是中国共产党直接掌控的第一支武装力量。因为，车队的组建、训练、调遣、作战等全部由时任中共广东区委领导人周恩来、陈延年负责，车队队长、党代表、3 个排长等部队主官也都由共产党员担任。

工人纠察队和铁甲车队的到来，让深圳河第一次出现了中英两方武装力量隔河对峙的场景。

位于大鹏湾东岸的沙鱼涌是九龙海关下设的一个分关，是港英当局重要的输港物资通道，负责封锁这里的是工人纠察队第十支队。1925 年 10 月底，港英当局纠集武装的民团、土匪和广州国民政府的叛军陈炯明残部 1000 多人，在驻港英军大炮、军舰、飞机的配合下猛攻沙鱼涌。周士第率领驻守深圳墟的 40 多名铁甲车队战士增援，与 100 余名工人纠察队员一起硬扛了 30 多个小时，激战 10 倍于己的敌顽分子。沙鱼涌战斗虽终因敌众我寡、军火无从接济而失利，队长周士第身负重伤。但此役中，铁甲车队队员和工人纠察队员在极端不利的战局下，不但敢战，而且善战，一举击毙了敌参谋长、营长各 1 人，排长 5 人，敌兵 200 余人，极大地震慑了英帝国主义和港英当局，也向世人展示了共产党领导武装的剽悍战斗力。

中共领导下的铁甲车队在大鹏湾畔迸发出来的红色基因，缓缓流进了人民军队发展壮大的长河。

沙鱼涌战后，周恩来趁热打铁，以周士第的铁甲车队为班底，于 1925 年 11 月 21 日在广东肇庆组建国民革命军第 4 军第 12 师第 34 团。后扩编为第 4 军独立团，叶挺为团长，周士第任参谋长（初任一营营长），这就是日后赫赫有名的叶挺独立团。

在罢工、排货、封锁"组合拳"的连续打击下，香港社会、经济陷入一片混乱：公共交通彻底停顿，食品供应短缺、价格暴涨，整个社会运营接近瘫痪状态。省港大罢工发起时正是盛夏，大批清洁工人撤离香港后，港岛街道上垃圾堆积如山，臭气熏天，香港成了"臭港"。

长达 16 个月的大罢工沉重打击了英帝国主义及港英当局。事后统计，香港的输出 1924 年为 881 万镑，1925 年只得 470 万镑；1924 年到港船只日均 210 艘，自 1925 年 7 月开始降至日均三四十艘。而罢工一日，便使航业商务平均损失 700 万元。罢工以来，英帝国主义平均每月损失达 2.1 亿元。

与 1922 年的香港海员大罢工一样，省港大罢工初期，对华人一贯强横的港督司徒拔又是戒严、宵禁，又是各种严令、限制，但20多万香港工人的集体撤离根本无法阻挡，面对工人纠察队发起的经济封锁，他更是束手无策。穷极无计的司徒拔居然琢磨着要祭起英国祖传的法宝：发动战争、进攻广州。1925年7月27日，港英当局召开所谓的"公民大会"，以大会名义致电英国政府要求出兵广州。在英国政府迟迟没有回应的情况下，8月15日，港英当局再次举行"公民大会"，再次以大会名义直接致电英国女王和首相，力陈出兵广州才是解开香港困局的唯一手段。

伦敦终于回电说："香港困苦，伦敦至深系念，惟综观全局，现时无法出兵。"只答应借款300万英镑，作为救济商业之用。

英国政府眼里的"全局"是个什么局呢？正是热衷于战争带来的困局。英国名义上是打成一锅粥的第一次世界大战的战胜国，攫取了不少新的殖民地，但综合起来看，它却是彻头彻尾的大输家。仅在1915年至1917年的三年中，英军损失170万人，英国海上霸主的地位也一去不复返了。英国的战争费用占国民财富的32%，由先前的债权国变成了债务国，1919年，英国向美国借了大约40亿美元。国际金融中心开始从伦敦转向纽约，美元在世界货币中的地位上升，英镑地位开始下降。总而言之，英国在一战中的"惨胜"，使得它在战后彻底跌下了世界"一哥"的神坛，被昔日小弟美国取而代之。

列举上述事实，是为了说明省港大罢工期间的英国正为自己严重的国内危机焦头烂额、头痛不已。本土英伦三岛都被大罢工的海啸所席卷，根本没有心思和余力来应对香港的困局。

何况英国人即便有心干涉，今时今日也是有心无力。再怎么狂妄的英国内阁成员也不敢想象，在这不祥的1925年，还可以像两次鸦片战争一样，英国舰队横冲直撞地闯进作为国民革命政府驻地的广州城，迫使广东军民屈服，从而达到为香港解封的目的。

1925 年时的世界格局早已物是人非，当年一触即溃的大清国早就完了，在以广州为中心的南部中国，取而代之的是国共合作下生机勃勃的国民革命政府。与此相对应的是，当时的英国因为在一战中失血过多正虚弱无力。劳师远征？已是帝国幻梦！

香港续写新篇章

1925 年 11 月 1 日，新港督金文泰上任。此人曾长期在港任职，先后担任港英当局新界助理田土官、助理辅政司、行政立法两局秘书、署理辅政司等职。不得不说，在这个敏感时刻派"中国通"金文泰前来香港担任总督，的确是英国政府的一记高招。

金文泰热爱中国文化，广东话、官话娴熟，还通晓中国诗词，译著有《岭南情歌》等。他还擅长书法，今天香港青山禅院内有一牌坊，牌坊上"香海名山"四字即为他两访青山禅院后所题。诗人泰戈尔访问香港时，曾评价金文泰是"我在东方遇过最有修养的欧洲人"。

金文泰对华人和中国的态度一向比较温和。他游遍中国南方各省，1903 年还曾被派往广西参与饥荒救济工作。1912 年香港大学落成启用，他捐赠了一批珍贵的中国典籍，还为港大的中英文化关系研究课题大力筹措经费。

金文泰到任港督后，认为"要维系香港的安宁，就有必要和国民政府保持良好关系"，第一时间派出辅政司前往广州谈判解决罢工问题。未几，又盛情邀请国民党要员宋子文访问香港。一番眉来眼去，港英当局和国民政府之间关系打得火热。

于金文泰而言，他能够在没有做任何让步的情况下，体面地解决导致前任司徒拔黯然去职的省港大罢工"锁港"难题，最大的原因是他碰巧"遇到了"蒋介石。

1925年3月，孙中山在北京病逝，国民党各派政治势力大洗牌，拥兵自重的黄埔军校校长蒋介石一步步成为军事强人。蒋介石在1926年做的两件事无形中为金文泰解了套。第一件事情是在7月发动了北伐战争。就当时的国际形势而言，国民革命军北伐要想成功，必须得到列强最广泛的支持。这个时候缓和与港英当局的关系，借机示好英国，自然成了蒋介石的一步必应之棋，广州和香港的亲密互动也就成了题中应有之义。

第二件事情是3月发生的"中山舰事件"。"中山舰事件"的前因后果其实非常简单：1926年3月18日，有人假传"蒋校长命令"，通知海军代局长、共产党员李之龙调遣中山舰自广州至黄埔"听候差遣"。不久苏联使团来到广州，提出要参观中山舰。于是，李之龙去电请示蒋介石，可否把中山舰调回广州。

蒋介石接到李之龙来电后满腹狐疑：此前自己并没有下过调令，中山舰却去了黄埔；现在自己人不在黄埔，却又要求调中山舰去苏联使团刚刚抵达的广州。联想到与自己貌合神离、明争暗斗的国民党主席汪精卫此前曾三次询问他是否去黄埔，顿时冒出汪精卫与共产党合谋、要用中山舰劫持他去莫斯科受训的念头。

其实，蒋介石脑海里杯弓蛇影的"惊天阴谋"，去电李之龙问一下中山舰调往黄埔是何人所命，即可烟消云散。但他接下来的反应却是急急忙忙退向自己的据点广东汕头，在手下的"点拨"下，又杀回广州发动兵变，宣布广州紧急戒严，逮捕李之龙等50名共产党员，监视、软禁周恩来等中共领导人，包围苏联领事馆、苏联顾问与汪精卫的住宅，住宅卫兵、省港罢工委员会工人纠察队武装也被一并解除。

大队人马冲上中山舰时，舰上一众海军官兵莫名其妙。事后查实，中山舰调防中确实存在着一个阴谋，但这个阴谋被蒋介石搞成了一个乌龙。给李之龙发公函假传命令的是黄埔军校驻省办事处主任欧阳钟，一个死硬的国民党右派分子，所谓的"公函"也是黄埔军校右派组织孙文主义学会所伪造，目的是挑拨离间蒋汪，破坏国共关系。

以军队起家的蒋介石自然深知武装力量是一把打开独裁大门的独一无二的钥匙。第一次国共合作以来，共产党在黄埔军校和国民革命军中与日俱增的影响力让蒋介石坐立不安；大罢工中，中共掌握的数以千计的工人武装更是成了他的心头之患。1926年3月之际，蒋介石固然限共抑共反共之心日炽，但北伐尚未建功，在国民党和国民政府内也没有建立起足够的实力和威望，他还需要苏联的军援和共产党的支持。

在事件中的过激反应和后续表现也从另外一个角度说明，当时的蒋介石还没有公然反共反苏的胆量。所谓的"兵变"其实只维持了小半天，当发现中山舰并无任何动静后，蒋介石便忙不迭地解除紧急戒严，释放被捕人员，向汪精卫和苏联顾问等人赔礼道歉。据记载，当国民党元老廖仲恺的夫人何香凝跑去责问蒋介石时，蒋"竟像小孩子般伏在写字台上哭了"。

省港大罢工工人纠察队武装被蒋介石解除后，大罢工的封锁招数就失去了一剑封喉的威力。

7月，叶挺独立团作为先锋部队拉开了北伐的帷幕，大批工人纠察队队员和罢工工人加入北伐队伍。与此同时，国民政府与港英当局的勾连愈加热络，对大罢工的支持力度也越来越疲弱。生存压力之下，大批罢工工人无奈返港复工。

由于国民党蒋介石集团自私自肥行径的干扰，整整坚持了16个月之久的省港大罢工没有取得像香港海员大罢工那样实实在在的战果。但省港大罢工依然堪称一场伟大的工人运动：其一，接棒五卅运动，成为20世纪20年代中国在列强超过半个世纪的侵略、欺压、剥削下民族主义力量总爆发的重要组成部分；其二，1926年全港总人口约71万，竟然有20多万香港工人投入大罢工，证明了对国家和民族的认同是香港社会始终如一的民意主流，省港大罢工为中国革命史写下了光辉一页；其三，中国共产党策动的这场震惊世界、让后来历任港督谈之色变的工运海啸，为接下来轰轰烈烈的北伐、农民运动和武装起义，培养、锻炼了一大批革命骨干。某种意义上说，省港大罢工给中国命运的未来走向，施加了一股强大的革命"暗劲"。

在大罢工的刺激之下，新任港督金文泰也深刻意识到，要统治具有如此强烈民族向心力的香港华人，当局必须多多释放善意，更加重视"中国元素"。大罢工结束前后，金文泰针对香港华人社会做了一系列治理策略调整：政治上，他委任立法局非官守议员周寿臣兼任行政局非官守议员，使之成为香港历史上首位华人行政局议员。文化上，他批准成立香港首家官立中文学校"官立汉文中学"，后来，该校易名为金文泰中学。1927年，在他的倡导下，香港大学设立中文系，改变了港大只以英文授课的成例。经济上，金文泰在1926年废除了新界地区不合理的民田建屋补价增税政策。又对劳工关系进行了一定的修订，限制童工的聘用。此外，他还对港岛上的贫民区进行重新规划、建设，并倡导成立医务卫生署。

"大埔淑女号"

1927 年，国民革命军横扫大半个中国，基本结束了民国建立以来南北对峙、军阀混战的乱局。国内局势相对平静，西方列强在经济大萧条的深坑里挣扎。中国呈现出民国肇始以来罕见之局。到 1937 年，中国已拥有 3935 家现代工厂、1 万余公里铁路、11 万多公里公路、12 条民航线路。

在 1843 年开埠、背靠中国工农业精华之地——长江流域的上海，20 世纪 20 年代末人口增长到 300 多万，"在两次世界大战之间"一跃成为亚洲最繁华和国际化的大都会。黄浦江边的"外滩万国建筑博览群"正一笔一画勾勒着"东方明珠"的大样。

背靠内地的香港，转口贸易获得了大发展，港英政府的财政收入因此屡创新高，常年维持在 2000 万港元以上的高位。香港人口从 1926 年的 71 万稳步增至 1936 年的近 100 万。1936 年 3 月 24 日，英国帝国航空提供的第一班定期商业客运航班从槟城飞抵香港启德机场。此后，陆续有泛美航空的旧金山航线、法国航空的西贡航线、中国航空的广州航线及上海航线、欧亚航空的北京航线等加入，一个国际航运枢纽正在香港成形。

广九铁路重启了。深圳火车站所在的深圳墟的街市，也再次红火起来。1931 年，人口规模不断扩大的深圳墟改设深圳镇。

为了满足日益增长的高端客户需求，广九铁路增开了中间不停站的特快直通车。1936 年 10 月 14 日，一身银绿色的"大埔淑女号"特快直通车从九龙总站驶出，仅用时 2 小时 15 分钟就跑完了全程，顺利抵达广州大沙头站。"大埔淑女号"内饰为抛光柚木，配置软垫座椅；车厢一分为二，前半部分为吸烟、酒吧车厢，后半部分是有专人服务的观景车厢。豪华、特快的广九直通车受到省港富裕阶层的追捧。1937年初，广九线上又增开了一列银蓝色的"广州淑女号"直通车。

当"大埔淑女号""广州淑女号"跃出新界群山驰过罗湖桥，窗外，深圳火车站边新建的深圳大饭店和深圳墟内鳞次栉比的数百家大小商行迎面而来……

观景车厢里的乘客们不会想到，广九铁路线上这样一个极具"发展中的中国"寓意的场景，将很快会被日本侵略者的铁蹄无情碾碎。

第六章

烽火连天

十四个月的大轰炸

1937 年 7 月 7 日晚，北平，宛平县城，卢沟桥，无疑是中华民族历史上最为重要、最为关键、最为危急的时点、地点。"七七事变"标志着中国人民开始全面抗击日本法西斯侵略。

这场中日两国之间的生死对决，其爆发与中日甲午战争一样毫无悬念，中日高层对此都心知肚明，吃不准的仅仅是具体的时间和地点。

侵略和战胜中国是近代日本的既定国策，并将朝鲜作为侵略中国的跳板。1855 年，维新派政治家吉田松荫将朝鲜和中国列为首要侵略对象。从 19 世纪 70 年代开始，日本开始实施吞并朝鲜的计划。1910 年，日本侵占朝鲜半岛。1927 年 6 月 27 日至 7 月 7 日的东方会议上，田中内阁制定了《对华政策纲领》，进一步确立以武力侵占中国的扩张总方针。1929 年 12 月，中国《时事月报》刊载《田中奏折》，即日本田中首相向天皇上奏的关于东方会议讨论决定的对华政策的内容，其中说到"欲征服中国，必先征服满蒙；欲征服世界，必先征服中国"。田中奏折真伪虽尚有争议，但史学界公认，自东方会议至 1945 年日本帝国主义的对外侵略，大体上与奏折所说的方针和步骤是一致的。

根据这个长期的、阴毒无比的蚕食中国计划：1931年，日本挑起九一八事变占领中国东北，并一手炮制伪满洲国傀儡政权；1935年，日本人又策划"华北五省自治运动"，试图把华北从中国剥离；1936年，日本关东军操纵蒙奸德王成立伪蒙古军政府，再次肢解中国。同年6月，日本天皇批准了新的《帝国国防方针》和《用兵纲领》，公然宣称要实现控制东亚大陆和西太平洋，最后称霸世界；同年8月7日，日本五相会议通过了《国策基准》，具体规划侵略中国、进犯苏联，待机南进的战略方案。自1935年5月起，日本陆续增兵华北，不断制造事端，频繁进行军事演习，华北局势日益严峻。

七七事变前夕，北平的北、东、南三面已经被日军控制：北面，是部署于热河和察哈尔东部的关东军一部；西北面，有关东军控制的伪蒙军8个师约4万人；东面，是伪冀东防共自治政府的保安队约17000人；南面，日军已强占丰台，逼迫中国军队撤守。北平郊区宛平县城外的卢沟桥，作为当时的南北大动脉京汉铁路的北端起点，成了北平对外联络的唯一通道。因此，在日军攻击平津、全面侵华的计划里，卢沟桥首当其冲。

七七事变爆发后，国民政府为了方便各国援华物资从香港直接运往内地，利用已建成的黄埔港铁路支线路基，从广州西联站铺轨至石牌附近，将刚刚于1936年全线通车的粤汉铁路与广九铁路联通。1937年8月20日，石牌站建成通车，大批急需的战略物资通过广九铁路、粤汉铁路源源不断地输往华中腹地。

对于香港在抗战初期发挥的重大作用，国际知名历史学家弗兰克·迈克瑞在《帝国在华南的冲突：同盟国代理人与日本的战争（1935—1941）》（*Clash of Empires in South China: The Allied Nations'*

Proxy War with Japan, 1935–1941）一书中如此评价说："香港是战争的一个基础组成部分，从整体上看，香港和中国南方必须放在一起看，是一个重要军事区域。从另一个角度看，香港是战时中国的一个重要城市，它并不是英帝国的一个安静的前哨基地。"他强调，不能把战时的香港孤立地看成是英国的占领地，而应该把它和中国南方看成一个统一的战区，因为它是该战区的后勤基地，是支持中国持续抵抗日本的关键因素。

对于香港—广州—武汉这条支撑中国抗战的补给生命线，日军早已虎视眈眈。淞沪会战刚刚结束，日军尚在进军南京的 1937 年 12 月 7 日，日本侵华大本营陆军部就制定了攻占广州的"A 作战"，攻击部队秘密集结于澎湖列岛的马公港，预定于当月的 26 日发起进攻。大战箭在弦上之际，发生了一件紧急事件，迫使日本叫停了广州作战。

12 月 12 日，日本军机在封锁长江、围攻南京的战斗中，击沉了停泊在南京以北长江江面的美国炮艇"帕内号"。同日，日军还袭击了停泊在芜湖长江江面的英国炮艇"瓢虫号"。日本人百般狡辩是"误炸"，但事发当日长江江面晴空万里，目击者众多，"帕内号"甲板上还铺设着巨大的美国国旗，误炸一说实在难以自圆。国际舆论大哗，美国派英格索尔上校赶赴伦敦，商讨与英国合作对抗日本在亚洲的侵略问题。虽然，当时孤立主义和绥靖政策大行其道的美英两国最后接受了日本的道歉、赔偿、处分指挥官的举措，事件不了了之，但日本大本营认为在这个节骨眼上对广州发动大规模进攻，过于刺激美英国内情绪，极有可能引发两国干涉。于是，"A 作战"被日军暂时搁置，取而代之是惨绝人寰的无差别轰炸。

从 1937 年 8 月 31 日起至 1938 年 10 月 21 日广州沦陷，日军对广州地区的军民设施和广九、粤汉、广三铁路线更是进行了长达 14

个月的轰炸。

1938 年 5 月 28 日至 6 月 9 日，日军出动飞机 340 余架连续轰炸广州市区。广州城内死伤枕藉，今黄华路一带黄华塘村几被夷平，当场炸死 100 多人。6 月 14 日，日本驻英国大使吉田茂会见英国反日援华团体"英国援助中国运动委员会"代表时，蛮横地回应道："日机迭次轰炸广州，目的在沮丧中国人民意志。"抗战胜利后的 1946 年 7 月，该村立碑纪念，上书五个让人伤感的大字"血泪洒黄华"。

广九铁路线上的关键性控制工程石龙南桥于 2013 年被国务院列为第七批全国重点文物保护单位。其旧钢梁上有多处被日军轰炸中弹穿孔的痕迹，时至今日仍未被岁月洗去，成了揭露日军当年暴行的铁证。

"沙头角孤军"

1938 年 8 月，攻取华南重镇广州再次提上侵华日军的日程。日军在制订进犯武汉计划时，将进攻广州一并打包在内。1938 年 5 月 10 日，日军侵占厦门，将之作为进军广州的跳板。由于船舶运输能力不足，日本最终决定占领武汉之后再进攻广州。7 月，日本认为海军舰队的运力和陆军兵员已准备就绪，应举日本全国之力同时夺取武汉和广州，以彻底打服中国。9 月 7 日，日本大本营御前会议决定进攻广州，编组第 21 军司令部，下辖第 5 师团、第 18 师团、第 104 师团及第 4 飞行联队等部队；海军方面出动第 5 舰队，包括"加贺号""龙骧号""千岁号"等航空母舰，全部兵力达 7 万余人。

借鉴淞沪会战中出其不意在杭州湾金山卫抢滩，从而一举将中国军队分割包围的成功战例，日军将此次作战的登陆场选定在惠州大亚湾，而非江防严密的珠江口。10月初，日军在澎湖列岛的马公港再度集结完毕，随时准备出动。

日军磨刀霍霍，国民党军队却大梦不醒。蒋介石和他的军事委员会成员们自始至终认定广州毗邻香港，香港以及以广州为核心的广东地区一直以来就是英国的势力范围，日本不会不看英国人的眼色而贸然进犯广州，一厢情愿地把岭南大地的命运托付给了其实已自身难保的英国。

全面抗战爆发后，国民政府军事委员会在华南组建了第四战区，总兵员约11万人。在武汉会战打响之前，大部分广西守军就被抽调至华中地区参战，又从广东抽走了4个主力师，第四战区只剩下战力良莠不齐的8万余人。

1938年9月7日，就在日本大本营御前会议下定最后决心的当天，时任广东省政府主席吴铁城向蒋介石密电，报告日军拟在攻打武汉的同时"进犯华南，其登陆地带似将在大鹏湾，现敌已派前驻瑞士公使矢田等到香港筹备南犯计划，并派舰在该湾海面追毁我渔船，以防其行动为我察觉"。蒋介石置之不理。10月8日，吴铁城再次急电蒋介石称："据香港英军情报机关消息，敌拟派四师团一混成旅团大举南犯，或在本月真日（11日）前后发动"。

面对这份时间精确到"真日（11日）前后"的情报，蒋介石仍旧不以为意，认为这只是日军袭扰人心、配合武汉会战的宣传战，不仅没有下达加强广州防务的任何命令，反而在粤军主力大半已北调的情况下，要求驻粤最高军事长官、第四战区副司令长官余汉谋再抽调一个师增援武汉，"勉抽精兵一师，以保全大局"，还说"只要武汉能守，则粤必无虑"。

10 月 9 日，日军从马公港起航，于 11 日黄昏抵达大亚湾外海。当夜无风，皓月当空，日军施放烟幕掩盖舰队行迹。12 日凌晨 2 时 45 分许，日军先头部队在数十艘军舰和 100 余架飞机的掩护下，在长达七八公里的大亚湾一线海滩实施强突登陆。当时，守备在滩头阵地的中国军队只有一个新编成的特务营，面对突如其来的优势日军，一触即溃。

最高统帅对广州战情如此轻慢，第四战区的备战自然漫不经心，以至于战时出现了这样一幅滑稽的画面：10 月 12 日凌晨日军已经在大亚湾登陆，但直到晚上香港、广州各大电影院的荧幕上还在滚动播放着第四战区的寻人启事，寻找那些离开指挥岗位、欢度"双十节"的中高级军官，"速速归队，迎击日军"。

国民党军队此后的抵抗乏善可陈。日军一路长驱直入，如入无人之境，连克惠州、增城防线，兵临广州城下。21 日凌晨，余汉谋、吴铁城在事先未做任何动员的情况下，带领广东省党政军机关匆忙撤往清远，广州市长曾养甫率所部模范团、自卫队等西撤高要、广宁，仅布置少量部队防守广州。21 日下午，日军仅以战死 173 人、负伤 493 人的极小代价，大摇大摆地走进了广州城。

开战仅仅 9 天，中国南方重镇广州城头就被日军插上了膏药旗。消息传出，广东人民和海外粤籍华人华侨对广东省军政当局痛骂不已，"余汉无谋，吴铁失城，曾养无谱（粤语甫、谱同音，无谱即无用之意）"的讥讽谑语不胫而走。

广州战役是抗战史上极为耻辱的一页。广州的快速沦陷，让整个富饶的珠江三角洲地区根本来不及做出任何应对就尽付敌手，导致抗战的内外形势急剧恶化。正在进行的武汉会战失去了战略意义，因为会战发起的核心目标之一就是保障粤汉铁路的畅通，广州一失，这个核心目标也已不存，再在武汉拼掉抗日有生力量就得不偿失了。国民党军队撤出武汉后，意味着当时中国的七大都市尽数沦于日本人之手，外援进入中国的通道也只剩下山高林密路难行的滇湎公路了。

国民党军队的不战而退更是玷污了广州这座孙中山一手打造的革命之城、英雄之城的光辉形象。远在美国的时任中国驻美大使胡适在发给蒋介石的电报中，几乎是捏着鼻子写道："广州不战而陷，国外感想甚恶。"进步的上海《导报》25 日发文《血的教训》，一针见血地提出："粤省民众虽有着光荣的革命传统，但多年的不良统治，已使这种传统受到很大的摧残……更堪痛心的是当局者不但自己不做民众运动，更害怕而阻碍别人做。"

不过，统帅的误判、战场最高指挥官的无能，丝毫不能抹杀广大中国军人的报国之志和牺牲精神。20 日，独立第 20 旅第 3 团第 2 营营长黄植虞率领全营官兵坚守正果镇白面石村阵地，在日军飞机、重炮轰击下不动如山，数次以白刃战逼退日军。进攻屡次受挫后，日军使用燃烧弹焚烧表面阵地，守军在熊熊大火中依旧顽强抵抗。此次阻击战日军伤亡近 200 人，第 2 营人员损失高达三分之二。当地百姓感其忠烈，后在当年激战之地捐建了正果战役纪念亭。

广州战役结束后，在战斗中被打散的中央炮兵连、第 151 师 904 连和虎门卫士队等 1000 余人退守深港之间的沙头角一带，统一改编成若干营，由团长刘儒任总指挥，继续抵抗，人称"沙头角孤军"。"沙头角孤军"和"上海孤军"四行仓库"八百壮士"一起，一南一北组成了国民革命军抗战史上的精神图腾。

在四面受敌的险境下，"沙头角孤军"坚守阵地，还曾采用游击战术夜袭驻深圳横岗的日军兵营。终因寡不敌众，剩下的 900 多名官兵被迫退入香港新界。港英当局解除了他们的武装，先后将他们软禁在九龙马头涌难民营和亚皆老街"孤军营"。驻香港中国军事代表团团长、海军中将陈策曾向港英当局提议，武装"孤军营"里的中国军人抗击日寇。时移势易，早已落魄潦倒的英国，自中国抗战以来与日本人打交道就显得谨小慎微，竭力避免与昔日的小弟发生冲突，港英当局对陈策的提议不置可否。1941年12月8日，日军突袭香港，九龙即将失陷之际，港英当局才送来左轮手枪75支、手榴弹20箱，让"沙头角孤军"出营参战。当时的《星岛日报》记载，孤军"奋勇向敌猛扑，曾建立不少功勋，传大埔日军早已惨溃，刻已无敌踪，其（英军）得力于孤军协助者实为不鲜"。香港《大公报》则赞扬孤军"充分表现我军传统的英勇卓绝之作战精神，使侵犯本港之敌寇为之胆寒"。

10日青山之役，孤军为前导，日军骤然见到猛打猛冲的中国军人，以为香港境内有大规模中国正规部队，狐疑之下暂时退却。孤军前推数里后，却迟迟等不到英军增援，只得拼力杀出一条血路，经沙鱼涌辗转抵达惠东地区，与大部队会合。

文化名人大营救

从1938年10月侵华日军发动广州战役，到1945年8月日本帝国主义无条件投降的7年间，深圳河畔、东江两岸、广九铁路沿线，成了共产党领导下的广东人民抗日游击队敌后抗战的最前线，诞生了一支威震华南的人民抗日武装——东江纵队。1945年，朱德在中共七大所作军事报告《论解放区战场》中，将包括东江纵队在内的华南抗日纵队和八路军、新四军并称为"中国抗战的中流砥柱"。

东江纵队的前身是中共惠宝工委成立的惠宝人民抗日游击总队及东宝惠边人民抗日游击总队。抗战胜利时，东江纵队已发展到 1.1 万多人，另有民兵 1.2 万多人，游击区总面积约 6 万平方公里，覆盖人口 450 万人以上。

抗战期间，东江纵队对日、伪军作战 1400 多次，毙伤日、伪军 6000 多人，其中相当一部分战斗都是围绕着阻断广九铁路通运、破坏日军的"大陆交通线"为目标，上演了一幕幕广东版的"铁道游击战"。

东江纵队最为人津津乐道的战例，是下辖港九独立大队实施的"中国文化名人大营救"。

自抗战全面爆发特别是皖南事变后，宋庆龄、何香凝、邹韬奋、柳亚子、梁漱溟、茅盾、夏衍等近千名国内文化名人和爱国民主人士先后从沦陷区和国统区辗转来到香港，办报、筹款，推动香港抗日救亡活动。

1941 年 12 月 8 日，日军强渡深圳河，突袭香港。日军蓄谋已久，兵锋凌厉，驻港英军难以招架，节节败退。12 月 25 日晚 7 时，时任港督杨慕琦到九龙半岛酒店 3 楼的日军战斗司令部，与日军第 23 军司令官酒井隆签署投降书。

香港沦陷后，日军四处搜捕"黑名单"上的抗日分子，并勒令旅港文化界人士限期前往日军战斗司令部"报到"，还在报纸上假借内山完造名义刊登启事，寻找邹韬奋、茅盾等人共建"大东亚共荣圈"，甚至在戏院、影院中打出幻灯告示，直接点名夏衍、蔡楚生、司徒慧敏等人前往半岛酒店"会面"。

这些文化名人和爱国民主人士一旦落入日军之手，后果不堪设想。

万分危急之际，中国共产党人毅然肩负起了营救民族文化精英、保存民族文化火种的重任。

在今深圳市龙华区白石龙社区的"中国文化名人大营救纪念馆"，两份电报纸摆放在展示区的显眼处。旁边的说明文字是"周恩来的电报"。1941 年 12 月 8 日日军开始进攻香港。次日，时任中共中央南方局书记周恩来，发给时任八路军驻港办事处主任廖承志一封急电，指示采取切实可行之措施，不惜任何代价，不怕牺牲，营救被困在港的各界知名人士和国际友人。12 月下旬，周恩来又再次给廖承志发电报，进一步指示营救事宜。

电报中，周恩来的指示细致入微。

第一，指明了撤退的方向。在 12 月 9 日电报中，周恩来指出：菲律宾"将不保"，新加坡"或可守一时"，上海交通已断绝，香港人员的退路只有广州湾、东江和马来亚。在 12 月下旬电报中，周恩来进一步指示廖承志："太平洋战争爆发，香港已成死港。香港接朋友，如有可能，请先至澳门转广州湾，或先赴广州湾然后集中桂林。"

第二，指示了优先营救对象。周恩来明确指出："孙、廖两夫人（宋庆龄、何香凝）及柳亚子、邹韬奋、梁漱溟等"，应先派人帮助他们离港，"一切疏散及帮助朋友的费用"均由我党在港的存款中开支。并特别提醒，宋庆龄的安危是重中之重。廖承志接报后，第一时间找到宋庆龄，劝说并保护她紧急赶赴启德机场，搭乘最后一班飞机离开香港。飞机起飞不久，启德机场即遭日军攻占。

第三，要求尽快联络其他文化名人和爱国民主人士。日军进攻香港后，这些人为躲避敌人的搜查不停地搬家。兵荒马乱之中，要在偌大的港岛、九龙地区迅速、准确地找到这近千名营救对象，实在是如大海捞针。

廖承志认定，这些真正的文化人"积习"难改，即使战火纷飞，仍会流连文化活动场所，而且"只要找到一两个，就能找到一大批"。港九地区的地下工作者冒着暴露身份的巨大危险集体出动，拿着照片在报社、书店等地蹲守，果然联系上了范长江，并通过在《华商报》工作的张友渔打通了人际网。一番寻藤摸瓜之下，营救对象陆续接上了头。

根据周恩来的指示精神，心思缜密的廖承志等人制定了东、中、西三条撤退路线：东线，从港岛坐渔船出发，途经长洲岛、葵涌，撤至沙鱼涌、海陆丰地区，再步行到游击区；西线，由港岛坐渔船偷渡至澳门，再转移至台山、斗门一带；中线，先从港岛坐船至九龙，然后从荃湾走青山道，翻越900多米高的大帽山，在落马洲一带渡过深圳河，进入东江纵队驻地宝安县白石龙村（即今深圳市龙华区白石龙社区），前后行程约50公里。

东、西两线走水路，看起来比较容易，但沿途常有日军巡逻艇盘查，还可能遭遇海盗水匪。茫茫海面之上，一旦有失，无可挽回。因此，只能在计划周详、万无一失的情况下动用这两条路线，转移一些腿脚不便、身体较弱的人士。走陆路的中线虽然山高路远，却有熟悉深港地区地形、民情的港九大队短枪队一路接力护送，安全系数较高，因此成了这场大营救的主线。

廖承志做出了一个出人意料的决定：亲自探路，为营救行动打好前站，确保万无一失。恰好这时日军方面传来消息，将于1942年元旦后疏散数十万人到内地。廖承志抓住这个绝佳的时机，决定和乔冠华、连贯等人化装成难民混出香港，探明撤退路线。

从九龙到落马洲有两条路可以选择：一条是事前规划的大路，比较便捷，问题是日军在沿途新设了巡逻队，一旦遭遇盘查，将前功尽弃；另一条小路比较偏僻，能避开日军巡逻队，但战前驻港英军为阻挡日军进攻，在那一带埋有大量的地雷，同样危险重重。

权衡再三，廖承志决定以身涉险。1942 年元旦，廖承志同乔冠华、连贯二人躲开日军的巡逻艇来到九龙，以打麻将牌为掩护仔细研究了撤退路线中的武装护送、沿途食宿、警戒以及可能出现的情况，完成部署后由短枪队护送坐船通过大鹏湾，与等在深圳河边的东江纵队游击队员会合。

1 月 9 日晚，茅盾夫妇、戈宝权、叶以群等人作为第一批撤离人员，打扮成难民模样，在港九大队短枪队的护送下，沿着事先探好的路线，长途跋涉百余里，终于到达深圳河边。茅盾在《脱险杂记》中写道："终于到了茫茫一片的水边。有渡船，那是平底大木船。我们这一群总共装了三船。三十多分钟以后，三条木船都靠了岸；这是宝安县属，是沦陷区。"

化装成难民的一行人举着"良民证"，心惊胆战地通过了河边日军哨卡的"点验"。茅盾说："过了这'鬼门关'的人们都跑得很快……回头再一看，呵，后面来的三五位神色仓皇逃也似的奔了来了。他们一面跑，一面向我们挥手喊道：'快走呵，日本小鬼要打人了！'"

接下来长达 100 多天的时间里，港九地区的爱国民主人士和文化界知名人士共 300 多人，连同其他方面的人士 800 多人，以及踊跃到内地参加抗战的爱国青年 2000 多名，被深圳河两岸的东江纵队游击队员成功营救或接应。这场大营救被茅盾誉为"抗战以来最伟大的'抢救'工作"。

廖沫沙在《东江历险长留念》一文中写道："把他们从敌人的虎口中安全地抢救出来，这不但是我们党的一项伟大的功绩，而且在历史上也是空前未有的一次严峻、艰巨的大撤退。"

这场堪称奇迹的"胜利大营救"为中华民族、为中华人民共和国保存了一大批文化精英，极大地提高了中国共产党在国内外的威信，对促进抗日民族统一战线的发展意义深远，在中国革命史上留下了浓墨重彩的一笔。

香港导演许鞍华执导的电影《明月几时有》是对这场大营救的全景展示，里面的主要人物都是真实存在的。比如，说"加入短枪队，就没有想过活着出来"的港九大队短枪队队长刘黑仔，就是深圳大鹏人，原名刘锦进，因长得黑而被称为"黑仔"。日军登陆大亚湾后，刘黑仔加入惠宝人民抗日游击队。香港沦陷后，刘黑仔是第一批被派到香港组织游击队的成员之一，先后任港九大队短枪队副队长、队长。

刘黑仔率领的短枪队在香港神出鬼没，日军视之为眼中钉，重金悬赏他的项上人头。在汉奸特务队长肖九如等人四处搜查他的下落之际，刘黑仔将计就计，化装成汉奸队员，在金龙酒家当场击毙了正在大摆宴席的肖九如。电影《明月几时有》真实再现了这一段"香江传奇"。

刘黑仔留下的另一个传奇事迹，是成功让美军飞行员克尔中尉虎口脱险。隶属美军第十四航空队的克尔中尉，于1944年2月21日突袭香港启德机场时其座机被日军击落，跳伞后被港九大队营救。刘黑仔为了掩护克尔，采取调虎离山之计，派发传单，铲除汉奸，搅闹鬼子老巢，终于将克尔安全送到东江纵队司令部，后又辗转送到大后方。

三年零八个月的日占期间，主要成员来自香港新界的港九大队共有115名战士为保卫香港献出了年轻的生命。

蒋介石一退再退

1941年12月7日，日军偷袭珍珠港，太平洋战争爆发。翌日，美国向日本宣战。9日，中国国民政府发表《中华民国政府对日宣战布告》《中华民国政府对德意宣战布告》，正式向日、德、意三国宣战，宣布在此之前中国与列强签订的条约中，一切与这三个国家有关的条款全部作废。从此，中国不再独自苦战日本法西斯。中国人民抗日战争是世界反法西斯战争的重要组成部分，是世界反法西斯战争的东方主战场。

1942年1月1日，中、苏、美、英等26国代表在华盛顿签署《联合国家宣言》，中国与美、英、苏共同领衔签字，意味着中国是同盟国家公认的世界反法西斯四大国之一。3日，同盟国家代表会议为更有效地协调作战，成立了包含泰国、缅甸、越南等一部分东南亚国家在内的中国战区，蒋介石任中国战区盟军统帅部最高统帅。

1942年2月，应驻缅英军请求，中国调集精锐部队第5军、第6军、第66军组成中国远征军第一路军进入缅甸，协同英、缅军对日作战，以自身伤亡惨重的代价，成功解救出被日军围困的英军7000多人。

从1931年算起，中国军民在孤立无援的情况下坚持抗战已超过10年，这一次又走出国门助战盟国，成功解救7000多名英军，国人人心大振。国民政府果断对日、德、意三国废除不平等条约的行为，使中国人民郁积经年的民族情感集中爆发，社会各界纷纷呼吁美英等同盟国也要即刻废除不平等条约、放弃在华治外法权。

蒋介石从中看到了收复香港的希望。

1942年至1943年，蒋介石让夫人宋美龄以私人身份赴美，多次拜会美国总统罗斯福，希望在中国与同盟国家之间废除旧约、签订新约这件全体中国人民翘首以盼的大事上，得到美国的鼎力支持。

在罗斯福看来，日军占领大半个中国的情况下，在华治外法权事实上已经失去了价值，但废除旧约、签订新约在中国人的民族情感砝码上却重达千斤。顺水推舟答应中国的要求，能让中国军队更加死心塌地，也把日军重兵死死拖住，减轻美军在太平洋战场上的负担。至于香港，如果能说服英国归还中国，不但卖了中国人一个天大的面子，也能使英国在亚洲的殖民体系失去重要的桥头堡。美国一举两得、坐收渔利。

在之后的谈判中，中美很快达成了共识。但当罗斯福把美方的意见告知英国首相丘吉尔后，丘吉尔一点面子都没给，断然回应：只能废除部分旧约，香港的归属问题绝不能谈判。他强硬表示"决不会放弃任何一块大英帝国的土地"。英国驻华大使薛穆向中国政府递交的中英新约条款中，丝毫没有提及归还香港一事。他还对外宣称：英国在香港问题上绝不会发生任何的动摇与妥协。

蒋介石很快妥协了，毕竟眼下抗日战局仍危如累卵，国民政府的后背还需要美英等同盟国家来守护。打着"维护盟国友谊"的旗号，蒋介石大踏步后退，下令中方代表在谈判中只要求英方废除1898年签订的《展拓香港界址专条》、归还租借的新界（当时称为九龙租借地）就可以了。

面对蒋介石的大让步，英国人依然无动于衷。在他们看来，将新界归还中国，港九纵深尽失，等于把香港的后背亮给了中国。当年英国人取得香港地区唱的是"三部曲"，新界是"终曲"，如果拱手把新界还回中国，那就极有可能反转成为英国失去香港全境的"序曲"了。

中英谈判卡住了。蒋介石一度叫中方代表传话，说如果没有收回新界的条款，他就不签字。英方代表则针锋相对地声明：中方要是继续坚持收回新界的话，我们只好拒绝签订新约。

僵持不下的局面下，最终又是没有胆量也没有实力掀桌子的蒋介石屈服了，同意了宋子文"抓住时机将可以签订的新约签下，香港之事以后再议"的建议。

1943年1月11日，《中英关于取消英国在华治外法权及其有关特权条约》签订。与此同时，外交部长宋子文向英国驻华大使提交照会，表示"中国政府保留日后重新提请讨论此问题（指归还新界）之权"。

1942年12月31日，蒋介石在日记中透露了他一步步妥协的心路历程："对英外交，颇费心神，以九龙交还问题，英坚不愿在新约内同时解决，余暂忍之。""另用书面对彼说明：交还九龙问题暂作保留，以待将来继续谈判，为日后交涉之根据。""暂忍"到什么时候呢？"一俟战后用军事力量由日军手中取回，则彼虽狡猾，亦必无可如何。"

1943年11月下旬，中、美、英三国首脑在埃及开罗举行旨在规划战后国际秩序的秘密会议。蒋介石和丘吉尔这对隔空较量的对手，终于有机会就战后谁来收复香港的问题，当面交锋一下了。

开罗会议期间，作为会议发起人的罗斯福努力营造中国与美、英平等相处的大国形象，以便"让中国继续战斗下去，拖住日本军队"。11月23日，罗斯福与蒋介石会晤时，主动提出战后香港归还中国并改为国际自由港的议案，交换条件是战后中国国民政府继续实行"容纳"共产党的政策，组织"国共联合政府"。在此条件下，他愿意劝说丘吉尔同意将香港归还中国。罗斯福还在开罗寓所里和盟军驻华最高军事代表史迪威等人谈及将香港归还中国的计划："让我们先在那儿升起中国的国旗，然后在第二天，蒋介石就会做出一个漂亮的姿态，让香港成为自由港。这就是处理香港问题的方法！"对此，蒋介石又惊又喜，"同意将香港宣布为自由港，即请罗斯福向英交涉"。

罗斯福还是高估了自己的影响力，也低估了顽固的丘吉尔捍卫英国远东利益的决心。

在三巨头的一次集体会晤中，罗斯福有意挑起话头，问蒋介石："你对香港如何打算？"还没等蒋介石开口，丘吉尔就抢先抗议道："先生们，请注意，香港是英国的领土。"罗斯福顺势向丘吉尔转达了蒋介石收归香港的意愿："香港90%以上的居民都是中国人，又十分靠近中国的广州，应该归还给中国。"这番话虽然有道理，但显然没有什么震慑力。本以为丘吉尔会就这个问题讨论一下，或者讨价还价一下，比如退回到此前只收回新界的条件。没想到丘吉尔油盐不进，脱口就说道："只要我还在首相任上，就不想使大英帝国解体。"

蒋介石立即反驳："过去英国以暴力入侵中国，与清廷所签订的不平等条约，国民政府概不承认，战后随时可以收回香港。"

中英双方领导人争执不下，香港归还中国之事又一次不了了之。

11月25日下午，此前信心满满的罗斯福在茶会上对蒋介石无奈地说道："现在最令人痛苦者，就是丘吉尔的问题……英国总不愿中国成为强国。"蒋介石则在当天日记中愤愤写道："开罗会议之经验，英国决不肯牺牲丝毫利益以济他人。彼对于美国之主张亦决不肯有所迁就，作报答美国救英之表示。其于中国存亡生死，则更不值一顾矣。……英国之自私与贻害，诚不愧为帝国主义之楷模矣。"

1945 年 8 月 15 日，日本宣布无条件投降，蒋介石"隐忍"已久的"一俟战后用军事力量由日军手中取回"的时机终于到来了。按照远东盟军统帅麦克阿瑟发布的第一号受降令，凡在中国以及我国台湾地区、越南（北纬 16 度以北）之日军，均应向中国战区最高统帅蒋介石投降，香港正位于北纬 16 度以北地区。而且在战争期间香港地区隶属于中国战区，占领香港的日军隶属日本的"中国派遣军"第 23 军。该军司令部就设在广州，司令官田中久一中将兼任香港占领地总督。既然日本的"中国派遣军"总司令冈村宁次已奉命"向蒋委员长投降"，香港日军也理应如此。

于是，蒋介石命令第二方面军司令官张发奎，将国军精锐新 1 军和第 13 军集结于深圳河北岸的广九铁路沿线，随时准备接收香港。

1945 年 7 月上台的英国新首相艾德礼，全盘承继了前任丘吉尔的殖民地情结。8 月 18 日，艾德礼致电美国总统，请他指示盟国最高统帅麦克阿瑟将军，命令日本最高统帅官保证驻香港的日本地方司令官，应在英国海军部队的司令官到达香港后，向他们投降。英国政府公然宣称"香港不应被包含在中国境内，英国在香港拥有主权"，日本宣布无条件投降当天还紧急调遣一个师规模的英国舰队从菲律宾赶往香港。

一直力挺中国在战后收复香港的罗斯福，已在这一年的 4 月病逝。5 月德国投降，新任美国总统杜鲁门的头号战略目标是联合英国，与苏联争夺欧洲主导权，对英国几乎是有求必应。杜鲁门在与国务卿贝尔纳斯商讨后，复电艾德礼，表示"美国不反对由一个英国军官在香港接受日本人的投降"。杜鲁门最后决定，将香港受降权让予英国，他通知美国军方：为顺利地接受香港地区日军的投降，"香港已明确划在中国战区之外。"

一辈子政治生涯仰美国人鼻息的蒋介石再次低头了。他于 8 月 21 日致函杜鲁门说："如果正如英国大使所宣称，您已致电艾德礼首相。为了不使您为难，我提出如下的建议：日本在香港的部队应向我的代表投降；在受降仪式上，将邀请美国和英国的代表参加；在受降后，由我授权英国部队登陆并重新占领香港。"这一番话说明蒋介石完全放弃了收回香港的念头，连他此前一直坚持的收回新界的打算也烟消云散了。现在，他只求一个接受日军投降的"面子"。

但美国人连这一点虚幻的面子也不想给蒋介石。杜鲁门回电说："英国在香港的主权是没有疑义的，倘为投降仪式而发生麻烦，似乎将抵偿不了其恶劣影响。"

蒋介石看到电文后大为恼火，但美国人的"圣旨"又不敢违抗，最后不得不表示："愿意授权给一个英国军官，让他去香港接受日本人的投降，同时派一名中国军官和一名美国军官赴香港参加受降仪式。"

理应由中国军人接收香港，一下子成了"授权给一个英国军官"去接受日本人的投降，这个近水楼台却不能先得月的外交博弈结果，成了耻辱。按照当时受降的法定程序，国军精锐新 1 军和第 13 军的预先配置，只要下定决心，压制住英国人的无理要求易如反掌。但在民族大义面前，蒋介石党同伐异的私心再次占据了上风。为了获得美英的军援，打赢他蓄谋已久的国共内战，为了借助美英的海空军力量将多年退缩在西南地区的国民党军队主力紧急运往东北、华北战场，他愿意放下一个大国首脑所有的尊严。

8 月 30 日，英国特遣舰队驶抵香港维多利亚港，迅速荡平了一部分日军自杀式的负隅顽抗。海风吹散硝烟之后，英军看见的是港湾两边一栋栋华人楼宇上飘扬的"中华民国国旗"。苦盼着"王师"南下的香港民众眼睁睁地看着当年被日军赶走的英军，又跑回来接管了香港。

1945 年 9 月 1 日，英军司令官夏悫宣布成立香港军政府。当天，国民政府军事代表团飞抵香港，就香港受降和国民党军队"取道"香港北上达成协议。双方同意自达成协议之日起，到 1947 年 8 月 15 日止，国民党军队可以从广州开入香港，租借九龙塘部分民居作为临时军营，然后乘坐海轮北上。据统计，此后经香港北上的国民党军队超过 10 万人。

这就是蒋介石在中英交涉香港问题上一退再退，英国人给他的最大"面子"。

保持香港繁荣稳定

1949 年 10 月 2 日，即中华人民共和国成立的第二天，中共中央军委正式下达了发动广东战役的命令。叶剑英、陈赓指挥解放军第二野战军第 4 兵团、第四野战军第 15 兵团和两广纵队共约 22 万人，围歼国民党军余汉谋集团。一个多月后的 11 月 4 日，广东战役胜利结束，解放了除钦州、合浦（今属广西）地区和雷州半岛以外的广东大陆。

当时的广大人民解放军基层官兵和不少海外、港澳人士都认为，参加广州战役的人民解放军身经百战、气势如虹，而驻防香港的英军只有区区四个旅一万多人和一小部分海军、空军，广州战役的战果肯定会如秋风扫落叶一般席卷华南，捎带着一举拿下香港、饮马深圳河，让人民解放军的钢铁洪流从"源头"上一洗中国百年耻辱。

几个月前发生的"紫石英号"事件更加坚定了他们的观点。

1949年4月20日是人民解放军渡江战役的发起日，也是我军公告要求外国舰船撤离长江作战区域的最后期限。但在长江江面上耀武扬威了上百年的英国海军远东舰队还躺在历史的老皇历里，做着在中国的内河航道上自由航行的美梦。20日上午，英国海军"紫石英号"护卫舰无视禁令，闯入人民解放军前线预定渡江江段。人民解放军炮兵警告无效后果断炮击，重创该舰致其搁浅，舰长斯金勒当场死亡。之后，我军炮兵部队又将先后赶来救援的英国远东舰队的"伴侣号"驱逐舰、"伦敦号"重巡洋舰、"黑天鹅号"护卫舰一一击退。

7月30日夜，"紫石英号"护卫舰模仿客轮桅灯，伪装成中国客轮，紧贴一艘顺流而下的商船溜出长江口。广州战役发生前后，这艘给英国丢人现眼的"紫石英号"护卫舰正停泊在香港维多利亚港，供港人品头论足。

"紫石英号"事件被普遍认为是英国人"炮舰外交"政策在中国终结的标志。

但是，当时不少人猜测、期盼的人民解放军"饮马深圳河"的场景并没有发生。事实上，整个广东战役期间，负责沿东江两岸向南进击的左路精锐野战部队最终止步于东莞地区，根本没有踏足深港地区。因为指挥员接到华南分局第一书记兼广东省军区司令员叶剑英传达的毛主席、周总理的指示是，部队"不能越过樟木头一线"。与香港一河之隔的宝安县全境基本上以和平解放的形式结束战斗。因为当地国民党军警此前已宣布起义，10月19日接管深圳镇军政部门和九龙海关时，先头部队是以人民警察和艺术宣传队的名义，从规定的部队驻防最南端布吉火车站乘坐货运火车慢悠悠地抵达深圳镇,一枪没放就顺利完成了接管任务,在深圳河北岸升起了五星红旗。

在此期间,深圳河南岸的香港,舞照跳、马照跑,港英当局和驻港英军也没有表现出焦躁不安或严阵以待的样子,罗湖桥正常通行。

1949年初,当人民解放军在全国战场上节节胜利、准备挥师南下解放全中国时,中共中央第一代领导集体就开始考虑如何处理香港问题了。1月19日,由周恩来起草、经毛泽东审改的《中央关于外交工作的指示》发至全党。《指示》指出:"在原则上,帝国主义在华的特权必须取消,中华民族的独立解放必须实现,这种立场是坚定不移的。但是在执行的步骤上,则应按问题的性质及情况,分别处理。凡问题对于中国人民有利而又可能解决者,应提出解决。其尚不可能解决者,则应暂缓解决。凡问题对于中国人民无害或无大害者,即使易于解决,也不必忙于去解决。凡问题尚未研究清楚或解决的时机尚未成熟者,更不可急于去解决。总之,在外交工作方面,我们对于原则性与灵活性应掌握得很恰当,方能站稳立场,灵活机动。"

这一外交方针成为当时处理香港等历史遗留问题的基石。香港问题是英帝国主义用坚船利炮逼迫清政府签订不平等条约的产物,是强权外交的产物,是英帝国主义在华的"特权"之一,是"必须取消"的。但当下香港问题"解决的时机尚未成熟",故而"更不可急于去解决"。

毛泽东主席的俄文翻译师哲口述、李海文著述的《在历史巨人身边:师哲回忆录》一书,详细记录了1949年2月毛泽东主席与斯大林派来的代表米高扬之间的谈话。谈及香港问题时,毛泽东主席明确表示："目前，还有一半的领土尚未解放。大陆上的事情比较好办，把军队开去就行了。海岛上的事情就比较复杂，须要采取另一种较灵活的方式去解决，或者采用和平过渡的方式，这就要花较多的时间了。在这种情况下，急于解决香港、澳门的问题，也就没有多大意义了。相反，恐怕利用这两地的原来地位，特别是香港，对我们发展海外关系、进出口贸易更有利些。总之，要看形势的发展再作最后决定。"

长期负责港澳事务的廖承志在接受中央领导人咨询时，说得更加具体："要武力解放香港，对中国人民解放军来说，只是一声冲锋号，就能把红旗插上香港太平山……香港是世界最大的自由贸易港口之一，如果香港暂时留在英国人手中，为了英国自己的利益，它也不会放弃内地这个巨大的市场。这就等于把美国对中国的立体封锁撕开一个缺口：我们能从香港进口我国急需的物资；也可以利用香港作为我们与世界交往的通道，世界各国兄弟党同志可以从这里进来，各国的民间友好人士也可以从这里入境；另外，香港还可以成为我们了解世界各国情况的窗口，这些深远的战略意义，会随着似箭的光阴，越往以后，越为大家所接受和看清楚。"

20世纪50年代贯彻的"暂时不动香港"，保持香港的繁荣稳定，和20世纪60年代逐步形成的"长期打算、充分利用"香港独特的地缘优势，成为我国处理香港问题的既定政策。鉴于香港问题的特殊性，中华人民共和国对港政策不便公开宣布，只能"暗示"。香港两家左派报纸承担了这一特殊任务。

1949年2月9日，香港《文汇报》在一篇题为《新中国与香港》的社论中提出："中国正在进行轰轰烈烈的新民主主义革命，这一革命迄目前为止，从没有一言一行牵涉到香港，或在理论上将香港如

174　　　　　　　　　　　　　　　　　　　　　　　　奔腾的深圳河

四大家族一样，列为清算对象，可见假想中的安全威胁决不至于来自中国人民的胜利。中国人民对国内反动政权，不得已而用战争解决。至于对外关系，除积极支持国民党反动政权且始终不放手者而外，决不至无端与其引起严重的纠纷。即使有应行修改调整之处，也会先就外交途径求其解决。"

2 月 17 日，香港《大公报》以《乐观香港前途》为题发表社论说："事实上，香港的地位并无什么危险，它的前途绝不如一些人所想象那样悲观。第一，中英关系一向不错……第二，中国的新政权并无盲目排外的征象……展望未来，香港应该与中国大陆成立良好的联系，尽量发挥其货物集散交通衔接的作用，使香港得到真正合理的繁荣。"

这两篇社论以一种非正式的途径道出了中国共产党人维持香港现状、保持香港稳定繁荣的意图。

4 月 20 日渡江战役打响，人民解放军越过长江挥师南下，疑虑难消的港英当局还是在 6 月 14 日制定紧急状态条例，实施封锁边界、特殊区域宵禁、严格移民登记等一系列防范措施。深圳河两岸人民自由往来的历史就此终结。

为了防止即将打响的广东战役刺激港英当局的神经，冲击香港社会经济的平稳运行，中共中央通过秘密途径向港英当局提出三项条件：第一，香港不能用作反对中华人民共和国的军事基地；第二，不许进行旨在破坏中华人民共和国威信的活动；第三，中华人民共和国在港人员必须得到保护。只要港英当局能很好地遵守这三项条件，香港就可以长期维持现状。

这三项条件合情合理，港英当局和英国政府欣然接受香港"暂时维持现状"。

罗湖桥，两种制度的交接口

历史发展进程雄辩地证明了，中华人民共和国成立初期"暂时不动香港"和"长期打算、充分利用"，是一项原则的坚定性和斗争的灵活性高度结合的战略决策，是兼顾中华民族长远利益与眼前利益的现实主义大手笔。

中华人民共和国成立后，以美国为首的西方国家采取敌视态度，美国政府发起不承认中华人民共和国的外交活动，向英、法、荷、比等多国政府发出照会，要求它们与美国保持一致。英国出于维护自己在香港特殊利益的现实考虑，没有上美国的"贼船"。在中华人民共和国成立后的第三天，英国外交大臣贝文就公开表示，中国政府如能善待英国侨民，英国就可以考虑承认中华人民共和国。1950年1月6日，英国政府无视美国的百般阻挠，正式宣布承认中华人民共和国。英国成为第一个与中国共产党领导的人民政权发生"事实上的政治与经济关系"，正式承认中华人民共和国并与败退台湾的国民党政权彻底脱钩的西方大国。

1950年6月25日，朝鲜战争爆发，27日，美国总统杜鲁门公开宣布对朝鲜进行武装干涉，并令美国海军第七舰队侵入台湾海峡，尔后又操纵联合国对中国实行全面封锁、禁运。新中国的"大门"被锁死之际，香港这个"窗口"弥足珍贵。大量战略物资经香港源源不断地输入内地，内地还通过香港进口大量粮食、棉花等基本生活用品，对解放初期稳定华东地区物价、保障供给起到了关键作用。

抗美援朝战争打出了人民军队的军威，打出了中华文明血脉深处流淌的家国精神，打出了中华民族失落已久的凝聚力和自信心，打出了中华人民共和国的国际威望和地位。中国之国运自此扭头向上，一如梁启超在《少年中国说》里所盼："红日初升，其道大光。河出伏流，一泻汪洋。"华夏大地上历史性的民族复兴渐次展开，香港与有荣焉，更配得勋章。

让香港"维持现状"，还使中国在冷战时期避免过度依赖苏联，保证国家、民族独立自主。中华人民共和国成立前后，毛泽东等中共第一代领导人已经对苏联欲将中国变成它的卫星国的企图有所戒备。这也是当年毛泽东等党和国家领导人决定在港澳地区"留后门"的一个因素。

果不其然，1958 年以"老子党"自居的苏联提出要在中国领土和领海上建立中苏共有共管的长波电台和联合舰队。这些涉及中国主权的要求，当即遭到毛泽东等中国领导人的断然拒绝。1959 年至 1961 年，中国正处于严重经济困难时期，恼羞成怒的苏联单方面撕毁援华合同，撤走全部援建专家，无情逼还抗美援朝战争时向其借贷的外债，陷中国经济社会于水火之间。1969 年珍宝岛自卫反击战爆发后，盛气凌人的苏联更是在中苏边境陈兵百万。在这危急关头，还是香港让中国有了回旋余地，通过这个仅存的"国际通道"从西方国家进口了大量粮食和物资，为中国人民度过极端困难时期发挥了重要作用。

中华人民共和国成长过程中，每逢重大历史时刻，香港总能体现出其特殊的、无可替代的作用和价值，这一切正是得益于当年高瞻远瞩所制定的香港政策。周恩来总理在 1951 年春同新华社香港分社社长黄作梅谈话时说："我们对香港的政策，是东西方斗争全局的战略部署的一部分，不收回香港，维持其资本主义英国占领不变，是不能用狭隘的领土主权原则来衡量的，来做决定的。我们在全国解放以前已决定不去解放香港，在长期的全球战略讲，不是软弱，不是妥协，而是一种积极主动的进攻和斗争。……在这种情况下，香港对我们大有好处，大有用处。我们可以最大限度地开展最广泛的爱国统一战线工作，团结一切可以团结的人，支持我们的反美斗争，支持我们的国内经济建设。香港是我们通往东南亚、亚非拉和西方世界的窗口。它将是我们的瞭望台、气象台和桥头堡。"

香港"留下"了，短短几十米的罗湖桥成了两个主义、两种制度的唯一交接口。

1950年7月1日，设立于深圳火车站旁、罗湖桥北岸的罗湖口岸获批，成为中华人民共和国成立后第一个对外开放口岸。此后数十年，罗湖桥在东西风激荡起伏的历史烟雨里，见证了无数南渡北归人在此驻足，在此一掬清泪，在此热血偾张。

1952年7月，32岁的张爱玲自罗湖桥出境，就职于美国新闻署的驻港办事机构，1955年以中国专才难民资格获得美国绿卡，1960年正式入籍美国。在她的文学作品里，有过一段通过罗湖桥过境时的细腻描写。

小说《浮花浪蕊》里，张爱玲写到了女主人公洛贞过罗湖桥："桥堍有一群挑夫守候着。过了桥就是出境了，但是她那脚夫显然还认为不够安全，忽然撒腿飞奔起来，倒吓了她一大跳，以为碰上了路劫，也只好跟着跑，紧追不舍。是个小老头子，竟一手提着两只箱子，一手携着扁担，狂奔穿过一大片野地，半秃的绿茵起伏，露出香港的干红土来，一直跑到小坡上两棵大树下，方放下箱子坐在地下歇脚，笑道：'好了！这不要紧了。'"

与南下出境者的慌里慌张、跟跄而行不同，北上归国者更多的是游子的近乡情怯、赤子的报国激情。

著名学者季羡林在《深圳掠影》一文中记录了他留学归国经罗湖桥的激动心情："让我忆念难忘的只有一个罗湖桥。因为从国外归来，过了罗湖桥，就算是走进了祖国的怀抱。我曾几次在这里激动得流下眼泪，恨不得跪在地上吻一下祖国的土地。"

1955 年 10 月 8 日，钱学森一手领着 6 岁的儿子，一手提着一把吉他，历经千辛万苦之后终于踏上了罗湖桥头。随同钱学森一家从美国归来的是一行 20 余人的队伍。前来迎接的中国科学院代表朱兆祥多年后回忆说："正当我们拿着照片紧张地搜索钱先生一家之时，我的手突然被队伍中的一位先行者抓住，使劲地握着。我猛转身，发现对方眼眶里噙着的眼泪突然掉了下来。"

接上头后，钱学森也是紧握住朱兆祥的手，激动不已地说道："这回真的踏上了祖国的土地了。"钱学森一家人的十几箱行李，被深圳罗湖口岸特批免检放行，这是新生的中国对这位归国赤子最真挚的礼遇。归途中，钱学森夫人蒋英悄悄对朱兆祥说："他今天说的话，可比过去五年加起来都多。"

1999 年 9 月 18 日，在中华人民共和国成立五十周年之际，党中央、国务院、中央军委隆重表彰为中国"两弹一星"事业做出突出贡献的 23 位科技专家，并授予他们"两弹一星功勋奖章"。在这 23位"两弹一星"元勋中，除了钱学森，还有郭永怀、朱光亚、邓稼先、程开甲、姚桐斌、王希季、吴自良、杨嘉墀、陈能宽等在 1950年至 1957 年间，先后跨越千山万水，含着热泪走过罗湖桥，与 1950年之前归国的 11 位科学家一起，组成了人数多达 21 位、阵容豪华的"两弹一星"元勋"海外军团"。

放弃国外优渥待遇，毅然跨过罗湖桥归国为新生的红色中国效力的著名学者、科学家的名单还有一长串：李四光、华罗庚、叶笃正、谢希德、赵忠尧、王淦昌……

第七章

血浓于水

小球推动大球

烽火连天之下，1911 年全线贯通的广九铁路命运多舛。铁路线屡经破坏，列车数次被近代中国的时代激流"逼停"。1925 年省港大罢工，广九铁路中断，时断时续至 1927 年才恢复正常。1937 年全面抗战爆发后，日军对广九铁路频繁轰炸。1938 年春，日军集中轰炸广九铁路石龙南桥，该桥多处中弹穿孔。同年 10 月，为阻挡日军南侵，当地驻军奉命炸毁石龙南桥两个桥墩，桥体下陷，广九铁路交通中断。身世浮沉的广九铁路，成了山河破碎的神州大地上的一条醒目伤口。10 月 21 日，广州沦陷后，广九铁路华段全线停运。红火了十数年的广九铁路被战争的炮火强行切断。

1941 年，悲情一幕在广九铁路英段再次上演：为防日军南下，英军将罗湖铁路桥及广九铁路香港段拆毁，炸毁数公里铁轨和铁路设施。广九铁路英段的运营也被迫停止。

1943 年底，日军打通广九铁路，连接粤汉、平汉、北宁线，构成了所谓的"大陆交通线"。广九铁路，这条曾经的中国人民抗战生命线，成了日本侵略者趴在苦难中国躯体上吸血的军事专用线。

1945 年 8 月，日本无条件投降前，日军报复性地拆毁了罗湖桥。广九铁路 1946 年才逐步恢复运营。

1949 年 6 月 14 日，在岭南以北人民解放军的隆隆炮声中，港英当局制定紧急状态条例，实施封锁边界、控制人口、移民登记等一系列防范措施。深圳河两岸人民自由往来的历史就此终结。

1949 年 10 月，解放战争广东战役打响后，国民党军余汉谋部败退时，又对广九铁路进行了毁路破坏。

1949 年 10 月 14 日广州解放，广九铁路客运直通车暂停运行。这一停，便是漫长的 30 年。此后，广九铁路以罗湖桥为界，华段和英段各自独立运营，华段改为广深铁路。南来北往的乘客再也不能舒舒服服地坐在"大埔淑女号"和"广州淑女号"上一闪而过深圳河，而是必须分别在深圳河两岸下车，然后手提肩扛着行李跨越罗湖桥，再买票登上广深铁路列车北上或广九铁路英段列车南下。

不过，直到 1951 年 7 月，广九铁路的跨境货运列车和邮车，依然日夜穿梭在罗湖桥上。

1950 年 6 月 25 日，朝鲜战争爆发。6 月 27 日，美国海军第七舰队侵入台湾海峡。7 月 20 日，美国取消了所有已经核准运往中国物资的许可证。8 月中旬，美国颁布了一个完全针对中国的《1950 年特种货物禁止输出令》，禁止向中国出口包括电信器材、运输器材、化学药品、航海设备等在内的十余类战略物资。10 月 25 日，中国人民志愿军正式入朝参战，"抗美援朝，保家卫国"。到 12 月 24 日，第二次战役作战结束，第二次战役成为抗美援朝战争中战略意义最为重大的一次胜利，志愿军和朝鲜人民军合力将战线重新推回战前的三八线，从根本上扭转了朝鲜战局。

1951 年 5 月 17 日，在美国操纵下，联合国通过了对中国和朝鲜实行禁运和经济封锁的决议。1952 年 9 月，在巴黎统筹委员会内又增设所谓"中国委员会"，以加强对中国的非法禁运和封锁。到

1953 年 3 月，对中国实行禁运的国家达到了 45 个。

1951 年 2 月 15 日，广东省公安部门宣布实行边境管理，往来旅客须凭公安机关签发的出入境通行证通行。5 月 25 日，港英当局扩大边境地区宵禁范围，6 月 15 日，颁布《1951 年边界封锁区命令》，宣布在新界北部设立边境禁区，进入或逗留禁区者，必须持有港英当局颁发的俗称"禁区纸"的边境禁区通行证。

在这样互相封锁的情势下，广九铁路跨境货运列车于当年 7 月停运。紧接着，广九铁路跨境邮运列车也不得不在深圳河前止步，所有邮件必须先用人力挑运过罗湖桥，再装上英段的罗湖车站列车或广深铁路的深圳火车站列车南下北上。

1953 年 7 月 27 日，朝鲜战争的硝烟在三八线上渐渐消散，广九线上以深圳河为堑的对峙也略有松动。10 月 20 日，经外交部、邮电部批准，广州市邮局租用整节邮政行李车厢，港方则利用英段铁皮货卡跨境运输邮件。

火车重新驶上了罗湖桥，桥上挑夫担着邮件过深圳河的画面成为历史影像。

但，仅此而已。在接下来漫长的、阴云密布的冷战时期，社会主义中国依然被以美英等国为首的西方阵营排斥、封锁、打压，深圳河两岸因此长时间持续着戒备森严的状态。在北方，中国还背负着苏联在中苏边境陈兵百万的重压。中华民族在"自力更生，艰苦奋斗"的苦难行军中，深一脚浅一脚地跋涉前行。

到 1960 年代末 1970 年代初，依稀星光下踉跄赶路的中国人，终于迎来了一缕解除封锁的曙光。

1969 年 1 月尼克松就任美国总统后，为了摆脱越南战争泥淖，改变当时苏攻美守的战略态势，决定采取"均势外交"，谋求中美

　　　　　　　　　　　　　　　　　　　奔腾的深圳河

关系正常化。当年8月，美方托巴基斯坦总统阿尤布·汗向中国伸出橄榄枝，表达了要与中国和解的意愿。年底，中国方面也做出了回应。此后两年，中美双方通过巴基斯坦这条渠道小心翼翼地试探着、揣摩着对方的真实态度和底线。

中美关系"破冰"其实已经万事俱备，只是欠缺一阵让双方都感觉怡人，从而欣然开门的"东风"。

谁也没有想到，这阵"东风"竟然从日本刮起。

在1971年3月底至4月初举行的日本名古屋"第31届世界乒乓球锦标赛"期间，美国队的格伦·科恩，在一次训练结束后鬼使神差地"搭错车"，登上了中国乒乓球队的大巴车。格伦·科恩面对车上的中国人手足无措。最后，还是当时世界乒坛的风云人物、获世乒赛男子单打"三连冠"的庄则栋，以一句"我认识你，格伦·科恩先生，刚刚球打得不错"，化解了众人的尴尬。临别时，庄则栋还送给科恩一幅绣有黄山风景的杭州织锦。下车时，在场记者拍下了科恩手持织锦和庄则栋并肩而立、笑对镜头的一幕。

这幅以"中美接近"为题的照片，出现在日本三大报纸的显眼版面上，并很快引发了中美双方的连锁反应。美国乒乓球队主动向中国队提出，希望在世乒赛结束后访问中国。消息传回北京，4月3日，外交部和国家体委联合紧急起草了一份《关于不邀请美国乒乓球队访华的报告》呈交中央，认为让美国乒乓球队访华"时机尚未成熟"。6日晚，世乒赛已近尾声，毛泽东反复权衡后一锤定音，嘱告外交部以电话通知在日中国乒乓球代表团负责人，正式邀请美国乒乓球代表团访问我国。

10日，在全球媒体的关注下，包括科恩在内的美国乒乓球代表团一行，跨过了深圳河，成了中华人民共和国成立以来第一个访问中国的美国代表团。

四天后的人民大会堂里，周恩来总理对着美国乒乓球代表团成员大声说道："你们这次应邀来访，打开了两国人民友好往来的大门。"

"小球推动大球"的"乒乓外交"，加快了中美"破冰"的步伐。

当年 7 月 9 日，美国国家安全事务助理基辛格秘密访华。1972年 2 月 21 日，美国总统尼克松飞抵北京，成为第一个来华访问的美国在任总统。2 月 28 日，中美在上海发表《中美联合公报》（"上海公报"），宣布中美两国关系开始走向正常化。

中美关系开始走向正常化立即引发连锁反应。至 1976 年，与中国建交的国家已由 1971 年的 69 个猛增到 111 个，建立了大使级外交关系，从根本上改变了与美国、日本等主要资本主义国家的关系，为中国后来实行对外开放廓清了道路，拓开了空间。

广九直通车退休

1978 年，中国推开了改革开放的大门，深圳经济特区成为改革开放的"试验田"。和深圳经济特区一河之隔、长期作为中国对外"超级联系人"的香港，内引外联的价值愈加凸显，广九直通车的重启呼之欲出。在省港两地联动下，1979 年 1 月，铁道部向国务院提交《关于开行广州—九龙直通旅客列车问题的请示》，很快获得国务院"积极进行直通客车的筹备工作，力争尽快开行"的批复。3 月 20 日，广州铁路局和香港九广铁路局代表签订通车协议。正式通车日期的敲定细节也充分体现出了中方的开放心态和合作精神。时任港督麦理浩在3月下旬访问北京时表示，希望返回香港时能乘坐首班广九直通车。他的愿望得到了满足。中断30年之后的首列广州—九龙直通旅客快车于1979年4月4日开行。当天，广州火车站举行首列广九直通车开行仪式，时任广东省委第一书记习仲勋、广州市委第一书记兼市长杨尚昆、港督麦理浩和夫人及香港各界人士应邀出席。上午8时30分，列车自广州火车站缓缓驶出，约三小时后驶抵香港九龙红磡站。

中断了整整30年后，广九直通车终于又奔驰在南粤大地上。

4月15日，第45届"广交会"在广州举行。大多数采购商的第一选择便是乘坐这趟历史感浓郁的广九直通车。从当年4月至1980年底，共有25个国家和地区的首脑及外交官员在对中国进行国事访问时，选择乘坐广九直通车出入境。1976年2月第二次访华的尼克松，也乘坐了广九直通车。不过，此时坐在车上的他，已经是"美国前总统"了。

跨越深圳河的广九铁路自1911年开通，长期以来都是香港和内地之间唯一一条铁路线。新世纪来临，第二条粤港间铁路线、从地下穿越深圳河的广深港高速铁路耀眼亮相。

与100多年前的广九铁路相比，这是一条在广莞深港四大都市区的山山水水间不断"上天入地"，创造了诸多历史纪录的钢铁巨龙：广深港高速铁路全长141公里，北起广州南站，往南经沙湾后折向东至东涌镇，下穿世界首座高速铁路水下盾构隧道，也是当时中国最长水下隧道、全长10.8公里的狮子洋隧道后，由东莞市虎门镇向南经深圳龙华区直入深圳北站，然后再度进入地下隧道，穿越福田高铁站，直抵全长3886米的穿越深圳河的深港连接隧道。香港段的隧道线路也比当年广九铁路英段更为漫长，一路穿越了金山、大帽山、鸡公岭及米埔等新界中部连绵山区。香港段短短26公里铁路线的建设工期竟然长达八年之久，总投资高达853亿港元，平均每公里造价约32.81亿港元。

1911年通车之初的广九铁路，广州至香港的行车时间近五个小时。1936年10月14日开通的"大埔淑女号"创下了九龙至广州间2小时15分钟不停站的最快车程纪录。1979年恢复开通的广九直通车的行车时间约3小时。2018年开通的广深港高铁从广州南站开出，到达香港的核心区域西九龙站的行车时间是47分钟；而从位于深圳城市中心的福田站到达香港西九龙站，只需14分钟。

高铁的速度拉近了空间的距离，"一地两检"的创新通关模式也大大节省了旅客的出行时间。配合广深港高铁的开通，我国第一次在香港特区内车站设立适用内地法律的内地口岸区。在广深港高铁西九龙口岸，一块写着"您将进入内地口岸区"的中英文双语指示牌，高悬在香港口岸和内地口岸的分界区半空，地上是一道醒目的黄色分界线。在这里，中外旅客可以一站式办理所有出入境手续。

广深港高铁的出现使广九直通车的长途轨道客运价值急剧缩水。2020年3月广九铁路香港段暂停服务，红色车头蓝白车身、极具辨识度的广九直通车自此成为绝响。2022年4月，多家媒体引述香港铁路公司内部人士透露的消息称，广九直通车"可能已经完成历史使命"，"直通车永久停运的计划已经进入决定阶段，只待官宣"。

广九直通车停运的消息引起了省港民众的广泛关注。有人在网上晒出珍藏多年的直通车车票，有人叙述乘坐直通车到香港购买珍妮曲奇、打卡弥敦道的难忘旅程，有人分享直通车上卤鸡腿特有的"中国香港"味道，有人回忆1997年7月1日乘坐"香港回归第一列"广九直通车Z6次列车，从香港九龙车站驶过罗湖桥时的激情一刻。

在中国高铁技术实现了一日千里的跨越式发展之后，日渐老迈的广九直通车的退休理所当然。它们的理想归宿应该是位于广州市越秀区大沙头二马路旁的广九铁路纪念园。这里是百年广九铁路华段的起点，两段共300米长的铁轨停放着不同历史时期、已在风雨中斑驳的车厢和火车头，向世人默默讲述着百年来中华民族一路跋山涉水、苦难前行的曲折历程。

"三趟快车"串起亲情

从罗湖口岸沿深圳河干流上溯约三公里，便是与其在深圳河北岸并肩而立的文锦渡口岸。

罗湖桥是深港之间深圳河上的第一座桥梁、第一条通路，罗湖口岸是深圳河上的第一个陆路客运口岸，早在1950年7月1日就成了深港间第一个也是唯一一个对外开放口岸；文锦渡公路桥则是深港之间深圳河上的第二座桥梁、第二条通路，是深港间第一个陆路货运通道，是贯通中国南北大动脉的107国道的终点所在。

1978年，文锦渡经国务院批准后，正式对外开放。1979年，文锦渡口岸开辟为国家对外开放口岸，正式与香港直通货运汽车。在1989年底皇岗口岸开通前，文锦渡口岸一直是中国最大的货运口岸。

对于广大香港同胞来说，文锦渡不仅仅是一座公路桥、一个口岸，还是他们的"绿色生命线"。1938年省港公路通车，九龙关在边境口设立文锦渡分卡，检查过往货物、车辆与人员。海关档案显示，早在1946年，每天经文锦渡往返深港两地的货运汽车就已多达100多辆。

中华人民共和国成立特别是抗美援朝战争打响后，深圳河两岸边境控制骤然收紧。但政治制度上的对立，割裂不了深圳河两岸人民的骨肉亲情，也无法断绝文锦渡公路桥串联起的这条香港"绿色生命线"。一张张老照片定格了当年深港一家亲的历史图景：1950年代至1970年代中期，因为汽车不能在两地之间通行，从文锦渡供港的鲜活商品，大的如猪、牛、羊由搬运工人直接赶过桥去，小的如鸡、鸭、鹅、水产品等就用手拉车拉过去。

可是，这一幕幕夹杂着辛酸和温馨的场景，到了1950年代末、1960年代初却陷入了难以为继的窘境。

一方面，丘陵、山地占辖地面积80%以上的香港地区，适合渔农生产的低地面积本就少得可怜。此时又适逢香港社会迎来一个千载难逢的历史性发展阶段，工业化、城市化加速，经济腾飞如箭在弦上，渔农用地不升反降，鲜活商品的本地供给已是聊胜于无的状态。

与此同时，经济腾飞前夜的香港人口猛增，由1949年时的约186万人突涨至1959年时的约294万人。据此推算，香港每天需要供应活猪7000—8000头、活牛500—600头、活禽10万多只，以及大量蛋奶、果蔬、鱼鲜等鲜活商品。

囿于当时的物流条件和运输成本，这么大量的鲜活商品进口只能倚靠祖国内地。可是，就在香港急需祖国内地加大鲜活商品供给的当口，出现了全国性的粮食和副食品短缺危机，中华人民共和国面临着自成立以来最严重的经济困难。

在多种因素的作用之下，1958年至1959年初，内地对港澳供应鲜活商品出现困难。1959年1月6日，香港贸易工作委员会发来催货电报："由于近来我市供货奇缺，市场已严重发生脱节……假设我出口货源不作合理安排，势必会造成经济与政治上的不良影响，特此报请设法增加来货。"

22日，新华社编印的《内部参考》上刊登了一则内参，称香港副食品绝大部分是依靠内地供应的，最近一个月来，内地对香港供应量锐减，在各阶层人士中引起了很大波动。25日，毛泽东主席专门对这条内参批语："此件有用，请印发到会同志们一读。"周恩来总理对搞好对港澳供应工作做了一系列重要指示，要求"各地凡是有可能，对港澳供应都要负担一些，不能后退。这个阵地越搞越重要，对港澳供应确实是一项政治任务"。

在党和国家最高领导人的高度关注下，广大的华中、华东等地区省份勒紧裤腰带，纷纷加入对港澳鲜活商品供应行列。但供应战线的拉长导致成本急剧攀升，这个成本就是运输过程中令人触目惊心的损耗率：内地鲜活商品在货运火车上基本上要经历一周以上的跋涉颠簸，严重掉膘就不说了，活猪死亡率高达6%—9%，活家禽死亡率高达10%—13%，活鱼死亡率高达40%—70%！

一方面是高损耗率下高企的成本，另一方面对港澳鲜活商品供应又必须采用低于国际市场的优惠价格。如此锋利的价格"剪刀差"下，维持对港澳鲜活商品供应固然是一项"政治任务"，但从长远来看也肯定不可持续。

在毛泽东主席和周恩来总理的关怀下，1961年秋，对外贸易部、铁道部在上海联合召开会议，决定举全国之力为港澳同胞供应鲜活商品专门开行"专列"。

1962 年 3 月 20 日，汽笛声中，一列编号为 751 的列车拉着 30 多节满载着活猪的车厢，缓缓驶离武汉江岸车站。它的目的地是一千多公里以外的深圳。列车沿途除了几次加水补给外，没有停靠，昼夜不歇连续行驶 52 小时，终于披着晨露抵达一个月前才增设的、为深圳火车站分担货运业务的罗湖笋岗站。车厢门依次打开，经过口岸部门联检、重新编组后，车厢由深圳这边的机车拉至罗湖口岸，再移交给香港方面的机车。来自荆襄大地的猪肉，以最鲜活的姿态进入港澳市民的"菜篮子"。

这是从内地发出的第一列鲜活商品供港专用快车。

1962 年 7 月，751 次专列运行 100 列之际，铁道部上交了《关于巩固和推广快运货物列车的经验》报告。周恩来总理在呈文上批示："由上海、南京去深圳也应组织同样的快车。"当年 12 月 11 日，另外两趟鲜活商品专用快车，分别从上海新龙华站和郑州北站发出，车次编号分别为 753 和 755。以上三个班次专列"定期、定班、定点"开行，每天把华中、华东地区的平价鲜活商品源源不断地送上港澳同胞餐桌上的专列，全称为"供应港澳鲜活冷冻商品三趟快运货物列车"，后来被形象简洁地称为"三趟快车"。

"三趟快车"一举解决了此前困扰已久的供港鲜活商品运输时间过长、损耗率过高的问题。因为是点对点的专列，活猪、活鱼等鲜活商品就不会像过去那样挂在长途货运列车上走走停停，在长达一周以上的路途中严重掉膘，甚至饿死、闷死、病死。1964 年，铁道部宣布"三趟快车"为"货车之首"，要求除特快列车外，所有客、货车都要为之让道。另外，专列的车厢还根据各类鲜活商品的特点进行了特殊改装，并给每节车厢配备了随车押运员。押运员吃睡在车厢里，每天给牲畜和家禽喂吃喂喝两次，保证活鱼不缺氧。

　　　　　　　　　　　　　　　　　　　奔腾的深圳河

1988 年，海关总署在深圳笋岗铁路口岸设立内地首家出口监管仓库，各类鲜活商品运抵口岸后直接进入铁路沿线的仓库，经过检疫、消毒等程序后于次日凌晨转运至香港。

鲜活商品"优质、适量、均衡、应时"供应港澳地区的原则，至此得到了全面落实。

进入 20 世纪 90 年代后，内地高速公路网络迅速发展，现代物流业蓬勃兴起，深港公路口岸快速通关模式加速推广。供港澳鲜活商品的出口逐渐转向时间更短、成本更低的公路运输。

铁轨上的"三趟快车"变成无数趟公路快车。

2010 年 6 月 16 日，河南郑州北站。车站员工熟悉的鸣笛声没有响起，意味着最后一列供港专列 82755 次（即 755 次）停止了运营。

从 1962 年 3 月至 2010 年 6 月，一共 48 个寒暑里，经深圳笋岗海关验放的"三趟快车"达 41100 多列。据测算，这些专列的长度之和超过地球南北极之间的距离。其间，共验放活猪 9800 多万头，活牛 580 多万头，冻肉 790 多万吨，鸡、鸭、鹅等活家禽数十亿只，以及无法计数的蛋奶、果蔬、鱼鲜等。来自内地充足、稳定、平价的鲜活商品供应，滋养了香港几代人的人间烟火，保证了香港的生活成本长期维持在较低水平，成为香港 1960 年起经济迅速起飞、新世纪以来社会经济活力始终不减的幕后英雄。

深圳河畔，口岸林立

因为"三趟快车"沉寂了近 30 年的文锦渡口岸，被改革开放的春风再次唤醒。

改革开放初期，赴内地投资办厂的绝大部分是香港商人，文锦渡口岸作为深港间唯一的公路口岸因而一夜崛起。内地众多的加工贸易企业进出口货物时大都首选文锦渡口岸，每天的货运车流、报关人流满满当当，把这个并不宽敞的口岸挤得水泄不通。当时聚集在广东、福建沿海的很多加工贸易企业，只知深圳有文锦渡海关，却不曾听闻统管整个深圳市海关业务的深圳海关的前身九龙海关。

经文锦渡口岸出入境的车辆，1979 年是 9 万辆，1987 年变成了290 万辆。如何对暴涨的出入境货物、车辆实施有效监管，成了文锦渡海关棘手的难题。如果单靠人力一票一票地审核、检查，几千个关员也忙不过来。

1987 年，全国海关报关自动化系统在文锦渡海关研发、试点，之后又开发了出入境车辆自动核放系统，海关工作效率指数级提升。

改革开放之初如惊涛骇浪一般突然在深港之间涌现的物流、人流，促使深港筹划兴建皇岗—落马洲大桥、文锦渡新桥和沙头角桥，并于 1982 年 4 月 30 日签署《深圳—香港关于增辟两地之间通道的协议》。1985 年，文锦渡新建一座公路桥，实行出入境车辆分桥行驶。20 年后，作为深圳河治理三期工程的一部分，文锦渡口岸升级改造，深圳河上的桥变成了一座出入境双向桥。

在此期间，"三趟快车"已逐渐式微，供港鲜活商品的运输业务被汽车接手，老枝新花的文锦渡口岸再度成为输港鲜活商品的重要通道，占比高达85%，重回它作为香港"绿色生命线"的本色定位。

深圳河伴随着改革开放的历史长流缓缓注入深圳湾、汇入伶仃洋，两岸众多的对外开放口岸，见证着香港与祖国内地的手越拉越紧。

1984年9月，沙头角口岸正式对外开放，成为深港间继罗湖、文锦渡口岸后的第三个陆路口岸。1985年3月，沙头角口岸建成使用。2005年1月28日，沙头角口岸启用新建的口岸跨境大桥。不过，沙头角偏于一隅的地理位置决定了它并不能为罗湖、文锦渡口岸提供很大的疏解作用。

1986年5月，深港间第四个陆路口岸——皇岗口岸破土动工，1989年12月28日正式开通，立即取代文锦渡成为中国当时最大的陆运口岸。1990年代的头几年，出境的货柜车在市区的皇岗路上大排长龙，俨然成为深圳经济特区野蛮生长的一大"风景"。这个困扰深圳中心城区发展的问题，直接催生了广深高速。1997年广深高速通车后，货柜车逐渐淡出深圳市区。

文锦渡口岸是107国道的终点，皇岗口岸是京港澳高速公路的终点。皇岗口岸的货运规模力压文锦渡口岸，形象地展示了社会经济发展初期"高速"的重要性。

深港间第五个陆路口岸——深圳湾口岸，合着香港回归十周年的喜庆节拍，于2007年7月1日正式开通启用。中国公路干线网中当时唯一与香港连接的高速公路大桥、全长5545米的深圳湾大桥如长虹卧波，让广深沿江高速公路和香港特别行政区10号干线公路在伶仃洋上激情相拥。

深圳湾口岸一出场就是光彩照人的"亚洲最大客、货综合性口岸"，也是首个采用"一地两检"通关模式的内地口岸。所谓的"一地两检"就是"联合办公、各行其是"：双方出入境管理人员在同一地点、按各自查验标准，共同对出入境人员、交通工具和货物进行联合检查，"停一次车，过四道关"。在"一地两检"模式下，正常情况下出入境旅客10分钟内即可过关，客运、货运车辆也仅需在口岸逗留10—15分钟。

2018年，深圳湾口岸创新施行的"一地两检"通关模式被广深港高铁西九龙口岸复制。两者相同的是都在"一地"联合办公，简化出入境手续。不同的是，西九龙口岸设在香港九龙地界，深圳出入境管理人员每天要坐高铁去西九龙车站办公；而深圳湾口岸设在深圳湾大桥北侧的深圳管辖区内，香港方面的出入境管理人员，需要每天坐车到深圳湾口岸大楼里打卡"做嘢"。

文锦渡口岸的如潮货运有皇岗口岸和深圳湾口岸帮忙"瘦身"，百年老口岸罗湖口岸也急需新的深港间旅检通道为它解压。皇岗口岸开通第二年就设立了旅检通道，实行24小时通关，但依然难以满足越来越汹涌澎湃的深港间客运需求。

2007年8月15日，深港间第六个陆路通道——福田口岸正式投入使用。深圳河上架起一条崭新的人行桥梁，北连深圳地铁4号线终点站，南接香港九广铁路落马洲管制站，福田口岸开通仅一周年，就成功地为罗湖口岸分担了1500万人次的客流。

罗湖口岸此前一直是深港间客流量最大的陆路口岸，至此终于卸下了重担。

2020年8月26日是深圳经济特区的40周岁生日。这一天的下午4时，跨越深圳河上游支流莲塘河的深港间第七个陆路口岸——莲塘／香园围口岸正式开通。这个设计旅客通关能力为3万人次／

天的新口岸，南接香港粉岭公路、香园围公路和沙头角公路，北联深圳罗沙公路和东部过境高速，一举扭转了深港之间口岸集中在中、西部的格局，为实现深港运输"东进东出、西进西出"通关格局打下重要基础，将深港与粤东、赣南、闽南的跨境运输连为一体，进一步完善了"粤港澳大湾区""一小时生活圈"的布局。

这七个深港间陆路口岸，自西向东沿着深圳湾—深圳河—莲塘河—沙头角河一线一字排开，和隐藏在地下的广深港高铁西九龙口岸一起，宛若八龙戏水，久久为功，在无缝对接中打通深港双子星城的任督二脉，让香港特别行政区与内地深度融合的新时代大潮汪洋恣肆，蔚为大观。

东江之源，血浓于水

与深圳河北岸深圳文锦渡口岸对接的是深圳河南岸的香港文锦渡管制站。管制站东侧不远处靠近三岔河口的边境禁区里，两座不起眼的泵房建筑掩映在扶疏的草木中。这里是禁区中的禁区，不要说外地人，就连绝大多数香港本地人也无缘踏足。因为，这里是东深供水工程对港供水管道的终点——木湖抽水站。

这里是 700 多万香港人的生命之源：泵房里设计泵水量为每天 390 万立方米的 22 台抽水泵，将占全港用水量约 80% 的东江原水通过供水隧道或以逐级抽水的方式，从东、中、西三线进入船湾淡水湖、万宜水库、大榄涌水塘储存，或直接进入港九各大滤水厂，净化成香港市民日常所需的自来水。

这又是一个内地与香港同胞肩并肩、心连心的温情故事。

1963 年，为了一举解决掐住香港发展喉咙的水荒难题，中央人民政府在国家财政极其困难的情况下，斥巨资修出一条"天河"，让 83 公里以外的东江水跨越深圳、东莞两地的六座大山，一路"倒流"至香港维多利亚港畔，"东方之珠"因此至今温润如玉。

于咸的"海"而言，香港的条件得天独厚：三面环海，海岸线曲折多姿，是不可多得的世界三大天然良港之一。但于淡的"水"而言，香港明显先天不足，其缺水程度在全世界范围内也排得上号，完全不足以支撑一个世界级大都会的诞生，更遑论保持长期繁荣、稳定发展。水是生命之源，同样也是城市发展的根，人类历史上没有哪一个缺水的城市可以持续繁荣。

香港地处亚热带，年均降水量超过 2000 毫米，照道理讲不应该缺水。但香港的"土"质让它"五行缺水"：占香港全境 80% 的山地、丘陵主要由火山岩和花岗岩构成，这样的地质条件导致香港的土地很难把降水留住，把地表水收集、储存为地下水，集中在每年 7—9 月的大量降水，统统沿着大河小溪流入大海。在这种情况下，香港只能依靠水塘（水库）储水。可是香港的溪流、河谷偏偏又极其短促、狭窄，储水量有限，可供修建水塘的地点同样屈指可数。

1860 年，香港人口接近 10 万大关，靠山涧溪流、水井等自然方式取得的食水不足已初见端倪。港英政府于是开始修建第一个水塘——薄扶林水塘。1863 年，储水量 200 万加仑（1 加仑＝4.546 升）的薄扶林水塘建成，但此时全港用水量已达每天 50 万加仑，区区 200 万加仑储水量成了杯水车薪。于是，薄扶林水塘建成之日就是它的扩建之时。从 1863 年到 1963 年的百年时间里，香港人口稳步从 10 多万增长至 350 万，大小水塘也紧赶慢赶地修建了 16 座，香港全境适宜修建水塘的地点已被一扫而空。但是，香港食用水、生产用水供给的增长，相比于人口和生产力的快速攀升，始终处于计划赶不上变化的状况之中。缺水一直是这个新兴城市的标签。风调雨顺时节尚可勉强应付，一旦严重旱情来袭，全港水荒必至。

1893 年 10 月至 1894 年 5 月，香港大半年内滴雨未下，史称"香港旱魃"。1902 年香港大旱，每天只有 1 小时供水。1929 年又是大旱，全港 6 个水塘 5 个干涸见底。1938 年，香港首次实行"制水"制度，民众只能到街头公共水管或送水车处排队接水。1950 年代，深港地区连年干旱，香港岛、九龙城区的缺水问题更加严峻。那些年里，一首童谣传遍香港大街小巷："月光光，照香港，山塘无水地无粮，阿姐担水去，阿妈上佛堂，唔知几时没水荒。"

深港本为一体，唇齿相依，香港遭受"水荒"时，深圳地区当然也在承受干旱之苦，只是因为人口较少、地域较广，生活用水尚不成问题，但几十万亩农田的灌溉同样面临旱灾威胁。1959 年 11 月 15 日，在时任广东省委第一书记陶铸的支持下，旨在为宝安及香港地区缓解用水紧张的深圳水库正式开工建设。宝安县 13 个人民公社两万多名社员和解放军一个团的指战员进行工程建设大会战。仅仅用时 99 天，深圳水库大坝主体工程即告竣工，赢得了"百日堤坝"的美誉。深圳水库集水面积 60.5 平方公里，库容量 4850 万立方米，为当年宝安县十大水库建设中工程量之首。

1960 年 11 月 15 日，广东省政府与港英当局签署供水协议，每年由深圳水库向香港地区供水 2270 万立方米。1961 年 2 月 1 日，深圳水库正式向香港供水，正好赶上了 1962 年底至 1963 年 9 月的香港大水荒。

1962 年底至 1963 年，香港地区遭遇了自 1884 年有气象记录以来最严重的旱灾，连续九个月没有下过一滴雨。当时，全港水塘里所有的存水只够 350 万民众食用 43 天。港英政府无奈实行严厉的限水措施，从最初每天供水八小时，到每天供水四小时，进而到两天供水四小时，最严重的时候四天才供一次水。

生命之源被老天拧紧了水龙头后，店铺关门，农田绝收，工厂倒闭。据 1963 年 6 月香港《文汇报》报道，由于缺水，香港织造业、漂染业减产三至五成，农业损失 1000 万港元，13 个行业停工减产损失达 6000 万港元。饮食业大受打击，数十万工人的生计受到严重威胁。

一开始，港英当局囿于主义之争和惶恐于香港的供水权被内地控制从而削弱英国对香港的控制力，刻意不北向而望，而是派船到日本、新加坡等地购买淡水应急，长途跋涉，运费高昂，显然是远水救不了近火的应付之举。如果旱情持续下去，不要说所有用水量稍大一点的工厂会撑不下去，就连 350 万香港居民的生活用水都会难以为继。

香港同胞只能向祖国求援了！绝境之下，时任港九工会联合会会长陈耀材和香港中华总商会会长高卓雄，代表香港广大工商业人士和全体香港同胞向广东省和中央政府急电求援。陈耀材原本是宝安县人，年轻时赴港谋生。此时的广东省委书记、省长陈郁参与过省港大罢工，与香港结下深厚的家国情谊。

水是生命之源，而血更浓于水。当时，全国九大商品粮生产基地之一的珠江三角洲地区，用水情况也十分紧张。陈郁接到香港同胞的救急请求后，第一时间做出回应："为进一步帮助香港居民，可以从广州市每天免费供应自来水两万吨，或者其他适当的地方供应淡水给香港居民使用。"

"其他适当的地方"自然就是深圳水库了。经广东省人民委员会批准，深圳水库除按协议额度向香港供水外，再额外增加每年317万立方米。这个增加的供水额度，已经到了深圳水库可用水量的极限。

1963年5月，广东省政府紧急批准港方派船到珠江口免费取用淡水。香港方面随即派出"伊安德"号运水船驶往广州黄埔港大濠洲锚地装运淡水，每次载运一万多吨。深圳水库和珠江口增供的淡水，总算解了香港的燃眉之急，勉强止住了香港居民的生产生活在这场大水荒中的持续缺血。

6月初，被大水荒的残酷现实教训过后的港英当局不再忸怩作态，派代表到广州与广东省商讨内地供港淡水问题。经过多轮磋商后，双方初步达成了从距离香港最近的东江引流入港、兴建一项跨境、跨流域调水工程的方案。随后，广东省一边上报请示党中央、国务院，一边派出省水利电力厅专家实地勘察引水线路。15日，中央人民政府发出《关于向香港供水谈判问题的批复》，特别提出"我们已经做好供水准备，并已发布了消息，而且已在港九居民中引起了良好的反应"。

12月8日，周恩来总理来到广州视察，广东省领导向他汇报了东江—深圳供水灌溉工程、简称"东深供水工程"的方案和面临的诸多困难。周恩来总理当场表态："要不惜一切代价，保证香港同胞渡过难关！"

当时，国家正值国民经济大调整的当口，全国上下百废待兴，处处缺钱。为使香港早日摆脱水荒危机，中央果断决定暂停其他部分项目，全力以赴投入东深供水工程建设。

东江之水越山来

在中央档案馆保存的一份关于东深供水工程建设的请示报告上，周恩来总理亲笔批示："该工程关系到港九三百万同胞，应从政治上看问题，工程作为援外专项，由国家举办，广东省负责设计施工。"他还在批示中强调："供水工程，由我们国家举办，应当列入国家计划。"周总理如此批示是因为他考虑到香港95%以上是自己的同胞，工程自己办比较主动，不用港英当局插手。

东深供水工程作为国家重点工程，由当时的国家计划委员会从援外经费中拨出3800万元专款兴建。这笔专款在当年确实是"不惜一切代价"的重大投入，当时，我国国内生产总值只有1454亿元，全年财政收入只有399.54亿元，东深供水工程一个建设项目，就已接近当年全国财政收入千分之一。

工程于1964年2月20日正式动工。广东省动员1万余人投入施工。经过1年奋战，其间先后顶住5次强台风暴雨袭击，于1965年1月建成，同年3月1日供水。

"让高山低头，让河水倒流。"东深供水工程在由南向北流入东江的石马河河口抽水，然后利用石马河河道梯级抽水站，将东江水提升46米、倒流83公里后注入深圳水库，再通过3.5公里长的输水涵管，输送到深圳河南岸香港境内。为保障香港居民用水，东深工程每年10月1日起至次年6月30日止，每天均衡供水，年供水6820万立方米。

翻山越岭而来的东江水一举消除了长期困扰香港地区的缺水之痛。一期工程竣工典礼上，港九工会联合会和香港中华总商会赠送锦旗，分别是"饮水思源，心怀祖国""江水倒流，高山低首；恩波远泽，万众倾心"，一言道尽内地和香港人民血浓于水的同胞之情。

1965 年 3 月 1 日后，得到东江水哺育的香港没有了水资源短缺的后顾之忧，很快进入了快速发展的黄金时代。与此同时，港英政府也开展了"B 计划"，利用 U 形海湾筑坝修造储水水库。1968 年，世界上第一座在海中建成的水库、位于香港新界东部的船湾淡水湖建成，库容高达 2.3 亿立方米，比此前已经建成的 16 座水塘的库容总和还多了 1.5 亿立方米。1978 年，港英政府又在船湾东南方向的海湾如法炮制修建了库容高达 2.81 亿立方米的万宜水库。船湾淡水湖和万宜水库这两座位于海洋中的水库总库容超过 5 亿立方米，占香港淡水总储存量的 87% 以上。至此，香港淡水的供给和储存可谓绰有余裕，再也不可能出现什么"香港旱魃"了。

伴随着 1970 年代香港工业化、城市化的加速推进和改革开放后深圳、东莞地区经济的爆发性增长，从 1973 年到香港回归前，东深供水工程先后进行了三次大规模扩建，年供水能力也增至 17.43 亿立方米。

1998 年，广东省投入 2.8 亿元，在对港供水的最后一站深圳水库入库口建成全球最大、日处理 400 万吨源水的生物硝化站。生物硝化站共有 6 条水体净化通道，每条通道有 14 万条生物填充料，水体经过填充料时，75% 以上的氨氮和有机物可被吸收，水体净化效果非常明显。东江来水全部经过生物硝化站过滤、净化后再进入深圳水库、输往香港。

2000 年，为彻底解决东深供水工程沿线未经处理的污水流入河道、影响水质，同时适当增加供水量，广东省投资 49 亿元对东深供水工程进行全面改造，将供水系统由原来的天然河道和人工渠道输水改造为封闭的专用管道输水，实现清污分流。工程于 2003 年 6 月 28 日完工，年设计供水量增加到 24.33 亿立方米。

如今，东深供水工程担负着向香港、深圳、东莞工程沿线三地居民提供生活、生产用水的重任。香港用水的约 80%、深圳用水的 50% 以上、东莞沿线八镇用水的 80% 左右，都是越山而来的东江水。截至 2022 年 4 月，东深供水工程不间断对港供水已达 277.5 亿立方米，相当于 1900 多个杭州西湖的库容量。"倒流"的东江水以 100 米^3/ 秒的流量，源源不断地送进香港新界的木湖抽水站，然后也"倒流"向九龙半岛，并通过输水涵道抵达灯火璀璨、全球人口密度最大地区之一的香港岛。

江山日日新。仅仅调运东江水，已无法支撑湾区东部穗、莞、深、港庞大经济体的持续扩容。在历经近十年统筹谋划与科学论证后，国务院、广东省相继做出战略部署，兴建珠江三角洲水资源配置工程。该工程西进西江干流鲤鱼洲，东至深圳公明水库，沿途输水至广州南沙拟建的高新沙水库、东莞的松木山水库及深圳的罗田水库，全程百余公里，穿越珠三角核心城市群。工程设计规模为 17.87 亿立方米每年，建设工期 60 个月，总投资约为 354 亿元。工程建成后，将实现从西江向珠三角东部地区引水，解决广州、东莞、深圳的生活生产缺水问题，并为香港提供应急备用水源，为粤港澳大湾区发展提供战略支撑。在大湾区时代，作为粤港澳基础设施互联互通重要一环的珠江三角洲水资源配置工程，将和东深供水工程一起谱写新的时代篇章。

今天的香港，约 90% 的鲜活商品、约 80% 的淡水、约 27.58% 的电力来自内地。根据《香港能源统计年刊（2022 年版）》的数据，

2022 年，全香港 100% 的天然气和 99.9% 的石油气均进口自内地；另外，全香港 94.6% 的航空燃油和 30.7% 的轻质柴油、重质柴油与石脑油均进口自内地。

这些内地输港商品中，东江水无疑是最关键的社会经济运营资源之一。

第八章

紫荆花开

"一国两制"构想解决香港问题

　　1960 年代末至 1970 年代初，冷战格局持续风云变幻，中美关系趋向缓和。1971 年 10 月 25 日，中华人民共和国恢复了在联合国的合法席位，1972 年 1 月，中国被选为联合国非殖民化特别委员会委员。3 月 8 日，中国常驻联合国代表黄华致函特委会主席，郑重声明：香港和澳门是被英国和葡萄牙当局占领的中国领土的一部分，解决香港、澳门问题完全是属于中国主权范围内的问题，根本不属于通常的所谓殖民地范畴。因此，不应列入反殖民宣言中适用的殖民地地区的名单之内。

　　中华人民共和国在"恢复在联合国合法席位"、参加联合国非殖民化特委会会议之初，就郑重其事地声明解决香港和澳门问题"联合国无权讨论"，其原因就在于这个特委会手中的一份名单，对将来香港、澳门顺利回归祖国这个大业，暗藏杀机。

　　在反殖民主义的漫长斗争中，1960 年 12 月 14 日，联合国大会通过了《给予殖民地国家和人民独立的宣言》，宣言要求各成员国"在托管领土和非自治领土以及尚未取得独立的一切其他领土内立即采取步骤，依照这些领土的人民自由表示的意志和愿望，不分民族、信仰或肤色，无条件和无保留地将所有权移交给他们，使他们能享受完全的独立和自由"。1961 年 11 月 27 日，联合国大会投票决定成立"联合国关于给予殖民地国家和人民独立宣言执行情况特别委员会"，简称非殖民化特别委员会。该委员会自成立以来，一直将香港和澳门列入所谓的殖民地名单。

对中国来说，这是一份有"毒"的名单。因为，根据《联合国宪章》和《给予殖民地国家和人民独立的宣言》，这份名单上的地区相当于被赋予了对自己前途命运的"自决权"，意味着在这份名单上的香港和澳门有了在某些势力干扰下宣布"独立"的可能性。当时的国民党代表只是在大会上公开表达了不满，未能阻止港澳地区被列入这份名单之中。此后，香港和澳门问题经常被非殖民化特委会会议拿出来评头论足讨论一番。这，也正是中国成为联合国非殖民化特委会委员后，黄华代表第一时间致函特委会主席严正声明"联合国无权讨论"的根源所在。

1972 年 6 月 15 日，特委会通过决议，向联大建议将香港和澳门从殖民地名单中删除。11 月 8 日，第 27 届联合国大会以 99 票赞成对 5 票反对通过决议，批准了特委会的报告。这意味着香港、澳门的殖民地帽子被摘下，排除了其他国家以及联合国参与解决港澳问题的可能性，也排除了任何人、任何势力在港澳地区搞所谓"独立""全民公决"的可能性，为日后中英、中葡政府间有关香港、澳门回归祖国的谈判扫清了障碍。

1979 年 3 月，时任港督麦理浩应邀访华。试探中国领导人对香港问题的态度和口风，成了他此行的重要目的。当时的英国有人献计：麦理浩访问北京时尽量不要试探中国对香港前途的态度，最好只提出土地租期的问题，把未来香港归宿这个政治层面的问题，模糊成经济层面的问题，为寻求 1997 年后英国继续统治香港做好铺垫。

当月 29 日，邓小平在人民大会堂接见麦理浩一行。

出乎麦理浩意料的是，宾主就座之后，邓小平就直截了当地谈起了他本来就想着拐弯抹角打探的香港前途问题。邓小平表示，我们历来认为，香港主权属于中华人民共和国，但香港又有它的特殊地位。香港是中国的一部分，这个问题本身不能讨论。就是即使到了 1997 年解决这个问题时，我们也会尊重香港的特殊地位。

简明扼要的表态在麦理浩听来应该是偏积极型的。因为"香港的主权属于中国"是中国人一以贯之的态度，就是"这个问题本身不能讨论"的说法有点严厉，但一句"尊重香港的特殊地位"让他浮想联翩。

"刚才谈到香港的未来问题，这一点您讲得很清楚，我也明白，但这个问题最终是要由英国政府与中国政府之间来解决。你们的代表也经常讲，这个问题在时机成熟时就会解决，"麦理浩按照既定方案，话锋一转，"我们现在有一个非常急迫的问题不能等到将来解决。这就是允许一些私人在新界租地的问题。现在申请人每年多到上万，每月也有成百人。我们颁布的契约都必须写明有效期限是 1997 年 6 月以前。"他停顿了一下，看着眼前若有所思的邓小平，终于说出了他此行的终极目的："我建议把原来的契约上写的有效期限'1997 年'去掉，改为只要新界仍然在英国的管治之下，契约依然有效。"

这一通弯弯绕绕后面隐藏着英国人的小心机：新界地区的地契上标注着 1997 年 6 月以前的有效期，意味着到期后英国自动丧失对新界地区的控制，法理上十分明确；而改为"只要新界仍然在英国的管治之下"这个模糊的时间点，一旦 1997 年以后英国人利用不可预知的手段依旧全部或部分实控着新界地区，契约也就依旧有效。

以后再想解决这个问题，就会碰到无数法理上的问题。

邓小平一眼看穿了这种玩弄文字的小把戏，他右手微微一摆，用他干脆利落的短句回应道："在土地租约问题上，不管用什么措辞，必须避免提到'英国管治'的字眼。"他强调了中国在香港问题上的立场，这个决定权在中国，而不是英国！

面对铿锵有力而又举重若轻的邓小平，麦理浩一时语塞。

沉默一阵后，麦理浩再次以港人利益纠缠，借口还是新界地契的期限问题，说是随着距离 1997 年的时间越来越近，相当多的投资者因土地租期问题产生焦虑情绪，影响香港经济发展。

麦理浩喋喋不休地试图以香港经济发展问题试探中国对香港政策的底线，但他说的这个问题的确也是广大香港同胞和香港内外投资者关心的。

邓小平沉默了片刻，然后字斟句酌地表示：中国政府的立场不影响投资者的投资利益。这就是：在本世纪和下世纪初相当长的时期内，香港还可以搞它的资本主义，我们搞我们的社会主义。就是到 1997 年香港政治地位改变了，也不会影响他们的投资利益。

会见结束前，麦理浩问邓小平："我回香港以后对香港人怎么说？"邓小平一句话总结："叫香港的投资者放心。"

麦理浩此次访华当然没有也不可能捕捉到英国人明知无望却又暗自期待的"情报"：中国人在香港问题上让步的可能和空间。但从邓小平口中，也得到了中国尊重香港特殊地位、较长时间里制度不变的立场。麦理浩将邓小平的话带回了香港，经香港各大报纸传播后，引发港九各界的热烈反响，极大地消除了一部分人的顾虑和担忧。

邓小平关于香港主权问题的严正表态，自然被麦理浩带给了英国政府。但是，人称"铁娘子"的时任英国首相撒切尔夫人，还是在 1982 年登门讨论来了。

主权问题不是一个可以讨论的问题

1982 年 4 月 2 日，为转移国内矛盾，阿根廷总统加尔铁里突然下令出兵收复英、阿有争议的马尔维纳斯群岛（简称马岛，英国称为福克兰群岛）。马岛的地理位置很特殊，距阿根廷南海岸 500 多公里，离英国却是万里之遥，几乎隔着一个大西洋，而且资源贫乏、人口稀少。全世界的普遍反应是，英国应该会像之前一样，选择放弃这块价值不大的殖民地。毕竟二战过后，英国海军实力大减，早已没了当年日不落帝国的辉煌。

出人意料的是，英国首相撒切尔夫人积极应对，果断决定出兵。仅仅两天之后的 4 月 4 日，英国竟然组建了由 118 艘舰艇、340 余架飞机和约 35000 人组成的特遣舰队，劳师远征马岛。

马岛战争的爆发，与阿、英两国政府当时的处境大有干系：加尔铁里领导的军政府固然是出于以一场战争转移国内矛盾的打算，当时的撒切尔夫人政府同样面临着执政危机。但归根结底，为了一座万里之外、鸟不生蛋的马岛赌上国运，只能是全体英国人的共同意志：向世界证明，英国依然强悍，不容挑衅。否则，撒切尔夫人再强硬、再好战，也不可能在两天之内说服议会发动一场万里远征，并组建完毕一支大型特遣舰队。

6 月 14 日，在马岛战争进行 74 天后，阿根廷马岛驻军投降，英国最终打赢了这场被视为冷战末期规模最大、战况最激烈的战争。

马岛一战，让英国成为焦点。全世界媒体都在议论英国的军威，撒切尔夫人本人的影响力也如日中天，一时间风头无两。

9月22日，马岛大胜的庆功酒余味尚在，撒切尔夫人就头顶着马岛上空的英国落日余晖，怀揣着一颗"良苦用心"飞赴北京，与中国领导人邓小平商谈香港问题。撒切尔夫人在其回忆录《唐宁街岁月》中坦承自己选在这个微妙的时间节点访华的原因："1982年9月在我访问远东时，英国和我自己在世界上的地位已经因我们打赢了福克兰群岛（马岛）战争而与以前大不相同了。但是，如果说我们遭遇了什么挫折的话，那就是与中国人就香港问题的谈判了。"

1982年9月24日上午，人民大会堂福建厅。"铁娘子"撒切尔夫人和当年被毛泽东笑称为"钢铁公司"的邓小平，两位世界级政治家进行了一场火星四射的历史性外交交锋。

撒切尔夫人说："我作为现任首相访华，看到你很高兴。"

邓小平回答："是呀，英国的首相我认识好几个，但我认识的现在都下台了。欢迎你来呀！"

会谈一开始，撒切尔夫人先发制人，打出了她的第一张牌，"主权牌"，首先强调："有关香港的三个条约仍然有效。"

邓小平寸步不让，他斩钉截铁地说道："主权问题不是一个可以讨论的问题。现在时机已经成熟了，应该明确肯定：1997年中国将收回香港"。

行前自信满满、认为香港问题总不会大过马岛的撒切尔夫人显然没料到眼前的这个小个子男人会如此强硬，于是她又抛出了一个自以为逻辑上很自洽的立论：中国的现代化事业需要借助繁荣的香港，而历史已经证明在英国人管治下，香港实现了持续的繁荣，因此中国应该让英国在1997年后继续管治香港。

这是撒切尔夫人打出的第二张大牌，"主权换治权牌"。

邓小平毫不含糊，当即不卑不亢地回应道："保持香港的繁荣，我们希望取得英国的合作，但这不是说，香港继续保持繁荣必须在英国的管辖之下才能实现。香港继续保持繁荣，根本上取决于中国收回香港后，在中国的管辖之下，实行适合于香港的政策。香港现行的政治、经济制度，甚至大部分法律都可以保留，当然，有些要加以改革。香港仍将实行资本主义，现行的许多适合的制度要保持。我们要同香港各界人士广泛交换意见，制定我们在十五年中的方针政策以及十五年后的方针政策。这些方针政策应该不仅是香港人民可以接受的，而且在香港的其他投资者首先是英国也能够接受，因为对他们也有好处。我们希望中英两国政府就此进行友好的磋商，我们将非常高兴地听取英国政府对我们提出的建议。这些都需要时间。为什么还要等一、二年才正式宣布收回香港呢？就是希望在这段时间里同各方面进行磋商。"

再次碰了软钉子的撒切尔夫人提出，香港只有在英国的管理之下，才能维持现在的繁荣。如果中国执意收回，那么对于香港来说，将会面临一场灾难。

这是撒切尔夫人的最后一张大牌，"动乱牌"。

面对这个赤裸裸的威胁，一生中经历过无数次血与火考验的邓小平的回应只是淡淡一笑，"如果在十五年的过渡时期内香港发生严重的波动，怎么办？那时，中国政府将被迫不得不对收回的时间和方式另作考虑。如果说宣布要收回香港就会像夫人说的'带来灾难性的影响'，那我们要勇敢地面对这个灾难，做出决策"。所谓"收回的时间和方式另作考虑"，在政治语言上就是明明白白地告诉对方：如果英国政府一意孤行，那么收回的方式就不一定和平，时间就不是 1997 年而是在此之前的任何一个时间点了。

1982 年 9 月 24 日的这一场中英领导人会谈中一人锋芒毕露，一人绵里藏针。中国共产党人对外交涉坚守底线、有理有利有节的原则和表达艺术，被邓小平运用得炉火纯青。兴冲冲来到北京、深信自己挟马岛大胜之威一定能解决香港问题的"铁娘子"，没想到自己一头撞上的是在铁马冰河里淬火成钢的"钢铁公司"。

经此一晤，撒切尔夫人与中国争夺香港主权、治权的自信逐渐瓦解，邓小平划定的底线，"主权问题容不得讨论"的原则也成了此后中英双方谈判的基石。撒切尔夫人在回忆录《唐宁街岁月》里感叹道："我们是在同一个不肯让步，而实力远远超过我们的大国打交道。"

1984 年 12 月 19 日下午 5 时 30 分，经过 22 轮谈判后，中英双方终于签署了《中英关于香港问题的联合声明》，正式确认中华人民共和国将于 1997 年 7 月 1 日起对香港恢复行使主权。

港岛夜雨，紫荆花开

1997 年 6 月 30 日下午 4 时 30 分，末任香港总督离任仪式在位于中环半山的香港总督府举行。仪式开始前，已在香港任职四年零八个月的"末代港督"彭定康按照惯例要给英国女王写一封"述职信"。信很快写好了，但他没有起身离开办公桌，而是盯着"总督彭定康"的落款思索再三。

仪式一开始，天空飘起丝丝细雨。总督府草坪上，在名为"日落余音"的号角声中，旗手缓步走向旗杆，降下了那面在香港总督府飘扬了百余年的英国国旗。彭定康面色凝重地看着英国国旗缓缓落下，水滴从他的脸上流下来，也不知道有没有掺杂泪水。

在彭定康一家黯然离开港督府时，一位英国记者抓拍到了这样一张照片：他的女儿泪流满面，妻子在一旁怅然而立，他则伸出左手为女儿拭去泪水。这张定格历史、"会说话"的照片第二天出现在香港报纸上，并被中外媒体疯狂转载。据当时在香港总督府工作的港籍雇员透露，彭定康共有三个女儿，除了照片上哭泣的那个，另外两个女儿也都流了泪，他们夫妇二人也湿了眼眶。

仪式结束之后，彭定康带着他的家人最后一次坐上港督专车，绕行花园三周。这是以往历任港督离任时的"固定节目"，以示留恋之意。或许是情绪过于激动，或许是急于想离开这个伤心之地，专车绕行两圈后，彭定康就让司机驶离了港督府。

下午6时，英方在香港英军总部东侧广场上举行撤离香港告别仪式，英国查尔斯王子、首相布莱尔、外相郭伟邦、彭定康和早已离任的撒切尔夫人一起出席。彭定康在仪式开始作告别讲话时，还是丝丝小雨，轮到查尔斯王子讲话时，倾盆大雨从天而降，把他的演讲稿淋了个七零八落。时隔多年之后，查尔斯王子依然记得当时的场景，他记得当时脚下的红地毯全部湿透了，踩上去都能听见"嘎吱嘎吱"的响声……他说自己从未在"水中"发表过演说，而且，当时可能没有人能够听清楚他讲了什么，因为雨点打在雨伞上的声音太吵了。撒切尔夫人日后也曾说过，她对香港回归前夜的这场大雨记忆犹新，"那一天我伤心极了。但我想不应该再对这个事情发表议论，这会招人厌烦的"。但往事随风，她很快跳过伤感，反复强调，英国人要面对现实，不该对香港回归中国耿耿于怀，因为已经到了"中国接手的时候了"。

这场大雨让英国人的告别仪式狼狈不堪，很多嘉宾衣履尽湿，不得不中途离场更衣换衫。怡和洋行大班（旧时对洋行经理的称呼）亨利·凯瑟克离场时因雨大路滑，摔断了腿骨。撤离香港告别仪式在凄风苦雨中草草结束后，彭定康等一众英方要员更换礼服前往香港会展中心，参加在那里举行的中英香港政权交接仪式。这一天，香港回归的英方"当事人"之一彭定康因为一场下个不停的雨，前前后后换了三身礼服。

　　英国人统治香港已 150 多年了，不会不知道香港夏季台风多发。把时间长、规模大的告别仪式放在室外举行又不准备防雨预案，唯一的解释只能是英国人不上心，因为他们纪念的是一个失落的香港。

　　6 月 30 日 23 时 42 分，香港会展中心，中英仪仗队入场，双方礼号手吹响礼号，中英两国政府香港政权交接仪式正式开始。23 时 46 分，中华人民共和国主席江泽民、国务院总理李鹏、国务院副总理兼外交部部长钱其琛、中央军委副主席张万年和香港特别行政区首任行政长官董建华步入会场登上主席台主礼台。英国方面同时入场并登上主席台主礼台的是查尔斯王子、首相布莱尔、外交大臣库克、离任港督彭定康和国防参谋长查尔斯·格思里。

　　在仪仗队行举枪礼后，查尔斯王子讲话。他说，香港将从此交还中国，在"一国两制"的框架下，香港将继续拥有其明显的特征，继续成为世界上许多国家的重要国际伙伴。

　　23 时 56 分，中英双方护旗手入场，象征中英两国政府香港政权交接的降旗、升旗仪式开始。

　　23 时 59 分，英国国旗和香港旗在英国国歌乐曲中缓缓降落。随着米字旗的降下，英国在香港一个半世纪的殖民统治宣告结束。这时，距零点只差几秒，全场一片肃穆。1997 年 7 月 1 日零点整，中华人民共和国国旗和香港特别行政区区旗在《中华人民共和国国歌》伴奏下准时升起，标志着香港终于回到祖国怀抱。

在这个历史性时刻，无数记者的长焦镜头捕捉到了观礼台上的"末代港督"彭定康。他目光飘忽、神情沮丧，身旁的查尔斯王子若有所思、泪光闪烁。

在香港会展中心附近的"威尔斯亲王军营"，人民解放军驻香港部队正式接管香港的防务。中方指挥官谭善爱身姿挺拔，眼神坚定，一字一句、铿锵有力地向英方卫队长埃利斯发出口令："我代表中国人民解放军驻香港部队接管军营。你们可以下岗，我们上岗。祝你们一路平安！"7月1日0时0分0秒，中华人民共和国国旗也分秒不差地在"威尔斯亲王军营"冉冉升起。

0时4分，江泽民在镶嵌着中华人民共和国国徽的讲台前庄严宣告：中华人民共和国香港特别行政区正式成立。这是中华民族的盛事，也是世界和平与正义事业的胜利。1997年7月1日这一天，将作为值得人们永远纪念的日子载入史册。

0时50分，查尔斯王子、彭定康一行登上将于当年年底退役的英国皇家"不列颠尼亚号"游轮，在港岛夜雨中离开香港。

7月1日凌晨1时30分，中华人民共和国香港特别行政区成立暨特区政府宣誓就职仪式隆重举行。香港特区首任行政长官董建华向来宾隆重介绍了一位特殊嘉宾——邓小平夫人卓琳女士，现场掌声雷动。此行，81岁高龄的卓琳来替1997年2月19日逝世的邓小平完成夙愿。香港回归问题的完美解决者邓小平生前曾一再表示：我要活到1997年，就是要在中国收回香港之后，到香港自己的土地上走一走，看一看。

一场浸透深港两地的雨为人民解放军驻香港部队壮行。7月1

日上午 6 时整，早已进入集结区域待命的驻港部队陆、海、空三军，在东起沙头角，西至蛇口妈湾港长达几十公里的陆、海、空域里，开始向香港迈进。驻港部队陆军从沙头角、文锦渡、皇岗三个陆路口岸进入香港。

文锦渡口岸是驻港部队进驻香港的主方向。一辆草绿色的卡车率先越过桥上分界线，车上 21 名官兵来自"大渡河连"——一支 60 多年前在红军长征途中攻克天险的英雄连队。这历史性的一步，意味着人民解放军首次踏上了香港这片令国人魂牵梦绕的神圣国土。6 时 15 分，驻港部队驶经上水马会道时，受到了手持国旗和特区区旗群众的夹道欢迎。

对决金融大鳄索罗斯

1997 年 7 月 1 日，香港正式回归祖国，香港各界充满信心。作为香港股市"晴雨表"的恒生指数也牛气冲天，一路高歌猛进。7 月 31 日，恒生指数首次突破 16000 点大关。做多恒生指数、做多香港，畅享香港回归祖国的红利，成了众多市场参与者的不二之选。在狂热的投资气氛里，在金钱的喧嚣声中，谁也没注意到，一只金融大鳄正在悄然向香港这个当时的亚洲金融中心张开血盆大口。

这只金融大鳄正是"做空大师"、美籍犹太人乔治·索罗斯。

索罗斯爆得大名于 1992 年的英镑狙击战。此役索罗斯做空英镑，使得堂堂英国的金融系统几乎在一夜之间崩溃，经济大幅衰退，不得不动用价值 269 亿美元的外汇储备，最终还是遭受惨败。而索罗斯旗下的量子基金净赚近 20 亿美元。1994 年，他又出手绞杀墨西哥比索，让墨西哥金融体系面临崩溃。

在媒体的宣传和自我包装下，索罗斯和他旗下的量子基金成了资本市场上的神话，并逐渐形成了一个于索罗斯而言名利双收的循环：他越像个神明，他的发言和狙击行动就越有影响力、有更多跟随者，反之亦然。他成了全球资本市场的"黑袍巫师"，虚虚实实的每一句话都可能引发特定地区、特定市场、特定人群的骚动，甚至危机：银行挤兑，汇市、股市、期市剧烈波动。

1997 年初，美元坚挺，泰国经济却开始下滑，出口下降，使得泰铢实际汇率摇摇欲坠。由于泰国实行的是与美元挂钩的固定汇率制度，泰国政府不得不动用并不丰厚的外汇储备强行抬高泰铢的名义汇率，从而与不断下降的泰铢实际价值之间形成了巨大的落差。嗅到血腥味的索罗斯带领他的国际游资军团趁势打压泰铢。3 月 2 日，索罗斯攻击泰国外汇市场，泰铢贬值60%，股市狂泻70%。5 月，泰国外汇市场出现恐慌性抛售。6 月底，泰国外汇储备失去了继续干预外汇市场的能力。7 月 2 日，泰国政府被迫宣布放弃钉住汇率制度，实行有管理的浮动汇率制度。当天，泰铢汇率最低曾达到 1 美元兑 32.6 泰铢，贬值幅度高达 30% 以上。

整个狙击泰铢过程中，舆论渲染层层推进，做空资本排山倒海，下手快、准、狠，泰国政府和普通投资者完全被索罗斯玩弄于股掌之间。紧接着，在做空集团的猛攻下，印度尼西亚、菲律宾、马来西亚、韩国、中国台湾地区等地金融市场一触即溃，如多米诺骨牌一样纷纷倒下，股、汇双杀，一蹶不振。最后，连日元也开始下跳，1997 年 11 月，日本四大证券公司之一的山一证券宣布"自主废业"。

索罗斯几乎是以一己之力，无比残忍中带着一丝丝炫耀地割开了 1997 年爆发的亚洲金融危机的血槽。

山雨欲来风满楼。1997 年 7 月时的香港,庆祝回归的喜庆气氛尚未消散,一场金融风暴已黑云压城。

外界普遍把香港金融保卫战的时间定在 1998 年 8 月,但这只是最后的决战月。事实上,这场没有硝烟的世纪金融之战,早在 1996 年就初见端倪了。这一年,索罗斯的手下得力干将罗德里·琼斯及其团队驻扎在香港。在横扫东南亚后,索罗斯带领的国际炒家将目光投向香港,为即将到来的大战做最后的准备:在外汇市场大量囤积港元,为日后冲击汇率"广积粮";分散、隐蔽地大量收集恒指成分股 —— 此举助推恒指从 1996 年的低点开始不断涨升,引发市场港股投资人的做多热情,恒指一再突破新高。泡沫的不断堆积,神不知鬼不觉地提高了之后"放水"的水位;最后,在期货市场大量囤积股指期货空单合约,准备在恒指下跌后再低价买回平仓,落袋为安。因为股指期货的杠杆非常高,一旦港股大跌,此时埋下的期市空单就能带来超乎想象的巨额收益。

如果说此前狙击英镑的战术是 1.0 版本,泰铢是 2.0 版本,那么这一次对香港出手时,索罗斯一伙把暴力做空的技巧玩到了极致。他们精心设计了更为高级的"汇市打压、股市抛空、期市获利"的 3.0 版本,三大招数互为依托、相辅相成。扎实有效的前期准备,配合炉火纯青的舆论战,索罗斯在香港回归当月、恒指高歌猛进之际,自信满满地发起了攻击。

1997 年 7 月开始,以索罗斯为首的国际炒家陆续抛售 465 亿港元。1998 年 1 月和 6 月,国际炒家又分别抛空 310 亿、78 亿港元。在这三次大规模投机性抛售下,港元汇率受到严重冲击。1997 年 8 月 8 日,港股正式开启下行通道,恒生指数和期货市场指数下泻

4000 多点。一如索罗斯所计划的，香港汇、股、期三市在国际炒家的立体攻击下，陷入"三杀"困境。

要破这个危局，关键在汇率。为了捍卫港元汇率，香港金融管理局的应对之法是加息，以提高市场利率的办法大幅提高借贷港元的成本，从而逼退国际炒家。另外，香港金管局制定新规，对反复通过流动性机制向国际炒家借出港元的银行，收取惩罚性高息。如此一来，隔夜拆借利率从 9% 狂飙至 300%，港元一时奇货可居。

主导推出这个规定的是香港金融界风云人物、香港金管局创立者任志刚。此前，他靠加息这"一招鲜"，曾多次击退做空港元的国际炒家，被人戏称为"任一招"。

但这一次他再度祭出这个拿手绝招，效果却大不如前。高昂的拆借成本虽然暂时阻挡住了空头的进攻势头，但也让正常借贷需求被误伤，严重伤害了实体经济和对香港经济举足轻重的楼市，各大银行门口出现了一条条挤兑的人龙。伴随着非常规加息导致的存款利率上升，再加上国际炒家精心炮制的大量利空消息，投资者纷纷从股市抽资，恒指因此跌跌不休，楼市风雨飘摇，港人怨声载道。

任志刚的加息"一招鲜"对付打游击战骚扰式的国际炒家非常有效，但用来对付稳扎稳打构筑战线、资本实力超乎想象、志在必得狙击香港金融市场的索罗斯一伙，效果就不尽如人意了。

如此拉锯一年左右后，1998 年 8 月 5 日，索罗斯率领国际炒家卷土重来，汇市、股市、期市三路齐发，发起全面立体攻击，打算一战终结香港金融市场。

国际炒家通过媒体放出消息，大肆渲染人民币即将大幅贬值的空头气氛。人民币承压更让香港金融市场雪上加霜，港股一泻千里。

8月10日，恒生指数跌破7000点心理大关，11日跌破6800点，13日跌破6660点，与一年前1997年8月7日的最高点16673点相比，大跌超过1万点，无数港人的财富被洗劫一空。

西方舆论戏称"香港已成为国际投机家的提款机"。

国际炒家进一步叫嚣，"恒指跌破4000点指日可待"。这一叫嚣委实让香港上下不寒而栗。因为，一旦恒生指数跌破4000点，就意味着全香港财富将蒸发2/3，大多数港人将坠入破产的深渊。

面对索罗斯无休止、饱和式的立体攻击，任志刚陷入了两难：如果管制外汇，港股必定"自由落体"，无底可寻；如果放任不理，任由国际炒家喊打喊杀，港元必定大幅贬值，作为香港经济社会发展基石之一的联系汇率制度就将崩溃，一年前泰铢贬值血淋淋的悲惨一幕就将在港岛上演。

在这个令港岛窒息的8月上旬，时任香港财政司司长曾荫权与任志刚等人彻夜难眠，商讨对策，最后做出的艰难决定是：港股和汇率一个也不能少，放弃任何一个，香港都要万劫不复。但是，在生死存亡的危急关头，要想同时守住汇、股两市，"任一招"之类的技术手段肯定是不灵了，必须打破禁忌、祭出大杀器——动用外汇储备，与索罗斯一伙对决。

14日，恒生指数依然以跌势开盘。就在心灰意冷的股民以为当天仍将毫无意外地单边下跌时，市场上突然冒出一股神秘力量，悄然吞下无数抛盘。在这股神秘力量的带动下，恒生指数一扫此前阴霾，开始节节攀升，当天反弹564点，涨幅高达8.47%。

事后复盘，索罗斯在此次狙击香港之役中可谓算无遗策、招招致命，到1998年8月14日前，他的计划事实上也得到了完美的执行，全面胜利眼看着就唾手可得。但他可能犯下了一个人被神化后最容易犯的错误：轻敌。这一天恒指能大涨 8.47%，说明国际炒家的重兵集结在汇市，港股上的火力明显不足。这个布局出于索罗斯的两个误判：一、他认为凭香港 900 亿美元左右的外汇储备，面对兵精粮足的国际空头势力，只能单线作战，不可能同时救汇市、股市，那么汇市就是主战场，港股只能退而求其次；二、作为一个纯粹的资本猎手，他无法理解中华民族的义利观，无法体会内地和香港基于地缘、血缘的同气连枝之情，不能意识到中国保护刚刚回归的游子香港的坚强意志，不认为中国有勇气拿出近 1400 亿美元的外汇储备和国际炒家豪赌一把。因为一旦落败，后果不堪设想。

他低估了香港和站在香港背后的中央政府保卫香港金融安全的决心，也低估了中国隐藏的资本实力 —— 在香港，有无数实力雄厚的国企央企可以在中央政府一声令下后全力以赴、破釜沉舟。

8 月 14 日，脸色凝重的曾荫权在任志刚和时任香港财经事务局局长许仕仁陪同下召开新闻发布会，公开宣布香港特区政府将同时进入股市和期市，在股票、期指渠道上全面迎击炒家，尤其是要托住股市，绝不能让炒家在看跌的期指上捞钱。

同日 19 时，时任总理朱镕基在中央电视台《新闻联播》中发表讲话，郑重表明："中央政府全力支持香港，将不惜一切代价确保香港作为亚洲金融中心的地位毫不动摇。"

1998年金融保卫战

事实上，在这场金融大战开打之前，中国政府早就向索罗斯等国际炒家发出了警告。

1997年9月下旬，世界银行和国际货币基金组织第52届年会在香港召开，朱镕基和索罗斯都参加了大会。朱镕基严正表示："中国将坚持人民币不贬值的立场，承担稳定亚洲金融环境的历史责任！"

这一番话，实际上给索罗斯传递了一个明确的信号：不要打香港的主意。

次年3月19日，履新中华人民共和国总理的朱镕基专门在记者招待会上郑重表态："如果在特定情况下，万一特区需要中央帮助，只要特区政府向中央提出要求，中央将不惜一切代价维护香港的繁荣稳定，保护它的联系汇率制度。"

1998年8月14日后，香港特区政府全面动用外汇基金和土地基金，同时进入股市和恒生指数期货市场，尽可能多地吃下抛盘，拉升恒生指数。同时，禁止股票托管银行和有关大机构向国际游资出借股票现货。

不过，面对"政府军"的主动出击，国际游资很快稳住了阵脚。他们认为，凭借此前横扫东南亚、东亚多国积累的，足以打垮这个世界上绝大多数经济体的美元筹码，加上从欧洲几大基金紧急借来的援兵，十天之内，足以击溃香港。

接下来的几天，多空双方你来我往，攻守互易，恒指陷入震荡行情。但不知不觉间，恒生指数被推高了1100多点。

26日，距恒生指数期货结算日还剩两天，香港金管局打算略施小计，一探对方虚实。当天 15 时 8 分，金管局一改常态，突然撤销所有股票和期指买盘，反过头来主动卖空恒生指数期货。国际炒家立马跟风，短短两分钟内，恒生指数急挫 160 点，恒生指数期货下跌近 300 点。香港特区政府立即回头望月，大手吃进股票和恒生指数期货，收复了失地，当天恒生指数微跌了 0.71%。不过，这一来一回也测出了国际游资的水的确深不见底，接下来的关键两天恶战难免，港资、中资必须全力以赴守住阵地，否则后果难以预料。

27 日，国际炒家不知道是出于超级自信还是给自己打气，竟公然宣称"香港特区政府必败"。索罗斯这种以某个公司或个别人的名义公开向一个政府下战书的举止，可谓闻所未闻、史无前例。或许受这一事件影响，当天全球股市表现极差，美、欧、拉美、亚洲股市全线大跌。恒生指数 33 只成分股一开盘就遭到空头强力打压，第一个 15 分钟内卖盘高达 19 亿港元。收市前 15 分钟，战斗更是进入白热化，一家外资券商竟以每股 15 港元的价格集中抛售 1 亿股"香港电讯"，被严阵以待的香港金管局一口吃下。最终，恒生指数报收 7922 点，比上一个交易日上涨 88 点，香港股市成为当天全球唯一一个上涨的股市。

28 日，香港金融保卫战迎来决战时刻。

这一天是恒生指数期货的结算日，也是索罗斯领衔的国际炒家做空恒生指数的关键日子，"食粥""食饭"在此一举。一早，香港天文台发布雷暴预警。位于港岛中环的香港联交所和香港期交所即将刮起的一场金融风暴，更让 600 万港人揪心不已。

中国人民银行和中国银行两位副行长坐镇香港前线，要求在港的全部 24 家蓝筹、红筹上市公司必须全力以赴回购股份，支持香港特区政府的"护盘行动"。

数据显示，国际游资卖出的恒生指数期货合同的盈亏平衡点约是在恒生指数 7500，也就是说，恒生指数 7500 点是香港特区政府和国际炒家决战的生死线。恒生指数期货的结算价为这天每隔五分钟恒生指数报价的平均值，因此，要抬高结算价，迫使国际炒家亏损离场，就必须让恒生指数全天保持相对高位。这也意味着，国际炒家砸下的空头盘子，香港特区政府必须全盘接下。

上午 10 时整，恒生指数以 7865 点开盘。香港特区政府对 33 只恒生指数成分股全部按计划设下重兵防守，面对气势汹汹、排山倒海般的抛盘，兵来将挡、水来土掩，一股不剩、照单全收。仅仅过了五分钟，大盘成交额就突破了 50 亿港元。一上午，成交额就突破了 400 亿港元，是平时全天成交额的数倍。

短暂休市后，下午市场上突然冲出一只卖盘力道强劲的欧洲基金，两分钟内，恒生指数暴跌 300 点。为了守住阵地，香港金管局动用了一切可以动用的港元，平均每一分钟，都是巨量港元和美元的对决。

收市前，国际炒家集中弹药，向恒生指数最重磅的成分股"汇丰控股"发起猛攻。据当年为香港金管局操盘的中银国际证券有关负责人回忆，那天，只是为了防止"汇丰控股"下跌 0.5 港元，港方就动用了 300 亿港元之巨。因为，"汇丰控股"只要下跌 0.5 港元，恒生指数就要下跌几十点。

在"汇丰控股"攻守白热化的关键时刻，中资援军也发起了最后的反冲锋，开始对国际游资抛售的现货、期货进行无差别收购。中船重工、中石油、北方工业、中国华能、中国邮政储蓄……它们有一个共同的名字：中华人民共和国的国有企业。

下午 4 时，港股终于休市，结束了历史上最漫长的一个交易日。这一天，港股交易额达到了前所未有的 790 亿港元。恒生指数定格在 7829 点，恒生指数期货则以 7851 点结算。与 8 月 13 日之前香港特区政府入市前的点位相比，这一结算价足足上涨了 1169 点，涨幅高达 17.55%，也大大超出了空头 7500 点左右的成本线。

全球瞩目的香港金融保卫战，香港特区政府守住了。当晚，曾荫权宣布："在打击国际炒家，保卫香港股市和港币的战斗中，香港特区政府已经获胜！"回归祖国不久的香港，成了多年来在金融战上所向披靡的空头大师索罗斯的"伤心岭"。

据统计，在 1998 年 8 月 28 日恒生指数期货交割日前的 10 个交易日中，香港特区政府动用了约 1200 亿港元的外汇储备，以至于在这一年，香港的外汇储备首次出现负增长。当时战况之惨烈，由此可见一斑。

千帆驶尽回眸望，仍是初少年。一年多后的 1999 年 12 月 6 日，香港恒生指数重新突破 16000 点，标志着残酷的香港金融保卫战业已烟消雾散，香港人的财富保住了，香港的繁华保住了。

可以说，是中央政府的坚定承诺和实际行动帮助香港特区政府消除了"自由市场"和"市场的不自由"之间的纠结，顶住了包括香港在内的世界舆论的压力，消弭了国际炒家施加于香港金融市场的恶意攻击。

如果说，抗美援朝战争是中国的军事立国之战，那么，1997—1998 年以香港为最前线的金融保卫战，就是中国在世界金融市场上的"首秀"。某种意义上说，也是中国金融安全的"立国之战"。

第九章

一河同源

一河两岸，同村同宗

1898 年，英国强迫清政府签订《展拓香港界址专条》。第二年订立《香港英新租界合同》，英国强租"新界"。香港拓界的终曲唱完，深圳河一线自此成为深港两地的分界线，河两岸的耕地山林和自然村落被人为地一分为二。

不过，不管是《香港英新租界合同》，还是谭钟麟和鹿传霖共同发布的《两广总督谭暨广东巡抚鹿布告》，及时任香港总督卜力发布的相关布告，都表达了一个共同的意思：仍准两岸人民往来深圳河。事实上，从 1899 年沙头角勘界到中华人民共和国成立前夕，深港边界的民间往来基本是自由开放的，两岸原住乡民自由穿梭于深圳河上，无论是垦荒种地、下河捕鱼，还是探亲访友、赶墟买卖，一如既往。

1949 年 10 月，宝安深圳一带得到解放，当时中华人民共和国采取了"暂时不动，维持现状"的对港政策，但港英当局担心中华人民共和国的革命活动影响到香港，威胁其殖民统治，于 1950 年 6 月在深圳河南岸架设铁丝网，并在边界地区实行宵禁。

1951 年 2 月 15 日，广东省宣布即日起"封锁河口"，往来香港的人员须持公安机关签发的"通行证"，统一在罗湖口岸出入境，其他沿海沿边地区一律禁止通行。

中方整顿深圳河北岸边防，不仅仅是对英方架设铁丝网的对等反应，也是对日渐紧张的边境局势的防控。1950 年时，滞留、安插在香港的国民党反动势力屡屡越境制造事端，不但空袭击中深圳火车站油库，还制造了惊动中央政府的"隔岸村惨案"：一个六人征粮工作小组，在宝安县西乡隔岸村被国民党特务集体残杀。

1951 年 6 月 15 日，港英当局在新界北部设置禁区、实施严密封锁，目的是"提供一处缓冲区，以方便保安部队能够维持香港与内陆的边界完整，及促进打击非法入境及其他跨境罪行"。进入或逗留边境禁区者，必须持有港英政府签发的"禁区纸"。到 1962 年时，新界北部的边境禁区面积高达 28 平方公里，涵盖了元朗东部和新界北区北部的大片地区。边境禁区外围设有围网，沿深港边界则架设了一道高不可攀的铁丝网，与铁篱笆、碉堡、警署和其他军用设施一起组成了一条戒备森严的边防线。

边境禁区里的村庄既是"边城"，又是"围城"。

与此对应，深圳河北岸也开始设立"安全保护区"。这片保护区东起大鹏湾，西至茅洲河，南起深圳河，北至山厦，东西长 91 公里，南北纵深最大达 19 公里。进入这个"安全保护区"，须分别持"边防通行证"通过"边防线"，持"特许证"进入"禁区线"。"安全保护区"最南端距深港边境 50—100 米的区域，划有一条"警戒线"，由铁丝网、边防哨卡和一条两米宽的简易巡逻公路组成。

自此，深圳河、莲塘河、沙头角河南北两岸，两道耸立对峙的铁丝网，阻止了深圳香港两地边民的自由往来。

从宝安县到东莞县，从东莞县到新安县，再回到宝安县，县名虽然不断变换，但深港两地始终同属一县。从内地陆续迁来的客家人在深圳河两岸垦荒繁衍，开枝散叶，从来没有想过自己的母亲河会在 1899 年成为一条界河。英国人骆克在地图上大笔一挥的结果是，不但将这个河名误作"深圳河"，还让河两岸的不少耕地和村落成为"飞地"。但深港两地山水相依的自然风貌无法割裂，同宗同源的血脉亲情无法切割。因此，半个世纪以来，两岸乡亲并不以河为界，依旧涉水往来耕作自己的祖地。档案资料显示，1954 年时，深圳地区的 15 个自然村共拥有深圳河以南、位于香港新界地区的土地 4006.99 亩；新界地区的 12 个自然村 154 户乡亲，则拥有深圳河以北的土地 489.39 亩。1950 年至 1960 年代，架设起来的重重铁丝网也得尊重历史、承认现实，给两岸村民跨越深圳河耕种留出一些"口子"。

这些口子，就是专门为深圳河两岸居民就近过境、从事渔农业生产留出的特殊通道。从深圳河口到盐田 27 公里的边防线上，至今仍有沙嘴、新沙、皇岗、罗芳、赤尾、长岭等过境耕作口在正常运作。不过，伴随着深港两地社会经济相继腾飞，深圳河北岸的土地基本被城市化了，洗脚上楼后的深圳乡民从事农业生产的也日渐稀少。伴随着各大现代化深港口岸的相继兴建，近些年来，过境耕作口基本上成为深圳河两岸乡民探亲访友、节庆祭祖的专用通道，大部分耕作口一天见不到几个人。

尽管使用价值在逐年降低，但"人在口在"，即使哪一天真的停止使用了，其中的一个必然会以历史文物的形式被永久保护。因为，过境耕作口的存在，标志着深圳乡民依然在香港新界拥有"自留地"，代表着在深圳河两岸涌动的血肉亲情源远流长、永不停歇，意味着在特殊的封锁岁月里，这里曾经上演过一场场特别场景下的悲欢离合。

如果真有那么一天，过境耕作口成了历史名词，要选择其中一处作为历史文物保护起来，向后人讲述这一段光怪陆离的深港两地隔离史，莲塘村、长岭村、西岭下村、坳下村等地居民过境的"长岭过境耕作口"应该是不二之选。

"长岭过境耕作口"在深圳这头连着长岭村（今天的罗湖区莲塘街道长岭社区）；香港新界一侧对应的叫莲麻坑村。在这两个村之间，一幕穿越百年的悲喜剧，道尽了梧桐山麓、深圳河畔层层铁丝网背后的人间沧桑。

清康熙本《新安县志》载有"莲麻坑村"，证明莲麻坑村至少在300多年前就已形成。据《沙头角莲麻坑叶氏族谱》记载，康熙四十九年（1710年），叶氏二十世祖叶达波、叶达滨兄弟自观澜松园厦迁居至莲麻坑村，购田置宅，拓荒垦殖。数百年来，在深圳河水的滋养下，叶氏一脉枝繁叶茂，子孙满堂。随着莲麻坑村里其他大姓陆续外迁、没落，最终"外来户"叶氏一姓独大，异姓只剩刘姓一户。

深圳河北岸的莲塘一带拥有较大片的冲积平原，经过莲麻坑村民的累年垦殖，逐渐变为肥沃水田。根据香港学者阮志的《中港边界的百年变迁：从沙头角莲麻坑村说起》，清同治年间莲麻坑村村民已在深圳河北岸的长岭、径肚至伯公坳一带开垦土地约1000亩，其中水田约400亩，山坡地约600亩。从莲麻坑到深圳河北岸一带耕作需要步行半小时以上。在1865年前后，村民叶昌颖、其儿子叶成永及从美国回来的华侨叶成翘，在长岭村建起临时耕作用房，以为田间休息、农忙时过夜，储藏农具、种子之用。久而久之，建屋渐多，人丁兴旺的莲麻坑村叶氏便在深圳河北岸"开垦"出了一个长岭村。

莲麻坑村与长岭村叶氏同出一祖宗、同饮一河水、同耕一块田、同说一方言（客家话）、同祀一祖祠（祖祠在莲麻坑村，至今仍存）、同信关公、观音、土地伯公。多年来，凡清明、重阳春秋两祭和春节、元宵节团圆饭，两村都互派代表参加。

连接莲麻坑村和长岭村的是一座"长命桥"。清代时为石桥，有两个桥墩，桥面用三条麻石并排铺成。此桥是莲麻坑村民到长岭村耕种和前往深圳墟"投墟"的必经之路。这也是1950年代深港边境封锁后，"长命桥"能成为过境耕作口的根本原因。1978年内地实行改革开放，长岭村过桥耕作新界"自留地"的村民迅速增加，到香港新界地区购置副食品、日用品的队伍也越来越多，狭窄的石桥不敷使用。两村村民共同出资出力，仅用3个月时间，就在当年5月建成了一座长7.6米、宽4米，可供汽车通行的水泥桥。

莲麻坑村和长岭村原本是一个村，却被突然变成界河的深圳河一分为二，莫名成了身份各异的"境内外"，最后更是被铁丝网阻隔，村民只能通过戒备森严的过境耕作口日出而作、日落即归。在深圳河畔，这种"两地同村"的现象当然不是孤例，但莲麻坑村和长岭村无疑是一个典型样本。

明月何曾是两乡

清同治年间才衍生出来的长岭村，在深圳众多的古村落中寂寂无闻，但它的"母体"莲麻坑村却堪称"香港名村"。在香港现存700多个村庄中，莲麻坑村是第一个拥有志书的村，2015年由香港史学专家刘蜀永、文史学者苏万兴主编的《莲麻坑村志》公开出版，其简体字版入选"中国名村志"。这个偏远村落里发生的故事和叶氏优秀子弟的事迹，是新界史、香港史、香港与内地关系史里的精彩篇章。

要说莲麻坑村叶氏一族，最著名的莫过于辛亥革命元老、曾担任中国同盟会暹罗（泰国）分会会长的叶定仕。

叶定仕 1879 年出生于莲麻坑村一户贫民家庭，在族谱上是莲麻坑叶氏第八代。16 岁时，叶定仕被"卖猪仔"到暹罗曼谷做裁缝学徒。出师之后，手艺高超的他受到暹罗王室成员的追捧，还与一位公主成了婚。1905 年之后，叶定仕承包了暹罗陆军军服的生产，一跃成为当地最有影响力的侨领之一。

在暹罗名利双收的叶定仕始终心系祖国。1907 年，中国同盟会暹罗分会在孙中山亲自主盟下成立，叶定仕等 18 人成为第一批会员，不久后叶定仕被推举为会长。他在暹罗开办"振兴书报社"，作为联络华侨、宣传革命、筹集经费的阵地。1910 年，同盟会暹罗分会组织光复云南的武装起义时，18 名同志被当地警方逮捕。叶定仕利用自己的政商资源全力营救，被捕同志最后悉数脱险，他自己却付出了惨重的代价：暹罗当局撤销了他的陆军军服生产承包权。但叶定仕矢志不移，不惜倾家荡产支持革命。孙中山在南方领导十次武装起义，暹罗、越南华侨捐款数额最大，叶定仕功不可没。

1911 年广州黄花岗起义失败消息传来，叶定仕通过"振兴书报社"招募了 300 多名暹罗华人回国，继续革命。武昌起义胜利后，广西军政府授予叶定仕二等勋章，以表彰他对革命的重大贡献。此后，叶定仕又积极响应孙中山领导的倒袁运动。1915 年倒袁运动失败，叶定仕被广东地方当局通缉，无奈返回莲麻坑老家避难。

与波澜壮阔的青壮年时期相比，叶定仕的后半生渐趋平淡之境，但他爱国忧民之心未改。1935 年，他精心撰写了一份东南亚华侨社团赞同的《振兴中华实业计划》，次年亲自前往南京上书国民政府，

"建议政府为四万万同胞的民生大计着想，推动该计划"。忙着"追剿"红军的国民政府未置可否，草草将他打发回家。1941年底香港沦陷，日军实行严酷的粮食管制，叶定仕一家老少六口人每天仅获配给一斤米度日。1943年，日军侵占港岛两年后，年老体弱的叶定仕在贫病交加中离开人世。

1908年，叶定仕第一次返乡省亲时，按照他崇拜的孙中山先生位于今广东中山翠亨村的故居式样，建造了一座中西合璧的两层三开间小楼。当年满怀革命激情、一次次毁家纾难的他可能没有想到，自己会终老于偏僻家乡里自成一统的小楼之中。2009年，香港特区政府宣布叶定仕故居为法定古迹，并拨款700万港元进行修葺。2011年，辛亥革命100周年之际，叶定仕故居正式对公众开放。当年年底，莲麻坑村民集资修建的新界乡村第一座孙中山铜像在叶定仕故居门前落成。

革命领袖和元老就这样穿越百年时空，相逢在幽幽晚风、静静山林之间，叶定仕泉下有知，定会为叶氏后人的知心之举额首而许。

客家人聚居的香港新界地区，继承了客家汉子的"硬颈"底色：前有1899年邓氏一族领衔的新界人民抗英战，结果让人悲痛难抑；后有莲麻坑村叶姓子弟主导的针对日本侵略者的"三打矿山"，最后大功告成。

莲麻坑一带盛产铅锌矿。1925年，"中国留学生之父"容闳的长子、毕业于美国耶鲁大学和哥伦比亚大学的矿业专家容觐彤获港英当局批准，在莲麻坑使用当时世界上最新式的技术设备采矿。容觐彤苦心经营之下，莲麻坑矿场共开设了6条矿道，总长达2100米，每个月生产1500袋矿石，每袋40斤，由九广铁路运送至九龙，所产矿石远销海外。

香港沦陷时期，日军霸占了这个有战略价值的矿场，强征莲麻坑村及附近乡民采矿，当时才 14 岁的莲麻坑村乡民叶维里、叶盘娇、叶煌青也未能幸免。3 个天不怕地不怕的小伙子不堪忍受日军的奴役和欺压，合谋决定炸掉矿山。

1943 年 10 月初的一个夜晚，3 人爬上莲麻坑村后山，悄悄靠近半山腰的 8 号洞。这个洞的左侧就是炸药仓库，他们撬开大门，拿出一卷导火索接上炸药。正当他们拉着导火索往门外走的时候，不小心踢到了地上的空罐头盒。顿时，警报声大作，日军疯狂射击。3 人来不及点燃导火索，只得快速下山逃逸。

不久，叶维里越过深圳河，辗转北上来到位于今天深圳横岗一带的游击区，加入广东人民抗日游击总队（东江纵队前身），成为一名抗日战士。

1944 年 3 月的一个月夜，叶维里和游击队员黄伟带领 200 多名民兵，从 5 公里外的黎围村向莲麻坑矿山进发。他们制服了 3 名放哨的印籍雇佣兵后，打开仓库搬运物资，计划搬空后将仓库一举烧毁。但民兵们在搬运物资时不慎惊动了驻防在半山腰的日军，在日军机枪的扫射下，装备简陋的民兵只能撤离。

1945 年 2 月，叶维里秘密潜回莲麻坑，绘制了详细的矿山地图。东江纵队第二支队第三大队经过周密计划，由大队长曾春连率领叶维里等 200 多名战士，在月底的一个深夜直扑莲麻坑矿山。经过一番激战，守矿日军被击溃，游击队将可以携带的物资全部运走之后，将矿山设备、仓库、汽车等采矿设施付之一炬。大火整整燃烧了七天八夜，远在港岛都能看到莲麻坑矿山上的冲天火光。

1947 年，盟军法庭在香港审判日本战犯时，沙头角日军宪兵部军曹中岛德造供称，莲麻坑矿山在此次遇袭之后，再也无法运作。

由莲麻坑村乡民叶维里引发、东江纵队战士和民兵实施的在日寇铁蹄之下"三打矿山"的壮举，不要说在广九地区，就是放在中华民族全民抗战的大画卷中，也是一抹重彩。

少年英雄叶维里此后南征北战，于 1965 年任职于广东省民政厅，1979 年外派香港工作，1989 年离休。1999 年至 2013 年担任东江纵队、粤赣湘边纵队香港老战士联谊会会长兼老战士之家主席。

莲麻坑村里，与叶维里同一时期参加革命的还有叶定仕的两个儿子叶青茂（原名叶理山）、叶瑞山，兄弟俩分别参加了东江纵队和粤赣湘边纵队。抗战胜利后，叶青茂随东江纵队主力北撤烟台，先后参与豫东战役、济南战役和淮海战役，1949 年随第四野战军南下解放广东，荣立三等功一次。中华人民共和国成立后，叶青茂荣获三级解放勋章和独立功勋荣誉章，1953 年至 1978 年，历任空军高级航空学校训练处（师级）空军战术教员、主任教员、教研室主任、副处长、处长等职，1978 年调任政治学院第二军事教研室军兵种教研组组长，1982 年离休。

当年北上的革命少年，归来已是花甲老人。可让叶青茂万万没有想到的是，自己会成为一个特殊的望乡故事的主角：因为参军长期离乡，他没法拿到长居当地的居民才可以申请的跨境耕作证件，无法踏上那座短短的"长命桥"，回到故乡莲麻坑村，祭扫父母的坟墓。叶青茂最后选择定居在长岭村，想要和莲麻坑村亲戚见面，就由堂嫂带话，与亲人约定时间，大家站在长命桥南北两端隔着铁丝网"喊话"。

1976 年后，香港在边境耕作口的封锁稍稍放松，莲麻坑村亲人可以走过长命桥，到桥头北端中方边防检查站接待室和他短暂会面。

"青山一道同云雨，明月何曾是两乡。"1997 年 7 月 1 日香港回归祖国，在长岭村里等待了 15 个年头的叶青茂，终于可以踏上阔别 50 多年、魂牵梦绕的故乡莲麻坑的弯弯山路……

深圳河口，收放不易

在长岭村西南，沿着深圳河顺流而下，行不多时便是另外一个"过境耕作口"——罗芳过境耕作口。其所在地罗芳村，即今天的罗湖区黄贝街道罗芳社区。

这是深圳河三岔口东侧小冲积平原上一个颇有岁月厚度的自然村落。史载，罗芳村始建于元末，因罗、方二姓聚居而成，故而合二姓为村名曰"罗方"。此后，侯、陈、姚、张四姓陆续迁入。罗芳村村名历史上多次出现同音异字的情况，清嘉庆本《新安县志》称其为"罗坊"，20世纪20年代的《广州日报》称之为"螺坊"。中华人民共和国成立后，正式的文字材料多用"罗芳"一名，并沿用至今。

今天的罗芳村已"名不副实"。罗芳村的户籍人口中，只有侯、陈、姚、张四姓，其中陈姓为第一大姓。创村二姓中的方姓，因子嗣不盛，至清代其香火已不传；改革开放后，村内仅存两座罗姓祖居，并无罗氏后人定居 ——作为曾经的罗芳村创村第一大姓，他们的后裔到底去了哪里？

答案非常梦幻：在困苦的20世纪六七十年代，他们成群结队地偷偷穿越深圳河，然后在河对面的香港新界打鼓岭脚下自己的自留地上聚落而居，再建了一个村，名字也叫罗芳村。

香港罗芳村又叫绞寮村，所谓"寮"，其雏形正是当年罗芳村民过境耕作时，用茅草、竹木搭建起来用于农忙时节休息、临时过夜的小棚屋。这个寮字，很传神地揭示了香港罗芳村短短数十年的形成历史。

一条深圳河，两个罗芳村，这种举世罕见的现象只能出现在一个绝无仅有的特殊年代。1950年代末至1970年代末，在社会现实的逼迫下，广东省委、宝安县委一次又一次尝试着"开放河口"，但一波波的外逃风潮，又一次次把打开的门缝砰然关上。

1957年春，粤北水灾，大批灾民南逃。一时间广州、深圳一带压力增大，偷渡外流风潮悄然抬头。

当时，粤港两地实行对等限制入境。如果广东方面严控这些偷渡者，就会出现让以陶铸为首的广东省委左右为难的局面，即"本来香港殖民者限制入境是人民与香港殖民者的矛盾，反而造成我们与人民群众的矛盾尖锐化"。

6月，时任宝安县委书记王志向广东省委呈递报告，认为应该对这些人从宽对待，报告还提出一个建议："目前国内尚不能完全消灭灾荒和失业，我们既然不能包起来，去香港打工这条路就不应该堵死。"

广东省委很快肯定了这个报告，决定放宽出境赴港政策，允许宝安县群众自由选择沿边、沿海的适当地方出境打工，进行小额贸易。

这是中华人民共和国成立以来，内地第一次对出境赴港实行"放宽"政策。广东省公安厅接着列出的放宽范围更包括"珠江口以西靠近澳门地区，包括广州、佛山、珠海等11个县市"。

由于保密措施不够严密，消息提前泄露，使得"放宽"政策未能有序、平稳、有针对性地展开，广东省内各地群众短期内蜂拥汇集至宝安，导致当地秩序大乱。两个多月时间里，内地外流香港劳动力多达6000余人。

面对深圳河对岸短时间内涌过来的滚滚人潮，港英当局迅速表态反对，英国政府还向北京发出"照会"。中央政府因此要求宝安县委从速反映情况。就这样，仓促间抛出的"放宽"政策在施行不到 4 个月后就被无奈收回。

1960年代深圳初试开放

　　1961 年 5 月和 6 月，陶铸两次到宝安县检查工作，实地调研后深刻认识到，适当放宽边防对搞活地方经济大有好处。他指示宝安县委要"利用香港，建设宝安"。

　　1961 年 6 月，宝安县委向广东省委呈递报告，申请允许组织群众将本地数量众多却不怎么值钱的稻草出口香港，以换取紧缺的化肥等农资。时值中央对国民经济实行"调整、巩固、充实、提高"八字方针，以迅速恢复、提高国内工农业生产，这份报告当即获得了广东省委的批准。

　　7 月，广东省公安厅在陆丰召开沿海各县公安局局长会议，重提"放宽"群众出港条件："在毗邻港澳的惠（惠阳）、东（东莞）、宝（宝安）等六个县市，允许一些人从固定的几个有武装的、非正式开放的口岸出港。"

　　在 8 月 13 日召开的宝安县边防工作会议上，时任县委第一书记李富林自我检讨"剥夺了群众下海过境生产的权利"。不久，1957 年偷渡外流风潮后一度受限的过境耕作重新恢复，在香港新界 4000 多亩农田的产出，除了完成国家任务，多出来的可以在新界就地售卖，换取内地紧缺的生活必需品，改善生活。

　　8 月底，宝安县委又打了一份报告，申请对港实施"三个五"政策，即允许当地居民"每月去港不超过 5 次，每次每人带出农副产品价值不超过 5 元，带入物件重量不超过 5 市斤"。9 月 25 日，广东省委回复：可以根据"管而不死，放而不乱，既有利于国家，又有利于群众"的原则进行管理，适当放开小额贸易；但为了规范起见，深圳地区边防线外的生产大队不得直接进行小额贸易，规定沙鱼涌、文锦渡、罗湖、沙头角、沙头、蛇口和大铲七处为小额贸易进出口特定地点。

仅仅是如此有限的开放，就让宝安县尝到了甜头。时值困难时期，宝安县却取得了大丰收，1962 年，粮食产量 224 万担，创造了历史最高水平，全县总收入达到创纪录的 3233 万元人民币。正是在 1962 年前后，"财大气粗"的宝安县在深圳镇先后兴建了当时全国一流的深圳戏院、新安酒家、华侨大厦等深圳地区早期三大地标性建筑，代表了当年深圳地区时兴的三大文化 —— 影剧文化、饮食文化和旅游文化。深圳戏院吸引了许多国家级的艺术团体前来演出。新安酒家楼高四层，装饰古色古香，还安装了中央空调，铺设了红地毯，这在当时内地县级城镇绝无仅有。华侨大厦则是一家涉外酒店，专门用于接待东南亚华侨。

一河之隔，两个世界

1978 年 4 月，习仲勋被中央委以重任，主政广东。他曾在国务院协助周恩来总理工作长达十年之久，兢兢业业，尽职尽责，受到周恩来总理的高度称赞，被誉为国务院的"大管家"。这个任命传递出来的政治信息不言自明：党中央寄希望于习仲勋同志，命他"把守南大门"为中国改革开放事业探路。

1978年7月上旬，习仲勋到宝安县进行了为期两天的考察调研。陪同考察的南方日报社原副总编辑张汉青回忆说，当时宝安这边"四季常青，没有菜吃。靠着江河湖海，没有鱼吃。那确实那边（香港）建得很繁华，我们呢，很荒凉，冷冷清清……所以习（仲勋）书记看了以后很难受"。

当习仲勋在沙头角中英街看到几块石头把一条窄窄的街道一分为二，两边却贫富悬殊时，对时任宝安县委书记方苞说："沙头角怎么搞上去，你们要优先考虑。一条街两个世界，他们那边很繁荣，我们这边很荒凉，怎么体现社会主义的优越性呢？一定要想办法把沙头角发展起来。当然，全县其他地方也要加快发展、促进平衡，但是要优先考虑沙头角。"

陈开枝日后回忆说："宝安和香港一河之隔，相去甚远。当时流传四句话：青年跑光，土地丢荒，干部难当，老年心慌。深圳罗芳村一年平均收入134块钱，新界罗芳村一年平均收入13000港元。习仲勋看了很难受，受到很大的触动，促使他思考怎么搞经济。他同意我们的分析，赞同我们放宽边境政策的建议。香港缺乏劳动力，那就把加工工业引过来，但是需要中央放权。"

方苞回忆说："他作风踏实，不做表面文章，刚到就说：'我不要听汇报，下去看。'三天看了社办企业，也看了刚引进的'三来一补'企业，到农村基层干部家家访，还与偷渡人员交谈。在去沙头角的路上，他看到公路旁两个农民被铐住。他问我，为什么把人家抓起来？我说是边防部队抓的。从沙头角回来已是晚上7点多，天已黑了，还没吃饭。他坚持找到那两个偷渡者了解情况。偷渡者说：'肚子吃不饱，分配收入低，听说香港一个月可以赚几百块钱，我想到香港去。'"

"习书记事后跟我们说，只要有港澳这种特殊地区存在，而我国'四化'又未实现，就会有外逃问题。他同意我们提出的恢复边界农民民间小额贸易、扩大过境耕作、调整数万亩水稻田改种蔬菜出口、改进国营外贸公司经营出口若干弊病等建议，并要求我们'说办就办，不要等'。"

这不容置否的七个字，一下子打开了宝安县委一班人纠结经年的心防。

1978 年 4 月，受国务院委派，国家计委和外经贸部组成的"港澳经济贸易考察组"会同广东省有关部门到香港、澳门调研，并形成《港澳经济考察报告》。《报告》提出：可借鉴港澳的经验，把靠近港澳的广东省宝安县、珠海县划为出口基地，力争经过三五年努力，逐步将其建设成为"具有相当水平的对外生产基地、加工基地和吸引港澳同胞的游览区"；同时，《报告》认为，依托港澳发展经济需要宝安和珠海有适应的行政体制，建议把两县"改成两个省辖市（相当于地级市）"。

1979 年 3 月 5 日，国务院下文批复同意将宝安县改设为深圳市，以宝安县的行政区域为深圳市的行政区域，属中共广东省委和中共惠阳地委双重领导。第二天，深圳市委市政府就下发了《关于发展边防经济的若干规定》。《规定》的主要内容是：一、恢复和发展边境贸易；二、积极开展补偿贸易，发展以出口为主的种养场；三、引进外资投资设厂，来料加工装配；四、扩大过境耕作，允许过境耕作人员收集境外废旧物资免税进口，交境内供销社或工厂翻新加工出售。

与此同时，广东省政府正式批准深圳市调减 5 万亩水稻田面积，调减 600 万斤公购粮任务。调出来的田用以挖塘养鱼和改种蔬菜，并允许深圳市根据香港市场需求，在本市粮食自给的前提下，自主扩大改种面积，省里将根据实际改种面积调减粮食征购上调任务。

好像压在弹簧上的一只大手突然松开，深圳河北岸的这块土地，创富激情如航空母舰上的舰载机弹射起飞，火星四溅。

截至 1978 年，深圳这边的罗芳村已有 540 多个青壮年跑到了深圳河对岸的香港罗芳村，留下的 200 多名村民基本上是跑不了或者不想跑的老弱、妇孺，以至于农忙时节，需要机关工作人员帮忙，人称罗芳村是"机关小农场"。

1978 年这一年，深圳这边的罗芳村人均年收入与香港那边的罗芳村人均年收入差距接近百倍。要知道，当时的港元贵过人民币，罗芳村的人均年收入在宝安县各乡村中的排名还算是比较靠前的。

同一村子人，守着同一条深圳河，收入差距如此令人匪夷所思的根源就在于开放和封闭之间的落差。罗芳村在深圳河北岸的 350 亩山坡地，明明适合种植蔬果，然后在鲜活商品匮乏的香港就地高价出售，却硬是被改造成了水田。一入盛夏，村民们时不时就得从深圳河里抽水灌溉。如此劳民伤财之举，让对岸香港罗芳村的乡亲们深感痛惜。

《关于发展边防经济的若干规定》发布后，昔日由集体掌管的农田分田到户，罗芳村里几户脑子灵光的村民当年就把自己名下的田地全部改种了蔬菜。在深圳只值几毛钱一斤的应季蔬菜，挑到深圳河对岸的集市，价格瞬间就跳升到了 20 多港元。第一茬小白菜上市后，这几户村民就成了令人羡慕的万元户。第二年，罗芳村村民把深圳河南北两岸所有的地块都种上了蔬菜。之后的几年里，随着深圳经济特区的建立，村里又建起了 3000 多平方米厂房大搞"三来一补"。到 1989 年，罗芳村人均收入 8096 元人民币，是深圳经济特区成立前最高一年的 57 倍。

三十年河东三十年河西，不少外逃的罗芳村村民纷纷申请返乡。经有关部门批准后，一批在香港没有稳定工作的村民又跨过深圳河，回到了深圳这边的罗芳村。

奔腾的深圳河

第十章

潮涌南海

改革开放，终成共识

　　千年来名不见经传，总长仅 37 公里的深圳河，被 19 世纪中叶以来弱肉强食的历史潮流无情地裹挟着，缓缓流进了惊涛拍岸的 20 世纪，宿命般地成为风云变幻的中国近现代史的记录者。

　　有一种观点，说是中华人民共和国前 30 年实行"闭关锁国"。其实，实际情况并非如此。之所以出现封闭、半封闭状态，并非自大、愚昧所致，而是绝境中的自我坚持；既是在纷繁复杂的国际环境中中华民族坚决追求独立自主的结果，也是中国人不畏强权，不重蹈躺下、趴下、跪下覆辙的手段之一。

　　事实上，早在 1950 年代初，周恩来总理就曾指出：在我们这样经济文化落后的国家，关起门来进行现代化建设是不行的。必须在自力更生的基础上，"向一切国家的长处学习"，开展广泛的经济技术交流和合作。他多次指出，资本主义制度我们不学，"资本主义生产上的好的技术、好的管理方法，我们是可以学的"；"我们跟西方国家改进关系，在政治上是和平，在经济上是贸易"。在这一精神指导下，从 1952 年在莫斯科举行的国际经济会议上，中国代表团同西欧各国的与会人士就有关经济技术合作问题进行接触开始，到 1957 年中国已同包括英国、法国、比利时、意大利和荷兰等主要资本主义国家在内的，世界上 82 个国家和地区建立了经济贸易关系，并同其中 24 个国家签订了政府间贸易协定或议定书，并进口了许多经济建设急需的物资和设备。

1957 年，在周恩来总理倡导下创立的"广交会"（中国出口商品交易会），就是中国在被以美国为首的西方阵营围堵的风雨如磐的岁月里，向世界高高竖起的一面开放旗帜。周恩来总理曾说过，"一年两次的广交会是在我们被封锁的情况下不得已搞的，我们只好请人家进来看"。

从 1957 年至 1977 年，"广交会"出口额由 0.87 亿美元增长到 32.23 亿美元，进口额从 1958 年的约 0.33 亿美元增长到 1977 年的 10.14 亿美元。"广交会"是中华人民共和国成立以来绝无仅有的一个具有连续性的对外经济交往平台，它从创建之日起，就是一种制度，一种战略。"广交会"在广州发展 60 多年，不仅从一开始就极为深刻地影响了全国的对外经济交流形态，也为广东地区日后成为改革开放的"排头兵"，埋下了历史伏笔。

1963 年 6 月，在中苏分道扬镳的特殊时代背景下，我国第一次从日本引进了当时世界上较为先进的维尼纶成套设备。此后，又从英国、法国、联邦德国等资本主义国家进口了石油、化工、冶金、矿山、电子精密仪器和机械等 84 项成套先进设备和技术。

"文化大革命"期间极左思潮盛行，与资本主义国家和地区开展经贸合作、引进先进设备技术被攻击为"崇洋媚外""爬行主义"。1972 年 4 月，周恩来总理在接见"广交会"代表时，详细询问了中国台湾产品加工出口的情况，了解到中国台湾吸引外资搞出口加工厂，出口迅速增加，他说："为什么台湾能搞，我们搞不了？"

1973 年，在与美国大通银行董事长的谈话中，周恩来总理特别肯定了时任中国台湾地区副领导人严家淦利用外资做生意、搞贸易的那一套做法，"他（严家淦）知道一些国家市场的需要，然后他在台湾搞加工厂，出口商品。比如，他知道在加拿大、美国、拉美、日本、欧洲市场上需要一些什么商品，他可以加工，搞出来后花样更新、色彩更好。引进美国、日本和其他国家的外资。进口原材料，然后加工，专门供出口。他还在台湾高雄划了一个像香港一样的自由港，不收税。这样，台湾的贸易额就大了。"

中华人民共和国成立以来，邓小平是周恩来总理长期、主要的副手，政治上虽经起落，但始终是中国经济领域的拨乱反正者、搞活派。

1978年12月，中共十一届三中全会召开。全会冲破了长期以来"左"的错误和严重束缚，决定将全党的工作重点和全国人民的注意力转移到社会主义现代化建设上，并且提出了改革开放的任务。邓小平成为党的第二代中央领导集体的核心，引导中国人民走上了改革开放的光辉大道。

大凡重大的历史转折，刚一亮相时不免石破天惊、震撼人心，其实都是历史和现实的内在逻辑已推石上山，只待伟人下定决心、一鼓而捷。"文化大革命"结束，痛定思痛。此其时也，中央高层实行改革开放的决心已然下定，尤其是对外开放，他们思考的已经不是"要不要"，而是"怎么搞"。

风从海上来。

1978年这一年，中央层级的领导干部纷纷跨过一度紧闭的国门，经受发达国家经济建设领域"欧风美雨"的洗礼。

"文化大革命"后期，我国在外交领域趴着一堆旧账。这一时期，各国领导人来访挺多，我国领导人回访却很少。"文化大革命"结束后，对外国事访问正常化第一时间提上日程。1978年是中国领导人出访的高峰年份，这一年，全国人大常委会副委员长、国务院副总理以上的 12 位中国领导人先后访问了 51 个国家，同时也接待了 30 多个国家的领导人来访。密集的中外互动，让封闭日久的中国人渐渐看清了，外面的世界很精彩。

除了按照国际惯例进行对等国事访问"回礼"之外，从 1978 年上半年起，中国政府频繁派出科技、经济考察团赴西方发达国家和港澳地区进行考察、访问。当年 1 至 11 月，经香港出国和去港澳考察的人员多达 529 批、3213 人。

这些考察团被称为中国即将开始大规模改革开放的"先遣队"，其中以谷牧副总理率领的中国政府经济代表团，于当年 5 月出访法国、联邦德国、瑞士、丹麦、比利时等欧洲五国影响最大。这是中华人民共和国成立以来第一次由一位国务院副总理率团访问西方发达国家，20 多位代表团成员都是中央和部分省市主管经济的负责人。高层对这次出访高度重视，出访前邓小平多次接见，听取汇报、提出要求。考察团在欧洲大开眼界，回国后，谷牧在多个场合感叹不已：我们跟西方差距太大了，真是让人感到咄咄逼人啊。

这次对欧洲五国的定向考察，也让谷牧等代表团成员深刻认识到了中国对外开放的巨大潜力和价值。地大物博、人口众多的中国，对于资本、技术和产品急于寻找出路的西方发达国家而言，具有极大的吸引力。访问期间，欧洲五国政府和民间团体都表达了同中国加强经济合作的强烈愿望，都争着要和中国做生意。在法国，谷牧与法国总理巴尔会谈，事先准备先谈政治，巴尔一见面就声明：政治问题我不谈，只谈经济问题，政治问题总统谈。结果会见法国总统吉斯卡尔·德斯坦时，双方还是谈经济问题，根本没有涉及政治。知道中国缺资金，所访欧洲五国异口同声，主动表示愿意提供贷款，而且是"借多少给多少"。

考察团回到北京后，邓小平专门约见谷牧听取考察情况后，当场拍板：一是坚决要引进外资和外国的技术，二是首先跟外国借钱，三是立即就做。

6月30日，中央政治局召开会议，专门听取谷牧的考察汇报，当时的党和国家主要领导人都参加了会议。会上，谷牧把考察情况梳理成三个重要结论：一是"二战"后，西方的经济得到长足发展，主要得益于采用了现代科技，劳动生产率水平很高，现代化水平也很高；二是西方资本出现严重过剩，需要给资金和技术寻找出路，他们生产的商品也迫切需要寻找销路，中国市场潜力巨大，西方人非常看好我们；三是像吸收外资、国与国之间搞合资等是国际上通行的做法，我们完全可以借鉴，欧洲的发展，给了我们一个启示：大凡发达国家，都是善于利用他国长处。

这次会议开了近八个小时，党和国家主要领导人都作了重要发言，最终形成了这次出访外边的情况看得比较清楚了，也讲明白了，该是下决心采取措施实行的时候了的共识。

经济特区的孕育

1978年10月22至29日，邓小平对日本进行国事访问，这是中华人民共和国成立后国家领导人首次访问日本。

访问期间的所见所闻，让邓小平强烈感受到了中国和发达国家之间的巨大落差。当他听说日本汽车厂的产能是中国长春一汽的几十倍时，脱口而出："我懂得什么是现代化了。"

252　　　　　　　　　　　　　　　　　　　　　　奔腾的深圳河

按照惯例，党的三中全会召开前，会先开讨论经济议题的中央工作会议。十一届三中全会前的 1978 年 11 月 10 日至 12 月 15 日在北京召开"规模很大，规格很高"的中央工作会议，历时长达 36 天。

特殊时期，伟人再一次发挥了关键作用。邓小平果断提出：应该在讨论经济工作之前，首先讨论一下全党工作重点转移的问题。这一提议得到了中央政治局大多数常委的支持。

12 月 13 日下午，邓小平在中央工作会议闭幕会上作了《解放思想，实事求是，团结一致向前看》的重要讲话，不仅提出并回答了中央工作会议与会者关注的事涉历史转折的一系列根本问题，为中央工作会议作了总结，而且为十一届三中全会提供了指导思想，因而它实际上成为十一届三中全会的主题报告。

"一个党，一个国家，一个民族，如果一切从本本出发，思想僵化，迷信盛行，那它就不能前进，它的生机就停止了，就要亡党亡国。……如果现在再不实行改革，我们的现代化事业和社会主义事业就会被葬送。"邓小平的闭幕式讲话振聋发聩，在中华民族何去何从的历史性时刻，指明了前进方向，成为改革开放的宣言书、动员令，引起了广大与会代表的强烈共鸣。于是，已经宣布闭幕的中央工作会议又延续了两天，集中学习、讨论邓小平的闭幕式讲话。

由于中央工作会议上作了充分准备，12 月 18 日至 22 日召开的党的十一届三中全会，全面纠正了"文化大革命"中及之前一段时期的"左"倾错误，彻底否定"两个凡是"的错误方针，高度评价关于真理标准问题的讨论，停止使用"以阶级斗争为纲"的错误口号，做出把党和国家工作中心转移到社会主义现代化建设上来、实行改革开放的历史性决策。

12 月 25 日，《人民日报》发表社论，直击人心："从今以后，只要不发生大规模的外敌入侵，现代化建设就是全党的中心工作。其他工作包括党的政治工作，都是围绕着这个中心工作，并为这个中心工作服务的。"

以十一届三中全会的胜利召开为标志，1978年，中国实现了具有深远历史意义的伟大转折。

1979年3月5日，国务院同意广东省将宝安县改为深圳市，珠海县改为珠海市，并在《国务院关于宝安、珠海两县外贸基地和市政建设规划设想的批复》中罕见地勉励广东省委："凡是看准了的，说干就干，立即行动，把它办成、办好。"

4月，十一届三中全会后的第一次中央工作会议召开，讨论全党工作中心转移后如何解决国民经济比例严重失调的问题。

中南组召集人、广东省委第一书记习仲勋在发言中明确提出："有一个问题提出来，三中全会报指出：'现在我国经济管理体制的一个严重缺点是权力过分集中，应该有领导地大胆下放，让地方和工农业企业在国家统一计划的指导下有更多的经营管理自主权'……广东邻近港澳，华侨众多，应充分利用这个有利条件，积极开展对外经济技术交流。这方面，希望中央给点权，让广东先走一步，放手干。……'麻雀虽小，五脏俱全'，作为一个省，是个大麻雀，等于人家一个或几个国。但现在省的地方机动权力太小，国家和中央部门统得过死，不利于国民经济的发展。我们的要求是在全国的集中统一领导下，放手一点，搞活一点。这样做，对地方有利，对国家也有利，是一致的。"

最后，他直截了当地向参加会议的中央领导同志提出建立"贸易合作区"的设想，即在毗邻港澳的深圳市、珠海市和重要侨乡汕头市划出一块地方，单独进行管理，作为华侨、港澳同胞和外商的投资场所，按照国际市场的需要组织生产。

看到中央没有明确反对，福建省委也乘机提出，福建华侨也很多，又面对台湾，希望中央比照广东，对福建省也实行特殊政策，在厦门建立出口加工区。

广东、福建两省的建议引起了中央领导的高度重视。时任广东省委副书记王全国回忆说："给常委汇报以后，习仲勋同志又带着这个意见给小平同志汇报，就讲到广东提出要实行特殊政策灵活措施嘛。这时小平同志原话这样讲：'对，办一个特区，过去陕甘宁边区就是特区嘛！中央没有钱，你们自己去搞，杀出一条血路来。'"

7月15日，《中共中央、国务院批转广东省委、福建省委关于对外经济活动实行特殊政策和灵活措施的两个报告》正式下发，决定在深圳、珠海、汕头、厦门试办特区，使之发挥优越条件，抓住有利国际形势，先走一步，把经济尽快搞上去。

这就是著名的"中发〔1979〕50号"文件。50号文件明确提出，特区的管理原则是，"既要维护我国的主权，执行中国的法律、法令，遵守我国的外汇管理和海关制度，又要在经济上实行开放政策"。

10月初，邓小平针对广东改革开放事业做出明确指示：广东省委放手搞，不要小手小脚，只要不丧权辱国，能够把经济快点搞上去，就放手搞。深圳、珠海划两块地方，就叫特区好。将来台湾回来，香港回来，也是特区。过去陕甘宁也叫特区，是我们中国的地方就是了。

10月31日，广东省委书记吴南生主持召开出口特区工作座谈会，讨论研究创办特区的有关方针、政策和做法。这次会议也特别讨论了特区名称问题。邓小平定下特区之名，大家都很振奋，但是叫什么特区呢，又颇费脑筋了。好巧不巧，这时候从北京传来了反对者的声音，说"陕甘宁是政治特区，不是经济特区"。反对者的声音，启发了与会者的思路：那就叫"经济特区"吧！上报中央后，中央领导人也同意了，觉得这名字不错，很贴近中央试办特区的初衷。

1980 年 5 月 16 日，中共中央、国务院做出关于《广东、福建两省会议纪要》的批示，正式将"出口特区"定名为内涵更为丰富的"经济特区"。批示提出："一年来的实践证明，中央决定广东、福建两省在对外经济活动中，实行特殊政策和灵活措施，是正确的。两省工作有很大进展，成绩是显著的。"

8 月 26 日，第五届全国人民代表大会常务委员会第十五次会议决定，同意在广东省深圳、珠海、汕头和福建省厦门设置经济特区，批准了《中华人民共和国广东省经济特区条例》。四大经济特区正式走上中国改革开放世纪大剧的历史舞台。

《纽约时报》敏锐地捕捉到了经济特区成立背后涌动不息的改革开放的"中国大潮"，它第一时间发文评论："铁幕拉开了，中国大变革的指针正轰然鸣响。"

袁庚与"蛇口模式"

波澜壮阔的历史转型大潮中，总会在偶然和必然条件的交织中闪现"手把红旗旗不湿"的时代弄潮儿。在穿越中国历史的航程中，他们的个人奋斗与家国前途相辅相成、彼此成就，演绎出动人的个人与时代共振的命运交响曲。

已过花甲之年的老革命袁庚，就是不期然间被时代大潮冲进了深圳经济特区发展的大舞台中，并在其中的"蛇口模式"重要乐章中，担负起了"领唱"的重任。

袁庚，原名欧阳汝山，1917年4月23日出生于现在的深圳大鹏镇水贝村。1939年3月27日加入中国共产党，同年参加惠宝人民抗日游击队，为避免连累家人，随母亲姓，改名袁更，解放初期因在出国护照上误写为袁庚，将错就错，一直沿用。1944年，袁庚27岁时奉调至东江纵队司令部工作，8月，东江纵队成立联络处，袁庚任处长，负责对日军的情报工作。1945年9月，被临时授予上校军衔，派往香港与英方就港九游击队撤离九龙半岛问题进行谈判，担任东江纵队驻港办事处第一任主任。1946年6月，随东江纵队北撤至山东烟台，后来编入三野部队，先后参加了南麻临朐战役、昌潍战役、济南战役、淮海战役。1949年，两广纵队成立炮兵团，袁庚任团长，先后参加解放广东境内大铲岛、三门岛等沿海岛屿战斗，11月奉调至中央军情部参加武官班受训。1950年4月，奔赴越南援越，任胡志明的情报和炮兵顾问。

1952年，袁庚被外派至印度尼西亚，任中华人民共和国驻雅加达总领事馆领事。1959年至1961年，历任中央调查部一局二处处长、副局长。1966年6月至1967年5月，抽调至外办、侨委、外交部、交通部等单位组成的接侨办公室工作。

岁月如流在穿梭。

22岁血气方刚时正式踏上革命道路，转战南北、中外，51岁春秋鼎盛之际却横遭厄运，7年时光蹉跎。到1975年重新走上工作岗位、出任交通部外事局负责人时，袁庚已经58岁了。通常来讲，他的职业生涯也走到暮年了。

开天辟地的1978年改变了一切。这一年，不但整艘"中国号"

航船转向改革开放的深蓝水道，也让袁庚等一大批老革命的事业人生，迎来了"霜叶红于二月花"的第二春。

1978 年 6 月，时年 61 岁的袁庚受时任交通部部长叶飞委派赴香港调查，起草了一份《关于充分利用香港招商局问题的请示》。10 月，袁庚被任命为交通部所属的香港招商局常务副董事长（董事长由交通部副部长兼任），主持招商局全面工作。

袁庚的深圳出身、东纵往事、香港经历、东南亚足迹，为他执掌香港招商局加持了诸多地利、人和因素。

对袁庚而言，还有一个人和因素不可忽视，这个人就是曾生。1975 年袁庚恢复工作、出任交通部外事局负责人时，叶飞是交通部部长，曾生任交通部副部长。1978 年 10 月，袁庚出任香港招商局事实上的一把手，几个月后的 1979 年 2 月，叶飞调任海军第一政委、海军党委第一书记，全面主持海军工作，曾生接任交通部部长直至 1981 年离休。曾生的家乡是今天的深圳市坪山区石灰陂村。曾生和袁庚不但有深圳同乡之谊，还是后者的直接领导：1939 年袁庚投身革命时，加入的正是曾生领导的惠宝人民抗日游击总队。1943 年底，曾生创建东江纵队并担任司令员时，袁庚先是在东江纵队司令部任职，后被委以重任，担任司令部联络处处长。1945 年 9 月，袁庚被临时授予上校军衔，担任东江纵队驻港办事处第一任主任。1947 年 3 月，以北撤至山东的东江纵队为基础组建两广纵队，司令员依然为曾生，袁庚则是纵队炮兵团团长，先后参加解放广东境内沿海岛屿战斗。直到 1949 年 11 月，袁庚奉调至中央军情部参加武官班受训，才从此脱离军事战斗序列，走上了情报、外事工作岗位。

屈指算来，袁庚一入伍就在曾生手下南征北战，历练了整整 10 年，成长足迹遍及深圳河两岸、大江南北，并一再被委以重任。可以想见，曾生对袁庚的能力、品质和个性是了然于胸的，是充分肯定的。不少回忆文章提到 1978 年 10 月袁庚执掌香港招商局，有曾生的力挺之功。这个伯乐与千里马的故事或许可以在接下来的三年得到佐证：1979 年后，袁庚在深圳湾畔的蛇口半岛上左冲右突，频频冲击中国改革开放初期无处不在的"深水区"和"无人区"，招致各种怀疑、诘难和攻讦。但在此期间，无论毁誉、不管成败，曾生始终和袁庚站在同一个战壕里，成为后者在改革开放新战线上冲锋陷阵的坚强后盾。

之所以要在这里不厌其烦地介绍袁庚的生平、经历，是因为年届 61 岁的他接手的是全中国独一无二的央企——香港招商局。在这个被誉为中国"天字第一号"的民族企业身上，流淌着中国百多年来社会经济领域生生不息的革新自强的血液，如何使之在新时代里偾张，是一副沉重而又光荣的历史重担。

富国强兵，轮船招商局

在香港有四家由国务院国资委和中央金融机构领导的中央企业，块头大、产业广、实力强，人称驻港"四大央企"，分别是招商局集团、华润集团、中国旅游集团和中国光大集团。

以企业存续的年头来计算，中国光大集团是不折不扣的小字辈。1983 年，正是中国改革开放的早春时节，国务院根据时任全国政协副主席王光英的建议，决定在香港再开一扇窗口，当年 8 月 18 日，光大集团应运而生。作为中国金融业的龙头企业之一，光大集团已在纽约、伦敦、新加坡等地设立了分支机构，形成了全球化的布局。

截至 2022 年 6 月末，光大集团总资产达到 6.9 万亿元人民币，位列 2022 年《财富》世界 500 强第 210 位。

中国旅游集团有限公司暨香港中旅（集团）有限公司的前身是中国早期银行家陈光甫于 1928 年 4 月在香港设立的中国旅行社香港分社，最早可追溯至 1923 年 8 月 15 日陈光甫在上海商业储蓄银行设立的旅行部。1954 年港中旅移交中央人民政府，先后隶属中华人民共和国华侨事务委员会、国务院侨务办公室管理。1999 年，按照"政企分开"的精神，港中旅归由中央直接管理，成为国务院国资委监管的 53 家特大型国有重要骨干企业之一。集团汇聚了港中旅、国旅、中旅、中免等众多知名旅游品牌，是唯一一家以旅游为核心主业的央企。截至 2022 年底，集团总资产超过 2100 亿元人民币，员工超过 4.5 万人。

2018 年 12 月 18 日，建筑高度 392.5 米的中国华润大厦在深圳市后海金融总部基地正式启用，成为当时深圳最新的地标性建筑之一。根据这座超级大厦的酷炫外形，它被赋予了直插未来云霄的别名"春笋"。

1938 年，一个名叫杨廉安的无锡商人在香港干诺道上设立了一家采买南北杂货的小店铺，注册资金 3 万港元。每当街坊问起店铺的名字，杨廉安便会用无锡方言回道："廉安行！"由于在无锡方言里，"廉安"二字与"联和"谐音，大家就自然而然地认为，这个"联和行"就是杨廉安的个人小铺头。

干诺道上的邻居们做梦也想不到，这个店名将错就错的小小联和行，是站在明处的八路军驻香港办事处放在市井里的秘密交通站。这个白白胖胖、斯斯文文的小店主杨廉安，不是别人，正是中国共产党早期领导人博古（秦邦宪）的亲弟弟秦邦礼。秦邦礼来港前一直在上海、无锡、汕头等地开设商铺，商铺同时也是联络站，为党中央筹集经费、传递情报、护送干部。秦邦礼深得中共领导人陈云的赏识。陈云在 1935 年 9 月上旬从上海起程前往莫斯科参加苏联青年共产国际第六次代表大会时特意带上秦邦礼一起与会，会后还安排他和自己一同进入列宁学校学习。

秦邦礼是天生的商人，通过他的巧手腾挪，八路军驻香港办事处在香港采购了大量前线急需的战略物资，并为内地筹集、输送了大量的钱款。与此同时，大隐隐于市的联和行生意做得风生水起，日后香港许多商界巨擘，如霍英东、包玉刚等，都是从这个时候和共产党开始有了往来。秦邦礼的潜伏水平也属一流，在国民党顽固派发动第二次反共高潮之后，八路军驻香港办事处遭到国民党特务的破坏，联和行依然无锋无芒地运转如常。

到了解放战争时期，联和行生意已经越做越大，分号无数，涉猎多个行业，旗下甚至拥有几艘大轮船，已经成为一个在亚洲地区叫得响的集团化大企业，联和行这个小店铺式的名字已经装不下它的大身板。1948 年 12 月 18 日，联和行进行改组、扩大，更名为华润公司。"华润"之名有"中华大地，雨露滋润"之意。1949 年 3 月，中共中央将广大华行下属的南洋商业银行、民安保险和广业置地与华润公司合并。1950 年，香港贸易委员会成立，由秦邦礼担任委员会主任，同时兼任华润公司董事长。

抗美援朝战争期间，华润公司这个红色资本机构利用自己在自由港香港的特殊渠道，采购了大量战略物资，而后通过自己的地下网络和香港爱国商人转运至祖国内地。这个机构为突破西方阵营的全面封锁、取得抗美援朝战争的伟大胜利和巩固中华人民共和国社会经济的安全，做出了特殊贡献。

1952 年，华润公司隶属关系由中共中央办公厅转为中央贸易部（今商务部）。1983 年，改组成立华润（集团）有限公司。2003 年，归属国务院国资委直接监管，并被列为国有重点骨干企业。今天的华润集团俨然是个产业巨无霸，业务涵盖大消费、综合能源、城市建设运营、大健康、产业金融、科技及新兴产业六大领域，下设 25 个业务单元，两家直属机构，实体企业 3077 家，在职员工 37.5 万人。截至 2022 年底，总资产规模高达 2.3 万亿元人民币，实现营业收入 8187 亿元人民币，净利润 642 亿元人民币，位列当年《财富》世界 500 强第 70 位。华润集团旗下的著名品牌有雪花啤酒、三九药业、太平洋咖啡、东阿阿胶、江中、华润电力、华润燃气……

但强悍如华润集团，其历史底蕴之深厚、其传奇色彩之斑斓，仍然不及招商局。

因为招商局是"中国民族工商业的缩影"，人称"百年招商局，半部近代史"。

1872 年，紫禁城。一场洋务派与守旧派之间的激辩正在朝堂上演。

事情的起因是这样的：1860 年代，洋务运动初起之际，鉴于"西人专恃其枪炮、轮船之精利，故能横行于中土"的判断，出于稳固海疆计，整理水师、设局造船成为早期洋务派领袖们的目标。被英国的战列舰当头棒喝的清廷也称此举"所见远大"，破例动用闽海关四成结款资助。李鸿章、曾国藩、左宗棠等洋务派重臣创立了金陵机器制造局、江南机器制造总局、福州船政局。1869 年，洋务派顶着压力，终于造出第一艘军舰"万年清号"，朝廷很满意，也暂时堵住了守旧派的刁难。但仅仅过了一年，1870 年第三艘新船下水时，原本与洋务派同声共气的清廷突然来了一个 180 度大转弯，转而暗戳戳地支持起了守旧派。

究其根本，清廷突然变脸无非一个钱字：随着新舰陆续下水、编列成军，朝廷突然发现，造舰是一个财政无底洞，所费比预想中多太多，才知道一艘战舰造好后，还要投入巨量的维护和给养费用。原计划五年拨款不超过 300 万两造船 16 艘，但造出第六艘船时，经费就已超支 340 万两。雄心勃勃的"设局造船"计划陷入了成船日多，经费动用更巨的弱国强军必然遭遇的怪圈。

1870 年，为缓解朝廷拨款压力，福州船政局只得将其第二艘轮船拨给相对富庶的浙江省使用，经费由后者承担。

闽、沪船厂的困境给了反对派以口实。1872 年，内阁学士宋晋上书清廷关闭闽、沪船厂，称其"名为远谋，实同虚耗"。此人为道光年间进士，官至户部侍郎，以"懂经济"著称于世，他的"重炮"进攻火力足够凶猛。宋晋说，造船本就是为了对付洋人，但如今跟洋人握手言和了，造船还有必要吗？而且，就算船造出来了，也无法比洋船厉害，打起来能保证胜利吗？时任福州船政局主管沈葆桢愤怒地反驳道：西洋人造船有百十年经验，中国人造船只有数年，当然技不如人，但学生可虚心向老师学习，难道学生不如老师，就干脆不学了？

也是在这场朝堂辩论中，胸怀一腔自强救国热血的洋务派主将李鸿章，吐出了那番广为人知的肺腑之言："三千余年一大变局也……士大夫囿于章句之学，而昧于数千年来一大变局，狃于目前苟安，而遂忘前二三十年之何以创巨而痛深，后千百年之何以安内而制外。"

忧愤之余，晚清"柱石之臣"李鸿章也深切地意识到了，洋务运动如果一直单纯地停留在"自强"、靠朝廷拨款创办纯输血性质的官办军事工业，终归要走向无源之水、无本之木的末路。为今之计，只能放下官架子，动员全社会，借用股份制，创办能自我造血的民营企业以"求富"，假以时日，达至自强求富的终极目标。

1872 年 6 月 2 日，李鸿章上书总理衙门，陈述以轮船招商筹办新式轮船运输业之利，"使洋人不得专利于中国"。17 日，总理衙门批复："遴谕有心时事之员，妥实筹维。"20 日，李鸿章再度上书总理衙门《筹议制造轮船未可裁撤折》，坚决反对裁撤闽、沪船厂，强调"国家诸费皆可省，惟养兵设防、练习枪炮、制造兵轮船之费万不可省"，否则"国无兴立，终不得强矣"。另外，如果两船厂"苟或停止，则前功尽弃，后效难图，而所费之项，转为虚糜，不独贻笑外人，亦且浸长寇志"。在李鸿章力陈利害之下，8 月 2 日，总理衙门奏准清廷：船政不停，由李鸿章、沈葆桢妥筹办理。

李鸿章的"妥筹办理"，就是创办轮船招商局。

涉江浮海，半为招商

在当时中国内忧外患的困境中，李鸿章看到，轮船招商是求富的七寸、救民的急所。首先，轮船运输业利润丰厚，以当时长江上第一家外资轮船公司旗昌轮船公司为例，从上海至武汉一趟跑下来，就能赚回轮船造价的 70%。其次，1871 年初华北饥荒，李鸿章急调赈灾粮北上，不料外国商船借机漫天要价，关键时刻被人摆了一道，让他深感掌握航运业的重要性。此外，办船运还能解决社会问题，当时国内传统的平底沙船又小又慢，在大洋船的冲击下，无数沙船业主歇业破产，陷入赤贫，为苟求生计，纷纷沦为海盗水匪。如能发展民族船运业，吸纳这些沙船流民，将有效减少社会不稳定因素。

李鸿章在复杂时局下游刃有余的"权变"之术，不但保住了洋

奔腾的深圳河

务派的心血之作"船政",还为近代民族工商业的发展开辟出了一块新天地。

1872 年 12 月 23 日,李鸿章正式向清廷奏呈《设局招商试办轮船分运江浙漕粮由》。在这份奏折中,他申明成立招商局的目的是承运漕粮和与洋商分利,同时提出了"官督商办"的体制构想,即商人出资,官府监管,资本照归商人所有,按公司章程管理,盈亏自负,"官总其大纲,察其利弊,而听候商董等自立条议,悦服众商",可以理解为半官半商的股份制企业。它解决了当时的一大难题:官府有权没有钱,民间有钱没有权,将两者融合,即可以互惠互利。

由于前期准备充分,李鸿章又是千里挑一的晚清擅长解决问题的专家兼写奏折的高手,3 天后清廷就"准奏"了,12 月 26 日因此成为招商局集团的生日。招商局成立之初,李鸿章从户部借来 20 万两银子作为启动资金,为表大力支持,他化名"李积善",入股 5 万两。

1873 年 1 月 17 日,上海洋泾浜南永安街 9 号(今中山南二路,近河南路)人头攒动。在今天群楼林立的上海外滩最矮的那幢三层楼里,轮船招商局正式开张。大门口,一面大清官船专用的三角龙旗和一面总理衙门特许使用的行业旗帜——招商局专用的双鱼旗在凛冽的寒风中飘扬。招商局双鱼旗底色为红,上绣两条相顾游弋的蓝色鲢鱼,寓意招商局轮船在江海中如鱼凭跃、年年富余。它的出场伴随着一连串无可争议的第一:中国近代第一家民族工商企业、第一家股份制企业、第一家船运企业。

轮船招商局创立后,在晚清四大买办之"三大"——唐廷枢、徐润、郑观应,还有"中国商父"盛宣怀的巧手运作下,迅速组建起了由 4 艘海轮组成的中国第一支蒸汽动力商业船队。

1873 年 1 月，招商局的第一艘轮船"伊敦号"首航香港，开辟了中国第一条近海商业航线。7 月，开辟天津、镇江、九江、汉口等北洋航线和长江航线。8 月初，招商局轮船首航日本神户、长崎，开辟了中国至日本的第一条远洋商业航线。年底，招商局相继开辟了南洋诸岛、美国夏威夷和旧金山、英国伦敦等远洋航线。中国近代民族航运业跨出了艰难的第一步。

　　1873 年招商局成立时仅有 4 艘轮船，到 1876 年时增加到了 11 艘。其间，相继设立了天津、广州、香港等 19 个分局，从洋人手中抢回了不少市场份额。除开辟近、远洋航线外，招商局还在上海浦东、虹口等地自置码头、栈房，并在沿江、沿海主要港口建设自用码头，设立分局。当时国人运货、出行，多搭乘招商局局轮，"招商局"成为近代中国响当当的民族企业品牌。

　　开业四年后，招商局又成为两个轰动上海滩的重大事件的主角。1877 年 3 月 1 日，招商局先以 222 万两白银的价格，一举购并了称霸中国江海十余年的最大外国航商——美国旗昌轮船公司，将其船队以及遍布汉口、九江、宁波、天津等地的码头、货栈、洋楼全部纳入囊中，包括在上海首屈一指的金利源码头。这是中国民族工商企业第一次收购外商资产，创造了历史。

　　经此一役，招商局船队增加到 30 多艘，与英商怡和、太古呈三足鼎立之势，外轮垄断中国江海航运的时代一去不返。《申报》热情洋溢地评论道："从此国家涉江浮海之火船，半皆招商局旗帜。"

　　紧接着，招商局又在资本市场和价格竞争中双管齐下，迫使当时声名显赫的英国怡和、太古两家轮船公司，与之签订相对平等的"齐价协议"，大长了蹒跚起步中的中国民族工商业志气。

　　作为中国近代民族工商业的绝对先驱，招商局以一己之力，构建出了中国近代民族工商业蓬勃发展的独特生态，依托自己的航运业"基本盘"，招商局投资、孵化出了一连串环环相扣的工商业态，如一束束璀璨星光，串联起了近代中国民族工商业的灿烂星河：第一家大型煤矿企业"开平矿务局"、第一家保税仓栈"上海关栈"、第一家保险公司"仁和保险公司"、第一家商业银行"中国通商银行"、第一家用机器生产的棉纺织企业"上海机器织布局"、第一条专线铁路"唐胥铁路"、第一家钢铁煤炭联合企业"汉冶萍煤铁厂矿公司"、第一家外贸公司"肇兴公司"、第一条专用电话线"天津大沽码头到紫竹林栈房电话线"，另外，还投资、捐办了近代中国第一所现代大学北洋大学堂（今天津大学前身）、新式学堂南洋公学（今上海交通大学前身）、吴淞商船学校（今大连海事大学和上海海事大学前身）……近代中国工商业的探路者招商局，始终走在一条荆棘丛生的长路上，每多前进一步，扑面而来的是更加辽阔的旷野，盛开着更加繁茂的野花。

1901年李鸿章病逝于北京，谥号"文忠"。这位与曾国藩、左宗棠、张之洞并称为"中兴四大名臣"，但自嘲晚清"裱糊匠"的"李中堂"李大人，一生心力尽付于风雨飘摇中扶大清王朝这座大厦之将倾，经历了无数旁人无缘体味的风霜雨雪，背负累累不堪其重的历史毁誉。

晚年时，李中堂的心境不可名状，悲喜莫衷一是。

不过，成功创办招商局显然被他视为人生中至为难得的华章。在致刘秉璋（字仲良）信中，素来老成持重的李鸿章曾罕见地写了这么一句："轮船招商，实为开办洋务四十年来最得手文字……各国无不詟服，谓中国第一好事。"

写此信时，距离轮船招商局成立还未满一年。

1872年12月26日，招商局在上海滩扯起了中国工商业近代化的大旗，一系列的开放、创新之举让它在回光返照的晚清末期盛极一时。奈何世事常常如梦，往往所托非人，它为之"自强""求富"的清王朝恰恰是时代的弃儿，中华民族进步道路上的绊脚石。在民主、立宪已然明牌的浩荡时代潮流中，自私、短视、愚昧的清王室依然满脑子做着家天下的春秋大梦，假意立宪、暗中集权，尽收天下之资却不肯放权分毫于社会。维新不成，革命暴起，最终落了个被横扫出局的可悲下场。继之，军阀混战，外祸连连，徒然给中国社会的近代化转型留下了一锅嚼不烂、咽不下的夹生饭。

作为晚清洋务运动仅存的硕果，招商局这艘"轮船"，不得不在中国近代化转型的急风暴雨中寻找栖身的港湾。

辛亥革命后，招商局的基本体制发生急剧变化，官督商办的模式随之解体。1912 年 3 月 31 日，招商局在上海张园召开第二次股东常会，成立了新一届董事会，伍廷芳被推选为董事会主席。自此，招商局进入了完全商办时期，改称为"商办招商局轮船公司"，后又称"商办招商轮船有限公司"。

自成立以来，招商局一直是中国航运业的中坚力量。

1937 年和 1938 年，为延缓、阻止日军溯长江西进，招商局以民族大义为重，在江阴、龙潭、马当等长江要塞江面上自沉轮船 24 艘，包括千吨轮 7 艘，占当时招商局船舶总吨位的 40%。其以玉石俱焚的悲壮姿态，展示了近代工商业先驱的民族气节。

此后的抗日进入持久战，招商局又在川江开辟航线，实行水陆、水空等多形式联运，支援抗战。但其运力被日军摧毁了 2/3 以上，航线与业务均极度萎缩，连年亏损。

1948 年下半年，解放战争中人民解放军摧枯拉朽、国民党军节节败退的战局已定。败退中的蒋介石反动统治集团急令招商局的大江轮全部南撤。渡江战役后，招商局 80% 以上的轮船和 1/3 的人员被强迁至台湾。1949年5月27日，上海解放，随后上海市军事管制委员会接管招商局。之后，随着全国各地陆续解放，招商局的分支机构全部被人民解放军军事管制委员会接管。

1949年9月19日晚，招商局"海辽号"接令从香港赴汕头运兵去舟山。航行途中，全体船员连夜油漆船体以作掩护，辗转菲律宾巴林塘海峡，在惊险、艰难的九天九夜航程后，顺利驶入大连湾，成为招商局第一艘在境外宣告起义的海轮。

为纪念"海辽号"起义，中国人民银行将"海辽号"图案印在1953年版人民币5分币正面右侧，流通34年。

1950年1月15日晨8时，香港招商局时任经理汤传篪、陈天骏率领全体员工及留港的13艘海轮共600多人宣布起义，并在年底将13艘起义海轮全部安全驶返广州，周恩来总理专门为这一壮举致电祝贺。

1949年至1950年，招商局共有17艘海轮船员起义，其中15艘成功返回祖国，成为中华人民共和国成立初期一支重要的水上运输力量。

上海滩—香港岛—深圳湾

1950年4月，招商局在上海的招商局总公司被改组为国营轮船总公司。1951年2月，又更名为中国人民轮船总公司，并与交通部航务总局合并，其分支机构同时更名。之后，中国人民轮船总公司与天津国外运输公司合并组成中国海外运输公司。1955年，中国海外运输公司改称为中国租船公司，并入中国对外贸易运输公司。招商局沿江沿海分支机构先后演变为沿江沿海各省市港航机构，成为中华人民共和国航运业和港口业的基石。

1970年代，随国民党迁台的台湾招商局因经营不善退出历史舞台，百年招商局仅剩下在香港的一根独苗。在中国近现代史左冲右突的激流冲刷下，招商局的大旗从大江大海的上海滩漂流到了华洋交织的维多利亚港。

1951年，香港招商局被交通部授权保留原名，成为中央人民政府在港全资国有企业，并以招商局母体的名义，以原香港分局留存的340多万港元资产继续开展经营活动，和华润集团等驻港企业一起，为中华人民共和国建立之初冲破西方阵营的禁运和封锁立下了汗马功劳，并在1965年和1972年相继成立了友联船厂、海通公司，为内地和香港国轮提供修理、进口备件等服务。

从1964年开始，招商局利用身处香港的地利之便，受交通部委托，协助内地有关部门利用贷款买船。至1969年底，中国远洋船队1/3的船舶通过招商局利用贷款购买，招商局对中国远洋船队的壮大和发展外贸做出了特殊贡献。

到1970年代末，曾经自成生态、集中国近代工商业业态之大成的招商"帝国"也已铅华洗尽、粉黛不施，核心经营项目只剩下作为"二传手"为内地贷款买船、买零配件，所有的家当只有一个仓库、一个修船厂和一幢办公楼。

档案资料显示，当时香港招商局总资产仅剩1.3亿港元，早已不复当年之壮。

更让人忧心的是，在"文化大革命"后期受内地"左"的思想影响，曾经的中国民族工商业先驱变得老气横秋，当年纵横捭阖的商业嗅觉和商战锐气也已丧失殆尽。

唤醒神龙，以何为号？

在中国现代化转型史上留下浓墨重彩的 1978 年如期而至。

当年 6 月 27 日，交通部在国务院会议上提出充分利用下属香港招商局的议题。时任部长叶飞汇报说，现在国家对设在香港的招商局利用得很不够。交通部计划今后要通过招商局，充分利用香港的资金、技术，来为国家的社会主义建设服务。利用招商局的有利条件，在香港筹建一个航运公司，实行单独经营、单独核算，为国家赚取外汇。除了经营海上运输外，还可以在香港建设修船厂、浮船坞、钢丝绳厂、尼龙缆厂和配件厂，发挥香港这个阵地在资金、技术、管理方面的优势，既为国家海运服务，又把生意做到境外去，为国家赚外汇，扩大再生产。

主持会议的时任中共中央副主席、国务院副总理李先念当即回应道："毛主席以前讲过，我们对香港是'长期打算，充分利用'。现在'长期打算'是长期打算了，就是没有'充分利用'。交通部开这个头是好的。"

当月底，时任交通部外事局副局长袁庚受命赴香港摸底招商局的经营状况。

香港干诺道西 15 号招商局大厦里的员工们很快领教了情报专家袁庚的信息搜集手段：61 岁的袁庚到香港没几天，就像拧紧了工作发条的壮年汉子，连轴转，挨个找工作人员谈话，一天两个，雷打不动，剩余时间就在香港各处溜达。几天下来，招商局大厦附近的药行、米铺、杂货店、水果摊老板的名字、经营状况、每月盈利，都被他摸了个门儿清。

与五年前出任香港招商局办公室主任梁鸿坤一次掏心窝子的谈话，更让他愁眉不展。那一天，袁庚刚起了个头，问他如何评价目前的招商局，一身正气、一直渴望着在香港为祖国社会主义建设事业出一把力的梁鸿坤没有丝毫遮掩，一下子把当时招商局存在的问题和背后的根源掀了个底朝天："我认为招商局没有什么出息，根本干不了事情！也发挥不了什么作用！我们这里是包吃包住，把你包起来，一个月再发你几百块钱，大家都在吃公家的，上班没事可干，你看我我看你，这个状态很糟糕。我来了五年多，觉得很悲观……只能这样可怜地守摊子。守摊子有什么用？"

梁鸿坤接着说："这些年来，我们眼睁睁地看着董浩云、包玉刚靠买船起家搞航运，不断发展，成了船王，我们怎么就不能发展自己的船队？"

在梁鸿坤看来，除了组建船队大搞海外航运外，船舶维修、拖船、油漆、拆船等船运配套业务，招商局都可以干。

1950年招商局起义时，拥有轮船15艘，而后来的"东方船王"包玉刚这时只有两艘船。但到了1978年，包氏家族已经拥有2000万吨的船队，而招商局却一条船也没了。

听完梁鸿坤一番掏心掏肺的"牢骚"，此时仅仅是交通部先遣调研人员的袁庚也不便做出确定的答复。沉默良久，袁庚只能笼统地回答说："招商局可以做的事太多了，先干吧，下决心干起来！"

一圈深入细致的调研下来，阔别香港30年的袁庚迅速找到了主场感觉。想当年，日本战败后，他以东江纵队港九大队上校的身份被派往香港与港英当局就港九游击队撤离九龙半岛问题进行谈判，成功说服当时的英军驻港总司令哈科特上将同意东江纵队在香港设立办事处。这个驻港办事处，就是后来新华社香港分社的前身。这段革命年代的"香港往事"，让袁庚平添了在和平时期重振招商局雄风的莫大信心。

袁庚认为，招商局如今的困境也是政策上出了问题。这么多年来，对招商局的管理一直套用内地国企管理的"计划模式"，罔顾招商局作为驻港企业的特殊身份，使之在激烈的市场竞争中处处落于下风，居然在香港经济社会腾飞的百年难遇的黄金时期，不可理喻地不进反退。

　　事实上，招商局成立伊始开辟的第一条航线就是沪港客运航线，并早早就设立了香港分局。经过几代人的辛勤耕耘，招商局在香港一度根深叶茂，人脉、资源、商誉、影响力厚积广种。当下虽然光芒不再，但动能不足、势能犹在，身价不再、身份仍在。中央政府只要稍微给一点点自主权和特殊政策，招商局这朵眼看着就要枯萎的花，必定能再度香飘天涯。

　　基于这个基本判断，袁庚认准招商局要得到"充分利用""把生意做到境外去"，发展成为一个多元化的大型跨国集团公司，必须做到两条：一、必须扩大船舶的修造业务，而不是单纯做内地买船的"二传手"；二、必须增加中流作业的能量，扩大招商局在国内航运业务的辐射力。"中流作业"是香港这个专业的国际转口贸易自由港特有的货柜装卸方式，即大型集装箱母船不进码头，而是停泊在香港海上锚区，然后直接在船上分派货柜，负责船边作业的中流仓公司则调派俗称"横鸡冡"、装有起重能力为40吨的单杆吊的方冡船，同时在母船两侧完成集装箱海上过驳作业。珠三角地区有大量的冡船参与这种作业，极大地提高了香港转口贸易的效率。

　　要扩大船舶的修造能力和增加中流作业的能量，必须有合适的场地来建设一个后勤服务基地或加工区。但在当时工商业高度发展、寸土寸金的香港，找到一块价廉物美的工业土地难比登天。不仅繁华地带的地价仅次于日本东京银座，郊区工业用地要价也高达每平方米5000港元以上，绝非囊中羞涩的招商局可以承受。

不过，袁庚留意到，由于招商局的总部设在香港，所属船舶可以直接进出香港码头，在内地与香港之间往来非常方便。他由此萌生了在与香港一河之隔的宝安县建立一个出口加工基地的大胆想法。

　　袁庚的这一灵光乍现，让再创百年招商局辉煌的独辟蹊径之举与深圳经济特区的探路之旅，奇妙地相遇在中国改革开放伟大事业的十字路口。

　　本当离休颐养天年的袁庚本人，人生的价值空间也被訇然打开。往后余生，绝无虚度：他不但是让中国第一家民族工商企业再度鼓帆远航的优秀"船长"，还成了改革开放"蛇口模式"的探索创立者，中国现代化转型进程上的拓荒者、引航员。

第十一章

"蛇口模式"

特区"开山第一炮"

由袁庚起草、交通部党组讨论通过的《关于充分利用香港招商局问题的请示》于 1978 年 10 月 9 日呈交党中央、国务院。在对外开放尚在中央高层领导人之间酝酿讨论，思想解放尚在理论策动之时，这份出自袁庚之手的《请示》堪称石破天惊，彻底突破了"一无内债，二无外债"的计划经济固有观念。《请示》表示招商局要"放手大干"，今后的经营方针是"立足港澳，背靠国内，面向海外，多种经营，买卖结合，工商结合"，"争取五年至八年把招商局发展成为综合性大企业"，而所需建设资金来源则"本着自力更生的精神，不向国家要投资"，而是"向银行贷款（包括向外资银行抵押贷款）；也可试行发股票和有价证券，多方设法吸收港澳与海外的游资……"。

除了允许向外资银行举债外，招商局还要了"就地独立处理问题的机动权""可以一次动用当地贷款 500 万美元从事业务活动"等权力。

时代弄潮儿之间奇妙的化学反应产生了。10 月 12 日，报告呈交仅仅过了三天，李先念就作了批示："拟同意这个报告。只要加强领导，抓紧内部整顿，根据华主席'思想再解放一点，胆子再大一点，办法再多一点，步子再快一点'的指示，手脚可放开些，眼光可放远些，可能比报告所说的要大有作为。"很快，党中央、国务院其他领导同志也一一圈阅并批准了这份报告。

1979年1月6日，广东省和交通部联合向国务院上报了《关于我驻香港招商局在广东宝安建立工业区的报告》，提出：经过中央、广东省、交通部招商局的一系列交涉、规划、商谈，初步选定在宝安县南头半岛建立招商局工业区。

关于工业区选址，袁庚多年后很实在地说，他首先想到的是他的家乡深圳大鹏。"但是，大鹏离香港还是远了，中间隔着海，风浪很大，不合适。"在宝安县境内多次踏访后，最终选定了南头半岛。"香港过来才一个小时，元朗过来仅半个小时，而且有建港条件。"

1979年1月31日，时任交通部副部长彭德清和袁庚一起赴京向李先念和谷牧汇报。汇报到最后，袁庚从文件夹里拿出一张《香港明细全图》，指着地图请李先念看，说："我们想请中央大力支持，在宝安县的蛇口划出一块地段，作为招商局工业区用地。"李先念仔细审视着地图，当场用铅笔在地图所示的宝安县南头半岛的根部画了两条杠，说："就给你们这个半岛吧！"

这张地图保存在深圳蛇口的招商局历史博物馆里，两条铅笔印记至今清晰可见。两条杠以南的土地大约36平方公里，差不多是整个南头半岛的全部面积。

老一辈无产阶级革命家李先念大开大合画下的两条杠，一下子震住了素来以胆大著称的袁庚。"面积太大了，以当时招商局的实力根本无法开发这么多土地。"袁庚回忆说。最后，袁庚代表招商局只要了南头半岛最南端名为蛇口的小幅土地，面积约2.14平方公里。

后来有人重提此事，说当初招商局没有把整个南头半岛要下来是一个"历史性的遗憾"。袁庚不这么认为，他说："这不是我们想不想要的问题，而是一个敢不敢要的问题。我们在一片荒滩上，开发一平方公里总投资将近一亿元。如果我们一开始就搞上几十平方公里，这笔几十亿的债留给谁来还呢？"

确定好工业区地块后，李先念郑重其事地对彭德清和袁庚说："交通部就是要把香港外汇和国内结合起来用，不仅要结合广东，而且要和福建、上海等连起来考虑。"又说："我想不给你们钱买船、建港，你们自己去解决，生死存亡你们自己管，你们自己去奋斗。"

他现场在报告上作了批示："拟同意。请谷牧同志召集有关同志议一下，就照此办理。"

就这样，袁庚代表招商局从提出在毗邻香港的宝安县"建一个对外开放的工业区"设想到考察选址，拟写报告，广东省革命委员会、交通部会签，再上报国务院批准，仅仅费时一个多月，可见当年推进对外开放的紧迫形势，也足见袁庚起草的报告主题贴近国内现实，方案紧扣时代脉搏。

1979年1月31日获批的招商局蛇口工业区就此捷足先登，比同年3月5日国务院批准广东省宝安县改为深圳市早了一个多月，比1979年7月15日中发〔1979〕50号文指出"关于经济特区，可先在深圳、珠海两市试办"的决策早了约半年，比1980年8月26日深圳等四大经济特区正式建立早了约一年七个月。

显而易见，蛇口工业区的先行启动，是中央做出创办经济特区决策的一个前奏。蛇口工业区实际上是国外和境外所搞的出口加工区，属于世界经济特区开发管理的一种模式。因此，中国改革开放史研究者普遍把蛇口工业区纳入经济特区的范畴，并由此引申出这样一个观点：蛇口工业区实际上就是中国创办的第一个出口加工区。

1979 年 7 月 8 日，蛇口工业区基础工程正式破土动工。南头半岛南滨、虎崖山下响起爆破声，以改革开放"开山第一炮"、中国改革开放"启幕乐章""第一声号角"的历史定位，载入中华民族世纪崛起的光辉史册。

"蛇口试管"的探索、试验、突破，也理所当然地成了深圳经济特区这块改革开放"试验田"所收获成果的有机组成部分。

"问我航程有多远，一八七二到今天"，这是著名词作家阎肃代表作品招商局之歌——《问我航程有多远》的开篇第一句。

2004 年 9 月 6 日，招商局历史博物馆在深圳市南山区蛇口沿山路 21 号美丽的大南山脚下正式开馆。

博物馆门口立有两座雕塑。其一名为《铁锚》，立于 2007 年。前端刻有铭文曰："招商局，创于晚清，历经民国，已逾百年。其间开风气、领潮流，两创辉煌。值今创造第三次辉煌之际，筑基树锚，陈固历史，既喻铭篆先贤之意，更寄启励今侪之望。"其二是《闯与创》，表现的是一位女性挣脱束缚、奋力欲飞的形象，诠释了一代中国人心向未来、敢闯敢试、敢为人先的时代精神。

晚清时节，招商局高擎自强、求富大旗，在王朝余晖中初创辉煌。最为难能可贵的是，它以一己之力构筑起了近代中国工商业萌芽、生长的独特生态，投资、孵化出一系列"近代中国第一家"企业图谱，打破了外国资本对中国江海航运的垄断，引领中国近代民族航运业走向世界。

1978 年以来，招商局在袁庚及继任者带领的招商人的不懈努力下，乘改革开放之浩荡春风，扶摇而起，在深圳湾畔创造辉煌。

1993 年 3 月，袁庚从招商局常务副董事长任上离休，那一年，他 76 岁。袁庚在任的 14 年里，招商局总资产翻了 117 倍。一个百年企业在他的改革哨音中重新苏醒，再度风帆鼓荡。2016 年 1 月 31 日，袁庚辞世，享年 99 岁。这一年，招商局总资产达到了惊人的近 7 万亿元人民币。

截至 2022 年底，招商局集团总资产规模达到 12.4 万亿元人民币。2022 年度，招商局营业收入 767 亿美元，位列《财富》世界 500 强第 152 位，集团旗下招商银行以 710 亿美元的营业收入排在第 174 位，如果将二者合并计算，其在《财富》世界 500 强排名将位列前 50 位。

今日之招商局，是当之无愧的"第一央企"。

第一代标杆企业

同治十一年（1872 年），盛宣怀在《上李傅相轮船章程》中写道："中国官商久不联络，在官莫顾商情，在商莫筹国计。夫筹国计必先顾商情，倘不能自立，一蹶不可复振。"谋商情、筹国计，是《新时代招商局信条》的第一条，代表了招商局这家中国民族企业先驱的国家自觉。从 1872 年至今，150 多年历史的招商局，几经变迁，几次改名，"招天下商，通五洲航"，唯"招商"二字未曾改变。这是招商局的荣耀，也是中国人的不朽传奇。

与百年前轮船招商局自造近代中国民族工商业生态圈，在中国的近代化之路上升起点点星光异曲同工的是，百年后重新出发的招商局一路乘风破浪，以航运业为锚，在国内外搭建起港口、物流、基础设施、金融等相关产业共生共荣的业态，成为点缀中国现代化大道的丛丛鲜花。

招商局"第29代实际掌门人"袁庚远比晚清"柱国之臣"、轮船招商局的创始人李鸿章幸运。在清王朝摇摇欲坠的19世纪末期，朝廷软弱无力，保守派四处掣肘，民间鸦雀无声，洋务派就像大时代汪洋上一支航向混沌不明、彼岸模糊不清的孤独船队，不断有船掉队，不断有船返航，不断有船倾覆。轮船招商局恰似晚清"裱糊匠"李鸿章灵光一闪绘出的一抹浅蓝，终究洇不透清王朝那漫天的昏黄底板。王朝倾覆，中国陷入连绵不绝的战乱之中，轮船招商局随之星散，风流总被雨打风吹去。

20世纪末期，中国的政治稳定、经济转型，是袁庚等改革开放闯将们如鱼得水的黄金时代。

这种无法言说的幸运和可遇不可求的时代红利，从李先念大笔一挥画出约36平方公里土地，让袁庚做改革开放"试管"的豪情中，即可管窥一二。尽管有种种疑惑和诘难，但在新的国内外形势、新的时代要求下，改革开放这条长路是中国必须要走的。中央政府坚决支持各地各领域的务实突破、理性试错。唯一的问题是怎么走，谁带领哪个地区或哪个领域迈出第一步？

袁庚从现实角度考虑，最后只要了2.14平方公里。招商局蛇口工业区的设立，让他从此拥有了一间有一定自主权、麻雀虽小，五脏俱全的改革开放"实验室"，在"计划外"探索一片相当于一座小型城市的区域的现代化运营。招商局闪烁着近现代百年中国企业的星光，在今天的人们已略感遥远的1978年，终于汇入了中国改革开放的灿烂星空。20世纪80年代蛇口工业区向改革开放荆棘地带的抢滩进攻，正是深圳经济特区"试验田"乃至全国改革开放事业破浪前行的近景特写。

1978 年 12 月 26 日，袁庚乘坐"海燕 8 号"交通快艇，从香港招商局中环码头出发，在蛇口公社水产码头靠岸。这段 27 海里、用时 1 个多小时的航程之后，蛇口正式登上中国现代化历史的中心舞台。

巧合的是，106 年前，轮船招商局正是诞生在这一天。

1979 年 7 月 8 日，与香港只隔着一道海湾，却在特殊年代成为边防禁区的蛇口海岸，响起了改革开放的"开山第一炮"；20 日，蛇口工业区作为我国第一个没有纳入国家计划，没有国家拨款，自筹资金、自担风险的工业区正式运作。

在蛇口工业区，人们惊喜地看到了久违的速度和激情。不到两年时间，招商局就在曾经的荒滩上完成了整个工业区的基础工程和公用设施建设。1981 年，工业区所属的蛇口港一期工程竣工并投入使用，两年后成为我国正式对外开放口岸。

1981 年，时任港督麦理浩访问蛇口，眼前的景象让他有所触动，说："在香港，要完成目前蛇口这样的规划，也要四年半时间，而你们只用了两年多的时间。"

1982 年，招商局又投资兴建了我国第一个中外合资港口深圳赤湾港。

与此同时，1980 年初，还是一片大工地的蛇口工业区向全世界敞开大门招商引资，边建设边引资，为刚刚起步的中国对外开放事业探路。当年 1 月，招商局和丹麦宝隆洋行合资组建中国国际海运集装箱公司。在袁庚的提议下，公司采取了董事会领导下的总经理负责制，并聘请丹麦人莫斯卡担任首任总经理。袁庚当年此举可谓是第一个吃螃蟹，而且在守旧人士眼里简直是冒天下之大不韪。

一次新闻发布会上，香港《明报》记者尖锐提问："你在蛇口搞的是资本主义还是社会主义？"

袁庚毫不避讳，巧妙回应："我们共产党搞社会主义的目标是为了国富民强。过去因为没搞好，内地很穷。"随后，他话题一转，现场招商："争论（主义）是无用的，我们不能让人民继续过苦日子。内地已经打开大门，欢迎大家去考察去投资，希望大家看准机会，一同发财。"

袁庚这一番务实诚恳的现场表态，给跃跃欲试要和大门正徐徐打开的中国"一同发财"的各个国家、地区的外商们，做了一个效果很好的广告。外商纷纷涌入蛇口工业区。

1981年9月，全球塑料玩具巨头凯达玩具厂宣布，在蛇口投资1600万美元建设员工多达1200人的出口加工基地，成为改革开放后进入内地的第一代港资"大厂"。

1982年6月14日，响应国家南海石油开发战略，经国务院批准，由招商局牵头，深圳市供地，华润集团等部分驻港央企联合发起成立了中华人民共和国第一家股份制企业"中国南山开发股份有限公司"。旗下上市公司"南山控股"，是中国第一家物流地产A股上市公司及国资规模最大的高端物流园区开发运营商，现已投资运营超过80个智慧物流园区和特色产业园区。

6月28日，在袁庚的鼓动与支持下，香港商人马灿洪、陈惠娟夫妇与蛇口工业区合资开设了内地第一家经营出口商品并收取外币的"购物中心"，实际上就是内地第一家免税品商店。店面由一个集装箱改造而成，仅供出入境人员在此购物。原先担心一天卖不出一瓶汽水，结果开张才五天，就收回全部50万港元投资，第一年利润近千万港元。

1983年，蛇口"开埠"短短四年后，投产启动90多家企业、

130 多个外资项目、投资额 10 多亿港元，工业区实现制造业总产值超过 2.2 亿元人民币。面向世界的开放，带来的是蛇口工业区由荒滩野地快速变身为繁荣建成区的奇迹。到 1992 年，蛇口人均生产总值已高达 5000 美元，堪比当时风头正劲的"亚洲四小龙"。

招商局蛇口工业区的创新生态逐渐养成，一批治理模式多样、所有制混合的本地企业脱颖而出，成为深圳经济特区乃至全国的创新企业名片。

1985 年 10 月，全国第一家由企业创办的保险机构"蛇口社会保险公司"成立。1988 年 3 月，经中国人民银行批准，蛇口社会保险公司转型成为中国平安保险公司。最终在当年的招商局蛇口工业区劳动人事处干部马明哲手中，一跃成为中国三大综合金融集团之一和全球大型的金融服务公司之一，名列 2022 年《财富》世界 500 强排行榜第 25 位。

1987 年 4 月 8 日，招商局蛇口工业区在内部结算中心基础上，创办了中国境内第一家完全由企业法人持股的股份制商业银行——招商银行。

1987 年 9 月，寓意"中华有为"的华为公司以民间科技企业身份创立于蛇口工业区，注册资本 2.1 万元人民币、员工 14 人，主要业务为代理中资控股的香港康力投资有限公司的 HAX 小型模拟交换机。从一家生产用户交换机（PBX）的香港公司销售代理起步，最终大器晚成的任正非凤愿得偿，华为一路高歌，成为今天中国高新技术企业的标杆和自主创新的样本。

1989 年，张思民从中国国际信托投资公司总部辞职，在蛇口的三间民房里开始筹建海王集团。

……

2022 年《财富》世界 500 强中，有 11 家深圳籍企业入围。其中，从 20 世纪 80 年代的招商局蛇口工业区走出来的优秀企业占据了 3 席，分别是名列第 25 位的中国平安、名列第 96 位的华为公司和名列第 174 位的招商银行。作为孵化器的招商局名列第 152 位，算在中国香港地区名下。

2022 年《财富》中国 500 强中，上述中国平安、华为公司和招商银行都在前 100 名之内，籍贯落在蛇口的还有名列第 84 位的中集集团、名列第 87 位的招商局蛇口、名列第 306 位的海王生物以及名列第 405 位的招商证券。

因此，最初面积仅为 2.14 平方公里的蛇口工业区被誉为"单位面积培育知名企业最多的地方"。

像袁庚这样的奠基型改革闯将和招商局、华为公司、中国平安、招商银行、中集集团、海王生物等深圳经济特区标杆型企业，是蛇口的骄傲，是深圳的幸运，也是中国的财富。

蛇口模式，希望之窗

美国著名城市理论家刘易斯·芒福德在《城市发展史》一书中说："城市的主要功能是化力为形，化能量为文化，化朽物为活生生的艺术形象，化有机的生命繁衍为社会创新。这都是城市能够发挥的积极功效。"这句话非常经典，但重点却在接下来的这一句："然而若没有制度创新，若不能首先有效支配现代人类掌握的巨大能量，这些积极功能就无从发挥。历史上同样是先有制度创新，然后一些发展过渡的大型村落、碉垒、营寨，才靠这些制度安排逐步转化为环绕一个核心、高度组织化的社会文明构造，让城市诞生于世。如今我们急需的，同样也是这种强大的制度安排。"

1979年到1984年的5年间，招商局蛇口工业区在各项制度革新上创造了24项全国第一。这些制度创新凝聚而成的"蛇口模式"，成为当时中国探索现代化建设和改革开放道路的不二秘籍。

因此，蛇口被盛赞为"希望之窗"。党和国家领导人密集视察招商局蛇口工业区。1980年12月13日，时任中共中央总书记胡耀邦在北京接见袁庚。1981年4月14日，时任国务院副总理万里视察蛇口工业区，听取袁庚汇报后，很高兴地说道："你们干得很好，就照这样干。"来得最勤的是当时主管经济体制改革的国务院副总理谷牧，前前后后到访蛇口19次。1994年7月28日，谷牧为庆祝招商局蛇口工业区创办15周年题词："中国改革开放的排头兵。"

"蛇口模式"为中国其他地区推行改革开放奠定了重要的理论及实践基础。

敬畏人事、天道，遵循法则、规律，成为袁庚在一穷二白的蛇口工业区创造发展奇迹的终极武器。

人，永远是第一位的。

1980年3月，袁庚担任招商局蛇口工业区建设指挥部总指挥，他在蛇口工业区人才问题上实行"择优招雇聘请"，在有关省、市、院校通过考试招聘人才；试行"干部冻结原有级别，实行聘任制"；实行基本工资加岗位工资加浮动工资的工资改革方案，基本奠定了与市场经济相适应的分配方式。

1981年12月8日，被誉为蛇口"黄埔军校"的招商局蛇口工业区企业管理培训班第一期正式开学，以吸收、消化国外先进管理思想，培养工业区自有人才。与此同时，64岁的袁庚不辞劳苦，亲自到各大高校登门求贤。

曾任招商局蛇口工业区办公室主任、免税公司经理、招商局科技集团董事长的顾立基，就是袁庚费了不少心思才从清华大学挖来的，他原本的分配单位是旱涝保收的上海市纺织局。

让顾立基又惊又喜的是，他在管委会办公室秘书任上只干了一年，第二年就当上了主任，而原来的主任则成了副主任。"这样的做法在蛇口之外简直无法想象。"

多年后，顾立基还清清楚楚地记得，当年袁庚曾对他说过的关于体制下"人"和"事"的一个比喻：蒲包里的一堆螃蟹，螃蟹的腿你钳着我，我牵制着你，谁都别想动，谁都动不了。希望在蛇口那个地方闯出一条路来，改变"你牵制我、我牵制你"的现状，大家一起往前走。

"蛇口模式"很快激起了回响。1981年5月27日至6月14日，时任国家进出口管理委员会、外国投资管理委员会副主任兼秘书长、党组成员，后担任中共中央总书记的江泽民，协助时任副总理谷牧主持召开了广东、福建两省和经济特区工作会议，最后形成了《广东、福建两省和经济特区工作会议纪要》。这个文件为四个经济特区的全面建设统一了思想，提供了具体指导。比如，经济特区企业职工一律实行合同制，企业有权自行招聘、试用、解雇，就是这个文件提出来的。

1981年11月23日，江泽民受国务院委托，向第五届全国人大常委会第二十一次会议作关于授权广东省、福建省人民代表大会及其常务委员会制定所属经济特区的各项单行经济法规的决议的说明。他介绍了深圳市尤其是蛇口工业区引进外资和经济发展的情况，指出尽快制定和颁布经济特区的各项单行经济法规，已成为当务之急。

改革开放"试管"里培育出来的制度创新——"蛇口模式"被中央政府吸纳、优化。在蛇口改革开放实践中提炼出来的"时间就是金钱，效率就是生命""敢为天下先""空谈误国，实干兴邦""技术至上，质量第一""知识就是财富，信息就是生命"等新观念、新口号，像是一阵阵新思想、新理念的飓风，引领中国改革开放风气之先，荡涤着无数国人的心灵。

而那句最终内化为招商局乃至深圳城市基因，激发了无限想象力和创造力的标语"时间就是金钱，效率就是生命"，更是成了 20 世纪末响彻神州大地的时代呼声，成为中国改革开放伟业标志性的口号之一。

时间就是金钱，效率就是生命

多年以后，袁庚回忆说，蛇口工业区初创时亲历的两件事引发了他的思考，给了他创造"时间就是金钱，效率就是生命"这个经典标语的灵感。

一个是"三天利息"事件。

袁庚到香港后，1978 年 10 月花 6180 万港元买了香港中环干诺道上的一座 24 层大楼，是他入主招商局后的首单。第一次交订金，付支票 2000 万港元，那天是星期五，港商要求招商局方面下午 2 时尽快到律师楼把相关手续办好。拿到 2000 万港元支票后，港商迅速钻进了一直没有熄火的轿车，一溜烟走了。后来袁庚才弄明白，原来香港银行都在周五下午 3 时停止营业，到下周一才开门迎客。

2000 万港元如果在周五下午 3 时之前没有存到银行账户上，这个港商"资本家"就要白白损失三天的利息将近 3 万港元。

对方这种商业化的思维模式，让初来乍到的袁庚感叹不已：观念与改革相辅相成，要使改革取得成功，观念的转变很关键。

另一个是"4 分钱超产奖励"事件。

招商局蛇口工业区第一个工程项目五湾顺岸码头破土动工。承建单位交通部四航局在赶运土方时，一开始沿袭过去的做法，实行 8 小时工作制，一天一辆车的考核运输量是 20—30 车土。班组工人除 36 元固定工资外另有奖金若干。但所谓的奖金并不与实绩挂钩，也基本固定，由车队队长评定为差距极小的三个等级，每人按月发放 5—7 元，起不到一丁点激励作用，每天的作业量柱状图高度基本不变。

10 月，四航局工程处为了赶工期，决定把每天的基础工作量提高到 55 车，除基本工资外，每车可以额外获利 2 分钱；超过 55 车的则每车"重奖"4 分钱。工人们的干劲一下子上来了，普遍做到了一天一辆车运 80—90 车土，最高纪录居然达到了 131 车，比之前的正常工作量提升了好几倍。

"4 分钱超产奖励"刺激了运输工人的劳动积极性，也"刺激"了以恪守平均主义为己任的某些人的敏感神经，认为这是反社会主义的"物质刺激""奖金挂帅"，于是向上级举报。1980 年 4 月，上级有关部门以"纠正滥发奖金的偏向"为由，勒令四航局停止实行超产奖励制度。这样一来，工人们的积极性一下子断崖式回缩，每人日均运土量又回到了 20 多车的老样子。

袁庚去现场调研，有工人实实在在地告诉他说："如果不实行奖金制度的话，我保证没有一个人愿意多干，拖就是唯一途径。"

当着工人们的面，袁庚当场表态："想办法，奖金制度一定要执行。"

随后，点子特别多的袁庚不仅向交通部、国务院进出口管委会、广东省委特区管理委员会等四处递交报告反映，还请新华社记者来实地调查，写了一篇题为《关于深圳市蛇口工业区码头工程停止实行超产奖，造成延误工期，影响外商投资建厂》的内参，直送中央。7月30日，胡耀邦批示："请谷牧同志过问一下此事……看来我们有些部门并不搞真正的改革，而仍然靠作规定发号施令过日子。这怎么搞四个现代化呢？"谷牧迅速批示："……既实行特殊政策，交通部、劳动部这些规定在蛇口就完全可以不实行……"

8月1日，也就是中央领导人批示两天后，"4分钱超产奖励"宣布重新实行。因为这个以分为单位的超产奖励，五湾顺岸码头的一项工程得以提前一个月完工，为国家多创产值达130万元，工人的奖金只占他们多创产值的2%。

发生在香港老板和蛇口工人身上的两个"金钱故事"，让袁庚真切地感受到了内地在经济发展理念上的因循守旧，和发达地区之间在市场意识上的巨大落差。时间、效率观念已在香港老板的血液里流淌，而蛇口的"4分钱超产奖励"事件的最终解决，完全是基于中央领导人特殊途径和蛇口工业区特殊地位的个案处理。今后的蛇口和随后跟进改革开放的其他地区，一碰到新旧政策、理念、认识打架的问题就要上书中央、诉诸媒体，这样的社会进步方式绝非正常。唯有影响、改变普遍性的社会思潮、观念，自下而上地更新广大干部群众头脑，才能从根本上消弭守旧思想于无形，才能光明正大地铺开春和景明的中国改革开放蓝图。

在改造思想、影响观念这样的经世大业上，以袁庚所处的位置，可以做点什么？

他想到的是在自己掌管的一亩三分地上，以中国人普遍接受的口号、标语的方式，掀起一场"蛇口模式"思想风暴。

1981 年 3 月下旬的一天，袁庚在蛇口工业区干部大会上提出了六句口号："时间就是金钱，效率就是生命，顾客就是皇帝，安全就是法律，事事有人管，人人有事管。"这六句口号得到大多与会者的赞同，但会上也有人对"顾客就是皇帝"一句提出异议，认为共产党人不应标榜"皇帝"。

会议结束后，蛇口工业区副总指挥许智明找到旅游文化服务公司总经理，安排美工在一块三合板上用红油漆写上前两句标语"时间就是金钱，效率就是生命"。

这块划时代的标语牌第一次在蛇口竖立起来了。

果不其然，在平均主义和"大锅饭"仍是社会常态的 20 世纪 80 年代初，这条标语如同"冲破思想禁锢的第一声春雷""划过长空的第一道闪电"，迅速引爆了社会舆论，巨大的争议席卷而来。一些人以"主义"开道、上纲上线，厉声指责蛇口在宣扬"拜金主义"，袁庚比资本家还狠，既要"钱"又要"命"。

压力之下，第一块标语牌面世仅三天，便被拆除丢进仓库。

11 月底，袁庚给招商企业管理培训班的学员上课，再次谈到这句口号，在培训班学员中引发热烈回应。在这次讲课过后的一个星期天，谭筑熙等六名培训班学员在当时蛇口最热闹的商业街上再次竖起标语牌："时间就是金钱，效率就是生命，事事有人管，人人有事管"。

1983 年，蛇口工业区宣传处制作了比前两块大许多倍的巨幅的标语牌，竖立在蛇口港务公司门前。

新标语牌上再度变回"时间就是金钱，效率就是生命"这两句。

1984 年 1 月 25 日，得知第二天邓小平要来蛇口视察，袁庚于下午 4 时特地从香港赶回蛇口，在嘱咐相关工作人员落实接待工作后，又交代许智明和时任蛇口工业区办公室副主任余为平通知工程公司连夜加班，在深圳市区拐进蛇口的必经之路上埋水泥柱子，把"时间就是金钱，效率就是生命"做成大块标语牌挂上去。

袁庚还特别强调了一句："我要让首长路过时看到这个标语牌。"

许智明希望他能够慎重些，这个标语一直以来有争议，万一……

袁庚很干脆地打断他的话头："没有万一，有万一也要干。"

工程公司连夜赶工，重做了一块五六米长的巨型标语牌，铁皮板上是 12 个醒目大字：时间就是金钱，效率就是生命。

当天下午，一向杀伐果断的袁庚心细如发地安排着迎接首长视察的诸般大小事宜。这个面对质疑、反对声音时动不动就说"我们愿意接受实践法庭的审判""要是失败了，放心，我领头，我们一起跳海去"的革命者、改革者，在这一天表现出了罕见的铁汉柔情，激动中有些紧张，坚定中有些忐忑。

也难怪袁庚的心情起伏，毕竟，第二天，蛇口工业区和深圳经济特区作为改革开放的"试管"和"试验田"，即将迎来期中大考。

开往南方的列车

1984 年 1 月 24 日上午 10 时 5 分，从北京开来的专列缓缓驶入广州站。早已在此迎候的广东省主要领导同志登上专列，希望把小平同志和杨尚昆、王震等陪同领导接去珠岛宾馆休息。已届八十高龄的邓小平不顾舟车劳顿，坚持要先去深圳，在广州至深圳的列车上听取广东省委有关负责同志的汇报。

他说：办特区是我倡议的，中央定的，办得怎么样，是不是能够成功，我要亲自看一看。

邓小平急着踏上一直以来只在地图、文件上见到的深圳，迫切地要在这片红土地上实地检验一下试办经济特区三年多的政策成色。他对自己倡议设立的经济特区是寄予厚望的，但"特区四子"有没有为中国现代化事业及时破题、有没有为改革开放事业"杀出一条血路来"？是收还是放？人居京城、光听汇报，无法让他踏实放下一颗始终悬着的心。

这三年多，"中国号"经济特区建设热火朝天，人们的观念和行动在旧有的体制模式上脱胎换骨，经济社会发展一日千里。尤其是走得最快的深圳经济特区，到 1983 年已和外商签订了 2500 多份经济合作协议，成交额达 18 亿美元。与 1978 年相比，1983 年深圳工农业总产值增长 11 倍，财政收入比办经济特区前增长 10 倍多，外汇收入增长 2 倍，基本建设投资比 1949 年至 1979 年 30 年的总和增加约 20 倍。

但在具体实践中，中央给予广东、福建两省的特殊政策和灵活措施的空间不断受到各部各门、条条框框的限制挤压。

社会上甚至党内围绕经济特区的非议、改革开放的争论此起彼伏、云谲波诡，莫衷一是。一些人把经济特区工作上的一些失误无限放大，上纲上线到"新条件下阶级斗争"的高度。轰动一时的是，1982 年上海某大报先后发表了《旧中国租界的由来》《痛哉！〈租地章程〉》两篇文章，从旧中国租界的形成谈起，借古讽今，矛头直指袁庚为招商引资将土地出租给外商，曲笔影射蛇口工业区是"新时代的租界"。

1982 年初有关部门呈交给中央的一份调查报告，对深圳做出了这样令人瞠目的结论："外资充斥市场，宗教迷信活动加剧，淫秽物品大量流进，暗娼增多，台湾反动宣传加紧渗透，港台电视也占领了阵地，特区几乎成了不设防的城市。"

一些老干部到深圳参观后将当时广东、福建等沿海地区走私活动猖獗的锅全甩给了深圳，说经济特区成了走私通道，"除了天空飘扬的国旗外，深圳已经见不到红色"。还有人给中央写信说"深圳 80% 的干部烂掉了"。

1982 年 2 月，中央书记处召开广东、福建两省座谈会，专题研究打击走私贩私、贪污受贿问题。重压之下，时任广东省委第一书记任仲夷向中央作了他参加革命以来的第一次检查。

广东特别是深圳的一线干部群众感觉顾虑重重，压力很大，说这样的"冷空气南下"，让人不知所措、不寒而栗，"还不如就地躺下"。

另外，在党内高层，对经济特区发展的快慢、急缓也有各种各样的声音。有些老同志表态要"谨慎一些"。更多的是强调"稳"，不能猛冲猛打，而是要不断总结经验，步子稳一点，把事情办好。

党内有不同声音，社会舆论撕裂。这种状况，严重不利于"团结一致向前看"，不利于中国现代化事业的奋起直追，亟待邓小平这位改革开放的总设计师在充分调查研究的基础上，明辨是非，公正裁决，一锤定音，敲定航向。

从大历史的角度看，还有三个深层次原因促使邓小平在 1984 年的早春，踏上开往南方的列车，亲自到经济特区"走一走，看一看"。

第一个深层次原因，到 2000 年全国工农业年总产值，要比 1980 年翻两番，这是党的十二大向全国人民和全世界的庄严承诺。邓小平对此看得很重。

1983 年春季，他就翻两番问题专门视察了江、浙、沪等地，证实了这些地方没问题。回到北京后，他提出各地都要有具体落实规划，沿海地区要比内地多翻一些，这样全国才能拉平。在这种情况下，他自然更加关注改革开放的前沿阵地广东。3 月 2 日，他在同中央几位负责人谈话时说：现在的问题是要注意争取时间，该上的要上。最近香港有个报道，说广东的速度放慢了，是什么原因？我们有些同志对开放政策仍是有顾虑的，也要加以注意。

在 1983 年 6 月 30 日举行的中央工作会议上，在谈到集中资金保证重点建设时，邓小平指出：搞得不好，有可能改变十二大的决议。那就严重了！这不但在国内是个政治问题，在国际上也是个大的政治问题。

邓小平提出，在当时资金短缺的情况下，速度要快，就要借外债，就要充分利用外资。而特区恰恰是利用外资的窗口。所以，邓小平急于亲自调研广东实现翻番的条件，看看经济特区利用外资能不能为全国的发展提供资金、模式和经验。

第二个深层次原因，与解决香港问题的政治需要有关。

从 1983 年 7 月至 1984 年 9 月，中英关于解决香港问题的会谈共举行 22 次，最终形成了中英政府关于香港问题的联合声明和 3 个附件。邓小平视察特区正是在中英关于香港问题的谈判期间。邓小平设计的解决香港问题的关键路径是创造性的"一国两制""港人治港"和香港保持原有的资本主义制度和生活方式"五十年不变"。

怎么让香港同胞相信这个"五十年不变"？答案其实很简单：在 1997 年香港回归之前，一河之隔的深圳经济社会发展水平能接近香港，并能保持长期的繁荣和稳定，就是最简单明了的一颗定心丸。

邓小平此行直奔深圳"摸底"，显然与正在谈判中的香港问题解决方案息息相关。

第三个深层次原因来自邓小平深思熟虑后急于付诸实践的另一个世纪大构想：建设有中国特色的社会主义。

1984 年 6 月 30 日，邓小平会见前来参加第二次中日民间人士会议的日方委员会代表团时，首次阐述了建设有中国特色的社会主义道路的构想："……贫穷不是社会主义，更不是共产主义……我们欢迎外资，也欢迎国外先进技术，管理也是一种技术。……我国是以社会主义经济为主体的。社会主义的经济基础很大，吸收几百亿、上千亿外资，冲击不了这个基础。吸收外国资金肯定可以作为我国社会主义建设的重要补充，今天看来可以说是不可缺少的补充。"他最后指出："如果说构想，这就是我们的构想。我们还要积累新经验，还会遇到新问题，然后提出新办法。总的来说，这条道路叫做建设有中国特色的社会主义的道路。我们相信，这条道路是可行的，是走对了。"

邓小平 1984 年南方视察时，对深圳表达出来的强烈兴趣，多少有现场掂量一下这个吸收外来资金、技术和管理模式的"小范围、小地区"，到底可以为建设有中国特色的社会主义提供多少能量的深层考虑。

一眼入脑，一见倾心

1984 年 1 月 24 日下午 3 时许，深圳迎宾馆 6 号楼 2 楼会议室。广东省和深圳市的一众负责同志团团围坐在一脸严肃的邓小平和随行的杨尚昆、王震等中央领导同志旁边，屏息静气，期盼着听到从老人家嘴里说出的勉励或赞许之词。

时任广东省副省长、深圳市委书记、市长梁湘逐一介绍市委班子成员后，接着就简要地向邓小平汇报了深圳试办经济特区以来在引进外资、基本建设、体制改革等方面的成绩。最后，他说："办特区是您老人家倡议的，是党中央的决策，深圳人民早就盼望您来看看，好让您放心，希望得到您的指示和支持。"

梁湘这一番话，"引导"邓小平开口定调的意图一目了然。与会众人热切的目光齐刷刷地望向邓小平。

邓小平之前在听梁湘汇报时还偶尔插话、提问，比如听梁湘汇报说经济特区缺乏专业人才时，他立即指出：深圳要办一所大学。这所大学要由华侨和外国实业家，用西方科学与管理的办法来办。教员请外国学者来当，请外籍华人来当校长。而此刻他却十分严肃地端坐着，不说话。

会场一片肃静。

梁湘再次恳切地说："请小平同志给我们作指示。"

邓小平平淡地接话道："我这次来，主要是看。要讲呢，我回北京再讲。"他用手指了指自己的脑袋说："你们讲，我听，都装进脑子里头了。"

说完，会议冷场了好几分钟。梁湘用目光征询了中央和省委其他领导的意见后，宣布会议结束。

下午4时10分，邓小平一行乘车一路察看深圳经济特区的建设情况，然后登上当时刚建好的深圳市区制高点、22层的国际商业大厦顶楼天台俯瞰深圳市容。邓小平靠近半人多高的天台围墙，从各个方向眺望正在节节生长的罗湖新城，似乎是在以眼前实打实的建设场景——验证之前梁湘在会议室里听到的抽象数据——深圳经济特区建立三年多，工业总产值从 6000 万元增长到 7 亿多元，财政收入从 2000 万元增长到 3 亿多元；开建了 55 条总长 85 公里的大马路，60 多座 18 层以上的大楼。随着生活水平的提高，边境、社会比较稳定……他若有所思，看得很久，看得很细。早春料峭，时近黄昏的天台上凛风劲吹、寒气逼人，陪同人员几次要给他披上大衣，都被一直伫立远眺的邓小平——推开。

他指着西北角马路对面的一幢被脚手架和安全网包裹着的建筑工地问梁湘，那幢楼要建多少层？得到的回答是，那幢楼叫国际贸易中心大厦，设计要求建 53 层，顶部设有旋转观光圆形大厅，是目前国内最高，也是施工难度最大的建筑工程。

他收回目光，说了一句："我都看清楚啦。"

25 日上午 10 时，邓小平一行来到深圳河畔的渔民村，在村党支部书记吴柏森家里做客。吴柏森向邓小平汇报说，改革开放以来，这个地处深圳河与布吉河交汇处有名的"外逃村"发生了翻天覆地的变化。利用与香港新界一河之隔的有利地理条件和深圳经济特区建设的热潮，渔民村靠水吃水大力发展水产养殖，组建船队车队为建设工地运送沙石砖料，引进港资开办"三来一补"企业。1979 年人均收入达 1900 多元，居全省农村之冠。1981 年，全村户户收入过万元，成为深圳乃至全国第一个万元户村。1982 年，村里还为村民们统一筹建了新住宅，33 栋米色别墅式两层小洋楼拔地而起。每栋面积 180 多平方米。村里当时流行的"三大件"洗衣机、电冰箱、电视机，全村家家都有。吴柏森还自豪地亮了家底："今年我家每人月收入超过 500 元。"坐在邓小平旁边的女儿邓榕怕听力不好的父亲听不清，大声说道："老爷子，比你的工资还高哪。"

告别渔民村时，邓小平沉思着说："全国农村要达到渔民村这个水平恐怕要 100 年。"有陪同人员表示异议，认为用不了那么长时间。邓小平却坚持说："我们国家大，情况复杂，至少要到本世纪末，还要再努力奋斗 50 年时间。"

一些党史研究专家认为，1984 年的渔民村见闻在迫切希望中国人民富裕起来的邓小平心中留下了难以磨灭的印象，看到了中国农民实现共同富裕的希望。

1985 年 10 月 23 日会见美国时代公司组织的美国高级企业家代表团时，邓小平说："一部分地区、一部分人可以先富起来，带动和帮助其他地区、其他的人，逐步达到共同富裕。"1986 年 3 月 28 日会见新西兰总理朗伊时，他又说："我们的政策是让一部分人、一部分地区先富起来，以带动和帮助落后的地区，先进地区帮助落后地区是一个义务。"1986 年 8 月 19 日至 21 日在天津视察时，他的先富帮后富、最后共同富裕的思考更加清晰："我的一贯主张是，让一部分人、一部分地区先富起来，大原则是共同富裕。一部分地区发展快一点，带动大部分地区，这是加速发展、达到共同富裕的捷径。"

在"共同富裕论"基础上，邓小平一针见血地指出"贫穷不是社会主义"，这个论断成为中共党史上的重要口号之一。1987 年 4 月 26 日，邓小平在会见捷克斯洛伐克总理什特劳加尔时说："搞社会主义，一定要使生产力发达，贫穷不是社会主义。我们坚持社会主义，要建设对资本主义具有优越性的社会主义，首先必须摆脱贫穷。"

这个口号，既是对"文化大革命"中"四人帮"一伙"宁要贫穷的社会主义和共产主义，不要富裕的资本主义"谬论的根本性否定，又是后来关于社会主义的本质是"解放生产力，发展生产力，消灭剥削，消除两极分化，最终达到共同富裕"这一论断简洁而深刻的概括性表述。

1984 年 1 月 26 日上午，袁庚终于盼来了日思夜想的首长。在蛇口工业区办公大楼前，袁庚发表了极其简短的欢迎辞，随即提出请求首长与全体接待人员合影留念。邓小平微笑着答应了。

　　在蛇口工业区大楼 7 楼，袁庚向邓小平汇报蛇口工业区建设以来的成就后，邓小平没有给出任何评价，而是走到窗前，指着蛇口港码头问袁庚："这个码头什么时候建成的？能停靠多少吨位的船？"袁庚回答说："1979 年春天创办工业区的第一项工程就是移山填海兴建码头。我们花了近一年时间建成 600 米的码头泊位，现在已使用快四年了，可停靠 5000 吨以下的货船。与香港互通的航班客轮，也已营运了两年了。"

　　邓小平说："你们搞了个港口，很好！"

　　随后，邓小平提出，想要出去看一看。

　　袁庚最关心的一件事尚未着落，急切之下他拦在邓小平面前，说："小平同志，请再给我五分钟。"

　　邓小平看着袁庚满脸欲言又止的样子，笑了笑，点点头："没关系，我们等会儿再看。"

　　袁庚又滔滔不绝地讲了 20 多分钟。"几年来，工业区由客商独资或合资兴办了 74 家企业，其中 51 家已经投产，14 家工厂开始盈利，已拥有 5000 多名员工。企业职工工资水平已超过澳门。"最后终于憋不住了，索性直奔主题，"小平同志，我们提出了一个口号，叫作'时间就是金钱，效率就是生命'。不知这提法对不对？"

　　可能他事先已听闻了邓小平在市里听完汇报后不讲话、不表态的讯息，于是不等邓小平回答，紧接着就自顾自地说道："不知道这个口号犯不犯忌？我们冒的风险不知道是否正确？我们不要求小平同志当场表态，只要求允许我们继续实践试验。"

他这个既挑起话头又不需要首长直接作答的说话艺术，使得邓小平和在场的人都笑了起来。

在众人的笑声中，女儿邓榕大声对邓小平说道："哦，我们进来的时候在路上看到了，是块标语牌上写的。"

邓小平点点头，在众人关注的目光中缓缓地说了一个字："对！"

在当时的语境下，这个"对"字可以有两种理解：一、这个"对"字只是回答女儿的话，是对路上看到了这个标语牌的肯定回应；二、这个"对"字表达了邓小平对这句标语的认可。

后来发生的一系列事实证明，第二种理解更接近邓小平当天的心意。

在视察了与港资共同投建的华益铝厂后，袁庚邀请邓小平一行到尚未全面开业的"海上世界"做客。"海上世界"是一艘船，可也不只是一艘船那么简单。它的前身是法国总统戴高乐亲自剪彩下水的专用豪华游轮，原名"安塞维利亚号"，1973年入中国籍，改称明华轮。廖承志1979年率团访日时，还曾坐过这艘船，后来才被拖至蛇口，改为旅游专用的"海上世界"。

这天正好是中国的传统节日"小年"，邓小平在明华轮上表现得兴致勃勃，午饭时接连喝了三杯白酒，在女儿的一再劝阻下才作罢。主桌旁边，文房四宝早就准备停当，海上世界股份有限公司总经理王潮梁不失时机请求邓小平题词。

邓小平也不推辞，拿起饱蘸墨汁的毛笔，问："写什么？"王潮梁说："海上世界。"

他屏息凝神，泼墨挥毫，一气呵成写下四个大字"海上世界"，博得满堂喝彩。

几天后，袁庚在蛇口工业区干部会议上传达邓小平视察情况时，如释重负地说道："就像我们在大海上漂浮了很久，突然抓住了救命稻草，小平的到来对我们意义重大。"

1984年夏天，蛇口工业区接到上级通知，赶制一辆彩车参加中华人民共和国成立35周年国庆巡游。在彩车即将完工之际，袁庚决定把"时间就是金钱，效率就是生命"这句口号打上去。

10月1日，北京天安门广场举行了盛大的至今让人津津乐道的阅兵式和群众游行。邓小平检阅部队并发表讲话，他指出："当前的主要任务，是要对妨碍我们前进的现行经济体制，进行有系统的改革。同时，要对全国现有的企业，进行有计划的技术改造。要大大加强科学技术研究工作，大大加强各级教育工作，以及全体职工和干部的教育工作。全党和全社会都要真正尊重知识，真正发挥知识分子的作用。这样，我们就一定会逐步实现现代化。"

深圳市参加国庆游行典礼的彩车有两辆，深圳经济特区和蛇口工业区各制作一台。蛇口工业区彩车上的口号分别是"时间就是金钱，效率就是生命"和"蛇口经济特区好"。后者，是当年驶过天安门广场的唯一一辆企业彩车。

当蛇口工业区大型彩车徐徐驶过天安门广场时，彩车上翻动的标语"时间就是金钱，效率就是生命"透过电视屏幕进入亿万国人的眼帘和心底。它不再是一部分守旧派心目中的"异端邪说"，而是一道击碎守旧思想枷锁的闪电。

日后媒体评述1984年国庆游行时说，这个口号的反响之大，仅次于北京大学师生在当年国庆巡游中打出的另一个著名口号"小平您好"。

后来，那块袁庚下令连夜赶制、邓小平视察蛇口工业区时目睹过的"时间就是金钱,效率就是生命"标语牌,被中国人民革命博物馆永久收藏,永志纪念。

40多年改革开放史,某种意义上说就是一部思想解放史。"时间就是金钱,效率就是生命"这句标语承载的不只是20世纪80年代改革开放大潮初起时的激情和热血,也表达了那个特殊年代新旧两种社会思潮火花四溅的激烈碰撞,成为一个时代的共识。

深圳等四大经济特区乃至整个中国现代化和改革开放事业此后高歌猛进,这句让人一眼入脑、一见倾心的标语,功莫大焉。

第十二章

东方风来

1984年：厚重无比的题词

1984 年 1 月 26 日下午 2 时许，邓小平一行乘海军炮艇，离开深圳蛇口港，前往珠海唐家湾军港。

此时，在蛇口港送行的袁庚难掩心中喜悦。因为首长在视察蛇口工业区的整个过程中，虽然没有对自己最希望老人家当场表态的"时间就是金钱，效率就是生命"这句口号做出明确表态，但至少没有否定、反对的意思，也没有表现出丝毫的不悦。对此时此刻身处风口浪尖上的袁庚来说，首长的不表态其实就是一种表态：支持他继续"试验"。小平同志在"海上世界"心情大好、欣然挥毫，更是让袁庚的内心涌起一阵如释重负的感觉。

但在和袁庚一起送行的梁湘等深圳市主要负责同志心中，却涌起一阵阵淡淡的失落之情，夹杂着丝丝不安：

在得到邓小平视察深圳的通知后，期盼已久的深圳市领导高度重视，不但在接待上做了精心安排，还在邓小平下榻的桂园别墅办公台上，早早准备了笔墨、一卷上好的宣纸，希望老人家在考察过程中有感而发，写下点什么。可是，直到邓小平一行所乘炮艇驶向珠江口的浩渺烟波之中，这卷宣纸上仍是一片空白，不着只字。

1月29日上午，陪同邓小平一行视察的时任广东省委副秘书长关相生，从珠海给梁湘打来电话说，应珠海市领导的请求，"小平同志今天给珠海经济特区题了词，叫'珠海经济特区好'"。

　　这个消息引起深圳市部分领导的疑虑：小平同志在珠海题了词，在深圳却默不作声，是不是对深圳有看法，认为深圳没搞好？

　　梁湘没法说什么，只能给大家鼓劲："也许我们的工作与党中央的要求还有距离。珠海题词了，很好呀。我们应当向人家学习，不可气馁，更不可胡思乱想，自寻烦恼。"

　　不过，邓小平在珠海题词的事实，也给梁湘提了个醒：在攸关深圳经济特区声誉和前途的重大时刻，可不能静观其变、顺其自然，而是应该像珠海一样主动出击、请求题词。小平同志第一次亲赴经济特区视察，首站就是深圳，表扬也好，批评也罢，怎么样也要对深圳经济特区有个说法。

　　梁湘连夜紧急召开常委会会议，指定时任市委常委、秘书长邹尔康负责此事。邹尔康权衡再三，决定委派这几天全程负责邓小平一行在深圳日常生活、视察行程安排的市接待处处长张荣，第二天一早就赶去广州珠岛宾馆，"请求邓小平为深圳经济特区题个词"。临行前，市领导们还专门草拟了几个题词内容，诸如"深圳特区好""大鹏展翅""总结成绩和经验，把深圳经济特区办得更好"等，以备不时之需。

　　多年后，邹尔康回忆说："没想到张荣去了广州后，两天都没有结果，我们在深圳望眼欲穿。"2月1日，正是农历大年三十。当天上午，10点左右，邓小平散步之后来到会客厅，小平同志看到张荣还在，然后就问："还没回去过年？"邓楠说："你没给题词，人家哪有心思过年？"小平走到早已摆好笔墨和宣纸的桌子旁，很快就挥毫写下："深圳的发展和经验证明，我们建立经济特区的政策是正确的。"并把落款的时间写为 1984 年 1 月 26 日，也就是他离开深圳的那一天，这充分证明小平同志一直在心里酝酿此事，早已是胸有成竹。

回京后，2 月 24 日上午，在景山后街家中，邓小平同几位中央负责人谈话时，和盘托出了他心目中的经济特区定位。他说："最近，我专门到广东、福建，跑了三个经济特区，还到上海，看了看宝钢，有了点感性认识。……我们建立经济特区，实行开放政策，有个指导思想要明确，就是不是收，而是放。……特区是个窗口，是技术的窗口，管理的窗口，知识的窗口，也是对外政策的窗口。从特区可以引进技术，获得知识，学到管理，管理也是知识。特区成为开放的基地，不仅在经济方面、培养人才方面使我们得到好处，而且会扩大我国的对外影响。"

他再次讲起让他印象深刻的"深圳速度"。"这次我到深圳一看，给我的印象是一片兴旺发达。深圳的建设速度相当快，盖房子几天就是一层，一幢大楼没有多少天就盖起来了。那里的施工队伍还是内地去的，效率高的一个原因是搞了承包制，赏罚分明。深圳的蛇口工业区更快，原因是给了他们一点权力，五百万美元以下的开支可以自己做主。他们的口号是'时间就是金钱，效率就是生命'。"

他特别指出："厦门特区地方划得太小，要把整个厦门岛搞成特区。……除现在的特区之外，可以考虑再开放几个港口城市，如大连、青岛。这些地方不叫特区，但可以实行特区的某些政策。我们还要开发海南岛。"

他还说："如果将来沿海地区搞好了，经济发展了，有了条件，收入就可以高一点，消费就可以增加一点，这是合乎发展规律的。

要让一部分地方先富裕起来，搞平均主义不行。这是个大政策，大家要考虑。"

1992年：春风去复来

邓小平 1984 年经济特区之行，带着问题去，拿着方案回。与几位中央负责人谈话，统一了思想，提振了信心。1984 年 3 月 26 日至 4 月 6 日，中共中央书记处和国务院联合召开沿海部分城市座谈会，与会同志建议厦门经济特区扩大至全岛，进一步开放 14 个沿海港口城市。南通与连云港本来没有列入名单，时任江苏省省长顾秀莲闻讯赶来，经她提议并报请国务院领导同意，最后被增列其中。

3 月 28 日，袁庚受邀作重点发言，详细介绍蛇口工业区改革开放的成功经验、示范效应。中央办公厅将袁庚的发言刊登在第七期《简报》上，并附上一个特别说明：请有关领导同志各自决定此件传阅范围。

散会后，余秋里对袁庚说："你为共产党争了一口气。"这天傍晚，王震告诉袁庚："总理说，你的每句话都是尖锐的。"

大会正式结束时，邓小平接见参加座谈会的全体同志。他在中南海怀仁堂前的草坪上，说了这样一番话，令人回味无穷："搞这个开放啊，关键是每一个地方的人，什么人领导，是一个明白人，还是个糊涂人，有没有劲头的人……要选明白人当家。这是很重要的一条。"

6 月 4 日，"第一期沿海部分开放城市经济研讨会"在深圳市西丽湖度假村举行。分管开放城市与经济特区工作的谷牧副总理在总结中突发惊人之言："我今天正式宣布，中央批准袁庚同志作为我的顾问。"袁庚大感意外，被谷牧点名站起来亮相时显得有些手足无措。谷牧解释说："对外开放这一条，我没有他的知识多，所以非请他当顾问不可……"

1984 年 10 月 20 日，中共十二届三中全会一致通过《中共中央关于经济体制改革的决定》。

中共十二届三中全会通过了关于经济体制改革的决定，实际上是提出了社会主义市场经济的问题，只不过表述带有鲜明的时代色彩，说是"有计划的商品经济"。这是中国改革开放时代大潮的分段投影。社会主义市场经济体制的真正确立，还得要邓小平他老人家再次来到深圳河畔，为中国现代化和改革开放事业再吹一次号角。

一首名为《春天的故事》的歌曲，当年一经推出即响彻长城内外、大江两岸。歌词作者蒋开儒时年 57 岁。

《春天的故事》发行后，成了中国改革开放事业的代名词，其手稿被收藏在深圳博物馆。2007 年 10 月 24 日，"嫦娥一号"绕月探测卫星发射升空，在太空播放了这首歌曲。"春天的故事"还被命名为中华人民共和国成立 50 周年、60 周年庆典群众游行方阵中一个方阵的阵名。

吸引蒋开儒南下深圳、开辟人生第二春的长篇通讯《东方风来满眼春》，1992 年 3 月 26 日首发于《深圳特区报》，作者是时年 51 岁的该报副总编辑陈锡添。此文一出，举国媒体转载，人人争而阅之，可谓"一纸风行，名动京华"，成为中国新闻史上的名篇杰作。

载入史册的《东方风来满眼春》和《春天的故事》，不约而同以

奔腾的深圳河

"春天"为眼——1992 年 1—2 月间，以一个普通党员的身份发表南方谈话的党的第二代领导集体的核心和中国社会主义改革开放和现代化建设的总设计师邓小平，打开的正是生生不息的"中国春天"。

东方风来，南国春早

邓小平 1992 年南方谈话之前的中国，正站在一个事关国运的十字路口。何去何从？大地寂静无声，似乎在等待领路人登高一呼后的群山回应。

放眼全球，其时社会主义在世界范围内的实践突然响起尖锐的刹车、倒车声，激起了阵阵愁云惨雾。1989 年东欧剧变，波兰、罗马尼亚、匈牙利等一系列东欧社会主义国家改旗易帜；同年，美国宣布对华全面制裁，西方阵营对社会主义中国的禁运、封锁卷土重来，外资纷纷撤离。1991 年 8 月 19 日凌晨，塔斯社播发苏联副总统亚纳耶夫的命令：苏联总统戈尔巴乔夫因健康原因已不能履行职务。四个多月后，苏维埃社会主义共和国联盟最高苏维埃举行最后一次会议，曾经如日中天的苏联一夜崩盘。

西方世界欢呼雀跃、弹冠相庆。美籍日裔政治学者弗朗西斯·福山声名鹊起，他提出的"历史终结论"似乎得到了完美的现实印证，成为一时之显学。

环顾国内，突变的国际风云如一股来自西伯利亚的寒流，吹皱了一池春水。极左势力开始抬头，认为当下的中国"放得太开"，认为中国再改革开放可能就要滑向资本主义的深渊，停止改革开放、关起门来稳定意识形态的说法甚嚣尘上。有人甚至提出了严重偏离"一个中心、两个基本点"基本路线的"以反和平演变为中心"的"双重任务论"。社会上悲观情绪蔓延，怀疑"红旗能扛多久"的大有人在。举国上下举棋不定、"左右"为难。十一届三中全会后形成的改革开放共识陷入破裂，能否再造和重建改革共识，成为横亘于中国大地的一道严峻课题。

1992年，邓小平南方谈话时的亲历者、时任广东省委副秘书长陈开枝回忆说："可以这样说，在1992年初之前的一段时间里，在小平'南方谈话'的时候，整个中国无论在政治方面，还是在经济方面，都处于一种低谷的状态，笼罩着一种沉闷、压抑、疑虑、无所适从的气氛，这是很不正常而（且）令人担忧的。"

在这样的政治氛围里，许多改革开放措施因此停滞不前，经济发展速度急剧下滑，GDP增长率从1984年15.2%的高峰，回落至1990年3.8%的低谷。1991年，中国GDP只有3795亿美元，仅相当于美国的6.15%、日本的10.7%；人均GDP为333美元，更是连美国、日本的零头都不到。

1990年开始编制"八五"计划时，鉴于当时严峻的国内外形势，时任国家计划委员会主任、党组书记邹家华认为："要把困难想得严重一些，以立于不败之地。在订计划时要留有充分的余地，把计划编得小一点。"

对这个"八五"计划，已经退出一线但对中国前途和命运的思考永不退休的邓小平站在历史发展的制高点，提出两点疑虑：一是发展速度问题，他认为，"强调稳定是对的，但强调得过分可能丧失时机"；二是关于计划与市场的关系。事实上，1987年召开的党的十三大已经提出了"国家调节市场，市场引导企业"，这种说法被认为距"社会主义市场经济"的提法只有一步之遥。但两年之后，中央的表述依然是"计划经济与市场调节相结合"。

在苏联解体前四个月，也就是 1991 年 8 月 20 日，邓小平在同几位中央负责人谈话时，明确讲道："坚持改革开放是决定中国命运的一招。……总结经验，稳这个字是需要的，但并不能解决一切问题。……特别要注意，根本的一条是改革开放不能丢，坚持改革开放才能抓住时机上台阶。"

他极富远见地提醒同志们，当今时代，危机四伏、危中有机，发展为王、唯快不破。他充满激情地说："现在世界发生大转折，就是个机遇。我们不抓住机会使经济上一个台阶，别人会跳得比我们快得多，我们就落在后面了。"

20 世纪 80 年代初，邓小平已是世界上最具有影响力的政治家之一。当英国培格曼出版公司准备出版他的文集并请他作序时，他满怀深情地写道："毛泽东主席说过这样的话：'国际主义者的共产党员，是否可以同时又是一个爱国主义者呢？我们认为不但是可以的，而且是应该的。'我荣幸地以中华民族一员的资格，而成为世界公民。我是中国人民的儿子，我深情地爱着我的祖国和人民。"

邓小平强烈的民族自尊心自信心，充溢在《序言》的字里行间。他说："中国人民将通过自己的创造性劳动根本改变自己国家的落后面貌，以崭新的面貌，自立于世界的先进行列，并且同各国人民一道，共同推进人类进步的正义事业。"

热爱人民，是邓小平一生最深厚的情感寄托。

对党、对国家、对人民抱有大爱的邓小平，决定再次登上开往南方的列车，在距离大海和春天更近的地方登高一呼，输出自己对世界竞争、合作潮流的历史洞察和坚持扩大改革开放的时代愿景。

邓小平的 1992 年南方谈话以《在武昌、深圳、珠海、上海等地的谈话要点》为题，收录在 1993 年出版发行的《邓小平文选》第三卷终卷篇。小平同志十分看重《邓小平文选》第三卷。当年文稿编定后，他多次表示："大功告成""算完成了一件事""这是个政治交代的东西"。

邓小平南方谈话要点，要数在深圳时最集中、最尖锐，也最"流行"。

非常幸运，笔者正是 1992 年 1 月南下深圳，在一家报社工作，至今仍清晰地记得 1 月 20 日那一天的上午，接到一个读者的"报料"电话："邓小平来深圳了！"我不禁问："你怎么知道的？"他非常兴奋地说："我刚才看见了，在国贸大厦。"

后来，我了解到邓小平确实是前一天来到了深圳，影响整个改革开放进程的"南方谈话"，其中一部分就是 20 日上午在深圳国贸大厦 53 层旋转餐厅里说的，历史记载着这个时刻。

1992 年 1 月 19 日上午 9 时，邓小平抵达深圳迎宾馆桂园。千里迢迢，舟车劳顿，广东省、深圳市负责人劝他老人家好好休息一下。但是，邓小平却毫无倦意。他说："到了深圳，我坐不住啊，想到处去看看。"

车子缓缓地在市区穿行，所见所闻，让邓小平兴奋不已。事后，他谈及南方之行观感时感慨万千："八年过去了，这次来看，深圳、珠海特区和其他一些地方，发展得这么快，我没有想到。看了以后，信心增加了。"

20 日上午 9 时 35 分，邓小平来到国贸大厦参观。在 53 层旋转餐厅，邓小平俯瞰日新月异、气象万千的深圳市容，兴奋异常，话如泉涌。他神情激动地告诉陪同的广东省、深圳市有关领导："要坚持党的十一届三中全会以来的路线、方针、政策，关键是坚持'一个中心、两个基本点'。不坚持社会主义，不改革开放，不发展经济，不改善人民生活，只能是死路一条。基本路线要管一百年，动摇不得。"

在谈话中，邓小平强调要多干实事，少说空话。他说，会太多，文章太长，不行。老人家指着窗外的一片高楼大厦说，深圳发展这么快，是靠实干干出来的，不是靠讲话讲出来的，不是靠写文章写出来的。

时任深圳市接待办主任李罗力回忆说："当小平同志来到53层的国贸大厦的旋转餐厅，看到深圳繁华景象时，神情立刻激动起来。他简单地听了深圳市委书记李灏的几句汇报，就一改往日沉默寡言的习惯，开始滔滔不绝地讲起后来对我国产生重大影响的'南方谈话'。小平同志一直在讲，讲了四五十分钟甚至一小时，而且情绪很激动，手指微微发颤，不停地用手指表达自己的情绪。小平同志在旋转餐厅讲了很多话。可以肯定地说，'南方谈话'中至少六成的内容，都是在国贸大厦旋转餐厅发表的。"

1月22日下午3时10分，邓小平在迎宾馆破例接见了深圳市有关负责同志，并再一次作了较长时间的重要讲话。他说："改革开放胆子要大一些，敢于试验，不能像小脚女人一样。看准了的，就大胆地试，大胆地闯。深圳的重要经验就是敢闯。没有一点闯的精神，没有一点'冒'的精神，没有一股气呀、劲呀，就走不出一条好路，走不出一条新路，就干不出新的事业。不冒点风险，办什么事情都有百分之百的把握，万无一失，谁敢说这样的话？一开始就自以为是，认为百分之百正确，没那么回事，我就从来没有那么认为。"

1月23日，邓小平在时任广东省委书记谢非等陪同下前去珠海经济特区。

车子到达蛇口港码头。下车前，李灏对邓小平说："您这次来，深圳人民非常高兴。我们希望您不久（后）再来，明年冬天来这儿过春节。"

邓小平下车后，同送行的深圳市主要负责人一一握别。他向码头走了几步后，突然想起来了什么，又转过头来，向李灏等人说了一句："你们要搞得快一点！"

在中国的南海边写下诗篇

"低速度就等于停步，甚至等于后退。要抓住机会，现在就是好机会。我就担心丧失机会。不抓呀，看到的机会就丢掉了，时间一晃就过去了。"

"改革开放迈不开步子，不敢闯，说来说去就是怕资本主义的东西多了，走了资本主义道路。要害是姓'资'还是姓'社'的问题。判断的标准，应该主要看是否有利于发展社会主义社会的生产力，是否有利于增强社会主义国家的综合国力，是否有利于提高人民的生活水平。"

"计划多一点还是市场多一点，不是社会主义与资本主义的本质区别。计划经济不等于社会主义，资本主义也有计划；市场经济不等于资本主义，社会主义也有市场。计划和市场都是经济手段。"

……

1992年邓小平南方之行，不管是在出行首站的武昌火车站月台上，还是在深圳、珠海、上海等三个主要地方，他像一位日夜操心孩子前程的慈父一样，不停地说呀说。说争论姓"社"姓"资"没

奔腾的深圳河

有意义，说当下中国的发展机会难得、稍纵即逝，说大家要"搞快一点"，否则"时间一晃就过去了"。

途中，他连列车临时停靠休息的机会都不放过，不厌其烦地给途经地区党政主要领导人大敲边鼓。

1992年1月30日，途经江西鹰潭车站时，他勉励江西省委负责人说："我对江西是有感情的"，你们一定要"思想更解放一点、胆子更大一点、放得更开一点、发展更快一点"。

2月20日，列车返京途中停靠南京车站休息时，邓小平对江苏省委负责人再一次表达了他的殷切希望：有条件的地方"搞快一点"，"要抓住时机，把经济搞上去，步子可以快一点。我现在就怕丧失时机"。

早在邓小平一行南下前的1991年6月，中央办公厅就给广东省委和深圳市委同时发出通知："小平同志要到南方休息，请做好安全接待工作。"打前站的邓小平办公室副主任张宝忠将军更是明确告诉深圳方面说，小平同志此次前来，只为休息，希望深圳的同志能配合小平同志做到以下几个"不"，即不听汇报、不作指示、不讲话、不合影、不题词、不吃请、不见报；除了中央媒体的随行记者外，广东省和深圳市只许一家电视台和一家报纸跟随拍摄、记录；另外，所有陪同参加接待的人员包括省市主要领导，一律不许录音、不许拍照；等等。

但这几天来，除了不题词、不吃请、不见报，"七不"的前"四不"已经被小平同志自己打破了。他淡淡忧虑中带着饱满热情的侃侃而谈，让地方同志们感到既振奋提气，又疑惑丛生：老人家这次来南方真是"只为休息"吗？

尤其是他在深圳国贸大厦、深圳迎宾馆接见市有关负责人和蛇口至珠海船上分别作了一个小时左右、紧扣时局的长篇谈话后，对当下政治风向、社会舆论环境最为感同身受的深圳市委有关负责人首先坐不住了，当面向邓小平请示要求做正面报道，但被老人家以"不破这个例"否决了。

邓小平此次南方之行行程是严格保密的。但老人家喜欢下基层、接触群众，因此小平同志此次在深圳、珠海两个经济特区和上海市视察时，其行程事实上处于半公开状态。

1月20日，香港无线电台记者给时任深圳市委宣传部外宣处处长、市政府新闻发言人黄新华打来电话，希望能证实邓小平是不是正在深圳视察，并发表了重要讲话。黄新华当然不便明说小平同志的行止，但也没有断然否认，而是耐人寻味地回答说："深圳经济特区是邓小平同志亲自倡导建立的，党和国家领导人经常来深圳走走看看，视察工作是很正常的事情。"

时任珠海市委书记、市长梁广大，胆子大、点子多，人送谐号"梁胆大"。他的想法是，既然按照规定本地报纸不能刊发，那就主动出击，联系港澳地区媒体，让这个大新闻"出口转内销"吧。2月12日，他找来时任珠海市委宣传部副部长彭冠和《珠海特区报》摄影记者何华景，让他们找出一些代表性的照片来，次日，邀请香港的《文汇报》《大公报》和澳门的《澳门日报》社长来到珠海，把选出的照片交给他们自由发挥。

过了几天，那些照片被整版刊登在这三家报纸上。这也是邓小平此次南方之行最早的公开报道。《大公报》的配文非常引人注目："邓小平鼓励大胆改革，称谁不改革谁下台。"

《大公报》等港澳媒体的报道深深刺激了拥有主场之利的《深圳特区报》同人，编委会充分讨论后，决定撰写系列评论员文章，不提邓小平到了深圳，甚至连"邓小平"三个字都不提，只把他的讲话精神及时传达出去。

2月20日，《深圳特区报》头版刊发署名为"本报编辑部"的"猴年新春八评"的首评《扭住中心不放》。此后，每两天发一篇，一共八篇。这八篇评论文章除在香港媒体同步刊载外，《人民日报》《光明日报》《经济日报》也闻风而至，有选择地进行了转载。其中，《人民日报》转载了其中的四篇，受到国内外舆论的广泛关注。

邹家华副总理看到《人民日报》转载的这四篇评论文章后，立刻致电深圳方面，要求把《深圳特区报》刊发的"猴年新春八评"所有文章传真过去。当时，邹家华正在紧锣密鼓地组织起草政府工作报告。

"猴年新春八评"，部分公开了邓小平在深圳时的谈话精神，但只闻隐约其声、不见神韵其人，终归失却了珠玉铿锵的震撼力道。"这么重要的视察和讲话不报道，那老人家来深圳干什么？"《深圳特区报》编委会绞尽脑汁，想要推出一篇形神兼备的记录邓小平在深圳视察时一言一行的长篇通讯。

党和国家领导人的相关报道，从来都不是哪家地方新闻单位可以首发的。跃跃欲试的《深圳特区报》编委会，只能一边做深圳市委领导的工作，一边等待中央或者省委机关报首开先河。

他们很快盼来了"春风"。

3月22日，广东省委机关报《南方日报》发表了通讯《邓小平在"先科"人中间》，报道了邓小平于1月20日上午视察深圳先科激光电视有限公司一事。这篇报道篇幅不大，但《深圳特区报》编委会却"理所当然"地认定：信号弹已经打出来了，时机到了！

3月26日，一万多字的《东方风来满眼春——邓小平同志在深圳纪实》长篇通讯在《深圳特区报》头版刊出。之后，全国各地地方报刊相继转载，但北京方面却没有什么消息。3月30日《光明日报》终于转载,《深圳特区报》一干人等长舒了一口气。

这天早上,载有《东方风来满眼春》一文的《光明日报》摆上了邓小平办公室的案头。据说,老人家阅后"非常高兴"。当天,邓小平办公室给新华社有关负责人打电话,要求发通稿。

当天晚上,新华社全文转载,中央电视台全文播放,还配上了邓小平南方谈话时的画面。第二天,包括《人民日报》在内的全国所有报纸都头版转载。此时,可以用八个字来描述:举国瞩目,全民争阅。

邓小平南方谈话引爆民间舆论的同时,坚持、扩大改革开放的最大公约数在中共党内迅速形成。1992年2月28日,经中共中央和小平同志本人亲自审阅,邓小平南方谈话被作为1992年中央第2号文件下发,要求尽快逐级传达给全体党员干部。

一个全党全国全民万众一心的中国改革开放新时代,拉开了崭新的大幕。

在10月召开的党的十四大会议上,全党第一次在改革开放目标、模式上达到了意见完全一致:建立社会主义市场经济体制,加快改革开放和现代化建设步伐,是20世纪90年代的中心任务。会议提出,到2000年前国内生产总值每年增长8%—9%,高于"八五"计划提出的6%的指标。

在家里观看电视直播的邓小平对家人说道:"我应该为这个报告鼓掌。"

五年计划,是我国国民经济计划的重要部分,属长期计划,主要是对国家重大建设项目、生产力分布和国民经济重要比例关系等做出规划,为国民经济发展远景规定目标和方向。"八五"计划即第八个五年计划,1991—1995年我国国民经济和社会发展计划。

从实际执行情况看,"八五"计划是中华人民共和国成立以来执行得最好的五年计划之一：经济体制改革取得突破性进展，国民经济市场化社会化程度明显提高，社会主义市场经济体制逐步建立。

"八五"计划收官的 1995 年，国内生产总值达到 57733 亿元，在 1988 年比 1980 年翻一番的基础上，在 7 年时间里又翻了一番。相应地，贫困人口由 20 世纪 80 年代的 8500 万人，锐减了整整 2000 万人。

其间，国内生产总值年平均增长 12%，是同时期世界各国中经济增长较快的，也是中华人民共和国成立以来经济增长速度最快、波动最小的时期。

1988 年，美国《世界报》月刊 5 月号，评选邓小平为 1978 年至 1988 年十年风云人物，认为他是"最代表时代精神的社会人士"，邓小平的改革"可能使这个世界上人口最多的国家在 21 世纪变得前所未有的繁荣和强大"。

美国著名中国问题研究专家、哈佛大学教授傅高义在其出版于 2011 年的《邓小平时代》一书中评论说："邓小平身上有着一种超乎寻常的能量。虽然邓小平身材矮小，但担任最高领导人的他在房间一露面，就能展现出夺人的气势，自然而然地成为众人瞩目的中心。有不止一位观察家说过，他似乎能给房间带来电流。""中国并不是必然会出现一位邓小平这样的政治家，他出现了，并且改变了中国，这是中国的幸运。"

相比之下，闪耀在 18 世纪古典时代星空之上的德国大作家歌德，在其《歌德自传》中的一段人间体悟，更具诗情画意，也更值得敬献给即将迎来 120 周年诞辰的一代伟人邓小平：

"同时代的伟大人物可比于空中的巨星。当他们在地平线上出现的时候，我们的眼便不禁向他们瞻望。如果我们有幸能分享这种完美的品质，我们便感到鼓舞和受到陶冶。"

从画像到铜像

1992年6月28日清晨，一幅高10米、宽30米，题为《小平同志在深圳》的邓小平巨幅画像，在深圳市中心区深南大道与红岭路十字路口西北角、荔枝公园东南出口竖起，深圳市委大院近在咫尺。

画像极具表现力：云蒸霞蔚中，身着浅啡色夹克衫的邓小平右手微扬，目视前方，尽显伟人指点江山的风采，仿佛正在向眼前川流不息的人民嘱咐着什么。围绕着人像的是新建的罗湖高层建筑，最突出的那座就是与小平同志结下不解之缘的国贸大厦。

东西向横贯深圳市罗湖区、福田区、南山区，全长25.6公里的深南大道被视为深圳"名片"，也是这座年轻、现代城市的最佳展示橱窗。

从邓小平画像沿着深南大道西行约400米，深圳市委大院门前、深南大道中间绿化带的鲜花丛中，矗立着一尊名为《孺子牛》（也称《拓荒牛》）的雕像：一头筋肉毕现的壮牛，头抵地面、四脚后蹬，竭尽全力向前拉扯身后的腐朽树根。这座雕像落成于1984年，形象地展示了深圳人民艰苦奋斗、勇往直前的"拓荒牛精神"。2010年，"孺子牛雕塑"被深圳市人民政府公布为第五批深圳市文物保护单位。

1993年7月，位于邓小平画像和《拓荒牛》雕像之间的深圳博物馆老馆（古代艺术馆）门口，又立起一座名为《闯》的雕像：一个健硕的巨人张开双臂用力推开大门，寓意冲破传统体制束缚，锐意改革开放。

深南大道短短500米内有这三处艺术地标，三点一线、相互呼应，集中展示了深圳经济特区腾飞的"基因密码"。

邓小平画像落成，一石激起千层浪。敏锐的香港中国通讯社率先以《深圳街头竖起大幅小平宣传画》为题进行了报道。紧接着，港澳各大媒体及海外的美联社、路透社等 30 多家媒体竞相报道。

20 世纪最伟大的摄影师之一、时年 69 岁的法国摄影家马克·吕布机缘巧合下漫游至深圳，用他的经典黑白镜头定格了 1992 年深圳盛夏街头这幅具有鲜明时代感和浓郁中国风的巨幅宣传画。世界级大摄影家的镜头，让更多海外人士记住了"Shenzhen"，这个略显拗口的中国新兴城市的名字。

邓小平画像吸引了全世界的眼光，自竖立以来，每年吸引上百万来自世界各地的游客前来参观，与这位中国改革开放事业的总设计师"合影留念"。

邓小平画像一共有过四个版本。随着时代变迁，这四个版本画像的细节和寓意，也在悄悄切换。

1992 年第一版画面的原型是邓小平当年在深圳仙湖植物园参观时的一张照片，所配文字取自他南方谈话中的名言："不坚持社会主义，不改革开放，不发展经济，不改善人民生活，只能是死路一条。"

1994 年第二版画面上，邓小平身着浅灰色中山装，慈祥地凝视着前方，底下是深圳市秀丽的山海景色和逶迤起伏的青山长城。标语则变更为 1984 年邓小平第一次视察深圳时的题词："深圳的发展和经验证明，我们建立经济特区的政策是正确的。"

1996 年第三版画面上，此前的火烧云改成了蓝天白云。邓小平将他高瞻远瞩、和蔼可亲的目光投向深圳现代化的建筑群，身边是青草绿树和鲜艳的杜鹃花。画面上方的标语则换成了 14 个大字"坚持党的基本路线一百年不动摇"，象征着深圳人民开拓创新、二次创业的决心。值得一提的是，这个版本的画像采用了当时先进的电脑合成喷绘技术。

1997年2月19日，邓小平逝世，画像前成了深圳市民悼念小平同志的一个聚集地。无数市民自发地涌向那里，放满了层层叠叠的花圈、花环和鲜花。黄花白菊皆含泪，寄托着深圳人民对伟人的无尽哀思。

2000年8月26日，深圳经济特区建立20周年纪念日，数万名市民怀着感恩之心，陆续来到邓小平画像前献花、留影，致敬伟人。

第四个版本出现在2004年8月15日，标语沿用第三版。相比前三版，这一版画面面积更大。最大的变化是邓小平身后的深圳景色，从左至右分别罗列了20世纪八九十年代至21世纪深圳各阶段的标志性建筑，如国贸大厦、地王大厦、市民中心等，突出深圳是一座快速发展的现代化海滨城市。

这次改版还在原画像位置上后移了35米，扩大了画像前广场空间，以便瞻仰者拍摄取景时，可以很轻松地把画像背后的深圳城市天际线纳入画面。

邓小平画像竖立之初，受当时技术条件限制，在深圳地区猛烈的日晒雨淋下，画像表面几个月就会龟裂、脱落，不得不每半年更换一次。当时滕文金作为深圳雕塑院院长，经常要去市里汇报工作。1994年的一天，一位市领导问他，有没有办法让这幅举世瞩目的画像不用每年画两次？滕文金脱口而出："那太容易了，做个雕塑，两千年不变。"

没过多久，邓小平铜像被列入深圳市委、市政府的重要议程。滕文金肩负起了邓小平铜像的具体筹备工作。

1994年底，滕文金听说任教于中央美术学院雕塑系的老同学白

　　　　　　　　　　　　　　　奔腾的深圳河

澜生刚做完一件邓小平塑像，被有关单位收藏了，便去北京找他要了一套雕塑的照片。深圳市有关方面研究后认为可以此作为邓小平铜像的创作基础。

不过，滕文金总觉得老同学创作的塑像，表现的是邓小平90岁时的站立形象，"力量感"方面值得商榷。

他的夫人乔红找到了大学校友、邓小平的长女邓林。邓林讲了父亲很多生活上的细节，其中提到父亲走路时步子又大又快，家人们有时赶不上。这让滕文金联想起了邓小平1992年南方谈话时说过的一段名言："改革开放胆子要大一些，敢于试验，不能像小脚女人一样。看准了的，就大胆地试，大胆地闯。深圳的重要经验就是敢闯。没有一点闯的精神，没有一点'冒'的精神，没有一股气呀、劲呀，就走不出一条好路，走不出一条新路，就干不出新的事业。"

滕文金灵光一闪：对，小平同志的铜像就用"步子要大，而且要快"的动感形态，既能体现敢闯敢试的时代精神，也符合小平同志的生活习惯、个性特点。

塑像从"站姿"改为"走姿"的创作思路，获得了邓小平家人的一致赞同。最后议定，人物形象的原型取自20世纪80年代的邓小平。滕文金说："因为邓小平理论是20世纪80年代形成的，理论是用脑袋思考出来的，而形象主要指的是脸部的特征。他的姿态是从容、潇洒的。这种从容在雕塑上表现为眼角、嘴角比较开放，耳朵往上。"躯体结构对应的原型则来自邓小平于1963年自莫斯科返京在首都机场留下的一张照片：从机场出来时，小平同志一路带风，走向前来迎接的周恩来总理。

三稿之后，滕文金、白澜生、刘林、杨金环等创作者在北京中国人民革命军事博物馆一起完成了铜像放大工作。整个制作过程，历时三个年头。

2000 年，中央决定将这位世纪伟人的铜像安放在极具象征意义的深圳中心区莲花山山顶。当年中央电视台一则题为《中国首座邓小平铜像即将在深圳落成》的报道说："……铜像早在 1994 年就已开始兴建，原本打算在香港回归之际让邓小平亲眼目睹，但 1997 年春天邓公不幸辞世，因此，已建成的铜像遂在深圳雕塑院默默地度过了 3 年时光。有关专业人士日前对铜像进行了清洗和修整，并将其运往莲花山山顶。目前铜像正在安置中。"

2000 年 11 月 14 日下午，邓小平同志铜像揭幕仪式在莲花山山顶隆重举行。在热烈的掌声中，时任中共中央总书记江泽民拉动缎带，缓缓揭开了覆盖在铜像上的红色绸布。展现在人们面前的，是身穿风衣的小平同志神采奕奕地朝着正南方阔步前进的矫健身姿。

深圳莲花山邓小平铜像是全国第一座中央领导揭幕以城市雕塑形式竖立的邓小平雕像。这尊青铜锻造的塑像高 6 米，宽 2.84 米，重约 6 吨，坐落于深圳莲花山山顶广场上。

顺着大步行走形象的邓小平铜像的前方举目远望，深圳河两岸风光一览无遗，北岸深圳中心区的钢铁森林和南岸香港新界的连绵青山尽收眼底。

铜像的北侧是一块长 13 米、高 4.35 米的花岗岩石墙。石墙北面镌刻着邓小平 1984 年视察深圳时的题词："深圳的发展和经验证明，我们建立经济特区的政策是正确的。"

石墙南面，则是小平同志刻在全体中国人民心底的真诚心声："我是中国人民的儿子，我深情地爱着我的祖国和人民。"

第十三章

重逢有时

维港两岸，华人星火

　　意大利建筑大师、"新理性主义"理论和运动倡导者阿尔多·罗西在 1966 年出版的《城市建筑学》中提出，城市是众多有意义的和被认同的事物的聚集体，它与不同时代不同地点的特定生活相关联。

　　城市是集体记忆的所在地。阿尔多·罗西认为，一个城市的建筑，可以分为标志和母体两大类，前者是指标志性建筑，后者是指占全城 80% 的普通建筑。城市是由它的标志和母体组成的，后者多指城市居住建筑形态。虽然标志与建筑看似格格不入，然而在实际生活中，建筑的任一元素都能诠释其本身的特性，可以纳入标志范畴。可以说，城市本身就是人们的集体记忆，就像记忆一样，它与物体和地点相关联。

　　1943 年，在考虑修复被战火摧毁的下议院时，时任英国首相温斯顿·丘吉尔也发出了类似的感慨："我们塑造我们的建筑，而后我们的建筑又重塑我们。"

　　多年来，神经学家与心理学家获得了充足的证据来支撑阿尔多·罗西和温斯顿·丘吉尔的观点。譬如，我们已经了解，建筑与城市能够影响我们的身心健康，而我们大脑海马区中特殊分化的细胞，能够适应我们居住空间的几何线条与排列。

也就是说，对一个特定城市来说，评判一座建筑是否足够伟大，是否堪称地标建筑，不能仅只考察它的高度以及形状和材料是否具有独特性，还要考察它对所处城市居民的心理暗示和行为塑造力。

现代意义上的深圳城建史，只有短短的 40 来年。它跑步进入现代化大都市的成长过程与中国现代化和改革开放事业波澜壮阔的时代进程环环相扣，各个历史发展阶段的地标建筑不断涌现，家喻户晓。

1980 年代蛇口的"时间就是金钱，效率就是生命"标语牌、国贸大厦、上海宾馆、中英街、深圳大学、深圳火车站、华强北、大剧院；1990 年代的邓小平画像、地王大厦、世界之窗、东门老街；2000 年之后的莲花山邓小平铜像、市民中心、深圳书城中心城、京基 100、平安国际金融中心、中国华润大厦（春笋）、前海"湾区之光"摩天轮……每一座不同年代的城市地标建筑，都承载着深圳在不同发展阶段的现实突破和历史选择。其"行为塑造力"潜移默化地融入市民日常生活，成为新老深圳人铭刻于心的集体记忆的一部分。

深圳城市地标的特殊性在于，是以深圳市的几何中心莲花山及福田 CBD 为中轴线，自东向西紧贴着广义的深圳河流域北岸，即沙头角河—上游莲塘河和沙湾河—深圳河干流—深圳湾—后海和前海，面向香港新界，一字排开。

邓小平画像第一、二版创作者之一的陈炳林清晰地记得，有关部门要求"设计时特别要把画像面部朝向香港"。邓小平铜像安装时，同样要求面向正南方。

深圳城市的密集"南向"，自然也有山水形貌、土地禀赋的内在要求，但一城之建筑精华几乎全部临深圳河而立的原因不单于此。

1980 年代初，人称"省尾国脚"的深圳之所以能成为中国改革开放的第一块"试验田"、第一批"排头兵"，有一个不可或缺的地缘因素：一河之隔的香港，流浪了一个半世纪即将归来的游子，正处在鲜衣怒马的黄金岁月。

刚刚诞生的深圳何其有幸，和香港相逢在它的好景时节。

1841 年 1 月 25 日，英军先头部队登陆香港岛上环水坑口。开埠后的近 30 年间，在当时眼高于顶的世界霸主"大英帝国"的眼里，轻轻松松从清政府手中抢来的香港，只是一个优秀的深水良港，是它体量庞大的远东地区殖民体系中的一个商贸支点。英国给香港的战略定位是转口贸易，转运鸦片和苦力是香港早期的核心业务。1847 年，香港出口总值约 22 万英镑，其中鸦片出口值占比 86.5%。1847 年至 1857 年的 10 年间，从香港运载华人劳工前往古巴的英国航船累计达 26 艘，运输华人劳工超过 9600 人。

查阅香港历年人口统计数据可以发现，19 世纪 50 年代香港人口经历了一次激增过程，即由 1853 年的近 4 万人，猛增至 1861 年的 11 万余人。这主要是受两方面因素作用的结果：一是 1848 年后，美国和澳大利亚先后发现金矿，中国内地劳工经由香港前往新、旧金山（继美国旧金山后发现金矿的澳大利亚墨尔本市，被华人称为"新金山"）的人数每年均达数万，其中有一小部分人因各种原因滞留在香港；二是 1851 年太平天国起义爆发，来港避难的人急剧增多。

1860 年代初，人口超过 10 万的香港，已略具近代城市的雏形。

1870 年代，香港开始以公开拍卖的方式，开发刚刚从清政府手中强占来的南九龙半岛西部。西九龙的道路不少以中国省份或者城市的名称命名，如广东道、南昌街、东莞街等，反映了当时民间力量已逐渐进入港九地区参与城市开发，也昭示了内地不同省份的华人资本、势力开始显山露水。

自开埠至19世纪下半叶，香港形成了以维多利亚港为中心，南岸商业、北岸军事的城市格局。不过，对广大华人来说，这时候的香港并不"香"，只是"欧洲人享受、华人受苦"的地方。

这半个多世纪里，华人占据着香港人口的绝大多数，但一应政治、经济权力全部被英国人掌握。政治方面，港英当局高官和行政、立法两局议员长时间只准英国人出任。经济方面，英商垄断了香港的经济命脉，大型英资银行、其他洋行的高层，不少还被任命为行政、立法两局议员，成为香港事实上的"官商"。1850年，英商大卫·渣甸和约瑟·艾德格被任命为立法局非官守议员。1896年，怡和洋行总经理艾温和大地产商遮打出任行政局非官守议员。香港，成为港英当局官僚和英商财团的掌中之物。社会生活方面，英国人在香港推行带有种族隔离色彩的政策。比如，在港岛上实施"分区而居"的政策，大致上港岛的中央部分和半山区域属欧人区，东西两端为华人区。时至今日，港岛半山仍被港人视为所谓的"高尚区域"。司法方面同样"华洋有别"，多以清朝法律处理华人案件，洋人案件则以英国法律为准。

为压服华人，香港自1843年开始实行宵禁，后又六次颁布相关条例。宵禁时间或有伸缩，具体细节略有不同，但在针对华人且严厉执行这一点上则始终如一。华人在宵禁时段如需外出，必须携带油灯或灯笼以资识别，同时须持有俗称"灯纸"或"夜纸"的通行证，以供警察随时截查。犯禁者会受罚款、拘禁、鞭笞等刑罚，警察更可随意击杀逃避截查之华人。

这种带有严重种族歧视色彩的"夜行制度"，一直延续至1897

年 6 月才正式废止，持续了 55 年。

《香港史》记载，19 世纪 70 年代中叶，英国摄影师詹姆斯·汤姆森对欧洲人在香港奢华的生活方式"感到震惊"。另有一位崇尚平权的柏德小姐则向媒体控诉说："在香港，你不时能看到欧洲人用手杖或伞柄殴打苦力。"

1870 年代的"苦力"，只会是华人。

香港的华人华商胼手胝足 40 年后，于 1880 年代逐渐崛起壮大，成为香港经济社会一股不容忽视的力量。1881 年，时任港督轩尼诗对立法局议员说：香港税收"华人所输，十居其九"。在这样的背景下，港英政府日渐倚重华商、华人精英，以助管治。冼德芬、何东、陈赓虞、吴理卿、关心焉、刘铸伯、何福等知名华商领袖，以东华医院这个华人民间的权力中心为平台，与港英政府交相往还，一方面帮助港英政府有效管治华人社会，另一方面也提升了华人群体的社会地位，改善了贫苦华人的境况。

轩尼诗任内，废除了一些歧视华人的制度，允许华人在港岛中环购置土地及经营业务、削减针对华人的刑罚等。1878 年，保良局在轩尼诗和华商团体的支持下成立。保良局初期旨在遏止拐卖妇孺恶行，并为受害者提供庇护及教养等，属于典型的为华人社会底层群体"兜底"的良心机构。

风雨过后，彩虹将至

1880 年，也是这位政治色彩上相对中性的轩尼诗港督打破惯例，委任伍廷芳为香港立法局首位华人非官守议员。

伍廷芳是中国近代史上不可多得的"华人之光"，其行迹之多变、经历之丰富、建树之显赫，令人眼花缭乱。

伍廷芳，祖籍广东新会，1842 年出生于新加坡，后随父亲回国定居广州芳村，13 岁时进入香港圣保罗书院读书。1858 年，伍廷芳本着"唤醒中国灵魂""矫正外人错误观念"的初心，和近代著名报人黄胜一起创办了《中外新报》。《中外新报》是近代中国人最早自办的报纸。1874 年，伍廷芳自费留学英国伦敦大学学院（一说为伦敦林肯法律学院），并于 1877 年取得法学博士学位，成为近代中国第一个法学博士。1877 年 5 月，伍廷芳被香港律政司菲利普·佐治延请，成为在香港执业的第一位华人律师，并被港英政府选任为考试委员。1878 年 12 月，伍廷芳被港督轩尼诗正式委派为太平绅士，开华人担任太平绅士之先河。伍廷芳在港先后工作 20 余年，为香港华人群体的利益呼号奔走，以其学识之渊博、仁爱之热忱，"俨然为华人之代言人"。

1882 年，伍廷芳在为华人争取权益时，与港英当局发生冲突，离港北上，又在潮起潮落的中国近代史中开启了一段光影零乱的外交生涯，并与本书中提及的近代大事和风云人物一一交集。

他先是进入总理各国事务衙门辖下、由李鸿章主持的洋务差委局，参与对外交涉事宜，自此成为李中堂的得力助手。1893 年，因办差有功，清廷赏从一品封典。1896 年，伍廷芳被清廷特命为驻美国、西班牙、秘鲁和古巴四国公使。任内，他主持同墨西哥签订了中国自第一次鸦片战争以来与外国的第一个平等条约《中墨通商条约》。1911 年 3 月，伍廷芳当选为轮船招商局董事，受命改革局务，但终因同僚掣肘而未果。当年 10 月 10 日，武昌起义爆发，各省闻风而动。寓居上海的伍廷芳受到革命激流推动，"外观大势，内审舆情，首联诸名流，电请清帝退位"。10 月 19 日，南方光复各省在武汉一致推举伍廷芳为民军总代表，同袁世凯派来的代表唐绍仪进行谈判。1912 年元旦，中华民国临时政府成立，伍廷芳被中华民国临时政府正式任命为司法总长。2 月 12 日，清帝退位，南北议和告成。同年 4 月，孙中山宣布辞职，伍廷芳辞去司法总长一职，退居上海。此后，在孙中山组织护法运动、在广州建立军政府期间，伍廷芳紧随左右，历任要职。1922 年 6 月 23 日，伍廷芳在广东省医院病逝，享年 81 岁。家人遵其遗愿，为其进行火葬，其墓位于广州市越秀区孙中山纪念碑的东面。

临终前两日，伍廷芳在与来访的美国记者艾德娜·李·布克（中文名宝爱莲）的谈话中，仍以断断续续的话语表达对共和制度的挚信："请告诉我在美国的朋友们，对中华民国还是要抱长远的眼光，不能操之过急。千里之行始于足下，前路多艰，因为万事开头难，但宪政终究会胜利，中国也必将走向真正的共和，而非徒具共和之名。这可能非一朝一夕能见效，但最终一定能够实现。一军之将或可败，但一个发展进步中的正确思想，则永远不败。军阀分子永远不可能廓清共和国之父孙中山的理论。孙博士的思想必将长存。"

华人领袖真正取得政治地位，则要到伍廷芳担任太平绅士 48 年后的 1926 年。这一年，迫于"省港大罢工"爆发后香港华人反抗港英当局情绪的高涨，港英政府行政局首次设立了华人非官守议员席位。当年，1874 年第三批留美幼童、东亚银行创始人之一的周寿臣成为香港行政局首位华人非官守议员，并获封为英国爵士。今天香港岛南区的寿臣山及香港艺术中心寿臣剧院皆是以他的名字命名。

1860 年代到 19 世纪末，作为转口贸易自由港的香港发展平平。最直观的表现是人口增长缓慢：1860 年代初已超过 10 万，1890 年代初才突破 20 万关口。

20 世纪前后，中国社会仿佛钻进了一座弥漫着浓浓血腥味的黑暗森林。新老列强侵略、瓜分中国，流血；有志之士试图改良，流血；革命党以香港为基地在东南沿海频频发动起义，流血；好不容易推翻清朝，民国新元，结果又是连绵不绝的军阀混战、南北对峙，还是流血。内地战火纷飞、血流不止，导致入港避难的华人与日俱增。1901 年，香港总人口超过 28.3 万人，到 1926 年，猛增至 71 万之众，平均每 5 年增加 8 万人左右。

中国经济社会的大模样是一幅以东南沿海为弦、长江为弓的"狩猎图"。作为中国经济"箭头"的上海得天独厚，民族工商业蓬勃发展，一跃而为人口超过 300 万的"东方明珠"。

背靠祖国的香港转口贸易也水涨船高。1936 年时，香港总人口接近 100 万。维港两岸，现代城市天际线雏形已现，一个海陆空铁联动的国际航运枢纽初见端倪。但与上海相比，无论是经济体量、城市规模，还是辐射力、影响力，都还不是一个量级。此时的上海滩已是举足轻重的亚洲大都会，工商、文化和金融中心；而香港的定位依然只是"对华贸易中心港、远东地区的转口贸易港"，一个跨海港分布的中小型城市。

这个时期，香港的身份标签主调仍是"港"，而非"城"。

1937 年全面抗战打响后，香港作为大中华地区"汪洋中的一条船"，被内地民众尤其是东南沿海士绅、工商人士视为最后的"诺亚方舟"。当年 8 月 13 日至 11 月 12 日的淞沪会战战罢，"东方明珠"沦陷，在上海的中外资本大量流入香港，占当时香港总资产的一半以上。伴随着资本流入的，还有各界知名人士和大量企业经营人才，后来纵横香港商界的以董浩云、邵逸夫等为首的"宁波帮"，就是在这一时期从上海滩转道香港岛的。

1938 年秋，日军偷袭大亚湾，发动广州战役，10 月下旬广州沦陷。在此前后，约有 75 万难民逃往香港。至香港沦陷前的 1941 年 3 月，香港人口总数已达创纪录的约 164 万。

1941 年 12 月 25 日至 1945 年 8 月 15 日"香港日占时期"，日军将香港视为其"南进战略"的军事桥头堡，对外贸易被彻底切断，城市建设陷于停顿，繁华的港岛中环成了南进日军的军政中心。为了一劳永逸地侵占香港的战略资源，日军发动极其恶毒的所谓"归乡运动"，有计划地限制香港人口，设定的缩减目标为 75 万人。

"归乡运动"的手段无所不用其极：强制征收剥夺难民临时居所和香港低层平民屋宇，停止米粮配给，导致数十万人无家可归、无米下锅；大肆洗劫离港民众，规定离境人员禁止携带物资，行李面积只限约 0.4 平方米，"物资留港人离港"；严查流民，对滞留不走者蓄意杀戮，仅 1942 年间的一次清查行动中就有约 2000 名难民丧生；千辛万苦跋涉到广州的难民大多也难逃一死。日本老兵丸山茂战后作证：1942 年，因广州南石头难民所难民过多，2 月至 5 月，日军命令臭名昭著的波字第 8604 部队将肠炎沙门氏菌投放到饮用汤水中，对无辜的难民实施了惨无人道的细菌战，被害者多达数万。二战后期，丧心病狂的日军更是直接斩断难民船缆绳，弃之海上，任其自生自灭……

在日军处心积虑的掩饰下，至今已无从知晓当年所谓"归乡运动"死难者的准确人数。但有一个铁一般冰冷的数据无声地言说着日军炮火下的"香港之殇"：日本无条件投降之日，香港人口只剩下 60 万！

1945 年 8 月 15 日，日本宣布无条件投降，8 月 30 日，香港"重光"。虽然因为蒋介石统治集团的软弱无能，白白丧失了提早收回香港地区的历史机遇，被日本"移交"给了英国，但香港终于摆脱了三年零八个月"香港日占时期"的无尽噩梦。之后，港人汹涌回流，1946 年时，香港人口猛增至 160 万；到了 1950 年，香港人口越过 200 万大关。

浴火重生的香港，其城市能效指数已能与华南"千年商都"广州比肩而立，且有过之而无不及。1950 年时，香港本地生产总值为 31.5 亿港元。而中华人民共和国成立初期，广州市人口不到 250 万，地区生产总值约 3 亿人民币。隔深圳河对望的深圳市前身宝安县更是被远远抛在身后，作为一个落后的边陲农业县，其时宝安县总人口仅约 18.5 万。

不过，与中国经济的龙头城市上海相比，香港还是小巫见大巫，仍然无法望其项背：1949 年时的上海，人口总数已超过 500 万。

香港在随后数十年的逆袭，20 世纪末在大中华地区的一枝独秀，根源于它在全球范围内独一无二的自由港定位、区位优势和地缘特征，也有赖于 1950 年代后变幻莫测的国内外政治、经济潮流的强力推动。

潮起潮落，香港有幸

第二次世界大战结束至 1950 年代中期，"重光"之后的香港度过了起起落落的 10 年。幸运的是，各种历史机缘下，香港的命运最终有惊无险。山重水复之后，总是能迎来柳暗花明。

从 1946 年开始，被日军暴力驱逐的"返乡"人口迅速回流，一度停顿的转口贸易同时"回血"，香港重新成为中国与西方各国贸易往来的中转站。1947 年至 1951 年短短数年间，香港外贸总额增长了 2.4 倍，年均增长 35.4%，大大超过战前水平。

不料，1950 年 10 月，抗美援朝战争打响，随之而来的是美国操纵联合国对华实施严厉的贸易禁运和全面封锁。覆巢之下，岂有完卵。禁运及封锁的凛冽寒风之下，严重依赖内地转口贸易的这根香港经济的绝对支柱应声"急冻"。

1952 年至 1954 年，香港对外贸易总额下跌 37%，与内地的贸易额下跌 56%，状似断崖。与转口贸易深度捆绑的航运、金融、保险、仓储等行业一损俱损，哀鸿遍野。

"日占时期"香港经济被战火摧毁，1950 年代初期又因战争遭遇了开埠以来罕见的严重困难与挑战，香港一度被人称为"消失的城市"。无比严峻的现实促使香港赶紧换挡工业化，以摆脱 100 多年来只靠转口贸易一条腿来回跳着走路的窘境。

香港很走运。第二次世界大战结束后，第二、三次全球产业大转移风起云涌，作为自由港的香港顺势站上风口。1950 年代至 1960 年代，美国、英国等第二次世界大战战胜国兼工业发达国家经济结构大调整，专注于资本、技术密集型产业，将劳动密集型产业转移至日本、联邦德国等国，日本、联邦德国得以迅速崛起。1960 年代至 1970 年代，掀起了全球第三次产业大转移的浪潮，全球劳动密集型产业又顺势流入中国香港、台湾地区，以及韩国、新加坡等国家。

在 1950 年代至 1970 年代劳动密集型产业全球化转移过程中，香港凭借着既是英国管治地又是老牌自由港的地缘优势，工业化外部环境和市场空间得天独厚，其产品输往英联邦地区和国家更是享有中国台湾地区和韩国等地可望而不可即的免税等种种便利。

此外，中华人民共和国成立前后，来自内地城市特别是上海等地的数以万计的工商业"难民"再次涌向香港，带来了他们数十年沉淀在纺织业、航运业、电影业上的数亿美元资本，以及技术、人才、设备和海外市场资源。他们和因为战乱涌入香港的廉价劳动力，一起为香港制造业的大发展加足了油。

大上海的支柱产业之一纺织业，更是成为战后香港最宝贵的"第一桶金"。1953 年时，纺织品和成衣出口就占香港出口总值的50% 以上。1950 年，制造业占香港地区生产总值的比重仅为 9%，1955 年时已增加到 21.8%，成为当时香港第一大行业。1960 年代，香港制造业在纺织、制衣、金属制品等传统畅销品类基础上，进一步拓展到塑胶、电子、玩具、钟表等高价值品类。

1950 年代香港地区生产总值年均实际增长率高达 9.2%，1960 年代年均增幅进一步提升至 13.6%，在全球范围内名列前茅。到 1970 年代初时，制造业占香港地区生产总值的比重上升到 31%，制造业产品出口值在出口总值中所占比例高达 81.03%。

至此，香港工业化进入全盛时期，香港成为亚洲地区最大的轻工业产品制造基地，名列"亚洲四小龙"之首，涌现了一大批冠以纺织、手表、塑料花、服装、玩具等各种前缀的全球"产业大王"。香港顺利完成了它历史上的第一次重大经济转型：从过去 100 多年单纯的转口贸易"港"，悄然变身成了一座方兴未艾的工贸"城"。

1970 年代初的港岛，伴随着香港经济的第一次腾飞，城市标志和母体也渐次清晰起来：20—40 层的摩天大楼成为城市天际线的主角，时尚的玻璃幕墙成为新建楼群的标配，在维多利亚港两岸折射出灿烂霞光。

国际风云瞬息万变。1973 年 10 月爆发的第四次中东战争，引发了第一次石油危机，并迅速蔓延至全球，导致大多数西方工业国家经济增长明显放缓。国际贸易保护主义逐渐抬头，纺织、制衣产品等香港的主要出口工业品越来越受到进口配额的挤压，国际市场份额急剧萎缩。与此同时，新加坡、韩国以及中国台湾地区等相对后发的其他"亚洲小龙"也先后进入出口导向阶段，蚕食香港劳动密集型产业市场的比较优势。香港制造业一下子陷入前有堵截、后有追兵的困局，三大支柱产业——纺织、制衣、玩具普遍开工不足，中小企业纷纷倒闭。

香港经济再次面临严峻挑战。

在这种情况下，香港只得应时而变，再次调整经济结构，走上工业多元化、市场多元化和经济结构多元化之路。

香港的多元化策略立竿见影，在制造业取其精华去其糟粕的同时，从香港转口贸易传统主业派生而来的副业——金融、保险、商业服务、房地产、旅游等现代服务业自 1970 年代中期起突飞猛进。1970 年前后时，这些产业在香港地区生产总值中所占比重仅为 14.9%，到 1980 年时已上升至 25.9%，超过制造业的 25.1%，成为香港经济的主角。产业的多元化发展使香港暂时摆脱了制造业的阵痛，经济得以继续保持高速增长。整个 1970 年代，香港地区生产总值年平均增长 9.6%。

1970 年代末、1980 年代初的香港，已不仅仅是转口贸易"自由港"，更是国际金融、贸易、航运和旅游中心，一座"自由港"城。

早在 1963 年和 1967 年，香港经济总量已相继超过广东省以及国内第一大城市上海。到 1978 年，按当年美元兑人民币汇率约 1∶1.58 换算，内地国内生产总值为 2328 亿美元，广东省、上海市的地区生产总值分别约为 126 亿美元和 172 亿美元，弹丸之地的香港的地区生产总值却高达 183 亿美元。至于深圳河北岸即将改为深圳市的宝安县，地区生产总值只有 1.24 亿美元，仅为香港的 0.68%。

这个时期的香港，唯一的心事，就是 30 年来冠绝亚洲、如今比较优势不再的制造业究竟何去何从？

恰恰在这个时候，以 1978 年底党的十一届三中全会召开为标志，内地改革开放大潮涌起，站在风口浪尖的正是河对岸的深圳市和它所在的珠江三角洲。1978 年 8 月，"深圳市"第一次浮出水面，出现在宝安县改市、依托香港建设"外贸基地"和"旅游区"的请示报告上；1979 年 3 月 5 日，深圳市正式建立；1980 年 8 月，深圳经济特区隆重亮相……

新鲜出炉、急于拿到工业化、城市化入场券的深圳市，和渐入佳境、正向后工业化时代演变的"香港城"，历史性地相逢在灿烂的季节。

隔着一条浅浅的深圳河，香港那边经过 30 多年的工业化积累，拥有雄厚的资本、技术、设备以及广阔的国际市场空间。深圳这边呢，正好相反，资金、人才、设备、市场"四大皆空"，但有一个后发优势却是香港梦寐以求的：低廉的土地、厂房和充足的劳动力。随着内地转变观念，主动拆除思想上的"铁丝网"，深受土地、人工高成本之困的香港制造业大军纷纷跨越罗湖桥。

北上，如潮水般北上。尽情分享内地改革开放政策红利和土地、劳动力比较优势，实现制造业产能的空间腾挪，同时回报桑梓、投资祖国，成了 20 世纪八九十年代众多港资的选择。

近水楼台，相逢有期

今天几乎已经成为历史名词的"三来一补"，就是北上港资大潮翻卷起的第一波大型浪涌。

所谓"三来一补"，即"来料加工""来样加工""来件装配"和"补偿贸易"，是由外商提供设备、原材料、样品等，由内地提供土地、厂房、劳动力，按照外商要求组织生产、加工、装配，产品全部外销，中方收取加工费、场地租金的一种贸易形式。

"三来一补"工厂和我们现在通常所说的现代企业不同。它不具备法人资格，不能注册商标和申请专利，无法进行研发、融资和内销等企业行为。但国门刚刚打开之际，一穷二白，对外部世界两眼一抹黑，"三来一补"如同久旱后的甘霖。

"三来一补"这种特殊情况下产生的堪称原始的生产组织形式，导致许多早期工厂的落户时间无据可考。内地第一家"三来一补"工厂花落谁家居然一度成了一桩公案：东莞的太平手袋厂、珠海的香洲毛纺厂、顺德的大进制衣厂都声称自己才是"首家"。

深圳地方史志研究者则认为，这些地方仅是"声称"，空口无凭，1978 年 11 月 18 日，深圳上屋电业与香港怡高实业公司签订的一份发热线圈业务来料加工协议，是迄今为止内地发现的最早的来料加工协议。这份白纸黑字的证据，证明深圳才是内地第一家"三来一补"工厂的落脚地。

其实，从已有的文字记载来看，深圳最早的"三来一补"工厂，至少可以追溯至1978年的第一季度。20世纪90年代初，由深圳市委宣传部策划，深圳市海天出版社出版，总结改革开放前10年深圳经验的《深圳的斯芬克思之谜》一书风靡全国。香港东雅公司老板郑可明出现在该书的第四章，他被称为"第一个走过罗湖桥的港商"，1978年3月在文锦渡的铁皮屋里建起了罗湖手袋厂，在内地首次实行计件工资。这家工厂里"走出了中国第一代'打工妹'"。

中共党史出版社2007年出版的《习仲勋主政广东》一书则记有这样的史实："在宝安，习仲勋还先后参观了两家来料加工厂，应该说，这是新中国成立后最早的'三来一补'企业，一家是沙头角的塑料花厂，另一家是皇岗的假发厂。"习仲勋这次考察深圳的时间是1978年7月9日至10日，这也是他当年4月复出后，第一次外出到地市县考察。

刊载于《中国新闻周刊》的《习仲勋在1978》一文，详细追记了习仲勋参观沙头角塑料花厂时的场景："中英街尽头，有一个来料加工的塑料花厂。沙头角镇党委书记张润添向习仲勋汇报，这个加工厂办了一季度，收入加工费11万港元。此外，镇还引进了几个'三来一补'项目，其中一个是手套厂，两个月收入加工费6万港元，工人月均收入900元人民币。他还说，近期尝试上述改革开放措施以后，镇内居民不再非法迁居英界，甚至过去迁居的还有回流之势。"

在沙头角、文锦渡、皇岗等街镇利用毗邻香港的地利之便，悄悄地燃起"三来一补"的野火之际，自上而下的政策春风飘然而至。

1978 年 7 月 6 日，国务院特别针对广东、福建两省制定《对外加工装配和中小企业补偿贸易办法试行条例》，7 月 15 日更名为《开展对外加工装配业务试行办法》，允许采取先办厂、后承接外商加工装配业务的"来料加工"方式，试行"三来一补"。该《办法》被东莞人称为"22 号文件"，是有关"三来一补"的第一个管理办法。它与 1979 年颁布的中国第一部利用外资的法律《中华人民共和国中外合资经营企业法》一起，为内地"三来一补"的蓬勃兴起保驾护航。

10 月，广东省外贸局发布通知，同意宝安、珠海、东莞等县、市的外贸单位，依托地缘优势和生产基础，会同当地计划和工业部门，直接办理对港澳地区的加工装配业务。

在一股股政策春风的吹拂下，从 1978 年第四季度开始，近水楼台的深圳地区各种类型的"三来一补"工厂遍地开花。当年深圳市对外加工装配业务经验交流会议文件之一《引进外资 开展对外加工装配情况总结（一九七九年一至九月份）》的材料这样写道："……今年九月止，全市已签合同一百一十五宗，其中工业七十六宗，农牧渔二十宗，商业十一宗，建材五宗，旅游三宗。外商投资总额一亿五千多万元港币。现已办厂、办企业、事业有九十个单位，生产工人有四千三百四十二人……"

1979 年 9 月，国务院颁布《开展对外加工装配和中小型补偿贸易办法》，进一步规范来料加工贸易方式，"三来一补"在国家层面上的合法性得到进一步确认。该《办法》要求：各地方、各有关部门加强领导，解放思想，千方百计把对外加工装配和中小型补偿贸易更多更好地开展起来。

1984 年、1992 年邓小平两次为中国的改革开放事业按下快进键之后，深圳引进"三来一补"企业的步伐更是一日千里。到 1994

年，"三来一补"在深圳的发展达到顶峰阶段。当年，深圳共有"三来一补"企业近8000家，占广东省的1/3，累计实际利用外资占全省的48%，出口总额、就业人数、工缴费结汇均占全省的40%左右，吸收从业人员超过100万人，创造了全市一半以上的地区生产总值。

1990年代中期深圳"二次创业"，大刀阔斧地进行产业和经济结构调整，"三来一补"工厂公司化、本地化，向"三资"企业转型，或者被本地企业整体收购，最终熔铸成了深圳先进制造业的坚固底盘。

站在历史的天空下，掠过20世纪初叶上海至香港的漫长海岸线，俯视20世纪最后20年的深圳河两岸、珠江流域，我们会发现中国的工业化、现代化进程沿着中国曲曲折折的海岸线，以香港为转折点，打了一个漂亮的"√"。

1950年前后，时代更替中南下的上海滩民族资本，为歧路彷徨中的香港带来了经济结构调整、制造业借势腾飞的"第一桶金"。

1978年起，羽翼丰满的港资制造业乘风而起，成建制"南雁北归"，以"三来一补"及之后的"三资"企业，建立起了"前店后厂"的深港合作早期模式，唱响了深港合作琴瑟相和的前奏，为工业基础几乎为零的深圳谱写了制造业异军突起的首章。

在港资滋养下，深圳、东莞、广州、珠海、佛山、中山、惠州等珠江三角洲诸地市快速发展起大规模生产和装配能力，进入全球市场分工体系，市场化的"合约意识"深入人心，为日后以深圳为战略支点之一的珠江三角洲地区成长为"世界工厂"，参与全球产业分工奠定了基础，也为新世纪初中国加入WTO后全面融入全球产业链，创造了有利条件。

有一个数据很能说明香港反哺祖国的力度：改革开放以来，在对内地投资，香港始终位居第一，地位从无人撼动。截至 2020 年，港资在内地的实际投资占全部境外直接投资的近 70%。

心之所向，无问西东

中国改革开放，港资"南雁北归"，如此天作之合，让早已跃跃欲试却始终不得其门而入的外资眼热不已。深圳河畔、罗湖桥上，有滋有味地讲起了外商借道香港，在深圳等内地城市争抢中国改革开放红利的投资故事。

1980 年盛夏，一辆从香港方向驶来的货车缓缓驶过罗湖桥，停稳在深圳火车站。货厢沉重的铁门打开，一位 40 多岁、衣冠楚楚的男子跳下车，随着一群清凉装扮的旅客缓缓向出站口走去。滚滚热浪扑面而来，他的一身商务装束紧紧贴住皮肤。男子一边拿纸巾擦着额头上不断冒出来的汗水，一边好奇地打量着四周景物。

这个中年男子叫二村宽，日本东京自动车株式会社社长。

日本媒体笔下、镜头中展示的中国改革开放的巨大机会，促使此前从未有过海外投资经历的他，将自己海外淘金之旅的首站设在中国改革开放的"前沿阵地"——深圳经济特区。

一头大汗的二村宽受到了深圳市招商引资部门的热烈欢迎。在市领导的撮合下，二村宽的日本东京自动车株式会社与深圳经济特区发展公司等企业顺利牵手，于 1983 年 9 月合作设立了全国第一家中日合作经营企业"深圳华日汽车企业有限公司"。"华日"一名据说来自二村宽的建议，他认为中日双方的相互理解和积极配合是合资建厂顺利推进的灵魂所在，"华日"这个名字能很好地体现这一点。

华日公司出手不凡，甫一亮相，就建成全国首座楼高 10 层、建筑面积超过 2 万平方米的现代化汽车修理大厦，后续更发展成为深圳市汽车服务行业的骨干企业。

回忆当年，二村宽风趣地说道："别人是到凉爽而又环境好的地方去投资，我到这个又闷又热的地方投资，当时心里真不是滋味。来深圳时正巧是夏天，我乘着一列很破旧的好像是用来装猪的货车，从香港上车时人又多，排队等候，挤上车后根本没有地方坐，车厢里又闷热又臭。那时，心里确实很不舒服，但是，我咬着牙，决心到中国看一看。"

当时在日本国内名不见经传的二村宽"咬着牙"，在闷热的 1980 年盛夏，在深圳的飞扬尘土中，找到了投资中国的机会。

1982 年 12 月 9 日，由台湾同胞张清源名下企业与国有企业广东省沙河华侨企业公司合资兴办的深圳华侨家私有限公司在深圳沙河工业区正式成立。这是在大陆正式落户的第一家台资企业，实现了台商投资大陆"零的突破"。当时已年近古稀的张清源，成了连通两岸已经中断了 33 年的民间通商之路的历史第一人。

1979 年初，全国人大常委会发表《告台湾同胞书》，激起了与大陆分隔了 30 多年的广大台湾同胞的强烈思乡之情。但台湾当局一纸"动员戡乱时期临时条款"，使台湾同胞的返乡梦始终难圆。

1980 年 8 月 26 日，深圳等四大经济特区建立，向全世界宣告了大陆实行改革开放的诚意和信心，也引发了境内外投资者的密切关注。祖籍福建清源县、生在台湾的张清源认为，实现期盼多年的返乡梦的好时机已经到来，圆梦的最佳地点就是与香港一河之隔的深圳经济特区。张清源主动联络在香港的好朋友王铭，合资在香港注册成立仙妮有限公司，作为将来在大陆投资兴业的平台。

1982年4月的一天，张清源在王铭的陪同下跨过罗湖桥，实地考察深圳经济特区的投资环境。当时，台湾同胞赴大陆探亲尚未开放，更遑论两岸"三通"（通邮、通商、通航）。两人此行不免有些忐忑不安，既没有事先联系深圳市有关部门安排行程，也没有像第一批港商北上时那样大张旗鼓地通告媒体以壮行色。

秘密的深圳之行让张清源心情振奋：所到之处，工地遍布，干劲冲天；所见之人，激情向上，敢闯敢试。他和王铭当场拍板决定在深圳投资兴业。

当年10月30日，以张清源、王铭的香港仙妮有限公司为乙方，国有企业广东省沙河华侨企业公司为甲方，在广州签订了合资经营协议书。之后一路绿灯：11月15日，深圳市人民政府批复同意协议，第二天报请广东省经济特区管理委员会审批，一天时间就获得了批准。12月9日，经广东省工商行政管理局核准登记，大陆第一家台资企业从此诞生。按照协议书约定，甲乙双方共同组成有限责任公司，定名为"深圳华侨家私有限公司"，兴建工厂定名为"深圳华侨家私制造厂"。时任全国人大常委会副委员长、国务院侨务办公室主任廖承志专门为公司亲笔题名。

1983年10月，占地面积2万平方米、建筑面积14300平方米的深圳华侨家私制造厂正式建成并投入使用。从领取营业执照到正式投产只花了10个月时间，充分体现了"深圳速度"。作为大陆第一家引进当时先进家私生产设备以及花园式工厂概念的企业，深圳华侨家私有限公司还被深圳市政府列为20世纪80年代深圳十大接待、参观企业之一。

张清源破冰之举所起的示范效应被香港媒体急剧放大，绕道香港、经由罗湖口岸回大陆探亲、旅游的台湾同胞纷至沓来。深圳趁热打铁，成立了"台胞接待处"，协调解决台胞在深圳遇到的困难和问题，宣传大陆的改革开放政策。台湾同胞返台后，往往成了深圳经济特区的宣讲员。他们绘声绘色地向亲朋好友介绍深圳作为中国改革开放前沿阵地的大好政策，吸引了更多台商前来深圳考察、投资，"以台引台"渐成风潮。到1987年台湾当局放宽台湾居民到大陆探亲、旅游观光之前，台商来深圳洽谈、签订投资意向或合同的有近400人，并有105家台资企业落户深圳，协议投资超过5000万美元。

　　1978年12月13日，美国可口可乐公司亚太分部负责人亨达，同中国粮油进出口总公司签署了一份协议。协议确定，双方合作设立灌装厂，在中国市场销售。在灌装厂建好之前，由中粮公司采用寄售的方式先行在国内销售。不过，这份合同还有一个特别条款："仅限于在涉外饭店、旅游商店出售。"

　　这份如同天外飞仙一般冒出来的合同，让可口可乐公司的最大竞争对手——美国百事可乐公司高层"大为震惊、深受刺激"。

　　1979年9月，百事可乐公司在香港的业务代表李文富，给成立刚刚半年的深圳市政府写信，表达到深圳投资设厂的意愿。李文富是菲律宾籍华人，他很快得到了深圳市的热情回应并获邀到深圳洽谈。一年多后的1981年2月，诚意满满的双方顺利签约，并很快建起了现代化的深圳市饮乐汽水厂。那段时间里，李文富无数次跨过罗湖桥往来深港之间。当时香港牌照汽车不能驶过深圳河进入内地，深圳市区也没有出租车。李文富每次走过罗湖桥，进入深圳市区后，就打一辆"单车的士"，坐在自行车后座上，在滚滚泥尘中穿行。李文富的这个事迹，后来被演绎成"用自行车把世界 500 强驮过罗湖桥"，成了深圳引资史上的一桩美谈。这个说法虽有移花接木的成分，但大差不差，还挺有历史镜头感和反差度，也就逐渐流传开了。

可口可乐和百事可乐的中国市场之争看起来难言胜败：可口可乐的产品抢先进入了中国市场；百事可乐的中外合资灌装厂后发先至，现代化的深圳市饮乐汽水厂跑在了可口可乐的前面。

细细解读一下这个结果，可以在历史烟尘中，窥见改革开放初期深圳筚路蓝缕时敢闯敢干，对一切外来投资求贤若渴的奋斗者、开放者的身影。

1886 年诞生、常年霸榜"世界 500 强"的老牌跨国公司可口可乐公司，绝对是商业竞争领域玩"政治"的高手，政治敏感度极高。1927 年，中国时局稍稳，全国统一市场刚刚有一点苗头，可口可乐就跑步进入中国在上海设厂。经过多年经营，上海工厂成为可口可乐公司在海外的最大工厂之一。1940 年代末，中国市场成为可口可乐公司最大的海外市场，没有之一。随着中国人民决定"别了，司徒雷登"、美国大使馆关闭，可口可乐公司也悄悄收拾行李撤出中国，上海工厂的生产线被拆下来运往北京，成了"北冰洋汽水厂"（即北京新建制冰厂）的第一条生产线。

1972 年 2 月 28 日，美国总统尼克松应周恩来总理的邀请访华期间，中美双方在上海发表《中美联合公报》（即"上海公报"）。中美交往的大门重新打开，其标志之一就是两国在对方首都互设官方"联络处"。令人叹服的是，这一年，可口可乐公司就有样学样，在北京饭店设立了"临时办事处"，其目标很清晰：紧盯政治风向，随时准备重返中国市场。

1976 年，时任可口可乐公司总裁马丁找到当时的中国驻美联络处商务秘书佟志广，向其表达了一个愿望：向中国出口可口可乐，同时在中国建立可口可乐的灌装厂。佟志广告诉马丁，这件事"为时尚早"，因为1949年后出生的老百姓，都只是在电影里见过可口可乐，而电影里的可口可乐又总和美国大兵联系在一起。抗美援朝战争之后，在中国人的心目中，可口可乐的形象已不单单是饮料那么简单了，是侵略者的象征之一。

碰了一鼻子灰的马丁并不气馁。不久后，他又盛情邀请中国驻美联络处官员到可口可乐公司在亚特兰大的总部参观。亚特兰大之行给中方官员留下了非常深刻的印象，可口可乐公司的现代化企业管理模式让他们大开眼界。

1977年佟志广奉调回国后，进入中国粮油食品进出口总公司工作。当年马丁来北京时，又特地找上门来游说。这次，马丁给出的理由很有说服力。他说，把可口可乐进口到中国并在中国设厂，是为了满足到中国旅游的欧美人士的需要。他还翻出可口可乐1927年就进入中国的老皇历，说可口可乐公司只是一家靠卖汽水挣钱的商业公司，与政治无涉，与美国大兵的形象联系只是无妄之灾。佟志广表示认同他的解释，但"爱莫能助"。

1978年下半年，中国"开门"声隐约可闻，中美关系出现新转机。可口可乐公司与中粮公司进入实质性谈判阶段。谈判没有中央的红头文件可作依据，只有时任国务院副总理李先念手写的一张纸条，大意是"可以进行此项工作"。经过三轮谈判，12月13日，可口可乐公司与中粮公司终于在北京饭店签订协议，可口可乐公司如愿以偿地成为除港台资本外第一个进入内地的外资企业。

12月16日，中美双方发表《中美建交联合公报》，宣布"自1979年1月1日起互相承认并建立外交关系"。这一切，不得不让人感叹可口可乐公司超前的布局意识。当时，美国媒体甚至怀疑可口可乐公司提前获悉了中美高层外交动向，《纽约时报》和《华尔街日报》还对此进行了特别调查。虽然最后的调查结果是"看不出卡特总统与此事有任何联系"，但美国媒体还是把可口可乐公司完美地踏着中美建交的节拍，第一时间重返中国市场的这一商业事件，赋予了不同寻常的政治意义。

如果把可口可乐公司和百事可乐公司在中国市场上的竞争比喻为接力赛，可口可乐公司可谓遥遥领先地跑完了第一棒——产品进入内地市场，不过在交接第二棒——在内地建立合资灌装厂的关键时刻，形势逆转：起跑晚至 1979 年 9 月的百事可乐公司，闪电般地和深圳市进行了接洽，于 1981 年签订了合资办厂协议，深圳市饮乐汽水厂一骑绝尘。而可口可乐公司和中粮公司在北京、上海合资建厂的计划却一波三折、举步维艰。上海的报纸发表文章，指责引进可口可乐在上海重新建立灌装厂"就是引进腐朽没落的资产阶级生活方式，就是打击民族产业，是卖国主义、洋奴哲学"；上海市财政局一个工作人员还给中央领导写信"告状"；《北京日报》刊发以"可口未必可乐"为题的文章，认为在国家缺少外汇的情况下，引进可口可乐是浪费国家宝贵的外汇资源。

结果是可口可乐公司起了个大早却赶了个晚集，在内地设立的合资灌装厂反而落后于百事可乐公司。

历史不能假设，现实无法推倒重来。1980 年代的上海，作为中国举足轻重的老工业基地、国有经济重镇，贡献四分之一中央财政的中国最大"钱袋子"，能不能从中国改革开放的主力后卫位置上跑去充当攻坚前锋，像深圳经济特区一样，无问西东，无意于姓"社"姓"资"的意识形态纠结，执着于发展才是硬道理，从而"杀出一条血路来"？

奔腾的深圳河

改革开放之初，可口可乐公司在北京、上海，百事可乐公司在深圳的境遇，可谓天差地别。

东方之珠，闪耀有时

在内地与西方世界"超级联系人"香港的示范、引流下，以香港为前进基地或者借道香港的海外资本大潮，以中外合资、中外合作、外商独资等形式，一浪高过一浪涌入深圳，并逐波推进至珠江三角洲及岭南以北的内地城市。

1979 年一年，深圳就批准了 37 个外商投资项目，中方多以土地作价入股合作，项目主要集中在饮食、服务、房地产业和相对初级的来料加工上。1980 年代中期，外商投资项目逐渐由劳动密集型向资本密集型转变，工业成为主要投资领域。1990 年代以后，外商投资逐步由一般的劳动密集型加工业向知识密集型的高新技术产业发展，同时开始涉足贸易、服务、基础设施等领域，遍布深圳三大产业的 12 个经济部门和 33 个工业行业。

进入 21 世纪，来料加工贸易呈现明显上升趋势，逐步形成了以电子产品为主的高新技术产业群落。深圳成为计算机及配件、激光头、复印机、继电器、电风扇、无绳电话、微电机、自行车、钟表等品类的全球加工生产中心。

截至 2003 年，深圳加工贸易企业已近 1.5 万家，占工业企业总数的 75%，实现工业产值 4009 亿元人民币，占全市工业总产值的 73.4%，加工贸易对地区生产总值的增长贡献率达到 50.39%。

与一般港商略显原始的"三来一补"和早期外资粗放型的来料加工贸易不同，招商局主导的蛇口工业区则在深圳工业化起步阶段，就为深圳"定制"了高端产业类型。

蛇口工业区一出场即高举高打，确定了"三个为主"和"五不引进"的方针，即产业结构以工业为主、企业投资以外资为主、产品市场以出口为主，来料加工、补偿贸易、技术落后、污染环境和挤占出口配额的项目不引进。

"三个为主"和"五不引进"的发展理念，即使放在今天也毫不过时。

1979 年 12 月 12 日，招商局同瑞士大昌洋行集团有限公司达成协议，共同组建蛇口工业区第一家中外合资企业"中瑞机械工程有限公司"。其后，华美钢厂、浮法玻璃厂、蛇口铝材厂、凯达玩具厂等纷纷跟进。五年时间里，蛇口工业区就引进了 90 多家外商企业和 20 多亿港元的协议外资，成为年轻的深圳经济特区短距起飞的有力引擎之一。

蛇口工业区成立之初，工业用地面积只有区区 2.14 平方公里，短时间内拿出欣欣向荣的大发展"证据"后，扩展至 10.85 平方公里。其管理体制也同步"扩容"：一开始是由招商局直接管理开发，1987 年后蛇口工业区实行公司制，成立招商局蛇口工业区有限公司。在此期间，蛇口工业区有限公司既负责园区建设，也包揽区内基本公共服务的提供，还负责一应民政及司法事务。可以说，此后中国各种所谓产城一体化开发的园区，所拥有的权力，均没有达到蛇口工业区的高度。1992 年，深圳市收回了蛇口工业区的行政、司法、民政及公共服务等政府管理权限，在其土地上设置了南山区蛇口街道办和招商街道办。

不过，蛇口工业区开发模式的"简版"，在深圳得到了发扬光大。

1984 年 8 月，由深圳经济特区发展公司、中国南海石油联合服务总公司及香港光大实业有限公司共同投资设立大型合资企业"南海石油深圳开发服务总公司"，负责对深圳经济特区西部 23.01 平方公里区域（后称南油开发区）进行综合开发建设和统筹经营管理。至 1994 年时，南海石油深圳开发服务总公司已建成四个设施配套完善的工业区，吸引外资 8 亿多美元，兴办 426 家中外合资企业，1993 年一年就实现总产值 27 亿多元人民币，占当年深圳全市生产总值的八分之一。

1984 年 3 月，时任全国人大常委会副委员长、全国人大华侨委员会主任委员叶飞提出，在深圳沙河划出 4.8 平方公里的土地，由驻港央企香港中旅负责开发，是为今天大名鼎鼎的"深圳华侨城"。

如果说蛇口、南油、华侨城是特殊时代下的政策产物，那么深圳市委、市政府的后续操作堪称经典：引入大型央企，给予其较大地块统筹整体开发。典型例子就是引入航空工业旗下负责民品业务的中航技，在上步工业区开发中航苑，先后孵化出了天虹商场、深南电路、天马微电子、飞亚达、上海宾馆等一批深圳知名企业。

深圳市政府自身也牵头开发了一系列工业区，较为著名的包括上步工业区、八卦岭工业区、莲塘工业区、水贝工业区、泰然工业区等。

多管齐下，收获不小。截至 2018 年，深圳全市一共崛起了 6600 多个大大小小的工业区。

港资"三来一补"工厂，升级版本"三资"企业——中外合资、中外合作、外商独资的来料加工贸易企业，内地国资为主开发的工业区、开发区、高新产业园区，一起组成了深圳经济特区前 20 年迎风生长的经济骨架。

1979年3月5日深圳市正式成立，当年深圳地区生产总值为1.96亿元人民币。1991年，12岁的深圳地区生产总值跃升至236.7亿元人民币，首次进入全国城市地区生产总值排行榜前十，名列第七位。香港回归祖国的1997年，18岁的深圳地区生产总值达到1297.4亿元人民币，排名全国第五位，仅次于上海、北京、广州和重庆。

　　1979年深圳市设立之初的人口数是31.4万人，1997年时已跃至527.8万人，跻身全国特大城市行列。

　　这样的成长速度，让人目眩神迷，让解读者嘴拙词穷，只能冠之以"奇迹之城"概括。

　　深圳谱写发展传奇，1980、1990年代的香港迎来的更是举世瞩目的盛世繁华。香港制造业逐波北上，在中国改革开放的汹涌大潮中打开了更为广阔的发展新空间。扮演着内地与西方世界"超级联系人"角色的香港，越来越紧密地融入内地经济高速发展的大局，大口吞吐着与日俱增的巨大人流、物流、资金流，货如轮转、钱如泉涌。香港金融中心、贸易中心、航运中心的前缀也由"亚洲地区"摇身一变为"全球"，"纽伦港"（纽约、伦敦、香港的合称）一说不胫而走。

　　香港，香飘万里。

　　仅以1992年为例。这一年香港总人口580万余人，地区生产总值高达1043亿美元，相当于全中国的四分之一、全球的5%；香港股市、债市的总市值分别约3.5万亿、2.5万亿港元，成为全球最重要的金融中心之一；香港的进出口总额近3000亿美元，占全球贸易总额的6%；旅游业方面，香港的入境游客超过2000万人次，旅游收入约150亿港元。

　　面对香港经济结构的梦幻嬗变和经济总量、进出口总额的极速攀升，国际观察家瞠目结舌，只能以一句"亚洲的经济奇迹"敷衍了事。

1997年回归前后，香港站在祖国的肩膀上，顺利进入后工业阶段，完成了香港历史上第二次重大经济转型，在中西方规则、文化之间游刃有余的现代服务业成为香港的核心产业。

这20年，是深圳河两岸中华儿女龙马精神的光辉岁月，也是公认的香港音乐、电影横扫亚洲地区的黄金时代。

1984年，中英《关于香港问题的联合声明》签署，香港前途尘埃落定。1986年，转战香港乐坛的台湾地区音乐人罗大佑，以寄托着无数华人情感的香港回归为背景，创作歌曲《东方之珠》。1986版的《东方之珠》由罗大佑作词作曲，郑国江改编词，又称"粤语版"。

回望过去　沧桑百年
有过几多　凄风苦雨天
东方之珠　熬过锻炼
熬过苦困　遍历多少变迁
沉着应变　苦中有甜
笑声哭声　响于耳边
东方之珠　赢过赞美
赢过一串暗淡艰苦的挑战
无言地干　新绩创不断
无尽的勇气无穷的斗志永存不变
繁荣共创　刻苦永不倦
龙裔的贡献能传得更远光辉一片

迎面更有 千千百年

这小海岛 新绩再展

东方之珠 谁也赞美

犹似加上美丽璀璨的冠冕

回望过去 沧桑百年

有过几多 凄风苦雨天

东方之珠 谁也赞美

犹似加上美丽璀璨的冠冕

无言地干 新绩创不断

无尽的勇气无穷的斗志永存不变

繁荣共创 刻苦永不倦

龙裔的贡献能传得更远光辉一片

1991 年，罗大佑重新填词，创作了普通话版的《东方之珠》。
相较而言，1986 年粤语版歌词强调励志、拼搏的"香港精神"，普
通话版主打血脉共流、同生共荣的"香港情怀"，字里行间闪现着
这些年香港与内地彼此成就、创下"亚洲的经济奇迹"的民族自尊，
以及依托伟大祖国的豪情感怀。

小河弯弯向南流

流到香江去看一看

东方之珠 我的爱人

你的风采是否浪漫依然

月儿弯弯的海港

夜色深深 灯火闪亮

奔腾的深圳河

东方之珠 整夜未眠

守着沧海桑田变幻的诺言

让海风吹拂了五千年

每一滴泪珠仿佛都说出你的尊严

让海潮伴我来保佑你

请别忘记我永远不变黄色的脸

船儿弯弯入海港

回头望望 沧海茫茫

东方之珠 拥抱着我

让我温暖你那苍凉的胸膛

让海风吹拂了五千年

每一滴泪珠仿佛都说出你的尊严

让海潮伴我来保佑你

请别忘记我永远不变黄色的脸

1997 年香港回归祖国，香港滚石唱片公司出版了两张纪念专辑，其中一张收录了 1991 年版的《东方之珠》。

7 月 1 日晚，盛大的交接仪式后，香港举行了有史以来最大规模的电视卡拉 OK。数百万香港同胞一起对着电视合唱这首专为中华儿女定制的《东方之珠》。这一晚，多少人脸上有笑、眼里有泪。

"东方之珠"，成为全球华人心目中香港的代名词。

第十四章

河海同辉

小河弯弯，大有文章

在罗大佑笔下，《东方之珠》里一咏三叹的深圳河是"小河弯弯向南流，流到香江去看一看"，俨然是一副小家碧玉、人见人怜的温柔形象。

在山河形胜、大河奔流的中国，全长 37 公里、其中干流长 16.1 公里、流域面积 312.5 平方公里的深圳河，确实只能算得上是一条弯弯小河——据《第一次全国水利普查公报》，截至 2011 年底，我国流域面积在 100 平方公里以上的河流达 2.29 万多条。

从地图上看，深圳河水系是一个相当标准的扇形：干流是扇柄，一系列短促的支流好比是扇骨，一起组成了 312.5 平方公里的扇面。其中，深圳一侧共 187.5 平方公里，占 60%；香港一侧 125 平方公里，占 40%。

深圳河虽小，脾气却很大，娇小玲珑的外表下藏着一颗狂野不羁的心。地方史志的相关描述和近现代的气象记录呈现出来的深圳河，时不时就"波涛汹涌"，动不动就"洪患暴虐"。

1949 年前散见于地方史志的洪灾记录，以确凿无疑的文字证明了深港地区的洪灾"自古有之"。1990 年出版的《深圳市水利志》记载，明嘉靖五年（1526 年）、清顺治十七年（1660 年）、清康熙

奔腾的深圳河

二十五年（1686 年）、清乾隆三十三年（1768 年）、清嘉庆二十三年（1818 年）、民国二十九年（1940 年），深港地区都发生过足以"入史"的大规模洪涝灾害。

其中，1660 年的这一次洪灾，史籍上只有寥寥数言："十一月初八，雷电大作，连雨七日七夜乃止。"数百年后的后人阅之，依然不免从心底生起对大自然破坏力的阵阵寒意。

1949 年至 1978 年，深圳地区有六次大的洪灾。其中，1964 年是一个绝无仅有的年份，是有完整气象记录以来深圳地区受台风影响最严重的年份。

深港地区年降雨量其实并不丰沛。深圳年平均降雨量不到 2000 毫米，香港约 2200 毫米，某种意义上甚至可算得上是缺水地区。不过，深港地区的降雨过于集中，夏季 7—9 月三个月的降雨量就占了全年的 80% 以上，这无形中加大了洪灾威胁。统计资料显示，在 1981—2000 年的 20 年中，深港地区发生于 7—9 月的洪灾，占全部的 71%。

更为要命的是，正当深港地区夏季迎来集中降雨时，生成自浩瀚太平洋深处，横扫东亚、东南亚地区的台风往往接踵而至，以叠加效应制造出凄风苦雨的极端天气。

1997 年出版的《宝安县志》称："据 1952—1991 年气象资料统计，在此期间影响本县的台风共 184 次，其中严重影响的 61 次。"所谓"严重影响"的标准，是指平均风力大于 8 级、阵风 10 级、日降雨量大于 80 毫米。

深圳河的"易怒"，还源于它独特的河流构造。深圳河水系呈扇形分布，流程短，比降陡：上游为丘陵山地，草木茂盛，河床多卵石，形势陡峭；中下游为海相沉积的冲积平原，地势平坦，河床多细沙。在极端降雨期间，深圳河流域的洪峰流量大，汇流时间短，洪水过程尖而瘦，呈现出山溪性河流暴涨暴落的典型特征。往往暴雨后数小时，汹涌的深圳河上游来水即直扑平缓、狭窄的干流河段，在防洪上基本没有时间和空间缓冲。

香港的官方水文资料中，干脆将深圳河中下游地区界定为"洪泛平原"。

还有一个雪上加霜的不利因素：海潮。深圳河的河口就在直通伶仃洋的深圳湾东侧，深受河口外深圳湾不规则半日潮的潮汐影响。

《深圳市水利志》的总结是，深圳河"河床狭窄、河道弯曲、海潮顶托、洪水宣泄不畅，排泄能力只有二至五年一遇，深圳市区每年遭受 1 至 3 次洪水灾害，旧城区及沿河低洼地带 15 平方公里面积经常受淹"。

1989 年 7 月 18 日，受台风影响，深圳湾海域出现罕见大海潮，南头潮位比历史最高纪录还高出 28 厘米，海堤决口 70 多处、1000 米长。福田区沿深圳河一带村庄如水围、沙咀、沙尾、石厦等，均遭洪潮侵袭。

人为因素也毋庸讳言。先是深圳河两岸千百年来筑堤围田，深圳河河道不断萎缩。深圳建市以后，伴随着粗放型城市化进程的狂飙突进，深圳河北岸大面积地面硬化，水土流失严重，传统的滞洪区急剧减少，导致雨水难以下渗，大大加剧了深圳河洪涝以及淤积、污染的程度。

2001 年出版的《深圳市水务志》专门用了一个章节记录深圳建市以来的洪灾情况。1979 年至 1998 年这 20 年中，有 11 年均发生程度不一的洪涝灾害。其中 1993 年、1994 年、1997 年和 1998 年的洪灾特别严重，经济损失巨大。1980 年 8 月 26 日，深圳经济特区获批建立。就在特区诞生前不到一个月的 7 月 28 日，深圳河支流布吉河上游大雨倾盆，日降雨量超过 200 毫米，导致下游的深圳老城区洪水猛涨，罗湖片区被大水围困。洪水冲进新园招待所，所内水深超过一米，刚刚履新的深圳市委第一书记、市革委会主任吴南生一行，竟然被困在新园招待所四栋。洪水给上任伊始的深圳市委书记来了一个"下马威"。

枯燥的数据后面，是一幕幕心酸无奈的人间苦情。说来也巧，本书写到这一章节时，老天爷就在深港地区以一场百年一遇的特大暴雨，描绘了一幅折腾了深圳河流域千百年的"水患图"。

2023 年 9 月 7 日傍晚开始，受台风"海葵"残余环流、季风和弱冷空气共同影响，深港两地暴雨呼啸而至。截至 8 日上午 11 时，降雨打破了深圳市 1952 年有气象记录以来 7 项历史极值，罗湖区局部 24 小时降雨量高达 559.6 毫米。

香港更是迎来了历史上最漫长的黑色暴雨日。截至 8 日下午 1 时，香港天文台录得 24 小时降雨量 647.7 毫米，创造了香港地区自 1884 年有气象记录以来的历史最高值。

大雨似箭，击打着现代化高楼大厦的玻璃幕墙；昔日光彩鲜亮的街市成了滔天泽国，人车绝迹；金钱永不眠的港交所不得不停止交易；惜水如金的深圳水库不得不紧急泄洪……人类活动被强行摁下了暂停键，依然传来令人悲痛的消息：在如注如倾的特大暴雨冲击下，在具有世界一流防灾水平的香港，竟然发生了"2 死 17 伤 1 失联"的惨剧。

在风声、雨声、各类警报声中，我和千千万万深港两地民众一起，在沉闷而又心悸的漫长等待中，真切地领教了大自然撼人心魄的无边威力，也更加理解了深港两地民众对治理深圳河的迫切心情。

1979 年 3 月深圳市设立后，防洪建设就是燃眉之急的大事。自

1980 年开始，一张白纸的深圳市下大力气在市区全面铺开防洪工程规划设计。防范的重点锁定深圳河及其南北向直切深圳老城区的主要支流布吉河。到 1985 年时，深圳河北岸临时防洪堤、布吉河下游河段整治等主要工程完成。此外，深圳市还下大决心划定了笋岗滞洪区。今天市民接踵而至的赏荷胜地洪湖公园，就是这个滞洪区的过水面。

但是，这些措施只能应付一下风调雨顺的年份，老天爷稍微出手重一点，就让深圳河流域不堪承受。通过水利部门测算，深圳市领导拿到了一个令人沮丧的结论：即使满足了"错开深圳水库泄洪""笋岗滞洪区达到最高负荷"这两个理想条件，一旦遇上五十年一遇的特大洪水，罗湖桥下游、上游水位将分别达到 6.5 米、7.5 米。而罗湖桥高只有 6.4 米，这意味着，届时深圳河河水将毫无悬念地漫过罗湖桥。

一旦水淹罗湖桥，罗湖老城区等深圳河北岸低洼地带的境况可想而知。让人揪心的是，所谓的"五十年一遇"，在深圳河近五百年的灾害记录中，也确实不是一句空话。

面对严峻的形势，有人提出了布吉河改造的"运河方案"，即在罗湖、福田两区内开挖一条运河，让布吉河不再在今天的罗湖口岸西侧一带注入深圳河干流，而是与深圳河平行流向西南，最后注入深圳湾，从而大大减轻深圳河干流的泄洪压力。

不过，这个颇具想象力的布吉河"运河方案"多年停留在构想阶段。最直接的原因当然是基于工程成本的考量，另外一个关键因素是，此时深港两地已在酝酿联合治理深圳河。

暴雨松动谈判僵局

1981 年 12 月 30 日，时任港督麦理浩访问深圳。1982 年 4 月 30 日，深港两地政府各自组织代表团举行首次会议，签署了《深圳—香港关于增辟两地之间通道的协议》。这个被称作"深港协议"的文件就兴建皇岗—落马洲大桥、文锦渡口岸新桥和增开沙头角陆路口岸，设立大小梅沙至香港旅游专用口岸等议题达成了共识。协议的第四节特别写明：深圳河段应予治理，以防河水污染及河水泛滥。根据协议成立的四个联合工作小组，就包含了"深港联合治理深圳河工作小组"。该小组下面设置了排洪小组和防污染小组，两年后又增设了一个技术小组。

深圳方面，成立了一个由相关部门组成的治理深圳河工作小组，不久后成为一个常设机构：治理深圳河办公室，简称"治河办"。

在深圳市档案馆，可以找到不少当年治理深圳河的相关资料。一份《整治深圳河规划方案》提出，当时深圳河主要存在四个问题：洪水淹浸、有机物质污染严重、通航能力十分有限及河道走向不利于排水。一旦受到海潮影响，深圳河两岸易产生洪涝，受灾损失大。深圳河"其干支流、左右岸、上下游之间的水量和水质之间彼此影响，支流差则干流差，干流差则河口差"，因此"深圳河的治理对深港两地来说都有着直接的影响"。

在接下来的几年里，双方讨论确定了治河方案，统一编制了可行性报告书。1985 年 3 月，深港双方初步形成了合作治理深圳河方案，提出按照"建设一期，预备二期，着手三期，展望四期"的原则推进。1986 年 9 月，双方代表签署《关于深圳河第一期防洪工程的意向书》。一期工程的核心内容之一，是对深圳河干流上的深圳罗湖渔民村—香港新界料壆、深圳福田皇岗—香港新界落马洲这两个曲折蜿蜒的"几"形弯段进行裁弯取直，以畅水流。

眼看好事将近，治河谈判却在 1987 年戛然而止。谈判受阻的症结就在于深圳河作为"界河"引发的"过境"土地问题：裁弯取直之后，将导致深港双方都有部分土地南北"移位"。如何处理这些土地成为敏感议题。深圳河的治理不是单纯的技术问题，"边界线"背后的政治因素才是最棘手的难题。

张鸿义于 1986 年 7 月至 1995 年 5 月任深圳市人民政府副市长，主管财政、金融、国有资产、外事和口岸工作。他回忆说："1986 年 7 月，我就任后接手负责推进这项工作（指深港合作治理深圳河），多次和港澳办及外交部沟通，均称正在研究中。后来，我专程拜访了港澳办李后副主任。李副主任坦率地告知，深圳河治理工程虽不大，但是裁弯取直后的土地如何处置很复杂，而且敏感。必须充分论证，有切实可行方案，否则将来有可能被当作李鸿章。"

闻听此言，张鸿义自然不敢怠慢，回深后立即组织深圳市外事办、口岸办等相关部门负责同志调查研究，拟定可行方案。

这一"拟定"，整整花了五年时间。

1991 年 11 月，港澳办和外交部 1120 号文终于批复，明确了深圳河治理后的管理线划分：以新河道中心线为管理线，土地互换后仍多出的约 1 平方公里河套地区，比照"过境耕作"土地，深圳业权、香港管理。

有了港澳办和外交部 1120 号文，深港联合治理深圳河谈判得以在 1992 年 12 月重启。

回头望望，沧海茫茫。1982 年 4 月"深港协议"所议定的诸项事宜，如几大过境通道建设全部如期落实：1984 年 8 月，梅沙旅游专用口岸正式开通（后因客源不足等问题，于 1985 年 11 月暂停使用，2019 年 11 月海关总署发文正式关闭，现仅存码头功能）；1985 年 2 月，文锦渡口岸新桥投入使用；1985 年 3 月沙头角口岸投入使用；1990 年，皇岗—落马洲大桥第一公路桥正式通车。

唯有深港联合治理深圳河这个议题推进维艰，难以落实完成达 10 年之久。

时序进入 1990 年代，香港回归在即，困扰深港联合治理深圳河谈判的"边界线"这个所谓的"政治问题"终于有所缓解。但是，重启后的谈判依然迟滞难行。接下来的两年时间里，双方专家小组轮流在深港两地一周一磋商，前前后后进行了 70 多轮会谈。

究其原因，有主观上的"深热港冷"因素。1990 年代，深圳河北岸的深圳罗湖、福田一带已经是寸土寸金的现代化城区，治理深圳河于深圳而言，是"非治不可，刻不容缓"。而南岸的香港新界东北地区还是边境禁区，大都是处于半开发状态的渔农区。香港地区的精华所在港岛、九龙都会区远在新界以南，香港对在深圳河流域防洪减灾的紧迫感，远远弱于深圳方面。

与此同时，1990 年代的香港可持续发展理念深入人心，生态文明建设方兴未艾。尤其是深圳河河口南侧的香港米埔自然保护区，成了深港联合治理深圳河谈判的"拦路虎"。

总面积 380 公顷、红树林面积 300 公顷的米埔自然保护区主要保护对象为红树林和珍稀动植物资源，素以"雀鸟天堂"而闻名。在米埔，可找到香港地区 72% 的雀鸟品种，也可见多种全球濒危雀鸟。1976 年，这片河海交接处的湿地被列为"具特殊科学价值地点"。1984 年，世界自然基金会开始接手管理米埔自然保护区，推行环境教育及保护工作。1995 年，米埔及后海湾内湾一带共 1500 公顷的湿地正式根据《拉姆萨尔公约》被列为国际重要湿地。

治理深圳河，势必会在一定程度上惊扰到"雀鸟天堂"，也让世界自然基金会这个在环境保护上"六亲不认"的国际组织，坐上深港联合治理深圳河谈判的谈判桌。

在大江大河纵横四野的中国，以深港两地的经济实力，联合治理一条"小河弯弯"的深圳河，其预算投入、工程难度并不是最大难题。但历史原因造成的深圳河"界河"属性，使得第一轮谈判 10 年难产；1992 年深港联合治理深圳河谈判重启之后，又因为米埔自然保护区这片国际重要湿地的现实存在，引起了国际社会的关注，深港联合治理深圳河谈判再度陷入"人与自然孰轻孰重"的无尽辩论之中。

1993 年，三个月内两场不期而至的特大暴雨横扫深圳河两岸。滔滔洪水以"劫后余生"的残酷场景，给深港两地人民展示了深圳河"非治不可，刻不容缓"的证据。

这一年的 6 月 16 日，一场特大暴雨突袭深港地区。

这场持续了五个小时、降雨量高达 501 毫米的倾盆大雨，导致深圳河流域上游山洪暴发，下游河水漫堤。当时深圳市最繁华的建成区罗湖区水漫金山，6.57 平方公里城区顿成泽国。全市范围内，交通完全瘫痪，工厂被水淹，通信中断。深圳遭遇了建市以来最大的洪灾损失：全市受浸厂房、商店 3573 间，直接经济损失高达 7 亿多元人民币。

这天，一周一次、轮流在深港两地召开的深港联合治理深圳河谈判在深圳罗湖举行。下午 4 时左右，罗湖区建设路、桂园路一带已是一片汪洋，水深及腰。护送港方谈判代表赶往深圳火车站的中巴车在电影大厦前熄火，深圳方面只能紧急雇人用三轮板车把港方代表拉到火车站。事后，有港方代表向深圳同行大倒"苦水"："我们几个人一身污水，臭气熏天，火车上的其他乘客都躲着我们。不过，这个经历也让我们对你们挂在嘴边的'人的生存权，难道低于植物、小生物、鸟类的生存权吗？'这句话有了更多的共鸣。这样的事情，真的不应该再在现代化的深圳市区发生了！"

声犹在耳，三个月后洪水卷土重来。9月26日，深圳河流域受强台风影响出现特大暴雨。罗湖区再度成为重灾区，低洼地区大面积受淹。包括深圳水库在内的八座水库超过警戒水位，灾情岌岌可危。全市受灾人口多达13.1万，损坏房屋6700间，直接经济损失达7.64亿元人民币。

一片狼藉中，深圳还遭遇了一场特殊的外交"事故"。时任副市长张鸿义回忆，1993年9月26日，"恰逢尼泊尔国王夫妇访问深圳，我作为地方代表全程陪同参观访问。下午，深圳市暴雨成灾，罗湖区火车站广场一带全线被淹，尼泊尔代表团及所有接待人员被困富临大酒店，停水停电停通信，情况十分危险和被动。当时陪同团长和公安部、外交部的同志十分焦急，我也只能依靠秘书游泳送过来的唯一一部手机和市公安局局长梁达钧及市委书记厉有为保持沟通和联系。次日上午雨停了，洪水未退，市里只能借用园林公司的工作船，护送国王夫妇一行去机场乘专机回国，沿途交警列队站在齐腰深的洪水中执勤，有为书记在红岭路坡上等候送行的场景，令外宾和陪同团同志非常感动。在平安回国后，尼泊尔外交部专门致电感谢深圳市人民政府在暴雨挑战面前的良好接待"。

另有参与护送的工作人员追忆，"高山之国"尼泊尔比兰德拉国王一辈子没见过如此夸张的洪水袭城场面，被从富临大酒店一楼窗户接到冲锋舟驶离罗湖区的过程中，"他一直微笑着东张西望，神情像一个天真的孩子，似乎把这场我们紧张万分的转移行动视为一场奇异的冒险之旅"。

"高山之国"尼泊尔比兰德拉国王的确有可能认为他的"出深圳记"并不狼狈，反而别具一格，仿如一段梦幻旅程。但他国一国之君被洪水围困在下榻酒店，最后不得不出动冲锋舟经"水路"转移，时任深圳市委书记只能在红岭路坡上送行的一幕，肯定让深圳市委、市政府感到治河已经时不我待。张鸿义说，1993 年一年里深圳市罗湖核心区两场洪灾造成的惨重损失和严重影响，促使深圳市在"9·26"过后不久成立了全国第一家水务局和全国第一个气象灾害预警系统，并且极大地推动了深圳河治理的决策、落实进程，"市里总结经验教训，决心加快深圳河治理和配套基础设施的建设，以更好地保护人民生产生活的安全"。

深港携手，联合治河

1993 年的这两场洪灾，深圳河北岸创巨痛深，南岸的香港新界地区也无法幸免，险情不断，损失巨大。

"9·26"洪灾后，深圳市政府致信港英政府，呼吁尽快启动治河计划"为民除害"。信中披露出诸多灾情细节："6·16"洪灾中，香港新界罗湖管制站的配电房告急，最高水位离地面仅有 30 厘米，为确保其安全，深圳方面果断启用了布吉河滞洪区，对近 300 万立方米的洪水进行控制性排放。"9·26"洪灾时，情况更加危急。深圳水库主坝 24 小时内录得降雨量 338.5 毫米，高峰期 1 小时降雨67.9 毫米，而新界地区的降雨量更是超过 600 毫米。26 日 19 时，新界方向的洪水进入深圳河，但时值海潮顶托，洪水倒灌，导致香港新界的木湖抽水站受淹无法运作。

深圳方面在致信中坦言，这两次洪灾的降雨量虽然没有达到五十年一遇至一百年一遇的标准，但是泄洪严重不畅的深圳河洪水水位却远远超过五十年一遇至一百年一遇的程度。"很显然，一旦发生五十年一遇至一百年一遇的特大暴雨，深圳河两岸的结局不堪设想。"信中这样写道。

事实上，"9·26"洪灾中，因为台风、暴雨、海潮三连击，洪水泄流不畅，香港新界地界内，不但至关重要的木湖抽水站停摆，受淹渔农区面积高达10平方公里。由于海潮顶托，洪水倒灌，退水极慢，使洪水在新界北地区停留了整整两天有余，至28日24时才完全退去，可统计的经济损失高达1.6亿港元。

新界受灾民众反应强烈。媒体报道纷纷聚焦深圳河治理进程缓慢的症结。港英政府最后不得不明确表态"要尽早治理深圳河"。

在1993年"6·16""9·26"洪灾的"刺激"下，深港联合治理深圳河的谈判进程大大加快。

1994年9月14日，深港双方正式签署协议，深港联合治理深圳河一期工程委托深圳市政府进行。1995年5月，一期工程正式动工。一期工程共有四项内容，分别是深圳罗湖渔民村—香港新界料壆、深圳福田皇岗—香港新界落马洲两个河段的裁弯取直工程，以及罗湖桥保护工程和福田河水闸工程。原定完工时间是1997年5月18日，最终工程提前一个月，于4月18日正式完工。

这样的时间安排，让深圳河一期工程成为献给香港回归祖国最有意义的礼物之一——"深圳河"这个名字，本来就是被侵略者强行写进不平等条约的。如今香港回归，一雪前耻。回归前夕，身世坎坷的深圳河以全新的形象亮相于世人面前，意义非凡。

深圳河变宽了：治理前，原生态的深圳河河道仅宽 30 至 40 米，加上多年泥沙淤积以及水生植物丛生，"田间的深水沟"名副其实。治理后，深圳河"长大"了许多，干流渔民村段河道底宽 80 米、河面宽 120 米，落马洲段的河道底宽 110 米、河面宽达 180 米。

深圳河变深了：治理后的深圳河，罗湖桥下水深四米，往下逐渐增至河口的五米。要知道，治理前罗湖桥下游不远处的渔民村段，水深只有可怜的一米。

深圳河变直了：比较治理前后的卫星地图不难发现，治理前，一期工程所涉及的河道长六公里，治理后变成了三公里。原因就在于"裁弯取直"，将过去有些夸张的 S 形变成了连续、顺滑的 C 形。

深圳河中游变宽、变深、变直，意味着来自深圳河上游的洪水可以更快入海，大大降低了流域发生洪灾的危险系数。

一期工程圆满完成，接下来的二、三、四期工程顺风顺水。1998 年 11 月二期工程完工。在一期工程消除深圳河中游"肠梗阻"后，二期工程对罗湖桥以下一期工程以外的河道进行了拓宽、挖深。除了在河道防护和软处理中运用土工合成材料外，二期工程的最大亮点在"环境补偿"——建设了 20 公里长的落马洲河道生态恢复区。

2001 年 12 月 30 日，三期工程如期开工，并于 2006 年 11 月 30 日顺利完工。三期工程涵盖罗湖桥以及罗湖桥以上至平原河口河段。三个标段对应着三块"硬骨头"：罗湖桥人行桥换桥；拆除文锦渡口岸两座旧桥，新建双向行车桥；改造东深供水管，让越山而来的东江水更顺畅地流进香港。

2013 年 8 月，四期工程继续向深圳河上游挺进，为拟建的莲塘 / 香园围口岸提供安全保障，2017 年 7 月如期完工。四期工程的最大亮点是人造了一个"几"字形的漏斗型湿地区域。中下游裁弯取直，

奔腾的深圳河

上游这里为什么又要人造"小河弯弯"？原因其实异曲同工："漏斗"区域在枯水期是一个小型湿地，通过种植湿生植物，起到净化水质的作用；一旦上游雨水汇集，又可通过 2.2 万平方米的滞洪区容纳约 8 万立方米的雨水，缓解中下游防洪压力，是典型的"海绵城市"应用案例。

35 年风雨同舟，至此，深港双方携手治理深圳河河段长度约 18 公里、投资近 20 亿元人民币。经过一番彻头彻尾的改造后，深圳河的防洪标准从二至五年一遇提高到五十年一遇，宽度由原来的 25 至 80 米增加到 80 至 210 米，下游的泄洪能力也由 600 立方米 / 秒提高到 2100 立方米 / 秒。

从防洪的角度看，历时五年完成的深圳河三期治河工程是经得起历史检验的成功之作。治理期间，2000 年"8·24"、2001 年"6·27"、2003 年"5·5"、2006 年"9·13"、2008 年"6·13"特大洪水轮番侵袭，深圳河安全度汛。2017 年，深港联合治理深圳河大功告成，当年的 14 级强台风"天鸽"、2018 年的号称史上最强台风"山竹"（因其造成的严重破坏，2020 年"山竹"被正式除名，"山陀儿"取而代之），以及创下深圳自 1952 年有气象记录以来七项历史极值的 2023 年"9·7"洪水，深圳河治理工程均发挥了显著的防洪减灾作用。

深圳河如一把圆月弯刀，彻底斩断了肆虐两岸人民千年的洪魔威胁。"河道宽阔顺直，堤坝连绵整齐，护坡平整流畅，上游罗湖低洼地带排洪效果得以改善。"在一本记录联合治河 30 周年的纪念册里，深港两地水利部门共同宣布，深圳河防洪标准已提高到五十年一遇，堤坝可以抵御二百年一遇的洪水。

2017 年是香港回归祖国 20 周年。这一年，同样值得深港两地人民铭记的是，经过深港携手"再造"，终于还清了对这条蜿蜒流过中国近现代史的特殊河流的全部历史欠账。

融合和聚变都是物理学专有名词，却很形象地点明了深港合作治理深圳河的"题外"之义——深港联合治理深圳河，开创了两种制度模式、不同法律观念下两个地方政府联手治理"界河"的先河。

文氏血脉，泽被深港

辛苦遭逢起一经，干戈寥落四周星。

山河破碎风飘絮，身世浮沉雨打萍。

惶恐滩头说惶恐，零丁洋里叹零丁。

人生自古谁无死？留取丹心照汗青。

这首被列入部编版语文课本、题为《过零丁洋》的述志诗，震古烁今，光照天地，演化成为中华民族气节符号。也让其作者吉州庐陵（今江西省吉安市）人、"宋末三杰"之一的南宋末代丞相文天祥，永载史册，永"照汗青"。

诗中所述的"惶恐滩"，原名黄公滩，赣江十八滩之一，水流湍急，令人望而生畏，故又称惶恐滩。惶恐滩在今江西省万安县境内。南宋德祐元年（1275年），文天祥在江西起兵勤王，后在元军凌厉兵锋压制下，经此滩辗转退往福建，是有所记。

三年后的南宋末帝赵昺祥兴元年（1278年），时年43岁的文天祥在五坡岭（今广东海丰北）被元军所俘，幽拘船中。次年元月，被长途押解至南宋朝廷的最后死地崖山（今广东省江门市新会区南）。

元军都元帅张弘范逼迫他写信招降固守崖山一线、同属"宋末三杰"的张世杰等人，心如止水的文天祥出示了这首写于船行零丁洋途中的诗作，向世人剖明心志。

文天祥对张弘范说："吾不能捍父母，乃教人叛父母，可乎？"

三个月后，崖山海战爆发，有宋一代自此灰飞烟灭。

1283 年 1 月 9 日，宁死不降的文天祥历经三年囚禁后被押往刑场处死。前后长达五年的船舱幽闭、黑牢拘禁生涯让他不辨东西。行刑之前，文天祥从容整理衣冠，然后问围观百姓何处是南，无数人流着泪，为他手指南方。在一片啜泣声中，文天祥朝着故国的方向肃穆行礼，慷慨赴死。

"零丁洋里叹零丁"，七百多年前，文天祥诗里的"零丁洋"，就是今天广东珠江口外的伶仃洋。

从地图上看，珠江水系的西江、北江、东江等主要支流如同一丛毛细血管蜿蜒南流，在汇入南海的入海口处形成一片三角形水域、一个喇叭形的河口湾，便是伶仃洋。其范围北起虎门，南至港澳，水域面积约 2100 平方公里。周边环绕着广州、深圳、珠海、佛山、东莞、中山以及香港和澳门。

深圳河同属珠江水系。河虽小，却自成一体，自东北向西南注入深圳湾，而后汇入伶仃洋，融进滔滔南海。伶仃洋，是包括深圳河在内的珠江水系的汇流之所，也是今天举世瞩目、蔚为大观的粤港澳大湾区的地理中心。

理想照进现实，现实映射历史。抚今追昔，感慨系之。

悠悠七百多年间，伶仃洋潮起潮落。文天祥当年痛失己身、故国之绝望、悲愤"叹息"，已悄然变成今日文氏后人献给大国崛起的"惊叹"礼赞。

据《文氏族谱》记载，深港文氏始祖文天瑞，为文天祥堂弟。文天祥胞弟文璧任广东惠州知府期间，文天瑞随文璧同往视事，留惠州，娶冼氏，生长子应麟。天祥就义后，天瑞避难海南岛，落籍万宁后安镇，再娶王氏，生文举、文焕、文炳、文炜四子，其后裔散居海南各地。应麟娶周氏，生二子，长子起东，次子起南。文天瑞长子文应麟归隐松岗鹤仔园（今深圳松岗）。其生平性善，被征为归德场官，后辞官避世于凤凰山下，即今天深圳市宝安区福永街道凤凰社区的凤凰古村。归隐后，文应麟筑观音庙，建望烟楼，赈济穷人，为福一方，丕振家声。其子文起东生五子，仁、义、礼、智、孚，与起南之长子垂统、次子垂献，世称"文氏七房"。文礼生孟常，孟常生宗元，宗元生世歌。明永乐年间，文起东一脉文世歌迁居香港新田。文起南一脉垂统之子文荫迁至香港大埔，其后定居泰亨。早在元初，凤凰山上的凤凰岩就是文氏族人暗中祭祀文天祥之地，明洪武年间，始建文氏大宗祠。2003 年，文氏大宗祠被宝安区人民政府列为区级文物保护单位。

文氏一族在深圳河畔香火鼎盛。如今，深圳河两岸文氏族人已达数万之众。在深圳，文氏后人聚居较众的是今天福田中心区的岗厦村，村内还建有一所文天祥小学；在香港新界，素有邓、文、廖、侯、彭五大家族之谓，文氏当仁不让排名第二。光在新田一乡，就有文氏后人 6000 多人。

深港文氏族人皆以一身正气、一脉同源的先辈文天祥为傲。香港新界新田乡建有一个占地约两公顷的文天祥公园，园内小山岗上耸立的文天祥铜像高达 6 米，坐南北望，尽遣故园之思。铜像后方镌有《诸太忠臣纪略》及《大宋状元丞相枢密使信国公 —— 文文山先生纪事简略》，列述文天祥事迹。还有麻石浮雕刻绘文天祥生平，包括高中状元、起兵勤王、临危受命、奋勇抗元、兵败被俘、劝降不从、狱中抗争等事略。

在临近伶仃洋、与香港元朗隔海相望的深圳蛇口赤湾山上，也建有一个文天祥纪念公园。一根莲花柱记载着文天祥"起兵勤王，匡危社稷"的事迹。莲花柱对面的墙壁上，则刻有文天祥的另一传世名作、在大都诏狱中写就的绝笔《正气歌》，"当其贯日月，生死安足论"。

深港文氏一族恪守先祖精神，文化礼仪传承有序，于是在近现代深圳河两岸，都走出了一个忧国忧民的"文伙泰"。

艰苦卓绝的抗日战争时期，宝安县岗厦村（今深圳市福田区岗厦村）村民文伙泰满门忠良：其本人早早参加了东江纵队，担任小队长职务，中华人民共和国成立后曾任宝安县公安科科长；其岳父郑珠明曾任东江纵队支队长，岳母则是岳父的警卫员，枪法极好，人送外号"双枪女保镖"；妻子郑女是岗厦村老党员，12岁就担任东江纵队秘密交通员，人小鬼大的她把情报塞进蒲瓜，糊好切口，挑着担子出入日占区。

改革开放后，香港新界新田的文伙泰开始显山露水。"港版"文伙泰身份多重，横跨深港：他生在香港新界新田，母亲是今深圳市福田区皇岗村人；他既是香港新界新田乡乡事委员会主席，又是全国侨联委员，深圳市政协第一、二、三届常委会委员，市政协经科委副主任；他创办的香港深城投资有限公司、深圳新福港运输发展有限公司，一"港"一"深"，活跃在深圳河两岸。

2007年，香港回归祖国10周年之际，文伙泰名列"首届深圳港商风云人物"之列。获奖理由是："文先生是在深投资的最早的外商企业家之一。参与深圳东门旧城区老街的改造，先后开发了文山楼、西华宫、文华楼、耀华楼等深圳东门旧城标志性建筑。开通皇岗一落马洲过境穿梭巴士线路，为促进深港两地交通做出积极贡献"。

今天，深港之间有多个口岸，交通立体畅达，通关便捷，深港合作"双向奔赴"，共促湾区融合。今天的人们已经很难体会20世纪八九十年代深港之间，尤其是深圳福田、南山等地往来香港新界北区、元朗等地的艰难。

1997年之前，深圳河的"界河""边界线"等概念根深蒂固。罗湖口岸人满为患，一衣带水的香港新界北区、元朗等地的香港民众却不能就近往来深圳，必须长路迢迢挤去罗湖口岸进入深圳，仿如长途旅行。

1989年12月29日，皇岗口岸货运部分启用，旨在为深港往来开辟新通路。但在客运部分开通后很长一段时间里，皇岗口岸的重心始终只能落在货运上，客运功能微乎其微。造成这种状况的最大原因就在于这个积重难返的深港"边境"之防：香港新界北区作为港英政府设立数十年的边境禁区，500米内不准人行，仅供车驶。

人员往来不便，深圳河两岸的双边融合效果自然不彰。解开这粒交通之"扣"的任务，历史性地落在深港两地都有一定话语权、"爱香港也爱深圳"的文伙泰身上。

在文伙泰的运作下，1997年3月20日，由港方的新香港巴士有限公司与中方的深圳新福港运输发展有限公司合营的简称"皇巴士"的皇岗—落马洲穿梭巴士，开始提供深圳皇岗口岸与香港新界落马洲管制站及香港新田公共运输交会处之间的过境巴士服务，每隔5—10分钟发车，车程约15分钟。因巴士车身以黄色为主，也有人称其为"黄巴士"。

"皇巴士"是当时世界上少数班次频密的跨境巴士之一。它的开通，极大地便利了香港新界北区、元朗等地民众往来深圳，也及时为不堪重负的罗湖口岸起到了分流作用。

1997 年香港回归后，北上港人熙熙攘攘，"皇巴士"的客流量与日俱增。到了 2007 年，该线路日均客流量从开通之初的 2000 人次猛增至 5 万人次以上，占皇岗口岸总客流量的 40%，成为深港过境交通的一个重要组成部分。

少有人知的是，因为这条跨境巴士线路涉及内地与香港两种制度下的政务协调，包括外劳条例、出入境人数限制、口岸开放时间、两地交通配套等多个方面，当年这条跨越深圳河的"皇巴士"的开通整整磋商了一年有余，形同深港之间跨境交通领域的"联合治河谈判"。

河套牵手，展翅高飞

创办"皇巴士"，促进香港新界西北地区与深圳的往来便利，只是文伙泰的初试啼声。真正让他名列推进深港合作"名人堂"的，是他最早提出了深圳河河套开发和深港地区"一河两岸"规划。

文伙泰早年在英国留学、工作，1977 年回港后，有感于香港新界地区的经济社会发展远远落后于港岛、九龙都会区，雄心勃勃地编制了一个新界地区发展研究报告，并通过正式渠道呈交港英政府。但彼时的新界地区在港英政府眼中只是边境禁区，对其前途并不上心。

改革开放后深圳河北岸的蓬勃发展势头，让文伙泰看到了新的希望。1991 年，就在深港联合治理深圳河谈判恢复前夕，时任深圳市政协常委会委员的文伙泰提出，"希望协同发展深港两地一家亲，资助开展深港边境沿深圳河一带的合作规划研究"。他的初心很单纯：以深圳河北岸的努力，唤起南岸的响应。

时任深圳市政协联谊委员会办公室主任张克科回忆，在一次香港委员小组会上，文伙泰说了一句意味深长的话："很好的机会，在深圳河那边。"不久之后，张克科与文伙泰有了一次长谈，不但理解了文伙泰"祖祖辈辈都和深圳人一起，同耕一片地，同饮一河水"的深港两地情，也知晓了文伙泰关于"一河两岸"构想的第一步：在深圳皇岗口岸渔农村和对岸的香港新界新田村各建一栋科技商务大厦，成立"跨境科技园"，共同进退。

这，就是后来"河套合作区""一河两岸"沿河经济带等一系列构想的雏形。

有了这个雏形，张克科和文伙泰一起多次与深圳市内外专家座谈，在深圳河沿岸实地考察，飞往北京向有关部门汇报。让张克科至今记忆犹新的是，"文伙泰先生给领导汇报，他每一个要点用粤语说一个开头，我们就用准备好的汇报大纲以普通话作说明"。张克科描述的这一幕极具画面感，文伙泰不会说普通话，但他期盼深圳河两岸同富裕、共发展的拳拳之心，应该没有人会"听"不懂。

深圳方面热烈响应。深圳市政协不但委托中国（深圳）综合开发研究院全力投入专题研究，还邀请时任国务院发展研究中心马洪主任、国家体改委高尚全副主任等一批资深专家型领导共同出谋献策，就跨境交通、港深科技大厦和口岸联检模式三个专题立项研究。

1992 年，经国务院发展研究中心、多个部委专家参与论证，深圳市政协第一次提出了利用深圳市福田保税区地缘优势，创办"深港科技园"的设想。

1994 年，文伙泰个人出资 1000 万港元成立"深圳特区促进深港经济发展基金会"，开展深圳河沿河经济合作专项研究。基金会分批开展了"一河两岸"沿河经济带的可持续发展规划、落马洲河套地区的功能定位和建立合作基金开发建设等专项课题。此外，还有打通梧桐山贯通大鹏湾、深圳湾，建立深圳河旅游观光带等计划，以及一地两检、发放深港跨境工作签证、开通跨境穿梭巴士等研究报告，并计划在 1997 年香港回归前一一完成。

1996 年，《深圳河经济合作区规划设想》《深圳河福田—落马洲河套地区开发研究报告》等相继完成了论证。以落马洲河套地区为中心的深港跨境科技圈的蓝图，令人心潮澎湃。"这件事，等到香港回归祖国之后可以做！大家都这样认为。"张克科说。

1997 年 4 月 18 日，深港联合治理深圳河一期工程完工。根据 1997 年 7 月 1 日公布的国务院第 221 号令，深圳河治理后，以新河中心线为深港两地的边界线。因治理深圳河裁弯取直后的"过境"土地，原位于深圳市行政区域，面积共约 0.91 平方公里的四块地，进入香港特别行政区的行政区域范围；原位于香港特别行政区，面积共约 0.12 平方公里的五块地，则进入深圳市行政区域范围。

也就是说，深圳河治理后，深港两地都在对方拥有数块业权与管理权分离的"飞地"。

其中，深圳落在香港的最大一块"飞地"，即可开发面积 0.87 平方公里的落马洲河套地区，一时间成了深港两地政、商、学界关注的焦点。论可开发面积，论把深港两地"套"在一起的地理位置，它都是设想中的"一河两岸"沿河经济带的最佳落子位。

伴随着深港两地各自在新世纪里的产业布局，各式各样的建议、规划纷至沓来，令人目不暇接：1999 年，香港"一国两制"研究中心总裁邵善波提出在河套设立"开发区"；2000 年，香港行政会议成员郑耀棠提出，在港深边境之间设立"特区中的特区"，在河套地区发展"新兴工业"；2002 年，香港特区政府房屋及规划地政局局长孙明扬提出在河套地区兴建"加工区"或"大型展览中心"；2003年，香港特区政府财政司司长唐英年表态，可在河套地区开辟一个特别区域，设立"边境贸易区"，建成"中国产品的展示中心"。

2005年，深港双方就河套地区开发正式成立联合小组。2007年，香港特首《施政报告》将之列为"香港十大建设计划"之一。

2008年初深圳市"两会"上，关于河套地区开发的呼声也一浪高过一浪。与香港方面的各抒己见一样，深圳这边的人大代表、政协委员同样设想多多。有的说"仿照伦敦金融城模式在河套地区设立深港金融城"，有的建议"河套地区可作为深港两地共建跨境'新城区'的试验区，优先规划发展双方优势互补的新兴产业"，有人提出"利用河套地区特殊的地位，建一所全新的大学"，有人提议"把开发深港河套地区纳入'深港创新圈'研究发展范畴，建设河套跨境高新区"，等等，不一而足。

当年11月，深港两地政府终于达成初步共识，河套地区发展可考虑"以高等教育为主，并辅以高新科技研发和文化创意产业用途"。

2009年6月，香港特区政府规划署、土木工程署展开落马洲河套地区的规划及工程研究工作，深圳方面配合参与；10月，香港特区政府称"正在研究香港的大学在落马洲河套地区发展的可行性"。2010年11月，深港两地政府就落马洲河套地区发展同步展开为期两个月的公众咨询，河套地区主要用来兴办高等教育及高新科技研发，可以带来近30000个就业机会、容纳24000名学生。

2011年11月，港深双方签署《推进落马洲河套地区共同开发工作的合作协议书》，同意在"一国两制"大原则下，按"共同开发，共享成果"原则，合作推动河套地区发展。

……

令人遗憾的是，众望所归的深圳河落马洲河套地区联合开发千呼万唤，却只听楼梯响不见人下来，始终停留在各种建议、协议书上。

问题究竟出在哪里？文伙泰在 2008 年提交的提案《香港与深圳"一河两岸"合作与发展的新思考》中一语中的："对于这个地段的发展和功能，两地一直有团体列入研究项目，不同境遇下，提出过种种建议……无怪乎深圳官方表示，现在河套发展已经到了必须统一认识和看法的时候，不能够再无止境地讨论下去。香港媒体也认为，河套开发'建议虽多，欠缺共识'！"

河套开发只在嘴上，文伙泰设想中的"一河两岸"沿河经济带只能是镜花水月。

文伙泰直言不讳："（河套地区）这个不到一平方公里的地块要承受这么多的希望，这么多的创造，实在是太小……一定要跳出河套看河套，在深圳河'一河两岸'差不多 30 平方公里的沿边接合部考虑和规划，做长远和全局的考衡……应该把深港'一河两岸'的有效地段作为未来深港'两制双城'大都会建设的核心区域，建成未来'两制双城'最具潜力和壮观的双城新区 —— 深圳河沿河新市区。"

深度合作，前海开篇

1978 年年底，党的十一届三中全会胜利召开，"改革开放号"中国航船正式远航。此时此际，香港地区经济社会第二次重大转型正如火如荼，亚洲地区金融、贸易、航运和旅游中心的定位正在锚定。

内地改革开放大业需要借力香港，香港制造业"外溢"势在必行，历史进程中的重大机缘，有命数偶合的因素，更是顶层设计的伟力，让深圳河这条无中生有的"界河"，悄然化身为内地与香港合作的通途。

无数港资和借道香港这块特殊跳板的外资跨过罗湖桥，北上，北上，北上。

北上第一站当然是一衣带水、同源同根的深圳。

"文章合为时而著，歌诗合为事而作"。深圳这座城，本就是共和国合为时、合为事而创造的作品。深港合作，埋所当然成了粤港澳合作、内地与香港联动的主战场。

以 1997 年、2007 年这两个有特殊纪念意义的年份为界，以 10 年为期，可以梳理出深港合作 40 多年的脉络所在。

1997 年之前，深港合作的重心在于"产业合作"，大量劳动密集型制造业跨越深圳河北上。大量"三来一补""三资"企业如同冷夜里的一束强光，照亮了深圳工业化、城市化的前程。

1997 年至 2007 年，围绕当时方兴未艾的互联网技术及相关创新科技产业，"创新协作"成为深港合作的新亮点。早在 1990 年代初，香港就未雨绸缪，成立了本地第三所研究型大学香港科技大学，以加强香港在未来竞争中的基础研究和创新能力。

1998 年，呼啸而来、席卷而去的亚洲金融危机重创香港，促使香港特区政府深刻反思自身的产业结构和发展战略。这一年的香港特区政府《施政报告》明确提出，"设法使香港成为亚太区的互联网枢纽"，"以 50 亿港元设立创新及技术基金，提供资助给对本港工商界善用创新科技有帮助的计划"。

也是在这一年，深圳市委、市政府决定全面产业转型，进军高新技术产业，其标志性举措就是将传统展会"荔枝节"，升级为更具科技创新前瞻意义的"高交会"。

1990 年代末的一天，时任深圳市政府副秘书长兼深圳市高新技术产业园区领导小组办公室主任、后任深圳市主管科技创新工作的常务副市长刘应力，敲开位于香港清水湾半岛香港科技大学下属的很多重点实验室的大门。

此时的深圳，急于产业转型、科技创新，却苦于本地没有拿得出手的科研院所，只能祭出"借鸡生蛋"的一招：登门求教一河之隔的香港研究型大学的专家教授，延请他们空降深圳，和本地企业一起进行产学研合作，期望最终跑出一两匹科创黑马。

谁也没有想到，刘应力一行这次在香港科技大学的敲门，真的成就了一桩深港两地"创新协作"的美谈。

当刘应力一行敲开香港科技大学 3126 实验室大门时，前来开门的是不会讲粤语、操着一口浓浓湖南口音普通话的李泽湘教授。

李泽湘正是深圳市梦寐以求的那个人！

1961 年出生于湖南省永州市蓝山县的李泽湘作为中国首批公派本科生，先在美国卡内基 – 梅隆大学获得电机工程及经济学双学士学位，后又在加州大学伯克利分校获得数学硕士、电机工程与计算机硕士及博士学位，并在 1989—1990 年间任麻省理工学院人工智能实验室（AI Lab）研究员，1990—1992 年间任纽约大学 Courant 研究所计算机系助理教授。1992 年，怀着"办一所大学"热望的李泽湘受邀加入香港科技大学，出任电子及计算机工程学系教授，随即创立了专注于数控研究的自动化技术中心，即之后名震科创界的香港科技大学"3126 实验室"。

可以毫不夸张地说，李泽湘"彪悍"的学术、职业履历背后，挂着一张全球机器人领域的研究、产业版图。

1999 年 8 月，深圳市政府、北京大学、香港科技大学三方携手，在深圳市高新技术园区共同创建深港产学研基地，旨在深港地区携手建立一个高层次、综合性、开放式的官、产、学、研、资结合的科创平台，成为具有竞争力的科技成果孵化与产业化基地、风险基金聚散基地、科技体制创新基地和高新技术人才培养引进基地。

天时地利，躬逢其时。李泽湘决定下场创业，他和同校教授高秉强、吴宏等人创办的固高科技成为香港科技大学首批入驻深港产学研基地的高新技术企业。公司引入硅谷创业模式，会集了一大批在运动控制、自动化及机电一体化等领域有建树的国内外科技精英，专业从事运动控制产品和光、机、电一体化技术的研发。1999 年，固高科技推出第一款插卡式运动控制器（GM 系列），2000 年推出全闭环运动控制器（GT 系列），成为亚太地区第一家拥有完全自主知识产权、专业从事运动控制及智能制造核心技术研发的公司。

在深港"创新协作"大潮中，捷足先登的李泽湘在"游泳中学会游泳"，逐渐成长为横跨香港和内地的硬科技界"创投教父"。20 多年来，他作为创业导师和投资人，孵化了 60 多个创业团队，催生了云鲸智能、海柔创新、李群自动化、逸动科技等一众硬科技明星企业，其中的 15% 已成为独角兽或准独角兽企业。2023 年 8 月 15 日，固高科技成功登陆深交所创业板。

要说李泽湘的创投代表作，无疑是今天在硬科技界如日中天的大疆创新。

2006 年 11 月 6 日，在香港科技大学就读的 26 岁内地学子汪滔，在导师李泽湘的指点和天使投资支持下，在深圳车公庙一间不足 20 平方米的仓库里创办了大疆创新。2008 年，大疆创新发布第一架自动化电动无人直升机 EH-1，2010 年发布第一款基于飞控技术、面向大众消费市场的 Ace One，从此一飞冲天，创新之作源源不绝，无可争议地坐上了全球无人机市场霸主的宝座。在胡润研究院发布的《2023 全球独角兽榜》中，大疆创新排名第 20 位，估值高达 1250 亿元人民币。

"创新协作"如火如荼之际，深港合作的甜蜜指数也水涨船高，其标志性事件就是 2004 年开局的"深港合作会议"。

1997 年香港回归祖国后，深港合作也进入了"创新协作"的新阶段。但一条深圳河分隔两种制度的历史惯性力量势大力沉，深港两地之间民间经济领域的互动密切，地方政府层面却始终没有建立起一个长效的直接沟通机制。

然而，一场呼啸而来又突然神秘消失的非典（SARS）疫情悄然改变了这个难堪局面。

2003 年 2 月，香港继广州、北京之后暴发非典疫情，短短四个月内造成 1755 人感染、299 人死亡。巨大的恐慌瞬间传至全世界，之前每年入港游客超过 6000 万人次的香港旅游业及进出口相关行业突遭暴击，几近窒息。

内地第一时间伸出援手。当年 6 月 29 日，《内地与香港关于建立更紧密经贸关系的安排》（CEPA）在香港签署。根据 CEPA 协议，内地对原产于香港的产品实行零关税，开放服务贸易，给遭受非典疫情冲击而蒙尘的"东方之珠"送来了一场及时雨。8 月 20 日，在中央政府的安排下，广州、深圳、珠海、惠州等地同时开通港澳个人游。

中央政府层面的 CEPA 协议、珠江三角洲主要城市开通的香港"自由行"，不但及时为香港经济"止血"，也凸显了深港、粤港地区深入合作的价值和意义。

2006 年 1 月 4 日，深圳市委、市政府在《关于实施自主创新战略建设国家创新型城市的决定》中第一次正式提出"深港创新圈",激起社会各界热议。2 月,深港产学研基地在香港科技大学召开理事会工作会议,香港各大学校长和科技教育界知名人士济济一堂。会上,刘应力以深港产学研基地理事长的身份,以《深港创新圈的建设与未来展望》为题作了一次公开报告,香港学界、新闻界反响热烈。3 月 6 日,深圳市委原书记、时任全国政协港澳台侨委员会副主任厉有为,时任深圳市政协主席李德成和香港科技大学创校校长、时任全国政协委员吴家玮,联名向全国两会提交了《积极发挥香港深圳的创新优势 建立有特色的区域创新体系》的提案。4 月 22 日,深圳市科技局、信息局和香港创新科技署联合在深圳举办"深港创新圈专题研讨会",进一步探讨建立"深港创新圈"的定位、功能和创新模式、操作等问题。会议邀请科技部、国务院港澳办、广东省领导和专家学者以及近百家深港企业代表参加。大会提交的《建立"深港创新圈"工作草案》得到与会代表的广泛认同。不久后,深港双方协商将"深港创新圈"设想提交深港合作会议审议。

2007 年 5 月 21 日,深港两地政府正式签署《"深港创新圈"合作协议》。协议明确了"深港创新圈"的定义和合作领域,强调"深港创新圈"是以科技合作为核心,融合各类创新要素,全面推进和加强深港两地科技、经济、人才培训、商贸等领域的广泛合作,形成创新资源集中、创新活动活跃的区域。

这份酝酿多年的协议,翻开了深港合作新的一页,深圳河两岸进入"机制融合"、全方位合作新阶段。

书写"一国两制"原则下深港两地全方位合作首篇的任务,就这样历史性地落在了珠江口外、伶仃洋东岸的前海身上。

第十五章

湾区之光

一块前海石，激起千层浪

深圳市设立之初，包括海滩、岛屿在内的辖区陆地面积共
1890.701 平方公里。40 多年后的今天，这个数字变成了 1997.47 平
方公里。这中间多出来的 100 多平方公里土地，当然不是朝夕之间
的自然造化之功，而是万千特区建设者愚公移山、精卫填海，一点
一点从海洋里填出新造之地。时至今日，移山填海工程仍在深圳沿
海地区持续进行，重新勾勒着深圳海岸线的造型。深圳陆地面积也
因此动态变化，逐年"生长"。

山海深圳，如诗如画。海，使她深沉；山，让她秀美。这片不
到 2000 平方公里的土地拥有两副鲜明面孔：一面是高大崎岖、充满
野性的丘陵、山地，约占全市陆地面积的 48.9%；另一面是相对平
坦的低起伏台地和平原，约占 49.6%。

理论上讲，大约一半面积的深圳陆地可以成为建设用地。问题
是其中占比 22.4% 的"低起伏台地"是介于 80 米至 45 米的侵蚀
台地。它们有的簇拥在丘陵周边，有的散布在城区里，成为天然绿
地公园里的小山头，开发建设成本和难度都极高。如此一来，由河
流冲积平原、沿海平原、丘陵间河谷阶地组成的占全市陆地面积仅
27.2% 的低平土地，才是深圳地区真正易于开发的土地。

奔腾的深圳河

低平土地如此稀缺，也就决定了深圳河沿岸这块深圳地区最大的冲积平原和深圳湾北岸低地，别无选择地成了深圳墟、深圳镇、深圳市、深圳经济特区的始发之地。从罗湖区到福田区再到南山区，现代化城区一路向西，深圳河—深圳湾北岸沿线终成云集满城精华之所在。

短短40多年间，深圳人口从建市之初的33万人急剧膨胀到2020年的1756.01万人，经济总量跻身全国一线城市行列。在深圳人口、经济总量大裂变过程中，克服建设用地先天不足的办法，第一招是"问天"要空间，遍地高楼大厦试与天公比高低。截至2023年9月，深圳已建成200多米的高楼198座、300多米的高楼22座、400多米的高楼1座、500多米的高楼1座，总数达222座，摩天指数高达254，不但位列全国第一，在全球范围内也难寻对手。深圳拓展地理空间的第二招，就是自招商局蛇口工业区"开山第一炮"炸响至2020年，深圳地区不曾间断的移山填海。

1980年代，为了加强与香港的经贸往来，深圳在临近香港的深圳湾西岸蛇口半岛南端和大鹏湾西北岸的盐田进行了少量填海，建设工业园、港口，一西一东，成为带动深圳经济、社会发展的双引擎，至今仍发挥着重要作用。

1990年代，深圳城建全面展开。地势较高的西北部丘陵地带也开始大兴土木，由此产生的巨大土石方量，成为大规模低成本填海的材料来源。这一时期的填海，集中在深圳湾西岸、北岸：在福田区南端的深圳河入海口处，填出了约2.74平方公里新地，作为福田保税区仓库和堆场用地；全长约9.7公里的深圳滨海大道有7.6公里是填海而成。这条大道将大片水域与海水隔离，福田、南山两区因此新增了至少4平方公里土地面积。曾经面海而立的深圳大学粤海校区从此远离海岸线，"海望楼""海涛楼"等宿舍楼上再也听不到海涛拍岸之声，举目所见的是今天在填海区上破土而出的深圳湾超级总部基地摩天大楼。

新世纪的头十年，深圳移山填海的速度再创新高。这个时期的深圳"闯海"主战场摆在珠江口东岸一线，深港西部通道填海工程、宝安机场扩建工程、前海城区扩建工程、大铲湾港区扩建工程依次展开，与东莞市的填海工程连在一起，彻底改写了珠江口东岸海岸线的模样。

南头半岛更是"面貌一新"：曾经直接入海的大、小南山完全被填海区包围，从此坐拥"山海之城"。顾名思义，南头半岛形如向南伸入伶仃洋的蛇头，最南端的张开"蛇口"。半岛最北端的"脖颈"处最细，东侧后海湾与西侧前海湾之间的陆地长度仅为 2 公里，经年累月的东西"夹击"填海后，长度变成了 7 公里。南头半岛的"蛇头"之形，幻变为今日之"龙头"。

南头半岛"脖颈"以东，约 8 平方公里的后海湾滩涂浅海化身今天寸土寸金的后海金融总部基地，与一箭之遥的深圳湾超级总部基地一起，成为深圳发展总部经济的黄金宝地。西侧前海湾，"浮出水面"的是一片面积多达 14.92 平方公里的处女地。

这片新造的深圳极西之地，对建设用地极度稀缺的深圳而言弥足珍贵，因而成为城市战略后备用地。它有幸被历史选中，成了探索内地对境外制度型开放的第一块"试验田"——前海深港现代服务业合作区。

前海合作区拥有无与伦比的区位优势。它位于整个珠江三角洲地区的核心位置，又是珠江口东岸香港—深圳—广州这条"珠三角脊梁"的重要节点，甫一出场，就自带光环，且年年新换盛装：

2006 年审议通过的《深圳 2030 城市发展策略》首次提出"建设

前海、龙华和龙岗中心等重点地区"，前海被视为深圳未来发展最具战略意义的物理空间之一，定位为深圳"城市发展节点、区域发展重点"。此时的前海地区，大部分还在海面以下。

2010年国务院批复的《深圳市城市总体规划（2007—2020）》中，前海湾脱颖而出，被和老牌的深圳核心区福田中心区等量齐观，成为深圳未来"双城市中心"。

2008年，广东省对前海同样青眼有加。当年发布的《珠江三角洲地区改革发展规划纲要（2008—2020年）》提出，规划深圳前后海地区。

2009年，香港欣然加入。当年8月举行的粤港合作联席会议上，粤港双方就"在深圳前海地区推进现代服务业发展"等八个重要合作项目签署了合作协议。时任香港特区行政长官曾荫权表示，在粤港合作方面，政府还希望通过参与深圳前海的发展，促进和提升香港本身的服务业，长远推动香港经济发展。

2010年，对于几年来一直被各种规划、在后台"候场"数年的前海来说意义非凡。当年8月26日，深圳经济特区30周岁生日之际，中央人民政府送来了一份"大礼"：国务院正式批复《前海深港现代服务业合作区总体发展规划（2010—2020年）》，明确将前海建设成为粤港现代服务业创新合作示范区。

前海，从深圳一城的发展节点、重点，焕然一新地成为践行国家重大发展战略的主角之一。

2012年6月，国务院发布《关于支持深圳前海深港现代服务业合作区开发开放有关政策的批复》，明确提出"支持深圳前海深港现代服务业合作区实行比经济特区更加特殊的先行先试政策"，前海成为"特区中的特区"。

2012 年 12 月 7 日，党的十八大后离京考察第一站，习近平总书记选择了深圳前海。在一块巨型"前海石"前，习近平总书记和众人合影留念，发出了新时代改革开放再出发的号召。他深情寄语前海要"精耕细作，精雕细琢，一年一个样，一张白纸，从零开始，画出最美最好的图画"。合作区设立以来，前海坚持"依托香港、服务内地、面向世界"，成为深港、粤港合作的新平台。

重放当年电视画面，镜头所及之处几乎空无一物，只有那块前海石突兀而立。正如习近平总书记所言，2012 年时的前海是真正的"一张白纸"：两年前国务院批复《前海深港现代服务业合作区总体发展规划（2010—2020 年）》时，前海 14.92 平方公里范围内，有超过 3 平方公里仍在填海；6.5 平方公里虽已造陆，但软基处理尚未结束，还需经历 220 天的沉降期。2012 年底，填海、软基处理工程基本完成，前海地区这才真容初见。

这片向海而来的全新土地，需要一个物理意义上的存在为它命名，告诉世人：这里就是前海。今天已成为前海乃至深圳市标志性景点之一，市民、游客热闹"打卡"地的前海石，应运而生。

2009 年时，负责前海基础设施建设的深圳市建筑工务署派人前往粤北山区寻找合适的石材。有追求的人和物自有缘分，总能在合适的时间和地点相遇。很快，一块高约 2.8 米、宽约 2.1 米、厚约 0.65 米的石材入了寻石人的慧眼：这块石料学名黄蜡石，结构密、韧性强、硬度高，十分适合打造标志性景观；同时，这块石头自然造型酷似船帆，与前海的地理位置、发展状态水乳交融，堪称绝配。

前海之滨、桂湾河水廊道边，寓意"扬帆起航"的前海石于 2010 年底悄然矗立。

石头上镌刻的"前海"二字，集自邓小平手迹。邓小平有生之年并没有亲笔题写这两个字。石头上的"前"字，取自邓小平革命时代手写的"淮海战役总前委";"海"字,则来自1984年邓小平第一次南方视察时,在蛇口半岛南岸明华轮上欣然题写的"海上世界"。

运筹帷幄,决战淮海;指点江山,改革开放——邓小平伟大一生中的两个高光时刻,就这样在新时期,在这块前海石上历史性地相遇,迸发出无比瑰丽的时代光芒。

滩涂上建起"人本水城"

自上而下被国家、省、市寄予重重厚望的前海,究竟如何"精耕细作,精雕细琢"?这是一个摆在深圳建设者面前的时代命题。

对标全球先进,写出一篇惊艳世界的"初稿"是当务之急。

2010年,深圳市规划和国土资源委员会开出500万元人民币的重奖,面向全球征集前海地区概念规划,吸引了全球几十家知名规划设计机构前来一试身手。最终,美国FO事务所(Field Operations)所提的七号方案"前海水城"方案,力拔头筹。

紧贴时代潮流的设计才是最好的设计。美国FO事务所负责前海地区概念设计的主创设计师詹姆斯·库纳,是美国景观都市主义的代表人物之一。他所提的"前海水城"方案最大亮点就在于关注水和生态,"将水融入城市"。

前海地区原本就是一片滩涂,填海之后地基升高,排水成为难题。"前海水城"方案因势利导,拓宽域内原有的双界河、桂湾河、前湾河三条指状水廊道,并与月亮河这条环状水廊道相连,既解决了城区防洪排涝的问题,又让海水自然进入城区,实现"人本水城"

的怡人意象。

别具匠心的串联水廊道将前海近 15 平方公里区域分解为特色鲜明的"三区两带"空间发展格局。全面建成后的国际化、现代化前海新城，将是一个地下四层和地上两层全部打通的现代化国际城区。全部 22 个单元、102 个街坊，100 米内有亲水景观、公园绿地，200 米内交通无缝衔接，500 米内有休闲、购物设施，1000 米内可满足教育和医疗需求。

詹姆斯·库纳的成功绝非偶然。他的设计方案敏锐地抓住了前海地区的人文地理特征和当下中国正在兴起的生态城市发展理念。可以说，他的设计理念与国家开发前海地区的初衷和期待完美契合。

"面向世界"，全面与国际标准、惯例对接。2010 年 8 月，前海建设全面启动，时任深圳市市长王荣在接受媒体采访时说："为推动前海加快发展，我们在领导机制、工作机制等方面向香港学习，设立了法定机构——前海管理局……我们的目标是，到 2020 年，前海将建成基础设施完备、国际一流的现代服务业合作区，实现地区生产总值 1500 亿元。"

对于深港两地在前海地区的深度合作，王荣满怀憧憬："福田之外，前海也将是深圳未来新的城市中心，使深圳在全球现代服务业领域占有重要的地位，发挥重要作用。"

2010 年底初置时，前海石是直接摆放在地面上的。四周的绿植和高楼大厦一起摇曳向上，前海石的绝对高度明显不够了。更为重要的是相对高度的缺憾：前海石全高 2.8 米，并不矮小，但市民游客来此"打卡"，看的、拍的不仅仅是这块大石头本身，更看重的是上面镌刻的"前海"这两个大字。由于是上下行文，"前海"的"海"字下缘，距离地面仅 0.7 米。考虑到人与石的距离及拍摄角度等因素，与前海石合影时很多情况下拍不全"前海"二字，只露出上面的"前"字，证明"到此一游"的效果大打折扣。

与日新月异的前海开发进程一样，作为前海地区改革开放再出发象征的前海石，也需要一次脱胎换骨式的形象升华。

2018年，中国改革开放40周年的"大日子"如期而至。作为前海石所在地前海石公园设计顾问的日本设计师矶崎新提出：采用同样材质的卧石，为前海石加上一个基座。两石结合，不但能抬升前海石的高度，更能渲染"扬帆起航"的意境。

当年7月，岭南地区一年中最火热的季节，深圳的寻石小组再次赶赴粤北。

"姻缘"再次天成。在广东石材集散地英德市，一块巨大的黄蜡石进入了寻石小组的视野。它长5.5米、宽3米，造型与之前电脑模拟的基石模型几无二致。

8月23日，前海石和基石完成"零误差榫卯嵌接"，天衣无缝地结合在了一起。安装过程中，前海石得到了百分之百的保护，没有做任何切割。整体抬升后的前海石，"海"字的下缘距离地面1.5米，"前海"二字的中心点处于石头与平台的黄金分割点。游人与前海石合照时，再也不必因遮挡"前海"两个字而费心劳神地调整拍摄角度了。

前海石广场的地砖铺装随即展开。以前海石和基石为中心点，用深、浅色地砖错落铺设，形成向四周扩散的"同心浪"图案。游客徜徉其间，如同踏浪而行。这个寓意"一石激起千层浪"的"磐石搏浪"创意设计，与前海地区短短几年里活力无限的创新实践互为表里。

2021年7月，前海石与"时间就是金钱，效率就是生命"标语牌等其他三处近现代重要史迹及代表性建筑，被纳入第七批深圳市文物保护单位。南头半岛南北两端，不同时代的改革开放之河，历史性地合流。

2018 年 10 月 24 日，习近平总书记视察广东时第二次亲临前海。目睹当年孤零零的前海石周边无数高楼拔地而起、昔日荒滩野涂上一派生机勃勃，习近平总书记深有感触地说，发展这么快，说明前海的模式是可行的，要研究出一批可复制可推广的经验，向全国推广。"实践证明，改革开放道路是正确的，必须一以贯之、锲而不舍、再接再厉。"

在 2019 年新年贺词中，习近平总书记专门提及不久前给他留下深刻印象的前海，告诉全国人民"深圳前海生机勃勃"。

2020 年 10 月 14 日，深圳经济特区建立 40 周年庆祝大会在前海国际会议中心举行。习近平总书记在这里发出了中国"在更高起点上推进改革开放"的时代号召。他指出："当前，世界经济面临诸多复杂挑战，我们决不能被逆风和回头浪所阻，要站在历史正确的一边，坚定不移全面扩大开放，推动建设开放型世界经济，推动构建人类命运共同体。"

对脚下这片念兹在兹、八年间三次亲临视察的改革开放热土，习近平总书记在讲话中再次勉励有加，"要深化前海深港现代服务业合作区改革开放"。

在总书记的殷殷嘱咐下，从当年蛇口的"时间就是金钱，效率就是生命"，到今天前海的"开局就是决战，起步就是冲刺"，曾经惊艳世界的"深圳速度"再战江湖。新时代的如椽之笔，在南海之滨续写出"世界发展史上的一个奇迹"：经过十年"精耕细作、精雕细琢"，这片"曾经的海"上，"前海水城"耀眼绽放。前海乃至深圳市的新地标"湾区之光"摩天轮摇曳生姿，与200多座向海而立的现代化高楼大厦一起，勾勒出"东方曼哈顿"光彩照人的城市天际线。

深港"机制融合"、全方位合作结出累累硕果。前海累计吸引港资企业近万家，"梦工场"累计孵化香港创业团队480余家；新设地方金融机构达4632家，约占深圳市的八成，其中注册港资金融业企业2089家；建成三个国际化街区、四所港澳医疗机构、九所国际学校，成为国内国际化程度最高的区域之一；2022年，前海地区生产总值近2000亿元人民币，前海关区进出口总额2.58万亿元人民币，当年实际利用外资58.64亿美元，占深圳市的53.5%、全国的3%左右。

前海深港现代服务业合作区的制度创新层出不穷。截至2023年4月，前海已累计推出制度创新成果765项，向全国复制推广76项，成为粤港澳大湾区建设框架下先行先试、引领制度创新的"策源地"。

中山大学自贸区综合研究院发布的2021—2022年度中国自由贸易试验区制度创新指数显示，前海稳居首位。

伶仃洋烟波里，"三江汇合、八口分流"的珠江水系日夜奔流，和移山填海的人间伟力一起，无声无息地改变着珠江口的岸线，蚀刻出环珠江口地区的新版图。

"填"出来的现代化前海新城一马当先，在珠江口东岸演绎着新时期的沧海桑田，展现出中华民族不竭的创造力和不懈的改革开放精神。

当时代洪流汇入2017年，"大湾区"，这个萦绕这片土地百年的梦想，也如愿以偿地照进了现实。

"南方大港"，百年梦圆

1918 年，护法运动（又称护法战争、"三次革命"，其宗旨是"打倒假共和、建设新共和"）中桂、滇两系军阀"莫肯俯首于法律及民意之下"，名为护法，实为争夺地盘，露出了背叛革命的丑恶面目。5 月 4 日，孙中山愤而辞去中华民国军政府大元帅之职，孤身离粤赴沪。

彷徨苦闷之际，伟大的爱国者、民主革命先行者孙中山没有绝望，而是"以予平生之抱负与积年之研究所得"潜心写作，一腔热忱谋划中华民族的前途。在这一时期从上海莫利爱路寓所寄出的书信中，孙中山清晰地表达了自己闭门著书的初衷："方今国事颠跻，根本之图，自以鼓吹民气，唤醒社会最为切要……文自客岁（去年，指 1917 年）以来，闭户著书，不理外事，亦欲以素所蕴蓄唤起国人。"

1919 年 2 月，孙中山为了方便西人阅读特意用英文写作，以世界级政治家的视角，呼吁第一次世界大战结束后"国际共同发展中国实业"的专著《实业计划》完稿。6 月，在英文报刊《远东时报》正式发表，此后由朱执信、廖仲恺等人译成汉语，书名改为《建国方略之二：实业计划（物质建设）》。1921 年出版时沿用原名《实业计划》。1924 年，该书与他的另两本著作《民权初步》和《孙文学说》合集出版，就是今日传世的被称为近代中国谋求现代化第一份蓝图的《建国方略》。

孙中山的《实业计划》由六大计划共 33 个部分组成。在这个无比恢宏、前所未有的大国崛起总体构思中，通达全国的交通系统是孙中山关注的重中之重。他提出，在中国北部、东部及南部沿海修建三个"如纽约港"那样的世界级大海港和一系列二、三等海港及渔业港；修建十万英里（约16.1万公里）铁路、五大铁路系统和遍布全国的公路网，把中国的沿海、内陆和边疆联系起来；开凿、整修全国水道、运河，大力发展内河交通和水利、电力事业。在"火车一响，黄金万两"的发展环境下，全面开采煤、铁、石油等矿藏和兴办冶炼、机械制造工业，发展满足人民衣食住行所需的近代工业体系，实现农业机械化。

志存高远的孙中山还提出了修建三峡大坝的设想，"当以水闸堰其水，使舟得以逆流而行，而又可资其水力"。

结论部分，一辈子站在时代潮头的孙中山详述了实现《实业计划》对改变中国落后面貌和促进世界文明的作用，呼吁"国际资本家为共同经济利益"予以协助。

鉴于当时的中国积贫积弱，缺乏进行大规模经济建设所需要的资本、人才和技术，孙中山前瞻性地提出，要加快建设进度，使中国经济发展在不是很长的时间内赶上发达资本主义国家，就要实行"开放主义"，"无资本，即借外国资本"，"无人才，即用外国人才"，"方法不好，即用外国方法"。"实业计划"就是建立在这样一种改革开放理念之上的建设计划。概而言之，就是孙中山所讲的"吾之意见，盖欲使外国之资本主义以造成中国之社会主义，而调和此人类进化之两种经济能力，使之互相为用，以促进将来世界之文明也"。

但同时，孙中山也告诫国人，利用外资必须以不损害中国主权为前提，主张根据平等互利原则同外国资本集团订立合同，可以给予外国资本合理的经济利益，但不能允许其侵犯中国主权。孙中山把这个问题视为"中国存亡之关键"，认为"发展之权，操之在我则存，操之在人则亡"。

这部洋洋十万余言的著作，集中体现了孙中山对全国交通开发"一盘棋"和工农业现代化的宏大设计，第一次把经济建设放在首位，第一次提出对外开放的经济战略思想，是一份全面发展中国经济的宏伟纲领。

孙中山撰写《建国方略》三部分之《民权初步》时，逆时代潮流而动、悍然称帝的袁世凯已在举国一片声讨中郁郁而终。袁世凯去世后，北洋集团分崩离析，中国陷入军阀混战的悲惨局面已然无可避免。1919年《实业计划》问世之后，直至1949年中华人民共和国成立，30年里泱泱大中华如同汪洋中的一条小船，风雨飘摇，动荡不安。亿万人民虽然感怀于孙中山先生的拳拳中华之心、郁郁天下之志，也有人认为这只是痴人说梦式的空想。

白云苍狗，弹指一挥间，中华民族在风云激荡中走过了极不平凡的百年征程。历史在时光隧道里回响，孙中山先生的《建国方略》在中国共产党人的手里，变成了清晰可辨的现实。

2007年，中国超越德国成为全球第三大经济体。此后中国的发展势如破竹，仅仅三年之后的2010年，中国就超过日本成为全球第二大经济体，美国《华尔街日报》用"一个时代的结束"来形容这一时刻。当时，包括日本在内的世界舆论一片哗然，认为中国GDP数据造假。2021年，中国整体经济规模超过日本三倍，世界上再无质疑之声，转而大炒特炒"中国威胁论"。

百年一梦终成真。

孙中山一生高蹈革命理想，时有超凡脱俗的惊人之举，多为时人侧目。1919年6月，他发表石破天惊的《实业计划》后，更有宵小之徒冷言恶语，讥之为"孙大炮"。客观地讲，今日之中国，确实是当年纵然胸中有千万丘壑的孙中山也不敢谱写的"发展狂想曲"。单以《实业计划》论及的交通领域硬指标来说，孙中山构想中的十万英里铁路和北、东、南三大世界级海港，在时人心目中也绝对是海市蜃楼。

"却顾所来径，苍苍横翠微。"截至 2022 年底，中国铁路营业里程达到 15.5 万公里，16.1 万公里的目标触手可及。其中，高铁营业里程 4.2 万公里，雄居全球第一。孙中山渴望把中国的沿海、内陆和边疆联系起来，今日中国取得的成就已远远超过了他的设想：全国拥有公路里程 535.48 万公里，公路密度达到 55.78 公里/百平方公里，拥有公路营运汽车 1222.08 万辆；全国内河航道通航里程 12.8 万公里，拥有水上运输船舶 12.19 万艘、港口生产用码头泊位 21323 个；全国共有颁证民用航空运输机场 254 个，运输飞机在册架数 4165 架，全年旅客吞吐量达到 100 万人次以上的机场 69 个，其中达到 1000 万人次及以上的机场 18 个。

孙中山在交通领域的第二大期待是在中国的北部、中部、南部各建一个能与纽约港相媲美的世界级大港，并以港口为中心发展三个沿海经济发达区域。这个梦想也在中国共产党人手中超额实现。如今的中国，在"世界十大最繁忙港口"中占有七席，华北有天津港，华东有"世界第一大港"上海港、舟山港、青岛港，华南则簇拥着香港、深圳、广州三大世界级大港。依托大江大河的河口平原和世界级大港，沿海地区也如孙中山畅想的那样，自北向南，形成了京津冀地区、长江三角洲、珠江三角洲三个经济发达区域。

2020 年 10 月 13 日，正在广东考察的习近平总书记走进汕头开埠文化陈列馆，在《建国方略》相关规划图前驻足凝视良久，无限感慨地说："只有我们中国共产党人实现了。"

在《实业计划·第三计划》中，孙中山开篇就阐明千年商港广州是"南方大港"。"吾以此都会为中心，制定第三计划如下：（一）改良广州为一世界港。（二）改良广州水路系统。（三）建设中国西南铁路系统。（四）建设沿海商埠及渔业港。（五）创立造船厂。"

《孙中山选集》上卷中刊有孙中山手绘的地图，标明这个"南方大港"涵盖当时的香港、澳门，以及广州、东莞、佛山、三水、大良、香山、小榄、江门、新会诸地。在孙中山的构想中，相比今天珠江口岸的城市格局，广州都会区辐射的珠江西岸城市带远比东岸密集，所以中间找不到深圳的名字。显然，百年前的孙中山纵然目光如炬，还是料想不到在广州、香港两大城市的眼皮底下，"省尾国脚"的深圳河北岸宝安县，会被另一位中华民族的伟人邓小平"设计"出深圳这座"奇迹之城"。2016 年，刚过而立之年的深圳地区生产总值首次超过了省会广州，一度引人注目的广州、深圳地区生产总值排名之争自此尘埃落定。2018 年，深圳经济总量一举超过河对岸的香港，成为仅次于上海、北京的中国城市经济总量第三名。

短短 40 多年，在"敢闯敢试"的特区精神和毗邻香港的地缘优势双重滋养下，深圳大踏步、跨越式发展，成功跻身中国一线城市之列，并与香港联手拉动珠江东岸城市群强势崛起，形成与珠江西岸广佛珠都市圈旗鼓相当的深莞惠都市圈。

河套地区的共同开发

深圳蝶变，回归祖国已经 20 周年的香港与内地日趋紧密地相向而行，2017 年的中国南方星空粲然可观。

孙中山 90 多年前的"南方大港"构想，在中国共产党人的努力下，赓续、升华为实现中华民族伟大复兴的"南方舰队"，疾驶向人类命运共同体的星辰大海。

为世纪大湾区的盛装出场敲响第一声开场锣鼓的，是一度冷场的落马洲河套地区。

河套地区的开发进展难如人意，表面原因是此议题的首倡者文伙泰在 2008 年深圳市"两会"上提交的提案《香港与深圳"一河两岸"合作与发展的新思考》所指的"具有超前性"，文伙泰说是"建议虽多，欠缺共识"，深港各界、各方基于各自的立场考量各抒己见，最终导致这块极其特殊、价值连城地块的发展定位莫衷一是、左右摇摆。

实际上，河套地区土地的归属之争便是很大的障碍。香港回归当日国务院发布的第 221 号令明确深圳河治理后，以新河中心线作为区域分界线，并未对河套地区的业权和管理权问题另作清晰说明。这种情况下，"纠结"就此打下：这片土地，土地业权理所当然归属深圳，但它又在香港特别行政区的管辖范围之内，业权、管理权的错位、分离，让这片土地的定位失去主导者，深港两地所有有识之士鼓呼不已的构想、建议，也就暂时悬置、难以落实。

制约河套地区开发的另外一个重要因素是戒备森严的"边境禁区"。香港新界北部边境禁区设立于 1951 年，1962 年再度扩大范围，最广时总面积约 2800 公顷。河套地区纳入香港特别行政区范围后，即被边境禁区团团包围。香港本地人都视为畏途的边境禁区长期保持，河套地区如同一个出入极其不便的"孤岛"。

2005年，边境禁区这条套在河套地区脖子上的绳索开始缓慢地松动。当年10月，时任香港特别行政区行政长官曾荫权发表《施政报告》。报告首次建议缩减香港边境禁区范围，旨在"缩减至维持公共秩序所需要的最小范围"。次年9月，香港特区保安局和房屋及规划地政局订立新边境界线禁区范围，再度建议将范围由约2800公顷缩减至约800公顷。2008年，又迈出了一小步：经过广泛的公众咨询后，香港特区政府决定分三阶段将边境禁区的范围缩减至约400公顷。

2012年2月15日，新的边境禁区范围正式生效，一次"释放"了超过740公顷土地。2013年6月10日，落马洲边境管制站至梧桐河段的边境禁区范围缩减，释放出超过710公顷土地，《2013年边境禁区（修订）令》于同日生效，包括落马洲村在内的沿深圳河南岸一线六个乡村因而受惠。落马洲河套地区的开发，少了一点掣肘。2016年1月4日，第三阶段缩减令生效，范围涵盖梧桐河至莲麻坑段，释放土地超过900公顷。至此，深圳河南岸边境禁区上可开发土地基本松绑，不但深港两地各界、各方翘首以盼的落马洲河套地区开发获得新希望，文伙泰早在20世纪90年代初就奔走呼号的"一河两岸"沿河经济带也迎来了缕缕曙光。

2016年下半年，河套地区的业权、管理权之"结"也被巧手解开。在中央政府全力支持下，时任深圳市委书记马兴瑞和香港特别行政区行政长官梁振英一起"破题"，形成河套地区一揽子解决方案。

2017年1月3日，深港两地政府正式签署《关于港深推进落马洲河套地区共同发展的合作备忘录》，备忘录一锤定音：深圳河两岸包括落马洲河套地区的九块"飞地"，业权和管理权合一，分属深港两地，各安其位。落马洲河套地区土地业权交给香港，由香港主导开发"港深创新及科技园"；同时，香港认可、支持深圳将深圳河北岸毗邻河套地区的3.02平方公里区域规划打造成为"深方科创园区"。双方共同构建"深港科技创新合作区"，共同开发，共享成果。

深港科技创新合作区的顺利降生，既有前海深港现代服务业合作区在深港"机制融合"上的成功实践之助，也有深港两地顺应时代潮流、优势互补下协同创新的发展理念合流之效，更有"一国两制"践行20年来，香港深度融入国家发展大局，深圳河作为"界河"的色彩日益淡化之功。

"两制"固然并行，"一国"更是前提。一国之中，兄弟之间，所谓的"飞地""过境"土地问题，完全可以有商有量。

时间是一剂良药。

落马洲河套地区开发定位纷扰了数十年，一朝落实为"深港科技创新合作区"，也是数十年来深圳河两岸你中有我、我中有你、携手发展大潮下的水到渠成之举。

站在2017年的时间窗口，人们眼中背靠珠江三角洲"世界工厂"的深圳经济特区，已是一座名扬海内外的"科创之城"，拥有强大的科技创新硬实力、遍地独角兽企业和广阔的国内市场。香港作为老牌的自由港，则拥有国内无出其右的科技创新软实力：名校林立，涌现原创科技；面向世界，浸淫欧风美雨，与国际法律体系、标准、惯例完美对接；坐拥世界级的金融中心；成熟的现代金融服务业可为科技创新价值链中殊为关键的风投、融资、上市等环节提供一条龙服务……在河套地区这片历史和现实、两种制度并行的土地上，香港、深圳形成合力，为新时期建设一河两岸的两座现代之城开出一条新路，确是一步好棋，前景可期。

深港科技创新合作区的设立，成为继珠海横琴粤澳深度合作区、深圳前海深港现代服务业合作区、广州南沙自贸区后，国家构思粤港澳大湾区的又一关键性平台。

2017年7月1日，在习近平总书记的见证下，国家发展改革委会同粤、港、澳三地政府在香港签署《深化粤港澳合作 推进大湾区建设框架协议》，备受期待的粤港澳大湾区建设迈出实质性一步。

宜居宜业宜游的优质生活圈、充满活力的世界级城市群、内地与港澳深度合作的示范区、具有全球影响力的国际科技创新中心、"一带一路"建设的重要支撑……新世纪"春天的故事"旋律再起，向世界宣告属于中国的"湾区时代"正式来临。

2019年2月18日，中共中央、国务院印发《粤港澳大湾区发展规划纲要》，粤港澳大湾区建设正式扬帆起航。

"大湾区"，经济发展的新引擎

草蛇灰线，伏脉千里。

国家战略从来不是儿戏。粤港澳大湾区在2017年成形、2019年正式诞生，是历史和现实、竞争和合作、中国和世界在这片拥有特殊地形、地缘的土地上共振的结果。

早在1990年代初期，香港科技大学创校校长吴家玮就提出了"香港湾区"概念，被认为是中国最早的湾区建设构想。后来，一批较早研究粤港澳问题的专家学者又相继提出"珠港澳湾区""环珠江口湾区"等概念，相关讨论不断深入。

而在官方文件中，直到 2005 年的《珠江三角洲城镇群协调发展规划（2004—2020）》才正式出现"湾区"概念。2008 年，有关粤港澳合作发展的宏观政策摆上台面，国家发展改革委将珠三角九市与港澳两地的紧密合作纳入《珠江三角洲地区改革发展规划纲要（2008—2020）》，提出到 2020 年"形成粤港澳三地分工合作、优势互补、全球最具核心竞争力的大都市圈之一"的愿景。

但一场由美国次贷危机引发的、被视为"大萧条"之后最严重经济灾难的金融危机在 2008 年下半年席卷全球。正在走上全球化道路的内地深受冲击，和世界经济之间根本没有"防火墙"的港澳地区，特别是全球第三大金融中心的香港地区，更是遭受重创：8 月至 10 月短短三个月内，香港恒生指数从 21000 点暴跌至 10676 点，状似雪崩，几近腰斩；香港楼价大跌，经济萎靡，第四季度的地区生产总值一下子衰退 2.5%，如银河直下三千尺，全港震动，恐慌情绪迅速蔓延。2008 年 9 月 24 日拍摄的一张老照片显示，香港东亚银行一家分行的门前，争先恐后提取现金的港人沿着拥挤的街巷排队，根本看不到队尾在哪里。

香港危难之际，中央政府再次果断出手，当年 12 月及时推出支持香港金融稳定和经济发展的 14 项政策措施。2009 年 1 月，央行与香港金融管理局签署总额为 2000 亿元人民币／2270 亿港元的双边货币互换协议，用真金白银为香港提供金融市场正常运转所必需的"机油"：流动性。

在祖国的全力支持下，2009 年 3 月香港恒生指数止跌，5 个月后收复 20000 点关口。

2008 年金融危机撼动全球，给香港这个世界级自由港造成的冲击，远比 1997 年亚洲金融危机深重，几乎全身上下都是伤口。

接下来的数年时间里，香港屏息休养。与此同时，中央政府果断注资 4 万亿元人民币、带动地方 30 万亿元刺激经济，救内地，救香港，救这个惶惶不安的世界。

2015 年，在"一国两制"实践成果丰硕，港澳地区与内地之间的历史"疤痕"基本脱落、"机制融合"水乳交融的大背景下，大湾区建设之局重开。当年，国务院多部委联合发布的《推动共建丝绸之路经济带和 21 世纪海上丝绸之路的愿景与行动》直接点题，提出"深化与港澳台合作，打造粤港澳大湾区"。

粤港澳大湾区就此"定妆"。此后的"十三五"规划纲要、2016 年国务院印发《关于深化泛珠三角区域合作的指导意见》等官方文件中，粤港澳大湾区的名头再无变化。

2017 年 7 月 1 日《深化粤港澳合作 推进大湾区建设框架协议》签署，2019 年 2 月 18 日《粤港澳大湾区发展规划纲要》印发，粤港澳大湾区终于走上前台，盛装出场。

所谓"湾区"，通常是指由一个或若干个相连海港湾、岛屿组成，衔接众多分布于港口或入海口城镇群的区域发展系统。简单地说，湾区的最大地理特征是拥有一个"三面环陆、一面向海"的"黄金内湾"。

粤港澳大湾区的地理位置更是得天独厚，不仅内湾伶仃洋浩瀚秀美，更有大河奔流其间，水量丰沛、密如蛛网的珠江水系沟通河海，深入腹地。一湾之内大大小小的港口码头星罗棋布，湾区内 11 座城市均有港口，是世界上通过能力最大、水深条件最好的区域性港口群之一，区域港口吞吐量位居全球诸多湾区之首。环珠江口 100 多公里岸线上，居然在香港、深圳、广州崛起了三大世界级港口，世所罕见。

20世纪末期以来,以海港为依托,以湾区自然地理条件为基础,城镇群与港湾地理聚变融合发展形成的具有国际影响力、区域一体化的经济形态"湾区经济"风靡一时。湾区,成为推动技术创新、带动经济发展的增长极。

从湾区、湾区经济的定义即可看出,其基础是海洋,其精髓是开放,其灵魂是创新。

开放和创新精神如磁铁般吸引着这颗蓝色星球上的人类发展要素顺着江河,奔向海岸线。据统计,当今全球60%的经济总量集中在港口海湾地带及其直接腹地,75%的大城市、70%的工业资本和人口集中在距海岸100公里的海岸带地区。

在粤港澳大湾区设立以前,世界上有三大耳熟能详的著名湾区,分别是纽约湾区、旧金山湾区和东京湾区。它们各具特色、各擅胜场:"黄色"的纽约湾区是典型的金融湾区,华尔街、纽约证交所、纳斯达克证交所等全球超级金融品牌,近3000家泛金融机构云集于此,拱卫着这颗美国乃至全世界的金融"心脏";"蓝色"的旧金山湾区胜在科技创新,这里不仅有斯坦福大学、加州大学等一众名校、科研机构吸引着全球创新、创业人才,更有苹果、谷歌、英特尔等高科技企业扎堆的硅谷,创新指数常年居高不下;"白色"的东京湾区是产业湾区,聚集了日本1/3的人口、2/3的经济总量,三菱、丰田等全球著名的日本企业总部基本上都设立在这里,为日本成为亚洲最早的发达国家撑起大产业骨架。

与这三个老牌湾区相比,中国酝酿经年后推出的粤港澳大湾区"大"有来头:体量更大,一个大圈将香港、澳门两个特别行政区和广州、深圳、珠海、佛山、东莞、惠州、中山、江门、肇庆九个珠江三角洲城市尽收囊中,总面积5.6万平方公里;综合实力更强,经济支柱更加多元化,港澳地区的金融业等现代服务业,深圳、广州的高新技术产业，珠江三角洲地区其他城市各具特色的先进制造业，金融、科创等产业汇集，丰富多彩，这是当今世界上其他湾区都不具备的独特优势；"9+2"复合型城市群优势互补，以与西方世界联通的港澳地区为前锋，深圳、东莞、广州这三座人口都过千万的超大型城市群为中场，珠江三角洲"世界工厂"为后卫，组成了一条中国经济、社会走向"深蓝"的世界级锐利攻击线。

当然，粤港澳大湾区虽然具备了成为世界级湾区的总量，但至关重要的"人均"还远远落在纽约、旧金山、东京等先进湾区的后面，增长模式粗放，高质量发展水平偏低。另外，历史原因造成港澳地区与内地城市之间的"黏合度"仍不足。内地九城定位重叠、错位，协同发展任重道远。相对先进的制造业与现代生产性服务业还有脱节。交通、物流等事关区内生产要素联通、流动的基础设施尚待加强。

这些，都是粤港澳大湾区建设中有待解决的问题，也是改革开放再出发的新时期里，推进落实《粤港澳大湾区发展规划纲要》的原因所在——打造好粤港澳大湾区，有利于加强我国经济创新力、竞争力，有利于进一步深化改革、扩大开放，有利于建立与国际接轨的开放型经济新体制。

粤港澳大湾区既是新时代推动形成全面开放新格局的新尝试，也是推动"一国两制"发展的新实践，在国家发展大局中被赋予重大历史使命。

粤港澳大湾区不辱使命。随着一系列支持粤港澳大湾区建设的政策相继出台，十一城创新要素加速互联共融，互利合作、互利共赢的区域合作关系以肉眼可见的速度成长，"轨道上的大湾区"已非梦想，"一小时生活圈"基本形成。

2016 年，粤港澳大湾区生产总值 9 万多亿元人民币。2017 年，生产总值已突破 10 万亿元人民币大关。2021 年，粤港澳大湾区的经济规模和发展能级再上新台阶，生产总值超过 12 万亿元人民币。区内核心城市齐头并进，其中，深圳首次跨越 3 万亿元人民币关口，以 3.07 万亿元人民币的经济总量稳居全国经济第三城；广州地区生产总值 2.82 万亿元人民币，同比增速达 8.1%；香港地区生产总值 2.37 万亿元人民币，增速也达到发达经济体不多见的 6.4%；东莞地区生产总值首破万亿元人民币大关，成为继广州、深圳和佛山后，广东第四座生产总值超万亿元人民币的城市。

经济高质量发展的最明显表征无疑是人口的持续流入。2016 年末，粤港澳大湾区 11 城常住人口 6800.47 万人，到 2020 年末这个数字已经上升到 8617.18 万人，五年增长了 1816.71 万人。其中，深圳人口增长最多，五年增长约 565 万人；广州不落下风，增长约 463 万人；佛山、东莞、惠州、中山等城市人口增长也均突破百万人。

2022 年，粤港澳大湾区经济总量超过 13 万亿元人民币，约占全国经济总量的 11%。如果把大湾区作为一个经济体，排名全球第十位，超过韩国，与老牌发达国家意大利、加拿大处于同一梯队。发展之快，令世界瞩目。

世界知识产权组织发布的 2023 年版的全球创新指数（GII），中国拥有 24 个全球顶级科技集群，成为拥有最多科技集群的国家。深圳—香港—广州连续四年成为全球第二大科技集群。

作为综合实力最强、开放程度最高、经济最具活力的区域之一，粤港澳大湾区已成为中国经济发展的新引擎。一个比肩世界三大湾区、拥有巨大活力和竞争力的国际一流湾区及超级城市群，正如一轮红日，闪耀在世界的东方。

以河为名，向海而生

孙中山先生在谱写《实业计划》，构思以广州为中心的"南方大港"时，对情有独钟的香港地区前途也进行了谋划。他认为广州港改良成为"中国之三头等海港"之一后，势必对香港的港口业带来冲击；但"必有他途为香港之利"，相信广州与香港可"仍各繁荣非常"。

他途究竟是何途？孙中山没有明说。跌宕起伏的中国近现代史为香港安排的终极出路是做一个背靠祖国、联通世界的"超级联系人"。在"一个国家、两种制度、三个关税区、三种货币"下建设粤港澳大湾区战略成为国家重大发展战略，让这条道路制度化、前景明朗化。拥抱祖国、拥抱大湾区、融入新时期全国发展大局，成为人们的共同心声。

深港之间"一国之利、两制之便"的制度优势和同出一源的地缘、人缘优势，决定了深港合作是粤港澳大湾区建设的核心引擎、最具活力的极点。2019 年 8 月 9 日，中央支持深圳建设为"中国特色社会主义先行示范区"，以珠江口东岸的前海深港现代服务业合作区、深圳河畔的深港科技创新合作区为关键平台，以制度创新为核心，实现深港全要素"同城"。在国家大战略和大湾区布局下，深港合作进入双向发力、相向而行的新阶段。

2021 年 10 月 6 日，时任香港特别行政区行政长官林郑月娥发表 2021 年施政报告时，公布了引人注目的"北部都会区发展策略"，明确香港将规划占地约 300 平方公里宜居宜业宜游的北部都会区，覆盖由西至东的深港口岸经济带及更纵深的腹地，构建"双城三圈"的空间结构，"尽享港深优势互补、融合发展的红利，帮助香港更好地融入国家发展大局"。

这是在"一国两制"框架下首次由香港特区政府编制，在空间观念及策略思维上跨越深港两地行政界线的策略和纲领。狮子山下，深圳河畔，"向北走"的香港，打开了更加广阔的空间。

"深港之子"文伙泰为之奔走呼号了十数年的"一河两岸"沿河经济带构想终成现实。可惜的是，文伙泰已于2014年7月离世，无缘亲聆佳音。若泉下有知，足以慰平生。

深圳第一时间做出响应：推动深港西部铁路、前海口岸等规划建设，加快皇岗口岸重建，高水平规划建设深港口岸经济带，对接香港"北部都会区"和"双城三圈"发展策略，努力打造国家级深港合作新平台。

深港全方位、多层次合作驶上快车道，前方不断响起彼此应和的"汽笛声"：

2022年6月27日，香港回归祖国25周年前夕，前海深港现代服务业合作区发布"惠港九件实事"，在"住房、创业、服务、就业、平台、科创、金融、落户、民生"等九个方面，增强"港人"归属感、"港企"获得感、"港机构"参与感，为港人港企在前海发展提供全方位支持。

2023年8月8日，国务院印发《河套深港科技创新合作区深圳园区发展规划》。自此，深港科技创新合作区不再是一个普通的科创产业园，全面升格为"深港科技创新开放合作先导区""国际先进科技创新规则试验区"和"粤港澳大湾区中试转化集聚区"。

中央政府交给深港科技创新合作区的历史重任是：到2025年，基本建立高效的深港科技创新协同机制；到2035年，深圳园区与香港园区协同创新的格局全面形成，科技创新国际化程度居于全球领先地位。

至此，粤港澳大湾区四大规划：珠海横琴粤澳深度合作区、深圳前海深港现代服务业合作区、广州南沙新区自贸片区、河套深港科技创新合作区齐齐亮相。相较而言，深港科技创新合作区面积最小，深港两个园区一共才 3.89 平方公里，与其他三大合作区相差甚远，但在规划上却最为聚焦科技创新，"一区两园"的布局也更具横跨深港、兼容国内外的地缘优势，成为粤港澳大湾区打造国际科技创新中心的核心引擎。

2023 年 10 月 25 日，香港特别行政区行政长官李家超发表任内第二份《施政报告》，表示特区政府将于短期内公布《北部都会区行动纲领》，深度对接深圳和大湾区其他城市的规划。北部都会区将由西至东划分为高端专业服务和物流枢纽、创新科技地带、口岸商贸及产业区、蓝绿康乐旅游生态圈四大区域。"河套深港科技创新合作区是香港北部都会区与广深港科技创新走廊的天然交汇点。"

2020 年 11 月 17 日，日本宇航员野口聪一搭乘美国航天企业 SpaceX 开发的新型宇宙飞船"龙"飞船抵达国际空间站。12 月 4 日，他分享了在太空拍摄的照片，其中一张以珠江口为中心的夜景照，全景展示了粤港澳大湾区城市群星罗棋布的光点烘托出来的绚丽夜色，如诗如画，如梦如幻。国外网友纷纷点赞、评论，称其"漂亮得让我说不出话来""就像看到了一颗颗宝石""犹如遥望星空中的银河一般斑斓璀璨"。

大湾区的壮美夜色，被"向北走"的港澳人流涂抹得更加璀璨。

截至 2023 年 2 月底，港澳居民在广东省参加养老、工伤、失业保险共 30.62 万人次。2022 年上半年，在广东省纳入就业登记管理的港澳居民已超过 8.51 万人。广东全省已建成"1+12+N"港澳青年创新创业基地体系，截至 2023 年 7 月累计孵化港澳项目 4136 个，吸纳众多港澳青年就业。2022 年，仅前海深港青年梦工场的"前海港澳青年招聘计划"就提供了 3530 个工作岗位，前海就业港澳青年人数同比增长 206%。

2022 年，前海地区生产总值达 1948.7 亿元人民币，同比增长 5.2%，吸引 30 个世界 500 强投资项目落地，实际使用外资占深圳全市的一半。

粤港澳大湾区已布局 2 家国家实验室、10 家广东省实验室、30 家国家重点实验室，以及 20 家香港、澳门联合实验室，大湾区国际科技创新中心影响力显著增强。

粤港澳大湾区，正在成为中国与世界对接的新高地。

本书完稿于 2023 年 12 月 2 日的深圳南山区家中。当晚，夜幕降临，我站在窗前极目南望，不远处即深圳河的入海口——深圳湾，再往前就是伶仃洋。河的南岸是香港元朗的星星点点灯火。阳台前的近处，是深圳新兴的"超级总部"，在夜空下如梦似幻。

屈指一数，来深圳已经整整 30 年，一直有为深圳写一本书的愿望，今天终于完稿。回到书桌前再检文稿，重温一条河、两座城、一个国家与世界的相遇史，感慨系之。

从 2023 年上溯至距今三万年，远古先民已在深港地区的 U 形海湾里跣足奔走、逐水而居。

上溯至距今 7000 至 6000 年，早期先民已在今天的大鹏湾、深圳湾畔刀耕火种、繁衍生息，在岭南瘴疠之地创造出光彩夺目的咸头岭文化，与灿烂的中原文化遥相呼应。

上溯至公元前 214 年，深港地区属南海郡番禺县，首次进入了中华民族大一统的帝国版图。

上溯至公元331年，千年古县宝安县设立，此后虽屡经反复，深港两地始终同在一国、同属一县。

伴随着这条中华文明的历史长流，年轻的深圳河也在唐、宋年间孕育，元末明初之间定型，自东北的山地向西南的河口开启出海之旅。深圳河日复一日冲积出的河滩平原，成了一拨又一拨北方移民的栖身之所，最终演化出明清之际的深圳墟、民国时期的深圳镇、今天的深圳市。

上溯至1841年，英军在香港岛上环水坑口插上"米字旗"，宣布香港开埠，在随后的岁月里，专制皇权倒行逆施，军阀混战，内斗不止，西方列强予取予夺，外敌环伺，中华文明奄奄一息，几乎是全身淌着血、挣扎着走完这段暗无天日的历史行程。洋务派如李鸿章徒呼奈何；维新派如谭嗣同血洒菜市口；革命党人如孙中山先生壮志未酬，留下"革命尚未成功，同志仍须努力"之言。

唯有中国共产党人凝聚起最广大人民群众的力量，"星星之火，可以燎原"，最终让中华民族傲立于世界民族之林。

上溯至1899年，"深圳河"被写进近代中国被列强强迫签订的不平等条约。从此，这条深港乡亲共有的母亲河，成了一条"界河"。她的短促流程，却成了风雨如晦的中国近现代史一道醒目的标记。

上溯至1949年，中国共产党人审时度势，"暂时不收回香港"，使之成为社会主义中国联系西方世界的"窗口"，兵强马壮的中国人民解放军勒马深圳河以北。果不其然，被视为我国"立国之战"的抗美援朝战争1950年爆发，美国纠集西方国家围堵中国，香港成为中国获得域外战略物资的重要渠道。1960年代后中苏交恶，香港更成了内地与世界交往的唯一通道。在此期间，东江之水越山来，"三趟快车"日夜不息奔驰南北之间，内地倾其所有为香港同胞的民

奔腾的深圳河

生筑牢底盘，为香港的两次产业转型和经济大腾飞加油助力。

深圳河见证了香港从一座小渔村到转口贸易港再到国际大都市的惊天蜕变。

上溯至 1978 年，中国主动打开国门，改革开放大潮惊涛拍岸。香港制造业汹涌北上，反哺内地。在港资、经济特区特殊政策的孵化下，与香港一河之隔的深圳工业化、城市化进程几乎是拔地而起。短短 40 年间，这个边陲小镇奇迹般地变身为高度现代化的中国一线城市。

上溯至 1997 年，香港回归祖国怀抱。1995 年起深港两地联手"再造"深圳河，2010 年在前海设立深港现代服务业合作区，2017 年落马洲河套地区设立深港科技创新合作区，2021 年香港制定"北部都会区"规划……深港之间的"创新协作""机制融合"、全方位合作之路越走越宽。

深圳河见证了香港游子的沧桑往事及其与祖国母亲相生、相隔、相遇、相融的全部历程。

上溯至并不遥远的 2019 年，粤港澳大湾区建设规划出台，香港连同澳门和珠江三角洲九城一起携手走向全球竞争、合作的大舞台，走向广阔无垠的深蓝大洋。

……

小小的深圳河何其有缘，一出生就在中华文明的历史长流里载浮载沉，哭笑有时。

窄窄的深圳河何其无奈，她曾是近代中国百年耻辱史的明证。

浅浅的深圳河又何其有幸，目睹了两种制度下两座世界级大都市在自己身边先后崛起，成为全世界仅见的、梦幻般的"一河两岸"双子星城。

年轻的深圳河，就像一个忠实的史官，一笔一画地记录着一个古老大陆的文明和一个历经沧桑的民族，深一脚浅一脚地走向深蓝大洋的艰苦之旅。

在蛇口半岛南端、深圳湾大桥西侧的望海路上，深圳河水汇入伶仃洋之处，将于2024年底建成一座总建筑面积约22.2万平方米的深圳歌剧院。

深圳歌剧院的建筑方案"海之光"由普利兹克奖获得者、国际著名建筑设计大师让·努维尔操刀。建筑方案设计国际竞赛评审团认为，"海之光"方案以抽象和具象相结合的方式回应场地和命题，从城市、山、海多维角度思考，以音乐与大海的相遇，建筑拥抱音乐、拥抱大海为主要创意，将建筑融入海滨，将艺术融入生活，创造了一个属于大湾区、具有未来性、独一无二的世界级公共文化地标。

我们期待着，在不久的将来，一部响彻深圳河、珠江口两岸的名为"世纪大湾区"的交响曲，将在深圳歌剧院华丽奏响。